Zum Buch:

Meg, aufstrebende Modejournalistin in New York, erbt kurz vor Weihnachten einen Apartmentkomplex in Chicago. Obwohl sie selbst noch um ihren Vater trauert, muss sie sich nun um eine ganze Hausgemeinschaft kümmern. Eine größtenteils herzliche Gruppe aus älteren Mieterinnen und Mietern erwartet sie, und besonders der Handwerker Logan lässt ihr Herz höherschlagen. Um einem Abriss des Gebäudes zu entgehen und dringend nötige Modernisierungsmaßnahmen endlich umsetzen zu können, fehlt jedoch an allen Ecken und Enden Geld. Eines Abends bekommt Meg von einer befreundeten Mieterin ein ganz besonderes Geschenk: ein Kleid, das wie auf magische Weise wie angegossen passt. Davon inspiriert erinnert sich Meg an ihren wahren Traum, selbst Mode zu designen …

Zur Autorin:

Courtney Cole ist eine New-York-Times-Bestsellerautorin und ein großer Weihnachtsfan: Eine Minute nach Mitternacht am ersten November hängt die erste Weihnachtsdeko. Sie wuchs in Kansas auf und lebt derzeit mit ihrer Familie am Lake Michigan. Weitere Infos zur Autorin gibt es unter: www.courtneycolewrites.com

COURTNEY COLE

Das Weihnachtskleid

Roman

Aus dem amerikanischen Englisch von
Wolfgang Thon

HarperCollins

Die Originalausgabe erschien 2021 unter dem Titel
The Christmas Dress bei HarperCollins Publishers, New York.

1. Auflage 2022

Deutsche Erstausgabe

Umschlaggestaltung: Cordula Schmidt Design, Hamburg
Umschlagabbildung: Nadia Grapes / designcuts
Gesetzt aus der Stempel Garamond
von GGP Media GmbH, Pößneck
Druck und Bindung von CPI books GmbH, Leck
Printed in Germany
ISBN 978-3-365-00111-0
www.harpercollins.de

Klimaneutral
Druckprodukt
ClimatePartner.com/15109-2009-1001

MIX
Papier
FSC FSC® C083411

An meine Lektorin Tessa:
Ich werde dich dazu bringen, Weihnachten zu lieben.

Kapitel 1

»Du darfst mich nicht einfach hier allein lassen«, flüstert meine beste Freundin ins Telefon. Sie klingt beschwörend und entsetzt. Im Hintergrund höre ich, wie Lillianna Cox, die schlimmste Chefin der Welt, einen ihrer legendären Wutanfälle zelebriert.

»Und ob. Das ist das einzig Gute an dieser ganzen vertrackten Situation. Ich muss mir das nie wieder anhören.«

Das ist wohl nicht die Antwort, die Cassie hören will.

»Meghan Ann Julliard! Du steigst jetzt sofort wieder ins Flugzeug und kommst zurück nach New York. Ich schaffe das nicht allein. Ich habe läuten hören, dass sie uns an Heiligabend Überstunden machen lässt, und sie notiert sich jeden, der Silvester nicht zu ihrer Party erscheint. Dann …«

Sie bricht ab, die Leitung ist tot. Vermutlich hat Lillianna sie erwischt. Persönliche Telefonate sind bei *Stitch* verboten, und da es sich um das derzeit angesagteste Modemagazin handelt, findet sich jeder mit jeder Regel und der schlimmsten Chefin der Welt ab, nur um dort arbeiten zu dürfen. Ich selbst habe vier Jahre lang versucht, in diese Redaktion reinzukommen … und ein knappes halbes Jahr später, voilà: *Ich lasse es hinter mir.*

Deshalb sehe ich jetzt, als ich in der Hochbahn sitze und den Himmel über Chicago vorbeiziehen sehe, nicht die fröhlichen Lichter, die festlich geschmückten Bäume oder das Winterwunderland, das andere vielleicht sehen.

Ich sehe meine Hoffnungen und Träume zusammen mit dem schlammigen Straßenmatsch durch den Gulli rauschen.

Ich lehne die Stirn an das Fensterglas. Die Kälte sickert in meine Haut, und mein Atem beschlägt das Glas.

So hart habe ich gearbeitet, nur um am Ende von Lillianna angeschrien zu werden. Ich habe ihr Kaffee geholt, Besorgungen für sie erledigt, blieb bis spät in die Nacht in der Redaktion, um seichte Modekritiken zu schreiben, habe mich mit launischen Models herumgeschlagen ... alles unbedeutende Dinge angesichts des Ziels, Kontakte zu knüpfen, um eines Tages mein eigenes Modehaus zu eröffnen.

Es war nur ein Augenblick, *ein Sekundenbruchteil*, in dem das Herz meines Vaters aufhörte zu schlagen und sich meine ganze Welt veränderte. Ich vermisse ihn. Und ich vermisse mein Leben in New York. Ich vermisse es, meine eigenen Träume zu haben. Selbst der knallrote Weihnachtskaffeebecher in meiner Hand kann meine Laune nicht heben. Der Zug kommt ruckartig zum Stehen, und ich ziehe den Griff meiner Reisetasche heraus. Leider ramme ich mir dabei den Becher gegen die Brust, der Deckel löst sich und der Kaffee ergießt sich wie ein riesiger brauner Blutfleck über meinen schneeweißen Lieblingsmantel.

Das soll wohl ein Scherz sein!

Ich habe keine Zeit zum Ärgern, gleich schließen sich die Türen, also stolpere ich hinaus, meine riesige Reisetasche im Schlepptau.

Ich stehe an der Ecke Park und Westwood, begutachte den Schaden und atme tief durch.

Mein Mantel ist wahrscheinlich ruiniert.

Mein Leben ist wahrscheinlich ruiniert.

Übersehe ich etwas?

Ich trete auf den Bordstein und bemerke, dass meine weißen Keilstiefel mit Schlamm bespritzt sind.

Meine Stiefel sind auch ruiniert.

Super.

Ich straffe die Schultern und bleibe stehen. Der kalte Wind weht mir durch die Haare, und ich starre auf das verblasste Schild an dem Apartmentgebäude vor mir, das Gebäude, in das mein Vater über vierzig Jahre lang sein Herz und seine Seele gesteckt hat.

Parkview West.

Ich bin sehr lange nicht mehr hier gewesen. Dieser Ort birgt so viele traurige Erinnerungen an meine Familie, Erinnerungen, die ich nur ungern hochkommen lasse. Deshalb musste mein Vater mich in den letzten Jahren zweimal jährlich in NYC besuchen. Um mich nicht zu zwingen, hierherzukommen. So sehr liebte er mich.

Seufzend zerre ich meine Tasche durch die schweren Doppeltüren.

Die Lobby ist noch genauso, wie ich sie in Erinnerung habe. Verblasst, wie der Rest des Hauses. Verblasste beige Möbel, verblasste künstliche Blumen, und am Weihnachtsbaum in der Ecke sind ein paar Birnen kaputt. Die Gewölbedecke der Lobby ist prachtvoll, aber auch wenn das ganze Gebäude an Chicagos glorreiche Zeiten erinnert, ähnelt es auch einer schönen Frau, die in die Jahre gekommen ist und verwelkt.

Was irgendwie passt, wenn man an die meisten Mieter denkt, die hier leben. Ich zucke zusammen. Es stimmt zwar, die meisten Bewohner sind tatsächlich recht betagt, trotzdem war es gemein, so etwas zu denken.

Ich stelle die Tasche ab und höre das Knistern einer Schallplatte. Bing Crosby.

»Hallo?«, ruft eine dünne Stimme von hinten. »Ich komme gleich. Ich muss nur noch an dieses … Oh, nein!«

Es knallt irrsinnig laut, und ich laufe um den Tresen herum.

Eine ältere Dame mit lila Haaren (leuchtend lila, nicht dieses missglückte Silbergrau-Lila) liegt auf zerquetschten Kartons und reibt sich die Hüfte.

»Das gibt einen blauen Fleck«, murmelt sie. Dann sieht sie mich mit trüben Augen streng an. »Sie haben hier hinten nichts zu suchen. Das verstößt gegen die Regeln.«

Ich reiche ihr die Hand und helfe ihr auf. »Ist schon gut. Ich verrate Ihrem Chef nichts.«

»Das können Sie auch nicht. Er ist letzten Monat gestorben. Ich fürchte, Sie müssen mit mir vorliebnehmen. Kann ich Ihnen helfen?«

Ihre rote Brille sitzt schief auf ihrer Nase, und ich kann mich nur mit Mühe davon abhalten, sie zurechtzurücken.

»Geht es Ihnen wirklich gut?« Ich habe meine Hand immer noch an ihrem Ellbogen.

»Ja, nichts passiert.« Sie hebt das Kinn. »Ich helfe nur aus, bis die neue Besitzerin hier auftaucht. Eigentlich sollte sie schon letzte Woche eintreffen, aber es ist ihr wohl etwas Wichtigeres dazwischengekommen«, sagt sie abfällig und mustert mich. »Wollen Sie jemanden besuchen? Wenn Sie nicht auf der Liste stehen, kann ich Sie nicht reinlassen.«

Ihre lila Locken sind starr vor Haarspray.

Ich halte inne. Wurde ich gerade von jemandem beleidigt, der eine rot-lila karierte Hose trägt?

»Ich bin Meghan Julliard. Die neue Eigentümerin.« Ich strecke meine Hand aus. »Und Sie sind …«

»Sylvie Reinhart.« Das kommt wie aus der Pistole geschossen und klingt streng. Dabei ignoriert sie völlig, dass sie mich gerade beleidigt hat. »Ich habe den Laden hier am Laufen gehalten, während Sie sich mit Ihrem Auftauchen Zeit gelassen haben.«

Sie mustert mich von oben herab, dabei ist sie höchstens 1,50 m groß. Auf ihrem T-Shirt steht: *Ich bin nicht klein, ich bin nur eine große Elfe.* »Was hat Sie so lange aufgehalten? Wir hätten Sie hier gebraucht.«

»Ich hatte … noch einiges zu erledigen«, stammele ich. »Man kann nicht einfach alles stehen und liegen lassen und umziehen. Ich musste einen Nachmieter finden, meinen Job kündigen, ich musste … meine Güte! Warum entschuldige ich mich überhaupt? Jetzt bin ich ja hier!«

»Und das wären Sie lieber nicht«, stellt Sylvie wissend fest und verschränkt ihre schmalen Arme vor der Brust.

»Ist das wichtig?«

»Für mich nicht. Das hier gehört jetzt alles Ihnen. Das Lebenswerk Ihres Vaters.« Sie kramt in ihrer Tasche und reicht mir einen Schlüssel. »Damit lässt sich die mittlere Schreibtischschublade öffnen. Darin liegt eine Liste mit sämtlichen Passwörtern«, teilt sie mir mit, wendet sich ab und will hinausgehen.

»Sylvie?«, rufe ich ihr nach.

Sie bleibt stehen, ohne sich umzudrehen. »Nein. Ich habe keine Zeit, Sie in alles einzuweisen. Sie hätten letzte Woche kommen sollen. Ich muss jetzt Weihnachtseinkäufe erledigen.«

»Sie haben Toilettenpapier unterm Schuh«, sage ich matt.

Sie blickt hinab und sieht den langen Papierstreifen, den sie hinter sich herzieht. Mit einem Räuspern streift sie ihn ab, rauscht dann entrüstet davon und lässt das Papier einfach liegen.

Ich atme tief durch und sehe mich im Büro um.

Mein Vater ist hier allgegenwärtig.

Die Uhr über der Tür geht zehn Minuten nach. Das braune Leder des alten Bürostuhls ist rissig. Pralle Aktenordner sind unsortiert in eine offene Schreibtischschublade gestopft, und die Kartons in den Regalen quellen über. Wenn ich die Augen schließe, sehe ich ihn fast vor mir, wie er am Schreibtisch zwischen gefährlich schwankenden Papierstapeln mit seinem unvermeidlichen Becher schwarzen Kaffees hockt.

»Ich vermisse dich, Dad«, flüstere ich traurig. Ich setze mich an den Schreibtisch, und der alte Stuhl ächzt unter meinem Gewicht. Das ist eine Unverschämtheit, bedenkt man, dass ich immer noch in der Jugendlichenabteilung einkaufen kann. Ich hebe den Arm des Plattenspielers von der Schallplatte, und als Bing aufhört zu singen, lasse ich meinen Kopf auf die Tischplatte sinken.

So verharre ich ein paar Minuten, bis sich jemand an der Tür räuspert.

Ich hebe den Kopf. Ein gut gekleideter älterer Herr beobachtet mich. Er wartet geduldig, und nur Gott weiß, wie lange er schon dort steht. Er trägt sogar eine Fliege, und … ist das eine Taschenuhr?

»Kann ich Ihnen helfen?« Ich stehe auf.

»Sie müssen Meg sein«, antwortet er herzlich und streckt mir die Hand entgegen.

»Bin ich.«

»Ich bin Tom Rutherford aus 104. Ihr Vater hat ständig von Ihnen gesprochen, junge Lady. Ich habe das Gefühl, als würde ich Sie schon kennen.«

Ich lächle. »Ich hoffe, er hat Sie damit nicht zu sehr gelangweilt.«

»Aber natürlich nicht. Er hat mich mit Ihren Eskapaden

in New York City unterhalten. Haben Sie jemals den Winterstiefel gefunden, den Sie in der U-Bahn verloren haben?«

Ich betrauere den Stiefel mit dem Monogramm eine Sekunde, bevor ich den Kopf schüttle. Sie stammten aus einer speziellen Weihnachtsedition vom letzten Jahr, und ich werde nie einen passenden Ersatz bekommen.

»Nein, leider nicht. Aber das ist mir recht geschehen, und ich habe etwas daraus gelernt.«

Er wartet.

»Trinken Sie nie mit Freundinnen vier Cosmopolitans nach der Arbeit.«

Tom lächelt. »Sehr weise, Ms. Julliard.«

»Bitte nennen Sie mich Meg.«

»Danke, Meg«, antwortet er. »Ich möchte Sie an Ihrem ersten Tag nicht gleich überrumpeln, aber es gibt ein Problem: Ich habe immer noch kein warmes Wasser. Sylvie hat mir letzte Woche zwar gesagt, sie hätte die Reparatur veranlasst, aber, und das werden Sie sicher auch feststellen, Sylvie ist manchmal vergesslich, und ich bin mir nicht sicher, ob sie tatsächlich die Handwerker angerufen hat. Könnten Sie das überprüfen?«

»Natürlich!« Ich suche einen Notizblock. »Sie wohnen in 104?«

Er nickt. »Es ist in der hinteren Ecke des Innenhofs.«

»Beste Lage«, bemerke ich, während ich seinen Namen und seine Wohnungsnummer notiere. Er grinst.

»Ich stand zwei Jahre lang auf der Warteliste für diese Wohnung. Mrs. Bertram war wirklich sehr langlebig. Möge sie in Frieden ruhen.« Er bekreuzigt sich.

»Möge sie in Frieden ruhen«, wiederhole ich, obwohl ich sie nicht kannte. »Wie lange muss Sylvie schon für mich einspringen, Mr. Rutherford?«

»Tom, bitte«, sagt er. Ich nicke. »Hat sie Ihnen gesagt, dass sie einspringt? Sie hat schon immer versucht, Ihrem Vater zu helfen, ob er wollte oder nicht. Unter uns gesagt, ihre ›Hilfe‹ verursacht für gewöhnlich unter dem Strich meist mehr Arbeit, aber sie meint es gut.«

»Sie hat also meinem Vater geholfen?«

»Ja. Wenn Sie etwas über jemanden wissen wollen, fragen Sie Sylvie. Sie ist über alles auf dem Laufenden.«

»Nur ist sie im Moment sicher nicht mein größter Fan«, gebe ich zu. Er lächelt sanft.

»Sie bellt nur, aber sie beißt nicht. Sie hat keine Familie, und Ihr Vater war alles, was sie hatte. Sie hat ihn sehr beschützt.«

»Er war mein Vater«, antworte ich gedehnt. »Es gibt keinen Grund, ihn vor mir zu beschützen.«

»Sie ist eben etwas Besonderes.« Tom zuckt mit den Schultern. »Sie werden schon sehen.«

»Jedenfalls vielen Dank«, sage ich. »Ich weiß diese Vorwarnung zu schätzen. Und ich schicke so schnell wie möglich einen Klempner zu Ihnen.«

»Danke, Meg.« Er zwinkert mir zu, freundlich, nicht anzüglich. »Schön, Sie endlich kennenzulernen.«

»Gleichfalls.«

Er verschwindet und hinterlässt eine Wolke Old Spice. Ich finde den Duft tatsächlich beruhigend, erinnert er mich doch auch an meinen Vater.

Tränen treten mir in die Augen, ich habe nicht damit gerechnet, schon so früh am Tag sentimental zu werden. Dabei war ich noch nicht einmal oben in seiner … ich meine meiner … Wohnung.

»Ach, und, Meg?«, ruft Tom aus der Lobby. Ich strecke meinen Kopf aus dem Büro. »Der Aufzug ist auch kaputt.

Im Moment sitzt zwar niemand im Rollstuhl, aber das kann sich ja schnell ändern. Er müsste ebenfalls repariert werden.«

Dann verschwindet Tom im Flur. Obwohl ich nicht mehr hier war, seit ich mit achtzehn mein Studium begonnen habe, weiß ich noch, dass dieses Gebäude sechs Etagen hat. Meine Wohnung liegt im obersten Stock. Und der Aufzug funktioniert nicht.

Früher sind meine Schwester und ich zum Spaß diese Treppe hinauf- und heruntergerannt, aber damals waren wir zehn und zwölf. Seitdem hat sich viel verändert. Vor allem treibe ich keinen Sport mehr nur zum Vergnügen.

Ich betrachte meine große Reisetasche und dann die Treppe. Die Stufen sind noch original, aus Holz mit einem verblichenen grünen Läufer, sie scheint endlos nach oben zu führen.

Dieser Tag wird einfach immer besser und besser.

❄

Als ich Dads Wohnung erreiche, bin ich außer Atem.

Ich stütze mich auf den Koffer, während ich mit den Schlüsseln hantiere, und als ich endlich den richtigen finde, stolpere ich über meine Tasche und falle beinahe durch die Tür.

Als Erstes registriere ich die Stille in der Wohnung.

Diese Art von Stille, die man hören kann.

Ich betrachte das Wohnzimmer, das offenbar noch genauso aussieht, wie mein Vater es an seinem Todestag vor über einem Monat hinterlassen hat. Eine zur Hälfte getrunkene Tasse Kaffee steht auf dem Beistelltisch. Daneben liegt eine aufgeschlagene Zeitung. Über dem Rand des Spülbeckens in der Küche hängt ein Geschirrtuch. An den Wänden

Bilder von meiner Schwester und mir, als wir noch jung waren.

Ein Foto von meiner Mutter steht auf dem Kaminsims. Und in der Ecke seine kleine Kiste mit dem selbst gebastelten Weihnachtsschmuck aus meiner Kindheit. Sie ist offen, was bedeutet, dass er unmittelbar nach Thanksgiving mit dem Schmücken angefangen haben muss.

Ich schlucke schwer.

Er muss sich einsam gefühlt haben. Zu Thanksgiving hätte ich nach Hause kommen sollen, aber Lillianna zwang alle, am Feiertag zu arbeiten, und ich habe nicht gewagt, gegen sie aufzubegehren. Ich konnte nicht wissen, dass mein Vater sterben würde, trotzdem habe ich Schuldgefühle.

Seinem Wunsch im Testament entsprechend, ließ ich ihn einäschern und dann im Grab meiner Mutter beisetzen, ohne viel Aufhebens und ohne Feier. Ich hatte das alles von New York aus arrangiert. Beerdigungen finden für die Hinterbliebenen statt, aber ich wollte nicht sehen, wie die Urne meines Vaters in die Erde gesenkt wird.

Jetzt kommen mir Zweifel an meiner Entscheidung.

Mein Vater hätte eine richtige Beerdigung verdient gehabt. Und alle, die ihn kannten, hätten ihm sicher gern die letzte Ehre erwiesen und sich von ihm verabschiedet.

Aber ich kann mich jetzt nicht mit der Vergangenheit befassen. Jetzt bin ich hier.

Aus Gewohnheit gehe ich zu meinem alten Zimmer. Vor der Tür halte ich inne, weiß ich doch, was dahinter auf mich wartet: ein Schrein für meine Schwester. Dem kann ich mich heute nicht stellen. Also ändere ich den Plan.

Stattdessen gehe ich zum Schlafzimmer meines Vaters, das jetzt meins ist, räume eine Schublade frei und packe meine Tasche aus. Dabei achte ich darauf, seine Sachen so zu lassen, wie sie waren. Wann ich so weit sein werde, sie wegzugeben, weiß ich nicht. Ich notiere mir die Dinge, die ich ändern werde, wenn ich kann. Die Wandfarbe … statt Blau lieber Weiß. Keine Gardinen, sondern Stores. Neue Teppiche. Neue Kissen.

Aber nicht heute.

Heute werde ich die Zeit einfach damit verbringen, zu akzeptieren, dass ich hier bin, dass alle meine Verwandten tot sind und ich ganz allein bin.

Und natürlich damit, den Handwerker anzurufen.

Ich weiß nicht viel über Apartmentgebäude mit Mietwohnungen, aber ein nicht funktionierender Aufzug verstößt ganz bestimmt gegen die Hausordnung. Ich suche online nach einem geeigneten Handwerker.

»Ich kann frühestens nächste Woche kommen«, sagt der Erste.

Ich rufe einen anderen an.

»Mein Terminplan ist voll. Die Feiertage, Sie wissen schon.«

»Aber Weihnachten ist doch erst in drei Wochen. Können Sie uns nicht noch kurzfristig einschieben?«

»Nein, tut mir leid. Frühestens nach dem Jahreswechsel.«

Das Gleiche höre ich noch viermal.

Seufzend gebe ich auf, bevor ich mich noch mit dem nächsten scharfen Gegenstand erdolche, und beschließe, stattdessen zu duschen und die Flugzeugkeime abzuwaschen. Ich drehe das Wasser auf, schnappe mir ein paar saubere Klamotten und freue mich darauf, meine Muskeln im heißen Wasserdampf zu entspannen.

Nur … Es kommt kein Dampf.

Eine Prüfung des Wasserhahns ergibt, ja, er ist ganz nach links gedreht. Trotzdem kein Dampf.

Das Wasser ist eiskalt.

»Nicht das auch noch«, stöhne ich.

Ich ziehe meinen flauschigen Bademantel an, marschiere über die Treppe sechs Stockwerke hinunter, ins Büro, und rufe Sylvie an. Sie geht nach dem ersten Klingeln ran.

»Sylvie, tut mir leid, dass ich störe. Ich weiß, Sie machen Weihnachtseinkäufe, aber haben Sie zufällig den Klempner schon angerufen?«

»Natürlich habe ich das.« Sie macht eine Pause. »Glaube ich.«

Ich atme tief durch. »Vielleicht rufe ich kurz an und frage nach. Wie heißt die Firma?«

»Wir beauftragen keine Firma.« Im Hintergrund höre ich Weihnachtslieder. »Wir haben einen festen Handwerker. Er kümmert sich um alle Wohnungen im Block.«

»Okay«, sage ich so geduldig wie möglich. »Kennen Sie seinen Namen?«

»Natürlich kenne ich den!«, fährt sie mich an. »Er heißt Logan Scott, und seine Telefonnummer steht auf der Liste der Passwörter in der Schublade. Was ich ja schon sagte.«

Sie legt auf. Sie hat nicht erwähnt, dass irgendeine Telefonnummer von irgendjemandem auf der Liste steht, das weiß ich genau, aber diesen Kampf werde ich heute ganz sicher nicht ausfechten. Stattdessen krame ich die Liste aus der Schublade, und – siehe da. Da steht die Telefonnummer.

Ich rufe sofort an.

Die Mailbox springt an, also hinterlasse ich eine ausführliche Nachricht. *Hilfe! Wir haben kein heißes Wasser, der Aufzug ist kaputt, ich habe keine Ahnung, was sonst noch defekt ist, alle sind beschäftigt, weil Weihnachten ist, und wenn Sylvie Sie schon angerufen hat, warum wurde das nicht längst repariert?*

Oder so etwas in der Art.

Vielleicht klang ich auch ein wenig ungeduldig.

Ich bin gereizt, wenn ich friere und nichts gegessen habe. Und wenn ich in der Öffentlichkeit einen Morgenmantel trage. Warum habe ich mich nicht ordentlich angezogen? Ich bin jetzt die Eigentümerin dieses Gebäudes, also sollte ich mich auch so verhalten.

Plötzlich zieht mich das Gewicht dessen, was ich da tue, wie ein Anker auf den Meeresgrund hinunter. Ich bin für sechzig Mieter verantwortlich, die erwarten, dass ich dieses riesige Apartmentgebäude am Laufen halte. Ich. Die Frau, die erst letzten Monat vergessen hat, ihre Wasserrechnung zu bezahlen. Das kann nicht gut gehen.

Nie im Leben schaffe ich das. Das wird eine Katastrophe. Ich habe nicht die geringste Ahnung, wie man so ein Gebäude verwaltet. *Ich werde scheitern.*

Energisch schüttele ich den Kopf. Nein. Das war die Stimme von Drake. Nicht meine. Dass ich versage, ist genau das, was mein Exfreund erwartet. Und das ist auch der Grund, warum ich letzte Woche mit ihm Schluss gemacht habe.

Ehrlich gesagt glaube ich nicht einmal, dass ich Drake Dillard jemals wirklich geliebt habe. Jedenfalls nicht so, wie alle anderen zu lieben scheinen, und das war das eigentliche Problem.

Ich wollte eine Beziehung, wie sie meine Eltern hatten, eine, die über Jahrzehnte andauert, in der man aneinander glaubt, ganz gleich, was passiert. Sich gegenseitig unterstützt. Ist das etwa zu viel verlangt?

Drake irrt sich. Ich schaffe das. Ich muss es schaffen. Ich werde nicht scheitern. Ich muss mich einfach nur fragen: *Was würde Dad tun?*

Ich betrachte die Kisten in den Regalen über mir. Wenn ich sie durchsehe, finde ich es vielleicht heraus. Seufzend stecke ich mein Handy in die Tasche, steige auf eine Leiter und ziehe den Deckel von der nächstgelegenen Kiste.

Ich werde heute keine einzige Minute mehr über Drake nachdenken oder an mir zweifeln.

Ich habe anderes zu tun.

Unglücklicherweise gehe ich dem gerade auf der dritthöchsten Stufe der Leiter nach, als die Bürotür aufschwingt.

Und unseligerweise steht die Leiter direkt vor der Tür, sodass sie umkippt. Ich falle mit den Armen rudernd und höchst ungraziös in die sehr kräftigen Arme eines Mannes mit den blauesten Augen, die ich je gesehen habe.

»Sie müssen Meg sein.« Seine Stimme ist eine Mischung aus sahnigem Karamell und rauchiger Jazzbar und kommt aus einem perfekten Mund, während er mich mit seinen Armen an seine warme, feste Brust drückt. »Ihnen ist schon klar, dass Sie nichts anhaben?«

Er setzt mich ab, und ich versuche, mich zusammenzureißen und wieder zur Besinnung zu kommen. Dabei ziehe ich den Gürtel meines Bademantels fester zu.

»Ja, das ist mir durchaus bewusst. Sind Sie ein Mieter?« Ich bin mir nicht sicher, ob ich hoffe, dass er es ist oder nicht.

Er lacht. »Nein. Ich bin ein bisschen jünger als Ihre demografische Zielgruppe, fürchte ich. Ich heiße Logan. Ich bin Ihr Handwerker.«

Erst jetzt bemerke ich den Werkzeuggürtel an seinen schmalen Hüften. *Oh mein Gott, Meghan, was ist los mit dir?*

»Hi! Es … tut mir leid, wenn ich am Telefon so … kurz

angebunden war«, stammle ich. »Es ist mein erster Tag hier, und hier scheint alles kaputt zu sein.«

»Keine Sorge«, sagt er beschwichtigend. »Es ist nicht alles defekt. Sie haben zwar einen Heizkessel, der aus dem letzten Loch pfeift, aber Ihr Vater und ich schaffen es seit Jahren, ihn am Leben zu erhalten. Und das werden wir auch noch ein paar Monate länger hinkriegen. Am Aufzug ist wahrscheinlich wieder nur eine Sicherung ausgefallen.«

»Wieder?« Ich habe weiche Knie und weiß nicht, ob es an diesem hinreißenden, kompetenten Mann liegt oder an der guten Nachricht, dass doch nicht alles hinüber ist.

»Oh ja. Er muss irgendwann auch ersetzt werden. Aber wir hangeln uns halt so lang.«

»Wir scheinen uns hier viel langzuhangeln«, stelle ich fest. Er lächelt.

»Ja. Ihr Vater war sehr nachsichtig mit den Mietzahlungen eines Teils der Bewohner. Das soziale Netz ist nicht mehr das, was es einmal war, und einige von ihnen … Für sie ist es sehr eng. Er sagt nichts, wenn sie zu spät zahlen.«

»Das klingt ganz nach ihm«, erwidere ich ironisch. Er lächelt wieder.

»Ich habe schon viel von Ihnen gehört«, fährt er fort. »Und nach dem, was ich gehört habe, bezweifle ich, dass Sie gern kalt duschen. Ich sehe erst mal nach dem Boiler, dann kümmere ich mich um den Aufzug. Bin gleich wieder da.«

Er verschwindet aus dem Büro, bevor ich fragen kann, was mein Vater ihm von mir erzählt hat.

Dieser Kerl ist mein Handwerker.

Diese blauen Augen, dieses Lächeln, das Grübchen auf der linken Wange.

Plötzlich erscheint mir Parkview West nicht mehr ganz so schlimm wie vorher.

Kapitel 2

Während ich auf Logan warte, schaue ich an mir herunter. In meinem rosa Bademantel und mit den nackten Füßen sehe ich aus wie eine Verrückte. Ganz zu schweigen davon, dass ich friere, weil es in diesem Gebäude schrecklich zugig ist.

Ich laufe zur Treppe, will schnell in die Wohnung, um mir etwas anderes überzuziehen.

Es ist erstaunlich, dass die dritte Stufe der Treppe nach all den Jahren immer noch knarrt. Jo und ich sind früher immer drübergesprungen, damit wir uns an unseren Vater anschleichen konnten, wenn er spät noch arbeitete.

Das Bild von Dunnottar Castle in Schottland hängt direkt neben dem Treppenabsatz, wie schon seit Jahrzehnten. Jo und ich haben immer so getan, als würden wir dort wohnen und diese Stufen zu dem Steinturm führen, von dem aus man das Meer überblicken konnte. Manchmal war dieser Treppenabsatz aber auch der Turm, und wir Prinzessinnen, die darin gefangen waren.

Erst nachdem Jo gestorben war, habe ich mit diesem Spiel aufgehört, und seitdem ist es nicht mehr dasselbe, diese Treppe hinaufzusteigen.

Auf dem Treppenabsatz in der vierten Etage hängt ein Gemälde von Edinburgh Castle. Mein Vater war von der schottischen Geschichte fasziniert, und ich halte inne, um Atem zu schöpfen. Genau in dem Moment tritt eine Frau aus ihrer Wohnung.

Sie ist groß, schlank und hat schneeweißes Haar, das elegant zu einer französischen Rolle frisiert ist. Sie trägt ein feigenfarbenes Bleistiftkleid mit Perlenknöpfen an der Vorderseite und eine schmale goldene Uhr am Handgelenk. Und sie duftet nach Chanel No. 5.

»Sie müssen Ms. Julliard sein.« Sie spricht leise und hebt eine perfekt manikürte Braue. Verlegen ziehe ich meinen Morgenmantel fester zu.

»Ja, bin ich.« Ich reiche ihr meine Hand. Sie schüttelt sie mit dem gerade richtig bemessenen Druck.

»Ich bin Ellie Wade. Freut mich, Sie kennenzulernen. Ich hoffe, Sie werden sich hier wohlfühlen. Darf ich Sie vielleicht kurz behelligen? Ich habe kein heißes Wasser mehr.«

Ich seufze tief.

»Das dürfte wohl bei allen so sein. Ich habe schon den Handwerker gerufen. Er ist gerade dabei, den Kessel zu reparieren.«

Sie lächelt, was ihr Gesicht erstrahlen lässt. Einen Moment sieht sie zwanzig Jahre jünger aus.

»Wunderbar!« Sie will die Tür zu ihrer Wohnung wieder schließen, hält dann aber inne. »Möchten Sie eine Tasse Tee, Liebes? Ich würde Sie gerne besser kennenlernen.«

Sie hat so eine würdevolle Aura von Einsamkeit, und es tut mir wirklich leid, dass ich ihre Einladung ablehnen muss.

»Ich wünschte, ich könnte, Ms. Wade …«

»Nennen Sie mich Ellie«, unterbricht sie mich.

»Ellie«, wiederhole ich, »aber ich muss mir unbedingt etwas anderes anziehen, damit ich mit dem Handwerker reden kann. Doch ich hätte gern einen Gutschein für ein anderes Mal.«

»Eigentlich wollte ich mir eine Bemerkung zur Wahl Ihrer Garderobe verkneifen, aber Sie haben ganz recht. Etwas mehr Kleidung wäre vielleicht angebracht.« Sie lächelt. »Unser lieber, lieber Mr. Scott. Sie werden ihn mögen. Jeder mag ihn. Er arbeitete oft kostenlos für Ihren Vater, wissen Sie.«

Ich starre sie erstaunt an. »Kostenlos?«

Sie nickt. »Er ist so ein guter Junge.«

»Offensichtlich.« Allerdings sieht der Junge eher aus, als wäre er mindestens um die dreißig. »Ich richte ihm aus, dass auch Ihr Warmwasser betroffen ist. Ich melde mich später wieder bei Ihnen, Ellie.«

In Rekordzeit sprinte ich die restlichen Stufen hinauf, ziehe mir hastig eine Jeans und einen Pullover an und rase wieder hinunter. Um der alten Zeiten willen springe ich über die knarrende Stufe – und lande gerade, als Logan um die Ecke kommt.

Er sieht mich verblüfft an. Ich verbeuge mich dramatisch. »Ich würde mir neun von zehn Punkten geben«, verkünde ich.

Fältchen bilden sich in seinen Augenwinkeln, als er grinst. »Achteinhalb. Sie haben die Landung nur mit Ach und Krach geschafft.«

»Hm.« Gespielt dramatisch rümpfe ich die Nase, und er lacht.

»Ellie Wade sagt, sie hätte auch kein heißes Wasser. Versorgt der Kessel das ganze Gebäude, und konnten Sie ihn reparieren?«

Logan nickt. »Fürs Erste. Aber was ich vorhin sagte, ist leider wirklich so. In diesem alten Gemäuer sind eine Menge Dinge einfach abgenutzt und müssen irgendwann in nicht allzu ferner Zukunft ersetzt werden.«

»Das klingt kostspielig«, sage ich.

Er nickt. »Ziemlich.«

»Das Problem gehen wir ein andermal an«, erkläre ich. »Kann der Aufzug repariert werden?«

»Schon erledigt.«

»Ich habe ein bisschen den Eindruck, als sollte man diesem Gebäude schleunigst den Gnadenschuss verpassen«, werfe ich wie beiläufig hin.

Logans Kopf ruckt hoch. »Einige der Mieter leben schon seit mehr als zehn Jahren hier. Sie haben keine Familie und können nirgendwo anders hin, außer in ein Pflegeheim oder in eine betreute Einrichtung. Bitte, tun Sie das nicht.«

Ich mustere ihn und bemerke, dass er die Stirn runzelt. »Sie sorgen sich um sie«, stelle ich fest.

»Das werden Sie auch bald tun. Wenn Sie sie erst einmal kennengelernt haben.«

»Bis jetzt waren alle jedenfalls sehr freundlich zu mir.«

»Ihr Vater war sehr gut zu ihnen«, sagt Logan. »Ich hoffe, Sie folgen seinem Beispiel. Dieser Ort hier ist für die meisten alles, was sie haben.«

»Ich habe gehört, dass Sie sogar Ihre Arbeitszeit hierfür kostenlos opfern.«

Er lächelt schwach. »Das stimmt. Ich habe Jerry – ich meine, Ihrem Vater – nur den halben Preis für Reparaturen berechnet. Und wenn sein Budget auch das nicht zuließ, habe ich eben gewartet, bis er mich bezahlen konnte. Das ist das Mindeste, was ich tun konnte.«

»Aber Sie müssen auch Ihren Lebensunterhalt verdienen«, gebe ich zu bedenken. »Ihre Dienste gratis anzubieten, kommt mir nicht sonderlich profitabel vor. Es ist selten ein gutes Geschäft, wenn man sich in die persönlichen Angelegenheiten eines Kunden hineinziehen lässt.«

Er zuckt mit den Schultern. »Ich lebe allein, habe nicht

viele Ausgaben. Es geht mir gut. Außerdem, wenn man sich um seine Kunden wirklich kümmert, ist es manchmal gar nicht zu vermeiden, dass man sich engagiert.«

Er lebt allein. Hat er das absichtlich gesagt?

»Wie dem auch sei«, fährt er fort, »ich muss jetzt los. Haben Sie meine Handynummer, falls Sie mich erreichen wollen? Meine Büronummer haben Sie ja schon angerufen.«

»Sylvie hat sie wahrscheinlich.«

»Allerdings.« Er lacht leise. »Viel Glück, wenn Sie sie aus ihr herausleiern wollen. Sie hütet sie wie ein Hahn den Hühnerstall. Warten Sie, ich gebe sie Ihnen einfach.«

Ich reiche ihm mein Handy, und er tippt seine Nummer ein. »Es war wirklich nett, Sie kennenzulernen«, sagt er, als er es mir zurückgibt.

»Danke, gleichfalls.«

Er öffnet die Haustür, und Schnee weht herein.

»Ziehen Sie sich warm an!«, ruft er im Davongehen. Ehrlich, er sieht wirklich gut aus, wenn er geht.

Ich werde rot, und das hat nichts mit dem Wetter zu tun. Ich brauche dringend eine heiße Dusche, jetzt, wo der Wasserboiler repariert ist, und laufe die Treppe hinauf – obwohl der Aufzug wieder funktioniert.

Im vierten Stock fällt mein Blick auf Ellie Wades Tür, an der ein festlicher Kranz aus roter Stechpalme und einer Schleife hängt. Das spiegelt so gar nicht die stille Traurigkeit wider, die ich empfunden habe, als ich mit ihr sprach. Irgendetwas zieht mich zu ihr.

Also bleibe ich stehen, hole tief Luft und beschließe, dass meine Dusche noch ein paar Minuten warten kann. Ich klopfe leise.

Einen Moment später öffnet Ellie die Tür. Sie hält ein dunkelgrünes Kleid in den Händen.

»Ms. Julliard!« Sie lächelt erfreut. »Sie sind gekommen, um Ihren Gutschein abzuholen! Kommen Sie rein, nur herein.«

»Nennen Sie mich Meg, bitte«, sage ich. Sie schwingt die Tür weit auf, und ich betrete die ruhige Wohnung.

Im Gegensatz zu ihrer Tür ist die Wohnung nicht weihnachtlich geschmückt, was mich überrascht. Stattdessen liegen mehrere ordentliche Stapel mit verschiedenen Gegenständen auf dem Sofa und dem Couchtisch.

»Bitte entschuldigen Sie die Unordnung«, sagt sie, obwohl alles blitzsauber ist. »Ich sortiere gerade ein paar Sachen aus. Kommen Sie herein. Ich mache uns einen Tee. Bitte, setzen Sie sich.«

Ellie wirft das Kleid auf die Armlehne des Sofas, und ich setze mich daneben.

Während sie den Tee zubereitet, schaue ich mich um.

Gerahmte Fotos von ihr und einer jungen Frau hängen an den Wänden und stehen auf dem Kaminsims. Die Ähnlichkeit zwischen der Frau und Ellie ist frappierend. Sie haben die gleiche kräftige Nase, die gleichen funkelnden Augen.

»Ist das Ihre Tochter?«, frage ich, als sie mit einem Teetablett zurückkommt.

»Oh, ja. Meine Betsy. Sie lebt jetzt in London. Sie hat einen großartigen Job, der sie leider sehr in Anspruch nimmt, sodass wir uns nur selten sehen. Aber ich bin sehr stolz auf sie.«

Das ist sie wirklich. Es strömt ihr aus jeder Pore.

Ellie schenkt mir eine Tasse Tee ein, und als ich sie nehme, schiebe ich aus Versehen das Kleid von der Couch. Es fällt zu Boden.

Nachdem ich meine Teetasse auf dem Beistelltisch abgestellt habe, bücke ich mich, um es aufzuheben.

»Das ist ein bemerkenswertes Kleid!«, sage ich, während ich es betrachte. Die Qualität der Verarbeitung ist großartig, der Stoff dick und dennoch dehnbar, und ich kann mir vorstellen, dass er sich perfekt an die Figur einer Frau schmiegt. Durch das Waldgrün schimmern eingearbeitete Goldfäden. Es ist eindeutig ein hochwertiges Partykleid. »Es erinnert mich an Kleider, die Grace Kelly oder Jackie Onassis getragen hätten.« Ich halte es mir vor den Körper, und der weiche, dicke Stoff scheint nach mir zu rufen, als wollte er, dass ich es anziehe.

»Oh ja.« Ellie sieht das Kleid an. »Es ist wunderschön, keine Frage.« Sie nimmt einen Schluck Tee. »Ist es nicht seltsam, dass manchmal die schönsten Dinge wunderbare und schreckliche Erinnerungen gleichzeitig hervorrufen können?«

Ich halte inne, das Kleid noch in den Händen, und sehe Ellie an.

Sie blickt so abwesend darauf, als wäre sie gerade ganz woanders.

»Es tut mir leid.« Ich weiß nicht, was ich sonst sagen soll. Ich war noch nie gut in solchen Situationen, die eine gewisse Feinfühligkeit erfordern. Einmal habe ich sogar bei einer Beerdigung gelacht. Ich kann es nicht erklären.

»Dieses Kleid habe ich am schönsten und am schlimmsten Tag meines Lebens getragen«, sagt sie und kommt mit einem Blinzeln wieder in die Gegenwart zurück. »Das Leben kann so paradox sein, Liebes. Wenn ich sehe, wie Sie es hochhalten … und wie es fließt … fast so wie damals, als ich es zum ersten Mal angezogen habe. Bitte entschuldigen Sie, ich war in Erinnerungen versunken. Es tut mir leid, ich … Sie können es dort zu den ausgemusterten Dingen legen.« Sie zeigt auf einen Haufen direkt vor mir, aber ich zögere.

»Das Kleid ist so schön, Ellie. Sie können es doch sicher an Ihre Tochter weitergeben. Solche Qualität wird gar nicht mehr hergestellt. Ich weiß, wovon ich rede. Ich arbeite ... habe in der Modebranche gearbeitet.«

»Tatsächlich?« Das scheint sie zu interessieren, und sie nimmt noch einen Schluck Tee.

»Ja. Ich habe einen Abschluss in Modedesign gemacht und war dann als Assistentin in New York bei einem Modemagazin beschäftigt. Es war schon immer mein Traum, meine eigene Kollektion zu entwerfen. Früher habe ich die Kleider meiner Schwester für sie geändert, als sie ...«

Meine Stimme versiegt, und Ellie sieht mich an.

»Als sie krank geworden ist?«, fragt sie sanft. Ich bin überrascht von dem Kloß in meinem Hals, der sich nach all den Jahren immer noch bildet, wenn ich über Jo spreche. »Ihr Vater hat mir von ihr erzählt. Sie war so ein hübsches Mädchen.«

»Das war sie«, stimme ich zu. »Und ja, ich habe ihre Kleider geändert, als sie krank war. Meine Eltern konnten es sich nicht leisten, ihr ständig neue zu kaufen, weil sie immer mehr abnahm. Durch die Bestrahlung hat sie sehr viel Gewicht verloren.«

»Sie waren so jung und haben schon geschneidert.« In Ellies Stimme schwingt Bewunderung mit. »Ich bin beeindruckt.«

Ich zucke mit den Schultern. »Mir ist das leichtgefallen, schätze ich. Meine Mutter hat immer gesagt, ich wäre dafür geboren. Ich habe sogar Anziehpuppen aus Papier gebastelt, damit ich ihre Kleidung entwerfen konnte.«

Ellie lacht perlend. »Warum sind Sie dann hier?«, will sie wissen. Ihr Blick ist freundlich, aber ihre Frage sehr direkt. Sie scheint sich aufrichtig für mich zu interessieren. Sie macht nicht nur Small Talk.

»Ich bin die Letzte, die von meiner Familie übrig ist«, sage ich schließlich. »Ich musste einfach zurückkommen und dieses Apartmenthaus von meinem Vater übernehmen.«

»Er würde nicht wollen, dass Sie Ihre Träume aufgeben«, wendet sie ein. »Er war sehr stolz auf Sie.«

»Trotzdem hat er mir dieses Gebäude hinterlassen«, antworte ich. »Also muss er gewollt haben, dass ich hierherkomme.«

»Sie könnten es jederzeit verkaufen«, schlägt sie vor.

»Nein, das kann ich nicht. Bei den Grundstückspreisen hier in Chicago kann ich mich nicht darauf verlassen, dass jemand anderes es nicht einfach abreißt und durch ein Hochhaus oder Ähnliches ersetzt. Und Logan hat gesagt, dass viele der Mieter auf dieses Haus angewiesen sind.«

»Nun, ich persönlich bin nicht mehr darauf angewiesen«, gibt sie zurück und gießt frischen Tee in meine Tasse. »Ich ziehe Ende des Monats in eine Seniorenresidenz.«

Ich zucke zusammen. »Oh nein. Ist es wegen des Fahrstuhls? Ich verspreche Ihnen, ich werde dafür sorgen, dass er nie wieder so lange defekt ist.«

Sie lächelt, und ihr Blick wirkt plötzlich traurig.

»Nein, Liebes. Daran liegt es nicht. Meine Tochter macht sich sehr viele Sorgen um mich. Dieses alte Gebäude ist zwar schön, aber auch recht zugig, und der Weg zur Straße und hierher zurück ist etwas beschwerlich. In dieser Seniorenresidenz bieten sie organisierte Ausflüge an, es gibt einen Shuttle-Dienst und Aktivitäten mit Menschen meines Alters. Ich könnte dort Freunde finden. Zumindest hat Betsy mir das erzählt.«

Sie ist ihrer Tochter gegenüber wirklich sehr tolerant.

»Sie sortieren also Ihre Sachen aus, um sich für Ihren Umzug zu verkleinern?«, spekuliere ich.

»Ja. Ich habe über die Jahre doch mehr angesammelt, als ich dachte. Ich wohne seit zehn Jahren hier in Parkview West.«

Sie ist also hierhergezogen, als ich auch noch hier wohnte. Warum habe ich sie nie bemerkt? Weil ich nicht darauf geachtet habe. Ganz einfach.

»Nun, ich würde es sehr schade finden, wenn Sie hier weggingen«, verkünde ich. »Es wäre schön, eine Freundin hier zu haben.«

»Sie werden Freunde gewinnen, Liebes. Mehr, als Sie zählen können. Alle hier haben schon auf Sie gewartet.«

»Ich hoffe, sie genießen es, unterwältigt zu werden«, antworte ich ironisch.

Sie lacht. »Sie sind witzig. Das gefällt mir.«

Ich lache mit ihr. »Ich flüchte mich immer in meinen Humor, um meine schwierige Persönlichkeit zu verbergen«, sage ich. Sie lacht wieder.

»Sie sind entzückend.«

Ich lege das Kleid auf die Armlehne des Sofas und bewundere den eleganten U-Boot-Ausschnitt. Er ist perfekt.

»Sie haben gesagt, Sie hätten es im besten und im schlimmsten Moment Ihres Lebens getragen?« Ich schaue sie an, und sie wendet den Blick ab.

»Haben Sie jemals jemanden so sehr geliebt, dass Sie dachten, Sie könnten ohne ihn nicht mehr atmen?«, fragt sie.

Ich denke an Drake und schüttle den Kopf. »Nein.«

»Nie?«

»Nie.«

»Nun, Sie haben ja noch viel Zeit«, meint sie dann. »Ich habe dieses Kleid getragen, als ich ungefähr in Ihrem Alter war.«

»Die Geschichte würde ich gerne hören«, sage ich hoffnungsvoll. Der Schein der Flammen im Kamin lässt den

Stoff des Kleides schimmern. Es klingt albern, aber allein der Anblick stimmt mich irgendwie ein bisschen glücklicher, als gäbe es endlose Möglichkeiten im Leben. »Ich weiß, wir haben uns gerade erst kennengelernt, aber ein Kleid wie dieses hat bestimmt eine Geschichte, die erzählt werden muss.«

Ellie zögert. »Ich bin mir nicht sicher, ob Sie sie gleich am ersten Tag unseres Kennenlernens hören wollen. Denn es ist kein Märchen mit Happy End.«

»Das ganze Leben ist kein Märchen«, antworte ich schlicht. »Aber manchmal trotzdem wunderschön.«

»Das ist allerdings wahr, Liebes. Manches ist einfach unglaublich schön.« Sie seufzt. »Ich schlage Ihnen ein Geschäft vor. Wenn Sie mir versprechen, dass Sie dieses Kleid noch in diesem Jahr einmal tragen, erzähle ich Ihnen die Geschichte. Es hat eine weitere elegante Nacht verdient.«

»Ich wünschte, ich könnte das versprechen«, sage ich. »Ich möchte die Geschichte wirklich gern hören, aber ich weiß nicht, wohin ich ausgehen sollte. Ich kenne hier niemanden, schon vergessen?«

Sie denkt darüber nach. »Okay. Formulieren wir es anders … Ich erzähle Ihnen die Geschichte, wenn Sie mir versprechen, das Kleid zu tragen, sobald sich eine Gelegenheit ergibt.« Sie wartet auf meine Antwort.

Hier kann ich problemlos zustimmen. Irgendetwas sagt mir, dass ich die Geschichte unbedingt hören muss.

»Nun gut, dann mache ich erst mal frischen Tee.«

Sie lächelt und verschwindet in der Küche. Und ich checke mein Handy.

Nichts von Drake, Gott sei Dank.

Dafür aber zwei verpasste Anrufe und vier SMS von Cassie.

Komm zurück!
Rette mich!!
Ich bringe dich um!
Geh ran!

Ich schüttle den Kopf und antworte ihr.

Dir geht es gut. Du schaffst das. Ich ruf dich heute Abend an.

Ich lege mein Handy gerade weg, als Ellie mit der Kanne zurückkommt.

Sie schenkt uns beiden eine Tasse ein und setzt sich dann wieder auf ihren Platz.

»Frankie war die Liebe meines Lebens«, sagt sie leise und schaut ins Feuer. Der Schein der Flammen verleiht ihrem Gesicht einen weichen Schimmer, und ihre Augen glänzen wie Gold. »Er hat mir einfach den Atem geraubt. Schon wie er ging! So selbstbewusst. Und seine Schultern waren so breit, genau wie sein Lächeln.« Sie legt eine Hand auf ihr Herz, als wolle sie es beruhigen. Ich staune darüber, über eine Liebe, die auch nach Jahrzehnten noch ein Herz zum Flattern bringen kann.

»Sie haben Glück gehabt, dass Sie sie gefunden haben«, erwidere ich etwas lahm.

Sie zuckt mit den Schultern, nickt aber. »Ich weiß. Ich habe ihn am Navy Pier getroffen. Gott, sah er gut aus. Tiefschwarzes Haar, strahlend blaue Augen. Ich wünschte, Sie könnten ihn sehen.« Sie hält inne, und ich weiß, dass sie in Gedanken bei jenem Tag ist, an dem sie ihn kennengelernt hat.

»Er hatte die breitesten Schultern und die schmalsten Hüften, die Sie je gesehen haben. Ich aß gerade meinen

Lunch und konnte meinen Blick nicht von ihm abwenden. Er jonglierte mit seinem Essen – einer Orange und einem eingepackten Sandwich – und seinem Charme. Er gab ein bisschen an und versuchte, alle zum Lachen zu bringen. Aber dann verlor er sein Sandwich, und es landete im See. Sie hätten seinen Gesichtsausdruck sehen sollen!« Sie seufzt, und ich weiß, dass sie den Moment ganz deutlich vor Augen hat. Sie drückt wieder eine Hand auf ihr Herz und starrt in die Flammen. »Am Ende habe ich mich sehr galant verhalten und mein Sandwich mit ihm geteilt. Das war der Anfang.«

»Ich liebe diese Geschichte jetzt schon«, sage ich. »Sie ist zum Dahinschmelzen, Ellie!«

Ihre Wangen röten sich. »Ich fange immer an zu schwärmen, wenn ich von ihm spreche. Monatelang hat er mir den Hof gemacht. Wir konnten nicht aufhören, aneinander zu denken. Obwohl wir so unterschiedlich waren, wie wir nur sein konnten. Er stammte aus einer wohlhabenderen Familie, während meine ziemlich arm war. Normalerweise hätten sich zwei Menschen wie wir niemals gefunden. Aber das Schicksal hatte wohl seine Hand im Spiel. Und wir wollten das Beste daraus machen.«

»Das klingt wie Romeo und Julia!«

Sie schüttelt den Kopf. »Deren Liebe hat kein besonders gutes Ende genommen, Liebes«, erinnert sie mich. »Allerdings hat Frankies und meine das auch nicht.«

»Was ist passiert?« frage ich, fast ängstlich. *Ist er etwa gestorben?*

Über Ellies Gesicht zieht ein Schatten, und ich bereue es, gefragt zu haben.

»Ich wünschte, ich könnte Ihnen vermitteln, wie perfekt wir füreinander waren«, sagt sie. »Wir waren so unterschiedlich, und doch passten wir so perfekt zusammen. Er hatte eine Art an sich, die mich dazu brachte, mich zu öffnen und ihm alles mitzuteilen. Er brachte mich zum Lachen, er versteckte Zettel unter meiner Fußmatte … Es war ein wundervolles Leben. Bis es schlagartig endete.«

Ich atme tief ein und warte auf das, was jetzt kommt.

»Heiligabend stand vor der Tür, und seine Mutter Francesca veranstaltete ein großes Fest – das erste seit dem Tod von Frankies Vater. Sie war eine Dame der besseren Gesellschaft, und auch wenn ich aus einer armen Familie stammte, glaubte ich, sie nach und nach für mich gewinnen zu können. Zumindest dachte ich das.«

»Oh, oh«, murmle ich. Ellie nickt.

»Unterschätzen Sie niemals die Mutter eines Sohnes«, sagt sie. »Das ist eine gute Lektion für Sie, Liebes.«

»Was ist passiert?«

»Er wollte mir auf dieser Feier einen Antrag machen«, antwortet Ellie schlicht. »Ich wusste es. Er hatte es angedeutet, und ich hatte mein ganzes Geld gespart, um dieses Kleid in einem Secondhand-Laden zu kaufen. In dem Moment, als ich es gesehen hatte, wusste ich, dass es für mich bestimmt war. Es fühlte sich einfach … richtig an. Ich bat die Ladenbesitzerin, es für mich zur Seite zu legen, während ich sparte, und sie war so nett. Sie versteckte es für mich unter dem Tresen – zwei Monate lang. So lange dauerte es, bis ich genug gespart hatte. Für passenden Schmuck reichte mein Geld nicht, aber das war mir egal. Ich war so glücklich, ich dachte, ich würde platzen.«

Sie nippt an ihrem Tee, und ihre perfekt lackierten Nägel zittern leicht.

»Sie müssen nicht weiterreden«, versichere ich ihr. »Wirklich nicht. Ich möchte nicht, dass Sie sich aufregen.«

»Es tut gut, es Ihnen erzählen zu können«, gibt sie zurück. »Das macht es real. Manchmal habe ich Angst, dass alles nur ein Traum war. Dass er zu perfekt war, um überhaupt jemals existiert zu haben.«

»Er war real«, sage ich. »Ich kann sehen, wie sehr Sie ihn geliebt haben.« Ich ergreife ihre Hand. Sie lächelt.

»Das habe ich. Ich habe ihn wirklich geliebt. Deshalb war es auch so schwer, ihn zu verlieren.« Sie atmet tief ein. »Francesca war eine Perfektionistin in jeder Hinsicht. Sie wusste, dass Frankie mir einen Heiratsantrag machen wollte, und da alle ihre Freunde dabei sein würden, wollte sie, dass auch dieser Moment perfekt sein würde. Sie bestand darauf, dass ich ihre Saphir-Diamant-Halskette und die dazu passenden Ohrringe trug. Sie waren das letzte Geschenk, das ihr Mann ihr vor seinem Tod gemacht hatte.«

»Das kann ja nicht gut enden«, murmele ich, und mir läuft ein Schauer über den Rücken.

»Nein, hat es auch nicht«, bestätigt sie. »Dabei fing es großartig an. Das Fest war herrlich … Kerzen und Musik und köstliche Speisen. Frankie und ich haben getanzt und getanzt. Ich sah wunderschön aus in diesem Kleid. Ich wusste es, und Frankie konnte seine Augen nicht von mir lassen.« Sie hebt kurz den Kopf, und es fällt mir nicht schwer, mir vorzustellen, wie schön sie einmal gewesen sein muss. Sie ist immer noch eine schöne Frau.

»Ein paar Minuten vor Mitternacht sank Frank auf die Knie, mitten im Raum. Wir hatten so viel getanzt, waren beide vom Tanzen ganz erhitzt, und ich dachte, ich müsste vor Glück sterben. Alle sahen zu, wie er eine Schachtel öffnete mit einem Ring – ein Rubin, umgeben von funkelnden Diamanten. Der schönste Ring, den man sich vorstellen kann. Ich war glücklicher als je zuvor in meinem jungen Leben. Und dann ... hörte ich einen fürchterlichen Schrei.«

Ich möchte mir fast die Ohren zuhalten, will den nächsten Teil nicht hören. Aber gleichzeitig klebe ich an ihren Lippen und lausche begierig auf jedes Wort.

»Es war Francesca. Einer ihrer Ohrringe war mir irgendwann aus dem Ohr gefallen. Er war sehr wertvoll, sowohl in finanzieller als auch in emotionaler Hinsicht, eine letzte Erinnerung an ihren verstorbenen Mann. Sie war untröstlich. Wir suchten alles ab, aber wir konnten ihn nicht finden. Irgendwann war sie dann überzeugt, dass ich ihn gestohlen hatte. Ich war ja arm. Sie sagte in jener Nacht schreckliche Dinge zu mir. Frankie konnte ihr ihren Verdacht nicht ausreden, und am Ende bestand sie darauf, dass er die Beziehung mit mir beendet, weil sie mir nicht mehr vertrauen könne.«

Ellies Gesicht ist jetzt schmerzverzerrt, und ich drücke ihre Hand. »Sicherlich hat niemand geglaubt, dass Sie sie bestehlen würden«, sage ich sanft. »Und Frankie ganz sicher nicht.«

»Es war egal, was er glaubte«, sagt sie matt. »Seit sein Vater tot war, war er der Mann im Haus, und das war Francesca sehr wichtig. Sie bestand darauf, dass ich die Feier verließ. Ich werde nie vergessen, wie er mich ansah, als ich hinausging. So traurig, so hilflos und vielleicht auch ein bisschen unsicher. Ich glaube, er war sich tatsächlich nicht ganz sicher, ob ich den Ohrring gestohlen hatte oder nicht. Es brach mir das Herz.«

»Das kann ich mir gar nicht vorstellen«, hauche ich. »Und alle auf der Feier haben es mitangesehen?«

Ellie nickt traurig. »Oh ja. Ich bin hinausgerannt, weil ich die Demütigung nicht ertragen konnte. Noch am selben

Abend habe ich eine Tasche gepackt und bin zu meiner Tante nach Indiana gefahren. Ich habe mehrere Jahre bei ihr gewohnt und dort das College beendet.«

»Hat Frankie nicht versucht, Kontakt mit Ihnen aufzunehmen?«

»Er wusste ja nicht, wo ich war, Liebes. Ich habe meine Familie gebeten, es ihm nicht zu verraten. Ich hätte es nicht ertragen, wenn er mir auch offiziell gesagt hätte, dass es vorbei war. Also bin ich einfach weggelaufen.«

»Das kann ich Ihnen nicht verdenken«, sage ich nachdrücklich. »Ich hätte das Gleiche getan.«

»Aber verstehen Sie denn nicht?« Sie dreht sich zu mir um und sieht mir in die Augen. »Ich weiß ja nicht, was dann passiert wäre. Ich hatte nicht genug Mut, es herauszufinden. Stattdessen habe ich jemand anderen geheiratet, jemanden, den ich zwar auch lieb gewonnen habe, aber es war nie ganz dasselbe. Wir haben eine wunderbare Tochter, und unser Leben war sehr schön. Aber ich werde nie erfahren, was hätte sein können.«

»Das ist … tragisch«, sage ich schließlich ganz ehrlich.

»Ich weiß.«

Und jetzt ist mir auch klar, warum diese sanfte Frau diesen Hauch von Traurigkeit ausstrahlt. Ihr Leben ist unvollendet. Ein Leben, das anders hätte sein können.

Gott, hoffentlich passiert mir das nie!

»Es tut mir leid, Ellie.« Ich weiß nicht, was ich noch sagen soll.

Sie schüttelt den Kopf, als wolle sie die Melancholie abschütteln. »Das muss es nicht«, sagt sie. »Ich habe eine wunderschöne Tochter, und mein verstorbener Mann war ein guter Mensch.«

»Aber er war nicht Frankie.«

»Nein, das war er nicht.« Sie greift nach meiner leeren Tasse. »Es tut mir leid, wenn ich Sie an Ihrem ersten Tag hier traurig gemacht habe. Machen Sie sich keine Sorgen um mich, Liebes. Mir geht es gut.«

Sie steht auf. »Also, vergessen Sie Ihren Teil der Abmachung nicht. Sie müssen das Kleid tragen, wenn sich eine Situation ergibt. Und ich verspreche Ihnen, dass es Ihnen passen wird. Es ist magisch.«

Sie zwinkert mir zu, und ich lächle, um sie aufzuheitern.

»Okay. Ich werde es nicht vergessen. Aber wie wäre es, wenn Sie es bis dahin aufbewahren? Wenn ich es dann doch nicht brauche, können Sie es an Ihre Tochter weitergeben.«

»Ich weiß nicht, es fühlt sich merkwürdig an, es Betsy zu geben, wenn man bedenkt, dass ich es für jemand anderen als für ihren Vater getragen habe«, erwidert Ellie, und das leuchtet mir ein.

»Gut«, sage ich schließlich. »Dann nehme ich es an. Wenn Sie sich sicher sind.«

»Ich bin mir hundertprozentig sicher. Dieses Kleid hat mir einen wunderschönen Abend beschert, jedenfalls solange er dauerte. Es bewirkt bestimmt das Gleiche für Sie … nur ohne den Kummer, hoffe ich.«

Sie lächelt und begleitet mich zur Tür. Das Kleid liegt über meinem Arm.

»Wir sehen uns bald wieder, Meg«, verspricht sie.

Ellie schließt die Tür hinter mir, und die Traurigkeit der Geschichte scheint sich mit ihr einzuschließen. Denn als ich zu meiner Wohnung hinaufgehe, fühle ich mich leichter und unbeschwerter, als ich mich den ganzen Tag gefühlt habe. Ich hänge das Kleid auf einen Bügel vor die Tür meines Kleiderschranks. Der Anblick macht mich glücklich, auch wenn ich weiß, dass ich es in nächster Zeit nicht tragen werde.

Irgendetwas daran erinnert mich an die Roaring Twenties, die Swing-Bands der Vierziger und den Glamour der Fünfziger, so seltsam das auch klingen mag. Als hätte das Kleid die Eigenschaften eines Chamäleons und würde zu jedem passen, zu jeder Zeit, an jedem Ort.

Ich mache es mir auf der Couch gemütlich und rufe Cassie an, um sie von der Klippe wegzuholen, auf der sie zweifellos gerade steht. Bei *Stitch* gibt es immer eine Krise und immer einen Abgrund. Und zum ersten Mal bin ich irgendwie froh, dass ich nicht diejenige bin, die davorsteht.

Kapitel 3

Ich bin auf der Couch eingeschlafen, und am nächsten Morgen ist der Zauber des Kleides verflogen.

Als Hausbesitzerin muss ich offenbar immer auf Abruf bereitstehen. Ich kann das Klopfen an meiner Tür um fünf Uhr morgens nicht einfach ignorieren und hoffen, dass es aufhört. Ich weiß das, weil ich es versucht habe. Aber das Klopfen wurde nur noch lauter.

Ich öffne also die Tür und sehe einen Mann mit einem kleinen Hund vor mir stehen. Als er mich sieht, fährt er zurück, und einen Moment lang bin ich empört. Doch dann fällt mir wieder ein, dass ich vor dem Schlafengehen eine Feuchtigkeitsmaske aufgetragen habe. Mein Gesicht leuchtet jetzt zweifellos in einem entzückenden Tomatenton.

»Sie müssen Meg sein«, sagt er hastig, als er sich wieder gefasst hat. »Ich bin Ed Plume, aus Wohnung 308. Ich war gerade mit Tootsie spazieren und habe wieder Wasser im Keller plätschern gehört, während ich darauf gewartet habe, dass sie ihr Geschäft verrichtet.«

Ich starre ihn an, ohne zu begreifen, was er damit sagen will oder warum er ausgerechnet mir davon erzählt.

Er erwidert meinen Blick und ist augenscheinlich ratlos, warum ich nicht sofort etwas unternehme.

»Es ist wieder ein Rohr geplatzt«, sagt er dann in einem Ton, als würde er einem Kleinkind etwas erklären. »Sie müssen sofort handeln, bevor der ganze Keller überflutet wird.«

Das zumindest reißt mich aus meiner Lethargie.

Ich schnappe mir meinen Bademantel und betrete mit ihm den Aufzug. Während wir nach unten fahren, reibe ich mir die Augen und starre auf meine Füße. Ich habe mal wieder vergessen, Hausschuhe anzuziehen.

»Passiert das öfter?«, frage ich Ed.

Er zuckt mit den Schultern. »Schon zweimal in diesem Jahr. Ich glaube, die Rohre müssen dringend ausgetauscht werden.«

Wie alles andere auch.

»Gehen Sie immer so früh mit Ihrem Hund spazieren?« Ich beuge mich vor, um Tootsie hinter den Ohren zu kraulen, aber sie knurrt nur leise. Mit den dünnen grauen Haaren in ihrem Gesicht sieht sie aus wie ein mürrischer kleiner Troll. Ich ziehe mich lieber zurück.

»Allerdings. Ich schlafe sowieso nicht viel.«

»Ich habe dafür eher eine Schwäche«, murmle ich.

Er grinst. »Dann tut es mir leid.«

Um ehrlich zu sein, klingt er nicht sehr traurig, und seine Augen funkeln fröhlich.

»So etwas habe ich noch nie gesehen.« Ed deutet auf meine Maske. »Warum tun Sie sich so etwas auf das Gesicht?«

»Um mich jung zu halten«, antworte ich kurz.

»Das Alter kommt zu uns allen«, antwortet er. »Aber es wird sich wohl noch eine ganze Weile nicht an Ihre Fersen heften, junge Lady.«

Er steigt im dritten Stock aus, und ich gehe allein weiter in den Keller.

Als ich die Tür zum Heizungsraum öffne, bin ich entsetzt.

Wasser strömt aus einem Kupferrohr. Ich weiß nicht viel darüber, aber ich bin mir fast sicher, dass Kupferrohre keine gute Sache sind.

Auf dem Boden steht das Wasser mindestens einen Zentimeter hoch.

Ich stoße einen leisen Schrei aus, als meine nackten Zehen in das kalte Wasser tauchen, aber ich bin tapfer und wate platschend über den eisigen Boden zu dem kaputten Rohr. Ich hatte nicht daran gedacht, irgendetwas mitzunehmen, weder mein Handy noch Handtücher noch irgendwas, und jetzt ärgere ich mich über meine Gedankenlosigkeit.

Ich ziehe meinen Bademantel aus und wickle ihn um die undichte Stelle, wobei meine mangelnde Erfahrung offensichtlich wird. Innerhalb von zwei Minuten ist der Bademantel klatschnass.

Ich stehe hilflos da und frage mich, was ich tun soll, als Sylvie erscheint, perfekt angezogen.

»Oje«, murmelt sie und begutachtet die Situation, die Überschwemmung, das sprudelnde Wasser, mein Nachthemd und meine Schlafmaske. »Zum Glück habe ich Mr. Scott angerufen.«

Sie hat zudem einen ganzen Stapel alter Handtücher dabei. Gott segne sie.

»Sie haben Logan um fünf Uhr morgens angerufen?«

Sie wirft mir einen Seitenblick zu. »Hätte ich vielleicht bis heute Abend warten sollen, bis der ganze Keller unter Wasser steht?« Ich zucke zusammen. Sie merkt es, lässt aber nicht locker. »Ms. Julliard, solche Dinge müssen schnell und entschlossen angegangen werden. Mr. Scott weiß das. Er ist Profi.«

Die Art, wie sie das sagt, verdeutlicht, dass sie mich ganz offensichtlich nicht für einen hält.

Sylvie macht sich auf der anderen Seite des Kellers zu schaffen, und nach einer Minute hört der Wasserschwall auf.

Sie taucht wieder auf und wischt sich ihre zierlichen Hände ab.

»Das Hauptventil muss abgestellt werden«, sagt sie. »Bis der Bruch repariert ist. Ich gehe zurück ins Büro, damit ich es den Mietern erklären kann, wenn sie anrufen und sich beschweren, weil sie kein Wasser haben. Es gibt Handtücher, wenn Sie anfangen wollen, aufzuwischen, und in der Ecke steht ein Aquasauger.«

Damit verlässt sie mich, und ich prüfe die Lage.

Es ist dunkel hier im Keller, es ist nass und es ist unheimlich. Die Maschinen stöhnen und ächzen, die kalte Luft von draußen findet irgendwie ihren Weg hier herein, und dann noch dieser Gestank. Es riecht nach alten muffigen Schatten.

Das Letzte, was ich vor dem Kaffee tun möchte, ist, einen schmutzigen Zementboden an einem Ort zu wischen, an dem Monster lauern könnten.

»Das ist so gar nicht mein Ding«, murmle ich.

»Gut, dass es meins ist«, verkündet Logan enthusiastisch und trampelt die Treppe herunter. Sein Werkzeuggürtel klirrt unverschämt fröhlich. Er sieht mich misstrauisch an, und ich erinnere mich an meine Gesichtsmaske und mein hauchdünnes Nachthemd.

Oh, Verdammt! Verdammtverdammt!

Ich verhalte mich so normal, wie ich kann.

»Ihr Ding sind Monster?«

»Monster?« Er hebt eine Braue.

»Ich habe gerade darüber nachgedacht, dass sich in diesem Keller viele Monster verstecken könnten.«

»Ich weiß nichts von Monstern«, sagt er und stellt seinen

Werkzeugkasten ab. »Aber ich weiß, dass es Gerüchten zufolge einen zugemauerten Durchgang hier geben soll, der früher ein geheimes Schlupfloch war. Dieses Gebäude war in den Zwanzigerjahren eine illegale Bar. Wussten Sie das?«

»Ein Speakeasy, eine Flüsterkneipe? Ich erinnere mich vage daran, dass ich als Kind davon gehört habe«, erwidere ich. »Ich bin hier aufgewachsen, wissen Sie?«

»Weiß ich.«

Er geht in die Hocke und inspiziert den Schaden.

»Diese Kupferrohre müssen alle ausgetauscht werden«, erklärt er. »Sie sind uralt und korrodiert. Sie sollten auf Ihr Haar aufpassen. Es könnte Ihre Strähnen blau färben.«

Ich greife unwillkürlich in meine Haare. Sind meine Strähnchen so auffällig?

»Danke für die Vorwarnung«, antworte ich verlegen. »Und wie können wir das Problem heute beheben? Kann man es flicken oder …?«

»Ich tausche dieses Rohrstück aus. Und dann können wir uns eine Weile weiter…«

»… hangeln«, falle ich ihm ins Wort.

»Ganz genau.«

»Ich glaube, ich muss mich dringend mit dem Buchhalter meines Vaters zusammensetzen und herausfinden, wie wir finanziell dastehen.«

»Nageln Sie mich jetzt nicht darauf fest«, sagt Logan, während er an dem Rohr herumwerkelt. »Aber ich glaube, Ihr Vater hat seine Buchhaltung selbst gemacht.«

»Bitte, Sie müssen sich irren!«, flehe ich ihn an.

Er verzieht das Gesicht. »Ich glaube nicht, dass ich mich irre.«

Ich lasse die Schultern sinken. Er sieht mich an, und seine Augen sind sehr blau und sehr freundlich.

»Sie brauchen sich keine Sorgen zu machen. Sie müssen mich nicht gleich bezahlen«, bietet er an. »Das können Sie also von Ihrer Liste streichen.«

»Sie müssen auch Rechnungen bezahlen«, antworte ich. »Ich lasse mir was einfallen. Aber erst mal brauche ich einen Kaffee, und zwar sofort. Dieses Rohr besaß ja nicht einmal genug Anstand, zu einer menschenwürdigen Zeit zu platzen.«

Logan wirft den Kopf in den Nacken und lacht.

»Kann ich Ihnen auch einen Becher bringen?«, erkundige ich mich.

Er schüttelt den Kopf. »Lassen Sie mich das reparieren, dann bin ich wach.« Er hält inne. »Ach, und, Meg? Ich glaube, Sie haben da eine allergische Reaktion auf irgendetwas.«

Er sieht mich besorgt an, und es dauert einen Moment, bis ich mich wieder an meine tomatenrote Gesichtsmaske erinnere.

Oh, mein Gott!

Ich sage ihm, was es ist, und er schüttelt amüsiert den Kopf. Er wird mich nie wieder so ansehen wie vorher, da bin ich mir sicher.

Ich fahre mit dem Aufzug hinauf in meine Wohnung, wo ich mir einen Kaffee koche, mir das Gesicht wasche und mich anziehe, in genau dieser Reihenfolge. Ich nippe an dem flüssigen Gold, während ich mir das Haar bürste und zu einem unordentlichen Dutt auf dem Kopf zusammenstecke. Dann suche ich meine graue Lieblingsjacke heraus, die mir fast bis zu den Knien reicht und Taschen hat. Mit Taschen geht alles besser.

Ich wische den Küchentresen ab und merke, dass ich es vor mir herschiebe. Ich will nicht hinunter ins Büro gehen, wo, wie ich ahne, Sylvie ist. Allein der Gedanke an ihren strengen Blick lässt mich frösteln.

Ich seufze und weiß, dass ich es nicht länger hinauszögern kann. Ich bin schließlich die Hauseigentümerin. Wenn sie mit mir nicht klarkommt, braucht sie hier ja nicht zu arbeiten.

Das heißt, arbeitet sie denn überhaupt hier?

Es gibt nur einen Weg, das herauszufinden, also straffe ich die Schultern und marschiere die Treppe hinunter.

❄

Sylvie sitzt am Schreibtisch meines Vaters und blättert einen Stapel Papiere durch.

Ich setze mich auf den Stuhl neben sie und fummle an meiner Tasse herum.

»Sylvie«, beginne ich zögernd.

Sie blickt ungeduldig auf. »Ja?«

»Ich habe eine Frage, die Ihnen vielleicht dumm vorkommt.« Sie wartet, und es ist offensichtlich, dass sie dumme Fragen von mir erwartet.

»Arbeiten Sie hier?« frage ich hastig. »Ich meine, stehen Sie auf der Gehaltsliste?«

Das überrumpelt sie. »I… ich meine … technisch gesehen stehe ich nicht auf einer Gehaltsliste. Aber Ihr Vater hat meine Hilfe immer zu schätzen gewusst, und das war die einzige Bezahlung, die ich brauchte.«

»Ich möchte mich nicht aufdrängen«, sage ich. »Es ist nicht fair, jemanden zu bitten, für einen zu arbeiten, und ihn nicht zu bezahlen. Und soweit ich weiß, kann ich es mir nicht leisten, jemanden einzustellen.«

Sie sieht mir in die Augen.

»Wollen Sie mich feuern?« Sie spricht sehr langsam, und ich könnte schwören, dass sie mir in die Seele blickt.

»Natürlich nicht.« Ich schüttle nachdrücklich den Kopf. »Ich will Sie nur nicht ausnutzen.«

»Sie feuern mich!«, sagt sie steif und richtet sich zu ihrer vollen Größe von knapp einem Meter fünfzig auf. Mir war nie zuvor bewusst, wie einschüchternd jemand von so kleiner Statur sein kann. »Ich weiß, wenn ich nicht erwünscht bin.«

Bevor ich etwas sagen kann, ist sie hinausgerauscht. Ich habe offensichtlich immer noch nicht genug Koffein intus.

Logan schlendert ein paar Minuten später herein. »Was haben Sie mit Sylvie gemacht?«, erkundigt er sich.

Ich erzähle es ihm, und er zuckt zusammen.

»Das sollten Sie rasch in Ordnung bringen«, rät er mir. »Sie sieht vielleicht nicht so aus, aber sie ist sehr empfindlich.«

»Aber mein Vater hat sie nicht bezahlt«, sage ich. »Das ist nicht fair. Sie sollte eigentlich im Ruhestand sein.«

»Manche Menschen brauchen einfach nur das Gefühl, gebraucht zu werden«, erwidert er schlicht. »Ihr Vater hat ihr immer das Gefühl gegeben, wichtig zu sein. Und sie hat eine interessante Lebensgeschichte. Sie sollten sie mal bitten, sie Ihnen zu erzählen.«

Ich nicke verlegen. »Ich wollte ihre Gefühle nicht verletzen.«

»Das weiß ich.«

Irgendetwas an diesem Mann macht mich verlegen. »Du bist hübsch«, erklärt Logan unverblümt. Ich erschrecke, und er deutet grinsend auf meine Kaffeetasse. Ich entspanne mich wieder. Ach, ja. Meine Lieblingstasse. Darauf steht: »Gib mir Kaffee und sag mir, dass ich hübsch bin«.

»Der perfekte Weg zum Herzen einer Frau«, sage ich. »Dazu noch ein paar Tacos, und ich gehöre Ihnen.«

Sofort ist mir unbehaglich. *Warum habe ich das gesagt?* Bei jedem anderen wäre das kein Problem gewesen. Aber ausgerechnet zu Logan? Er ist so … so … liebenswürdig, gut aussehend, großzügig. Was ist nur los mit mir?

»Das werde ich mir merken«, erwidert er leichthin und lächelt. »Wie auch immer. Die Rohre sind repariert, Madam. Ich habe das Wasser abgesaugt und die nassen Handtücher in die Körbe unten gelegt, zusammen mit etwas, das aussieht wie … Ihr Bademantel. Der Tag kann kommen. Aber Sie sollten wissen, dass Sylvie unter anderem die Wäsche für einige Hausbewohner gewaschen hat. Also …«

»… muss ich das jetzt machen«, beende ich den Satz für ihn.

Er nickt, und ich stelle mir die vielen tropfnassen Handtücher und meinen kostbaren Chanel-Plüschmantel vor, die darauf warten, gewaschen zu werden.

»Ich muss das dringend in Ordnung bringen«, erkläre ich.

Logan lächelt. »Viel Glück. Wenn Sylvie eingeschnappt ist, hält das eine Weile an. Sie hat sich ohnehin schon über Sie aufgeregt.«

»Das habe ich mitgekriegt. Wissen Sie vielleicht, warum?«

Er verzieht unbehaglich das Gesicht. »Das … hat sie nicht direkt gesagt. Und am besten besprechen Sie das mit ihr selbst.«

Er weiß es also, will es nur nicht sagen.

»Okay. Das mache ich.«

»Gut. Wie auch immer. Ich hoffe, Sie haben einen schönen Tag. Wenn Sie mich brauchen, schreiben Sie einfach eine SMS oder rufen Sie an.«

»Danke, Logan.«

Er grinst erneut, und mir fällt wieder das Grübchen in seiner linken Wange auf. Dann verschwindet er, und ich atme den männlichen Geruch ein, den er zurücklässt, nach Schnee, Kiefern und Holz.

Als ich mit meinen Tagträumen von ihm als Holzfäller fertig bin, wende ich mich dem Computer meines Vaters zu und mach mich fest entschlossen auf die Suche nach seiner Buchhaltung.

Logan hatte recht. Mein Vater hat die Bücher selbst geführt, aber zum Glück hat er das sehr gut gemacht, und das Programm ist zudem ziemlich einfach zu handhaben.

Leider sagt mir das unkomplizierte Programm auch ganz schlicht, was ich bereits vermutet habe.

Wir sind pleite.

Wir haben nichts auf der Bank. Mit den monatlichen Mietzahlungen der Bewohner kommen wir kaum über die Runden, denn es fallen immer wieder kostspielige Reparaturen an. Dieses Gebäude, so scheint es, zerfällt uns unter den Händen.

Ich gehe hinaus in die Lobby und drehe mich im Kreis, um sie unvoreingenommen zu begutachten und über den verblassten ersten Eindruck hinwegzukommen.

Das Holz ist mit kunstvollen Schnitzereien verziert, die gewölbte Decke ist einzigartig, und ich weiß, dass sich unter dem verschlissenen Teppichboden noch die Originalfliesen befinden. Das Gebäude hat viele schöne Elemente. So ein Haus mit handwerklichen Akzenten wird heute sicher nicht mehr gebaut. Heutzutage werden solche Anlagen eher so schnell und billig wie möglich hochgezogen, und eine gleicht der anderen.

Parkview West hat Charakter. Das muss ich ihm lassen.

Und Geschichte. Ein Speakeasy! Ich wünschte, ich wüsste noch ein paar von den Geschichten, die mein Vater immer erzählt hat, aber die Erinnerungen an Jos Krankheit überlagern alles andere, was ich aus der Zeit damals noch weiß.

»Wenn dieses Gebäude eine historische Bedeutung hat, besteht vielleicht die Möglichkeit …« Ich drehe mich wieder um und betrachte die schwere Eingangstür mit dem originalen Bleiglas. »Vielleicht kann man ja Zuschüsse beantragen. Vielleicht bei Vereinen, die sich dem Denkmalschutz verschrieben haben?«

»Führst du immer Selbstgespräche, junge Lady?«

Joe Riordan kommt aus dem Flur. Mein Gesicht leuchtet auf wie ein Weihnachtsbaum.

»Joe!« Ich stürze auf ihn zu und umarme ihn fest. Diesen schlanken weißhaarigen Mann kenne ich, seit ich zehn bin. Er ist dünner geworden und geht am Stock, aber er ist immer noch derselbe, und er trägt immer noch seine übliche Tweed-Schiebermütze. »Wie geht es dir?«

»Ich kann mich nicht beklagen. Das würde ja auch nichts bringen!« Er lacht, und wie immer bringt das auch mich zum Lachen. Joe hat etwas an sich, das einem einfach guttut. Seine Vertrautheit bereitet mir ein wohliges Gefühl. Er ist einer der wenigen Menschen auf der Welt, die meine Familie und meine Geschichte kennen. Das ist schön.

»Das mit deinem Vater tut mir so leid, Meggie«, sagt er jetzt. Seine braunen Augen werden dunkler. »Er war ein guter Mensch und hat ein gutes Leben geführt. Er hat jetzt seinen Frieden gefunden. Ich hoffe, das fühlst du auch.«

»Er muss jetzt jedenfalls nicht mehr kämpfen«, stimme ich ihm zu.

Meine Kämpfe dagegen fangen gerade erst an.

Ich wechsle das Thema. »Erinnerst du dich an die eine oder andere Geschichte, die mein Vater über dieses Speakeasy hier erzählt hat?«, frage ich ihn hoffnungsvoll.

Joe enttäuscht mich nicht. Seine Augen leuchten auf. »Natürlich erinnere ich mich. Du weißt sicher noch, wie sehr ich alles Historische liebe.«

»Allerdings! Du bist der Grund, warum ich in meinem letzten Jahr an der Highschool die Prüfung in Weltgeschichte bestanden habe.«

Diese Bemerkung freut ihn, und er lacht leise.

»Nun, es macht mir eben Spaß. Ich habe sogar ein paar alte Zeitungsausschnitte über lokale Speakeasys gesammelt, und dieses hier war auch dabei. Würde dir das weiterhelfen?«

»Oh mein Gott, ja!«

Ich nehme ihn in die Arme, und er strahlt.

»Na dann. Ich werde sie suchen. Du kannst gerne später vorbeikommen, dann habe ich sie sicher gefunden.«

»Du bist der Beste, Joe. Der Allerbeste.«

Er lächelt mir noch einmal zu, bevor er sich verabschiedet, und einen Moment lang genieße ich das Gefühl, ein Genie zu sein.

Denn diese Idee hat etwas für sich.

Und bestimmt kann diese Idee dieses Gebäude retten.

Kapitel 4

»Für Immobilien, die nicht gemeinnützig sind, bekommen Sie in der Regel keine Bundeszuschüsse«, erklärt mir die Frau am anderen Ende des Telefons näselnd. »Sie können jedoch Bundessteuerzuschüsse beantragen, die Ihnen im nächsten Steuerjahr helfen können.«

Oh, Mann! Ich brauche jetzt Hilfe, und zwar mehr als nur eine Steuererleichterung. Ich denke an den kaputten Heizkessel, die maroden Rohre, den anfälligen Aufzug.

»Sonst gibt es keine Möglichkeiten?«, frage ich tonlos und lehne mich auf dem Schreibtischstuhl meines Vaters zurück. Ich habe dreißig Minuten gebraucht, um die richtige Telefonnummer zu finden, und dann zwanzig Minuten in der Warteschleife geschmort.

»Na ja«, erwidert sie. »Manchmal gibt es auf lokaler Ebene Mittel, um die örtliche Geschichte zu erhalten. Etwas Förderungswürdiges zu finden und die Recherche dürften Sie allerdings viel Mühe kosten, und dann kommt noch der komplizierte Antrag. Sie müssen natürlich die historische Bedeutung Ihrer Immobilie nachweisen.«

Na gut. Das ist doch schon mal was.

»Danke«, erwidere ich aufrichtig. »Sie waren eine große Hilfe.«

Ich lege auf und werfe einen Blick auf die überquellenden Kisten. Vielleicht erweist sich die Sammelleidenschaft meines Vaters doch noch als nützlich. Irgendwo muss es doch Informationen geben, die uns weiterhelfen.

Vier Stunden später sitze ich mitten auf dem Boden, umgeben von leeren Kartons, Stapeln alter Steuerunterlagen und flatternden Papieren – und gebe mich geschlagen.

In keinem dieser Kartons ist etwas, das uns in irgendeiner Weise weiterbringen könnte.

Jemand hätte meinem Vater sagen sollen, dass man die Steuerunterlagen nur sieben Jahre lang aufheben muss. Der ganze Papierkram kann bis auf den letzten Fetzen geschreddert werden. Meine Schultern schmerzen, und mein Rücken protestiert energisch. Ich dehne und strecke mich, als mein Handydisplay aufleuchtet. Ich werfe einen Blick darauf. Es ist eine SMS von Cass.

Drake hat mich letzte Nacht angerufen. Er vermisst dich wirklich.

Ich bin entsetzt und hebe das Handy auf.

Tut er nicht. Er vermisst nur seine Vorstellung von mir. Warum, glaubst du wohl, ruft er dich an?

Sofort erscheinen die drei Punkte, die anzeigen, dass sie zurückschreibt.

Er sagt, er hat dich als selbstverständlich betrachtet und dass er sich schrecklich fühlt.
Er klang ziemlich mitgenommen, Meg.

Gut, antworte ich. Er hat mich tatsächlich als Selbstverständlichkeit betrachtet. Außerdem war er herablassend und aufgeblasen, und ich frage mich nur, wie ich das so lange ertragen konnte.

Er sieht toll aus, erinnert mich Cass.

Da hat sie recht. Er ist kein unangenehmer Anblick.

Er ist reich, fährt sie fort.

Das ist nicht relevant, antworte ich. Für ihn ist Geld das A und O.

Es erleichtert zumindest das Leben, schreibt sie.

Auf wessen Seite stehst du?

Sie schickt ein halb weinendes, halb lachendes Emoji zurück.

Immer auf deiner, versichert sie mir. Ich wollte dir nur bei deiner Pro-und-Contra-Liste helfen.

Die habe ich bereits vor einem Monat angefertigt. Er hatte entschieden zu wenige Pros. Weshalb ich mich von ihm getrennt habe. Lass nicht zu, dass er auf deine Knöpfe drückt.

Das mache ich nicht, verspricht sie. Oh nein. Die Drachenlady ist im Anflug. Ich muss Schluss machen.

Ich stelle mir vor, wie Lillianna quer durch die Redaktion von *Stitch* fegt, und zucke reflexartig zusammen.

»Sie kann dir nicht mehr wehtun«, beruhige ich mich leise. Mein Mantra. »Sie kann dir nicht mehr wehtun.«

Einem Außenstehenden mag unsere Angst vor der Drachenlady übertrieben erscheinen. Aber im wirklichen Leben kultiviert Lillianna diese Rolle mit der Präzision eines Skalpells. Sie weiß genau, was sie tut, und sie ist eine wahre Expertin darin. Es gibt keinen einzigen Menschen in der gesamten Modebranche, der nicht schon einmal ihren Zorn zu spüren bekommen hat.

Objektiv gesehen bewundere ich sie dafür, dass sie die ganze Branche so unter ihre Fuchtel bekommen hat.

Aber subjektiv gesehen hasse ich es, dass allein die Erwähnung ihres Namens meinen Blutdruck um zwanzig Punkte in die Höhe treibt und mir der kalte Schweiß auf der Stirn steht.

»Sie kann dir nicht mehr wehtun«, murmle ich ein letztes Mal, um es auch wirklich zu glauben. »Sie ist Hunderte Meilen entfernt.«

Das ist ein Gedanke, der mich tatsächlich beruhigt.

Sie ist Hunderte Meilen entfernt.

Ich atme etwas entspannter durch. Jetzt habe ich andere Probleme. Angefangen mit diesen Papierbergen. Von diesem Chaos bekomme ich noch Ausschlag.

Ich packe so viel wie möglich in die größten Kartons und schleppe sie gerade durch die Lobby, als Sylvie aus dem Aufzug tritt. Sie wirft einen kurzen Blick in meine Richtung, dann starrt sie mich regelrecht an.

»Was machen Sie denn da?«, fragt sie fassungslos.

»Mein Vater hat eine Menge alter Papiere, die wir nicht mehr brauchen«, antworte ich. »Ich will das alles schreddern.«

»Ihr Vater hat das ganze Zeug nicht ohne Grund aufbewahrt«, erwidert Sylvie.

»Und dieser Grund wäre?«

Das verwirrt sie. »Ich weiß nicht. Steuerliche Gründe, nehme ich an.«

»So alte Unterlagen brauchen wir nicht. Die ziehen nur Mäuse und Staub an.«

Sie ist verblüfft und wirkt ein wenig wie ein aufgescheuchtes Huhn. »Meghan, ich muss für Ihren Vater sprechen. Er würde nicht wollen, dass Sie seine Sachen einfach wegwerfen.«

Ich mustere sie prüfend. »Sylvie, mir gegenüber brauchen Sie nicht als Fürsprecher für ihn aufzutreten. Ich bin seine Tochter.«

»Leider haben Sie sich aber nur selten so verhalten.«

Hocherhobenen Hauptes marschiert sie zur Haustür hinaus, während ich ihr verdutzt hinterherblicke.

Was um alles in der Welt sollte das denn?

Ich habe meinen Vater jeden Sonntag angerufen, und wir haben uns mindestens eine Stunde lang unterhalten. Außerdem hat er mir regelmäßig SMS geschrieben. Aber natürlich weiß Sylvie nichts von diesen persönlichen Dingen. Sie gehört nicht zur Familie. Sie hat nur im Büro geholfen.

Verdammt. Ich hätte sie fragen sollen, wo der große Papierschredder ist.

*

Natürlich hat mein Vater ihn in den Keller verbannt. Er hat ihn ja nie benutzt und wollte ihn aus dem Weg haben.

Ich zerre das sperrige Ding zu einer Steckdose, schließe es an und verbringe die nächste Stunde damit, Papier zu schreddern. Während ich über dem Gerät kauere und Blatt für Blatt in den Schlitz schiebe, schaue ich mich um. Die Kellerwände sind aus Ziegelstein und eindeutig original. Ich denke darüber nach, was Logan gesagt hat … über die Gerüchte, dass hier unten Gänge zugemauert wurden.

Der Gedanke fasziniert mich.

Hier unten ist so viel Platz, wer weiß, was sich da alles verbirgt.

Als ich das letzte Stück Papier in den Schredder schiebe, bin ich ziemlich geschafft. Ich zerlege sogar die Pappkartons und staple sie an der Wand.

Ich beglückwünsche mich zu meiner Produktivität und meinem Ordnungssinn, als ich die Treppe hinaufmarschiere. Ich bin sehr stolz auf mich.

Jedenfalls so lange, bis ich merke, dass sich die Tür nicht mehr öffnen lässt. Ich versuche es noch einmal, mit mehr Nachdruck.

Oh nein. Neinneinneinnein. Sie ist verschlossen.

Sie ist hinter mir zugefallen und jetzt verschlossen.

Ich hämmere gegen die Tür, schreie und rüttele am Türknauf.

Aber es kommt niemand. Mein Telefon liegt oben auf meinem Schreibtisch und hilft mir jetzt auch nicht weiter.

Mit geröteten Wangen lasse ich mich auf die Treppe sinken. Ich fühle mich jämmerlich.

Normalerweise bin ich nicht klaustrophobisch, aber in einem verschlossenen unheimlichen Keller festzusitzen, treibt meinen Puls hoch. Irgendwo tropft Wasser und trägt so das Seine zur gruseligen Atmosphäre bei. Hier unten ist es kühl und feucht, was alles nur noch schlimmer macht.

Ich klopfe nervös mit dem Fuß auf die Stufe, und meine Hände sind schweißnass. Irgendwo, in einem dunklen Korridor, höre ich ein schlurfendes Geräusch. Meine Fantasie beschwört natürlich sofort die denkbar schlechtesten Szenarien herauf.

Serienmörder? Zombies? Vampire?

»Hallo?«, rufe ich. Niemand antwortet, und das Geräusch hört auf. Mit hämmerndem Herzen stehe ich auf und rüttle erneut an der Tür.

»Hallo! Hört mich jemand?« Ich schreie und trommele gegen die Tür – die sich wie durch ein Wunder öffnet. Ellie sieht mich verblüfft an.

»Meg?«, fragt sie. »Was um alles in der Welt machen Sie hier unten? Sie müssen ja frieren.«

Panisch, wie ich war, habe ich die Kälte gar nicht wirklich registriert.

»Die Tür ist hinter mir ins Schloss gefallen«, antworte ich. »Wieso haben Sie mich gehört?«

»Ich war auf dem Weg zu meinem Lagerraum. Danken Sie Gott dafür. Sonst hätte ich Sie nicht gehört.«

»Hier unten gibt es Lagerräume?«, frage ich verwundert.

Sie nickt. »Ja. Das hat Ihr Vater vor ein paar Jahren so eingerichtet. Wir können einen Extra-Lagerraum anmieten. Ich muss meinen dringend aufräumen.« Sie sieht mich an. »Aber Meg. Die Tür lässt sich von dieser Seite nicht abschließen. Sie klemmt nur einfach. Man muss sie mit ein bisschen Kraft öffnen.«

Ich starre sie an. »Ich war nicht eingeschlossen?«

Sie schüttelt den Kopf. »Nein. Aber der Gedanke war sicher beängstigend.«

»Ich war noch nie klaustrophobisch«, erwidere ich. »Aber hier unten ist es wirklich unheimlich.«

Ellie geht langsam die Stufen hinunter, und ihre schlanke Hand gleitet am Geländer entlang. »Das ist die Energie dieses Ortes«, erklärt sie wissend. »Er hat eine lange Geschichte, jedenfalls hat man mir das erzählt. Während der Prohibition war hier sogar eine illegale Bar.«

Ich bleibe wie angewurzelt stehen und sehe sie an.

»Haben Sie zufällig Geschichten darüber gehört?« Ich bin ein bisschen atemlos. Denn das wäre zu schön, um wahr zu sein.

»Ein paar.« Sie nickt. »Es heißt, dass dies hier die Lieblingsbar von Johnny Torrio war.«

Sie wartet auf eine Reaktion, vergeblich. »Ich weiß nicht, wer das ist«, gebe ich schließlich zu.

»Johnny Torrio war einmal der Boss von Al Capone.«

Ich schnappe nach Luft. »Was?«

»Oh ja. Wie ich schon sagte, diese Wände haben einiges gesehen.«

Kein Wunder, dass sich mir hier unten die Nackenhaare gesträubt haben.

Ellie geht weiter die Treppe hinunter, als ob sie mir nicht gerade eine weltbewegende Information gegeben hätte. Ich sehe ihr nach und laufe dann hinter ihr her wie das weiße Kaninchen hinter Alice.

»Wissen Sie vielleicht etwas Genaueres?«, frage ich und folge ihr Schritt für Schritt, während sie den dunklen Flur hinunter zu ihrem Lagerraum geht.

»Liebes, in diesem Keller muss dringend die Beleuchtung instandgesetzt werden«, stellt sie fest, als sie vergeblich versucht, das Licht einzuschalten. »In meinem Lagerraum funktioniert es, aber das Licht im Flur geht nicht.«

»Ich setze es auf die Liste«, verspreche ich. Dann wiederhole ich meine Frage. »Erinnern Sie sich an etwas Bestimmtes?«

Sie verzieht das Gesicht, während sie intensiv nachdenkt. »Ich glaube, es hieß das *Red Alibi*, wenn ich mich richtig erinnere. Ihr Vater hat es mir erzählt, als ich mir die Anlage angesehen habe, bevor ich eingezogen bin.«

»Hat er Ihnen sonst noch etwas erzählt?«

Sie schüttelt den Kopf. »Nein. Ich glaube nicht. Nur dass es damals ein ziemlich lebhafter Ort war.«

»Das *Red Alibi*«, murmle ich. »Das klingt schillernd.«

»In mehr als einer Hinsicht.« Ellie nickt. »Stellen Sie sich diese Zeit vor. Ich bin sicher, dass hier einige sehr aufregende Dinge passiert sind. Meg, wären Sie so lieb, mir zu helfen, ein paar Sachen in meine Wohnung zu tragen?«

»Natürlich«, antworte ich. Sie öffnet die Tür des Lagerraums. An einer Wandseite stehen Stapel mit fein säuberlich beschrifteten Pappkartons. Sie überfliegt sie kurz und findet die drei, die sie sucht.

Fotos.

Schmuck.

Weihnachtsdekoration.

»Sie bewahren hier unten Ihren Schmuck auf?« Ich sehe mich in dem staubigen Raum um.

»Wo sollte ich ihn sonst aufbewahren?«, fragt sie unbekümmert. »Tragen Sie einen Karton, und ich einen anderen? Für den dritten gehe ich einfach noch einmal.«

»Ich kann zwei tragen«, versichere ich ihr.

Ich nehme die beiden großen Kartons, wobei ich darauf achte, dass sie den mit den Fotos trägt, der vermutlich am leichtesten ist. Ich folge ihr die Treppe hinauf, weil ich sie auffangen will, falls sie stolpert. Aber diese Gefahr besteht nicht. Sie geht sehr sicher.

»Wollen Sie Ihre Wohnung doch schmücken, Ellie?«, erkundige ich mich, als wir oben ankommen. Ich schnappe ein bisschen nach Luft, sie dagegen atmet ganz gleichmäßig. »Ich dachte, Sie wollten alles einpacken.«

Sie schüttelt den Kopf. »Nein, Liebes. Ich habe das für Sie hochgeholt. Ich dachte, Sie finden hier vielleicht ein paar Dinge, mit denen Sie die Lobby verschönern können.«

Sie lächelt entzückend, und ich kann nicht anders, als zurückzulächeln. »Das ist reizend von Ihnen«, erwidere ich. »Als ich hier ankam, war ich erschlagen davon, wie verblichen alles aussieht.«

»Es braucht nur etwas Liebe und Muskelschmalz«, sagt sie, als wir zum Aufzug gehen.

»Und eine Menge Geld«, murmle ich, als wir in die Kabine treten. Sie hebt fragend eine Braue.

»Das Parkview ist stark sanierungsbedürftig«, sage ich. »Es ist ein Fass ohne Boden. Ich weiß nicht, was ich tun soll.«

Der alte Aufzug ruckelt nach oben, und Ellie verzieht wieder das Gesicht, während sie nachdenkt.

»Es muss doch etwas geben, was wir tun können«, sagt sie laut. »Wir müssen doch irgendeine Möglichkeit finden, Geld aufzutreiben. Lassen Sie uns überlegen.«

»Ich mache schon seit Tagen nichts anderes«, gebe ich zurück. »Ich dachte, wenn ich beweisen könnte, dass dieser Ort eine historische Bedeutung hat, könnten wir vielleicht Zuschüsse von der Historical Society für die Renovierung bekommen.«

Ihr Gesicht leuchtet auf. »Das ist eine brillante Idee, Meghan!«

»Vielleicht, aber ich muss es ja irgendwie belegen können.« Ich lasse die Schultern sinken. »In den Unterlagen meines Vaters bin ich nicht fündig geworden … Da waren nur alte Rechnungen und Steuerunterlagen. Das habe ich im Keller geschreddert. Darunter war nichts Hilfreiches.«

»Haben Sie in seinem Lagerraum nachgesehen?«, fragt Ellie.

»Er hatte auch einen?«

Sie nickt. »Er hat einmal erwähnt, dass er fast aus allen Nähten platzt.«

»Das glaube ich sofort«, murmle ich. »Er konnte sich nie von etwas trennen. Ich kann mir gut vorstellen, dass der Raum mit noch älteren Steuerunterlagen vollgestopft ist.«

»Setzen Sie nie etwas als gegeben voraus, Liebes«, tadelt Ellie mich freundlich. »Das habe ich in meinen vierundsiebzig Lebensjahren gelernt.«

»Ein gutes Argument«, stimme ich zu. »Es tut mir leid. Ich wollte wirklich nicht so negativ sein. Ehrlich.«

Sie lächelt wieder. »Schon gut. Manchmal ist es schwer, mitten im Chaos einen Hoffnungsschimmer zu sehen. Aber glauben Sie mir, am Ende zeigt sie sich immer. Man muss nur danach Ausschau halten.«

»Ist das bei Ihnen auch so gewesen?«, frage ich.

»Oh ja. Sehr häufig sogar.« Sie drückt auf den Knopf, der die Aufzugtüren öffnet. »Als meine Betsy noch ein Baby war, ist sie sehr krank geworden, und wir dachten, wir würden sie verlieren. Aber sie hat überlebt und gedieh. Es war ein Wunder.«

Ein trauriger Ausdruck fliegt über ihr Gesicht, als wir die Aufzugkabine verlassen, und ich bin mir sicher, dass sie an Frankie denkt.

»Und was war mit der Liebe?«, frage ich leise.

»Ich habe einen guten Mann geheiratet. Wir hatten keine leidenschaftliche Liebesaffäre, aber er gab mir das Gefühl von Sicherheit und Geborgenheit, und er liebte mich aufrichtig. Daran gibt es nichts zu bereuen.«

»Das sollten Sie auch nicht tun«, stimme ich zu. »Manche Menschen versuchen ihr ganzes Leben lang, so etwas zu finden.«

»Und manche Menschen, wie Ihre Eltern, hatten das Glück, alles zu finden«, sagt sie. »Sie hatten so viel Glück.«

»Aber auch sie haben ihren Teil an Leid erlebt«, antworte ich und denke an meine Schwester.

»Das ist wohl wahr. Das Leben schlägt manchmal hart zu, und das oft bei den besten Menschen.«

Wir tragen die Kisten durch den Flur zu ihrer Wohnung, und ich helfe ihr, sie im Wohnzimmer zu stapeln.

»Ich werde sie heute durchsehen«, sagt sie. »Und ich bringe Ihnen den Weihnachtsschmuck, der gut passen würde.«

»Sie sind sehr nett. Danke!«

Sie geht mit mir zur Tür, und als ich sie öffne, ergreift sie erneut das Wort.

»Wissen Sie, mir ist gerade noch etwas eingefallen, das hilfreich sein könnte.«

Ich drehe mich hoffnungsvoll um.

»Ihr Vater hat immer gesagt, dass der Hauptraum der Kneipe zugemauert worden ist, ebenso wie der Notausgang.«

»Das wäre auch logisch«, antworte ich. »Logan hat angeblich auch gehört, dass die alten Ausgänge zugemauert wurden.«

»Da ist noch etwas anderes …«, sagt Ellie nachdenklich.

Ich warte.

»Ihr Vater hat gesagt, und bitte nageln Sie mich nicht darauf fest, aber er meinte, dass Ernest Hemingway selbst seinen Namen angeblich in die Holztheke geritzt hätte.«

Ich starre sie an. »Ernest Hemingway. *Der* Ernest Hemingway kam in das Speakeasy, das früher in diesem Haus war?«

»Und ebenso Al Capone und Johnny Torrio«, erinnert sie mich. »Ich glaube, Liebes, Sie haben gerade die historische Bedeutung gefunden, die Sie gesucht haben.«

Ich habe das Gefühl, als müsste ich gleich in Ohnmacht fallen. Tatsächlich verschwimmt mir kurz alles vor den Augen, und ich halte mich an der Türzarge fest.

»Ja«, sage ich schwach. »Ich glaube, das haben wir.«

Kapitel 5

»Willst du da wieder eine Bar eröffnen?«, fragt Cassie. Ich laufe durch mein Wohnzimmer, das Handy am Ohr.

»Nein, ich glaube nicht. Aber ich könnte das Speakeasy renovieren und Führungen anbieten«, erwidere ich und denke laut nach. »Gegen Eintritt.«

»Oder du könntest eine Bar eröffnen«, schlägt sie vor, ganz sicher aus egoistischen Gründen. Cassie liebt gute Bars. Und gute männliche Barkeeper.

»Ich habe eine Apartmentanlage mit älteren Mietern, die ihren Lebensabend genießen wollen«, erwidere ich. »Eine Kellerbar würde ihnen sicher nicht gefallen.«

»Und? Dann sollen sie eben umziehen.«

»Na hör mal. Sie gehören doch nicht zu einer bedrohten Spezies, Cass. Das hier ist ihr Zuhause.« Manchmal ist die unbekümmerte Haltung meiner besten Freundin frustrierend. Sie ist so pragmatisch, dass sie sich hart an der Grenze zur Herzlosigkeit befindet. Jedenfalls beinahe.

»Das ist natürlich wahr. Gut, zuerst musst du da reinkommen und überprüfen, ob das wirklich Hemingways Signatur ist. Und danach musst du herausfinden, wer dir helfen kann. Du weißt schon …« Sie verstummt.

»Was?«

»Ich weiß, wer helfen könnte. Jemand, der sich mit Kapitalbeschaffung auskennt.«

Sie hält erneut inne, und jetzt wird mir klar, was sie meint.

»Nein. Ich werde Drake auf keinen Fall fragen. Nächste Idee.«

»Überleg es dir noch mal, Meg«, sagt sie. »Er ist wirklich gut in Finanzsachen.«

»Cassie, wir haben uns getrennt. Krieg das in deinen Schädel! Ich will seine Hilfe nicht. In keiner wie auch immer gearteten Form. Klar?«

Sie seufzt. »Manchmal kannst du so stur sein.«

»Ist das klar?« Ich lasse nicht locker.

»Gut. Okay.«

»Wirklich, du solltest dich einfach mit ihm verabreden«, rate ich ihr. »Du scheinst ja alles an ihm so sehr zu lieben.«

»Ich glaube, das verstößt gegen den Mädelskodex«, erwidert sie ironisch, protestiert aber nicht so vehement, wie ich es erwartet hätte.

»Ach du meine Güte, jetzt kapier ich. Du möchtest das wirklich? Das war doch nur ein Scherz.«

Sie sagt eine Weile nichts. »Er sieht gut aus. Er ist reich. Und er ist ehrgeizig. Was sollte man an so jemandem nicht mögen, außer der Tatsache, dass er dein Ex ist?«

Ich denke eine Minute lang darüber nach. Auch über Cassies pragmatische Haltung. »Du hast jedenfalls eine dickere Haut als ich. Vielleicht würde er deine Träume ja nicht zerstören. Meinen Segen hast du«, verkünde ich. »Bring ihn nur nie in meine Nähe.«

»Du wirst also nicht die Trauzeugin bei unserer Hochzeit?«

»Passt auf, ihr Bärchen!«, rufe ich theatralisch. »Cassie verkauft schon euer Fell, bevor sie überhaupt die Falle aufgestellt hat.«

Sie lacht. Ich lache auch und vermisse sie schrecklich.

»Ich wünschte, du wärst hier, um abends eine Tasse heißen Kakao mit mir zu trinken«, sage ich. »Du fehlst mir.«

»Du fehlst mir auch. Aber es wird dir dort gut gehen. Ich komme dich besuchen, sobald Drachenlady mir Urlaub gibt.«

»Also nie?«

Sie lacht wieder, und wir legen auf.

Ich schaue mich in der Wohnung um, und mir wird wieder bewusst, dass ich ganz allein bin. Es ist definitiv nicht so, dass ich Drake zurückhaben will, oder auch nur jemanden wie ihn, aber die Vorstellung, dass er und Cassie zusammenkommen, löst ein Gefühl von Einsamkeit in mir aus. So geht es wohl auch den meisten Mietern hier. Vermutlich haben die wenigsten von ihnen noch jemanden in ihrem Leben.

Wahrscheinlich sind sie genauso einsam wie ich.

Eine Idee entsteht in meinem Kopf.

Es wäre verrückt ... Ich habe nicht mehr genug Zeit, um eine Weihnachtsfeier für sie zu organisieren. Weihnachten ist nur noch drei Wochen hin.

Aber mit etwas Hilfe könnte ich es schaffen.

Ich bin schließlich ein Genie.

Ich könnte Sylvie bitten, mir zu helfen, und sie damit beschwichtigen.

Ich bin ein geniales Genie.

Leider lehnt sie meinen Vorschlag ab.

»Ich tanze ganz sicher nicht nach Ihrer Pfeife«, sagt sie mürrisch, nachdem ich an ihre Tür geklopft habe. Sie trägt ein batteriebetriebenes, leuchtendes Weihnachtsbaum-Sweatshirt und Rudolph-das-Rentier-Ohrringe. »Da müssen Sie sich schon jemand anderen suchen.«

»Aber Sylvie«, sage ich, »Sie kennen dieses Gebäude und die Bewohner am besten. Wie soll ich ohne Ihre Hilfe eine Weihnachtsfeier organisieren? Vor allem in so kurzer Zeit?«

»Sie hätten eben pünktlich kommen sollen!«, wirft sie mir noch einmal an den Kopf. »Dann hätten wir vielleicht Zeit gehabt. So, wie es jetzt aussieht, haben wir keine mehr. Glauben Sie etwa, Sie hätten die Idee einer Weihnachtsfeier erfunden? Wir haben schon immer eine gehabt. Aber dieses Jahr waren Sie nicht da, um sie zu genehmigen, also findet keine statt. Keiner der Bewohner wird sich auf eine lustige Party freuen können. Fröhliche Weihnachten.«

Sie schlägt mir die Tür vor meinem ungläubigen Gesicht zu.

Also gut. Da haben wir wieder mal gleich drei Fliegen mit einer Klappe geschlagen.

Damit habe ich ehrlich nicht gerechnet.

Wie Logan schon sagte, Sylvie ist jemand, der das Gefühl haben muss, gebraucht zu werden. Klar so weit. Und ich habe ihr gesagt, dass sie gebraucht wird, aber es hat nicht funktioniert.

Ich zücke mein Handy und schreibe Logan eine SMS.

Sie lagen falsch. Sylvie will nichts mit mir zu tun haben.

Er antwortet postwendend.

Bringen Sie ihr ein Törtchen von der Bäckerei unten an der Straße. Das klappt immer.

Eine Minute vergeht.

Red Velvet. Das ist ihr Lieblingskuchen.

Ich lächle, als ich meine Antwort tippe.

Wissen Sie das aus persönlicher Erfahrung?

Wieder reagiert er sofort, was Drake zum Beispiel nie getan hat.

Es gab einmal einen Vorfall, als ich die WC-Tür in der Lobby nicht abgeschlossen hatte und sie mich mit heruntergelassener Hose erwischt hat.

Er schickt sofort eine zweite SMS hinterher.

Und ja, wortwörtlich.

Ich schicke mehrere weinende und lachende Emojis zurück.

Ich weiß, ich weiß, ich scheine perfekt zu sein, aber jeder macht mal Fehler. 😉

Ich verdrehe die Augen, aber ich lache immer noch. Ich kann nicht anders, als mir die kleine Sylvie auf Augenhöhe mit dem großen Logan vorzustellen, und ich kann buchstäblich sehen, wie sie sich keinen Zentimeter rührt und ihm einen Vortrag über Privatsphäre und die Funktionsweise von Toilettenschlössern hält. Dann stelle ich mir vor, wie Logan mit einem Muffin in der Hand angeschlichen kommt. Ich kichere laut.

Okay, schön! Wenn er nach so einem Vorfall zu Kreuze kriechen kann, kann ich das auch. Ich werfe mir den Mantel über und mache mich auf den Weg zur Bäckerei. Unmittelbar vor Ladenschluss komme ich dort an, was mich bei den Angestellten an der Theke nicht gerade beliebt macht.

Außerdem ist jetzt die Auswahl ziemlich überschaubar.

Ich werfe einen Blick in die Glasvitrine.

»Haben Sie Red Velvet?«, frage ich das Mädchen mit der Elfenmütze.

Die Glöckchen an ihrer Mütze klingeln, als sie den Kopf schüttelt. »Heute Morgen hatten wir noch welche. Aber jetzt gibt es nur noch das, was hier ist. Sie können morgen früh wiederkommen, wenn Sie Red Velvet wollen. Die Sorte ist sehr beliebt, weil sie rot ist. Sie wissen schon, wegen Weihnachten.«

»Klingt einleuchtend«, stimme ich zu. »Dann nehme ich stattdessen den mit Erdbeeren, bitte. Ich glaube, das müsste gehen. Der ist ja auch fast rot.«

Es ist ein Traummuffin, Erdbeeren satt mit Zuckerguss und Mini-Lebkuchenmänner oben drauf, passend zum Fest.

Die Kassiererin packt ihn in eine hübsche kleine rosa Schachtel, und ich bin zuversichtlich, als ich zum Parkview zurückgehe.

Ich bedaure nur, dass ich nicht daran gedacht habe, mir selbst auch einen zu kaufen.

Ich gehe damit zur Rezeption, schreibe »Ich weiß Sie wirklich zu schätzen, Sylvie« auf ein Blatt Papier und lege es vor ihre Tür. Dann klingle ich und laufe rasch durch den Flur davon.

Hinter einer Ecke sehe ich, wie sie die Tür öffnet, herausschaut und dann die Schachtel aufhebt. Ich lächle.

Mission erfüllt.

Jetzt wird sie zu Wachs in meinen Händen.

Aber dann höre ich, als ich weiter den Flur entlanggehe, wie sich ihre Tür wieder öffnet. Ich werde hellhörig, weil ich vermute, dass sie vielleicht zu meiner Wohnung will, um mit mir zu reden.

Ich gehe zurück zur Ecke, aber statt Sylvie sehe ich die Schachtel dort, wo ich sie abgestellt hatte.

Verwundert gehe ich hin und sehe nach.

Der Muffin ist noch drin.

Offenbar ist er durchgefallen.

Seufzend schnappe ich mir die Schachtel und fahre mit dem Aufzug rauf in meine Wohnung. Während der ganzen Fahrt in den obersten Stock ächzt und knarrt er bedenklich. Es macht mich tatsächlich nervös, der einzige Fahrgast zu sein. Ich will heute auf keinen Fall noch einmal irgendwo festsitzen. Einmal hat mehr als gereicht.

Glücklicherweise hält der Aufzug ohne Zwischenfälle auf meiner Etage. Ich steige aus, wohl wissend, dass ich eines Tages nicht mehr so viel Glück haben werde. Irgendwann wird dieser Aufzug stecken bleiben.

Ich muss das in Ordnung bringen.

Aber nicht heute Abend. Heute Abend ziehe ich mir einen Pyjama an, lasse mich auf die Couch fallen und esse das Törtchen stillos direkt aus der Schachtel.

Als ich Logan eine SMS schreibe, hinterlasse ich klebrige Fingerabdrücke auf meinem Handydisplay.

Sie lagen falsch. Das Törtchen ist durchgefallen.

Er antwortet mit einem weinenden und einem lachenden Emoji.

Verdammt, das tut weh.

Ich tippe eine Antwort, während ich mir die Finger ablecke.

Ach was, danke, dass Sie mich darauf hingewiesen haben. Und ich füge noch hinzu: Ihre Ratschläge sind schrecklich.

Immer mit der Ruhe, antwortet er. Geben Sie nicht mir die Schuld. Sie haben es sich immerhin mit ihr verscherzt.

Ich brauche einen neuen Plan, teile ich ihm mit. Einen neuen und besseren Plan.

Hmmmm, antwortet er. Nennen wir ihn Operation Sylvie.

Ich kichere laut. Sehr clever! Dann kann niemand erraten, wovon wir reden.

Diskretion ist mein zweiter Vorname, antwortet er.

Ich stelle mir vor, wie er grinst und das Grübchen auf seiner Wange zum Vorschein kommt, und in meinem Bauch flattern tatsächlich Schmetterlinge.

Gott steh mir bei!

Das kann ich jetzt gar nicht gebrauchen. Ich brauche keine Ablenkung, selbst wenn es eine gut aussehende Ablenkung ist, die einem die Besinnung rauben kann. Ich habe gerade eine Beziehung hinter mir. Ich brauche keine neue. Was ich brauche, ist ein Wunder – um dieses finanzielle Fass ohne Boden zu stopfen, das ich geerbt habe.

Ich lege meine Füße auf den Couchtisch. Es ist immer noch derselbe Eichentisch wie früher, er steht dort schon, solange ich denken kann. Sogar die alten Feuchtigkeitsringe sind noch da, die entstanden sind, weil ich immer vergessen habe, Untersetzer zu benutzen. Meine Mutter hat sich darüber sehr geärgert. Ich lächle bei der Erinnerung daran.

Die Couch ist auch alt. Wir haben sie schon seit meiner Highschool-Zeit. Mein Vater war kein Freund von Extravaganzen, und schon an dem Tag, als er sie kaufte, hat er über den hohen Preis gemeckert. Ich weiß noch, dass die Spediteure sie sämtliche Treppen hochtragen mussten, weil sie nicht in den Aufzug passte. Sie waren nicht gerade begeistert, und mein Vater war geizig. Also gab meine Mutter ihnen heimlich ein saftiges Trinkgeld, als mein Vater nicht hinsah.

Ich lächle wieder.

Nicht alle Erinnerungen an meine Zeit hier sind schlecht. Ich muss sie nur sortieren und die finden, die mich zum Lächeln bringen.

Ich stehe auf und strecke mich, bin aber immer noch zu aufgedreht, um zu schlafen. Ich krame in meiner Tasche nach meinem Lieblings-Vanille-Badezusatz und lasse mir ein Schaumbad einlaufen.

Das Wasser ist nicht so heiß, wie ich es gerne hätte, aber ich gebe mich damit zufrieden und schwöre mir, Logan zu bitten, morgen die Temperatur höher zu stellen. Ich finde das Weihnachtsalbum von Josh Groban auf meinem Handy und stelle die Lautstärke so ein, dass es leise spielt. Wenn mir irgendetwas helfen kann, in Weihnachtsstimmung zu kommen, dann Josh.

Ich gleite ins Wasser, benutze einen zusammengefalteten Waschlappen, um mir die Augen abzutupfen, und lehne meinen Kopf gegen die Fliesen.

Josh singt »O Holy Night«, und ich liege im Wasser und versuche, mir sämtlichen Ärger abzuspülen.

Bei seinem »I'll Be Home for Christmas« rasiere ich mir die Beine.

Zu den Klängen von »Stille Nacht« trockne ich mich fröstelnd ab.

Dann trete ich auf den Balkon und blicke, begleitet vom »Little Drummer Boy«, auf das schneebedeckte Chicago. Mein Handy habe ich in der Tasche, und Josh ist meine einzige Gesellschaft. Unter mir funkeln gelbliche Lichter in den anderen Häusern, und ich stelle mir all die Mütter und Väter vor, die sich auf Weihnachten vorbereiten, Geschenke einpacken und Geschichten vom Weihnachtsmann erzählen.

Mein Vater hat immer gesagt, dass wir nicht nur Kekse und Milch für den Weihnachtsmann hinausstellen müssten, sondern auch Karotten und Wasser für die Rentiere.

Die Rentiere brauchen Kraft, um durch die ganze Welt zu fliegen, sagte er zu Jo und mir. Wir haben das fraglos geglaubt. Jedes Jahr stellten wir eine große Schüssel mit Wasser und einen ganzen Teller mit Karotten bereit, genau hier, wo ich stehe. Jo und ich stellten uns immer vor, wie sich alle Rentiere um den Teller drängten und sich die Bäuche vollschlugen.

Bei der Erinnerung muss ich lächeln und schiebe mit dem Fuß einen kleinen Fleck Schnee weg. Ich will versuchen, dieses Jahr daran zu denken. Nur um der alten Zeiten willen … für Jo.

Ich lausche den Worten von »Little Drummer Boy«. Zum ersten Mal denke ich darüber nach, dass Maria eine junge Mutter war, die wahrscheinlich unter Schlafentzug litt, und dass ein Junge gekommen war, der für das Jesuskind trommelte.

Ob Maria insgeheim zusammengezuckt ist? *Jesus macht gerade ein Nickerchen. Weck ihn bitte nicht.*

Aber weil sie eine Heilige war, hat sie wahrscheinlich sanft gelächelt und gesagt: »Nur zu. Schlag deine Trommel. Er kann später immer noch ein Schläfchen machen.«

Oh mein Gott, Meg. Du machst dich lächerlich. Das mache ich, und ich weiß auch, warum. Ich zögere das Schlafengehen hinaus, weil ich nicht im Bett meines Vaters schlafen will.

Denn wenn ich es tue, bekräftige ich ein für alle Mal, dass er nicht mehr hier ist und selbst darin schläft.

Und der Himmel weiß, dass ich niemals in meinem alten Bett schlafen werde. Es steht in dem Zimmer, das Jo und ich uns früher geteilt haben, und diesen Ort kann ich jetzt noch nicht besuchen. Nachdem Jo gestorben war, habe ich auf der Couch geschlafen, bis ich aufs College ging. Ich dachte, ich sollte vielleicht versuchen, meine Ängste zu überwinden und in meinem alten Bett schlafen, aber mein Vater meinte immer, ich müsste das nicht tun. Es bereitete mir Angstzustände, und dafür hatte er Verständnis.

Du wirst schon damit zurechtkommen, wenn du so weit bist, Meggie, hatte er eines Abends gesagt, nachdem er mir einen Kuss auf die Stirn gedrückt hatte.

Das Problem war nur … Ich habe es nie wirklich geschafft. Mein Vater musste mich sogar in New York besuchen, weil dieser Ort hier mir Albträume bereitete.

Und nun bin ich wieder hier.

Ich trete ein, schiebe die Balkontür zu und schließe sie ab.

Ich schlage die Decke zurück und starre auf das Bett meines Vaters.

Ich schnappe mir meine Schlafmaske und klettere hinein.

Ich schalte die Lampe aus, ziehe die Maske über meine Augen und finde mich damit ab, dass dieses Bett jetzt mir gehört.

Wie dieses Gebäude.

Und wie dieses Leben.

Kapitel 6

Ich wache allmählich auf. Ein Blick auf die Uhr verrät mir, dass es fast zehn Uhr morgens ist.

Ich strecke mich, setze mich auf und stapfe in die Küche, um Kaffee zu kochen. Das Problem ist nur, sowohl Sahne als auch Zucker sind alle. Also ziehe ich mich an und trage meine Tasse die Treppe hinunter.

Als ich die Eingangshalle betrete, sitzt Sylvie in einem Ohrensessel vor dem dunklen Kamin.

»Im Winter war Ihr Vater immer um sieben Uhr auf den Beinen«, sagt sie streng. »Er hat den Kamin angeheizt und für alle, die eine Tasse trinken wollten, Kaffee gekocht.«

»Wir haben einen Kaffeeautomaten«, gebe ich zurück. »Damit kann sich jeder Kaffee machen, wenn er will.«

»Nicht jeder mag diesen Kaffee oder will sich damit auseinandersetzen, wie man diese Maschine bedient. Dein Vater hat immer welchen gemacht und in eine Thermoskanne gefüllt.«

Sylvies strenger Blick deutet an, dass ich eine Kardinalsünde begangen habe.

Ich erwidere ihren Blick mürrisch und trete an den Kamin. Ich drehe den Hahn, um das Gas strömen zu lassen, und entzünde die Flamme.

»So«, sage ich. »Er brennt.«

Sie und ich wissen beide, dass sie das genauso gut hätte

tun können und es in der Vergangenheit wahrscheinlich auch schon tausendmal getan hat. Aber jetzt lächelt sie kühl.

»Danke.«

»Gern geschehen.«

Ich gehe zur Küchenzeile, brühe Kaffee auf, gieße ihn in eine Thermoskanne und bringe ihn zur Kaffeestation.

»Und der Kaffee ist auch fertig.«

»Oh, ich will keinen«, erwidert sie. »Ich habe meinen in meiner Wohnung zur normalen Zeit getrunken. Jetzt ist es schon sozusagen Nachmittag.« Aber sie bleibt sitzen, und ich frage mich, ob sie vorhat, mich den ganzen Tag zu beobachten. Auf ihrem grünen Sweatshirt steht »LIEBER WEIHNACHTSMANN, ICH KANN ES ERKLÄREN.«

Falls sie eine Erklärung hat, würde ich sie wirklich gerne hören.

Ich lasse sie in der Lobby zurück und breche am Schreibtisch meines Vaters zusammen.

Ich schreibe Cassie eine SMS.

Ich glaube, ich habe die Seelenverwandte der Drachenlady getroffen.

Cassie antwortet ein paar Minuten später.

Durchwühlst du gerade einen Spielzeugladen auf der Suche nach einem Spielzeug, das schon seit Monaten ausverkauft ist, damit sie es der Tochter einer entfernten Bekannten schenken kann? Und hat sie dir gedroht, dich zu feuern, wenn du es nicht findest?

Das nicht, nein, antworte ich.

Dann hast du nicht ihre Seelenverwandte gefunden?

Ach du lieber Himmel. Das vermisse ich definitiv nicht. An manchen Tagen bin ich wegen Lillianna sogar mit Ausschlag nach Hause gegangen.

Du bist der Boss, setzt Cassie hinzu. Benimm dich auch so.

Wow, liebevolle Strenge. Da steh ich nicht so drauf. Ich schicke einen lachenden Emoji. Außerdem habe ich es bereits damit versucht, und es ist nach hinten losgegangen. Deshalb verstecke ich mich gerade im Büro.

Wir müssen später weitersimsen – ich laufe gerade Gefahr, dass mir rabiate Weihnachtseinkaufsmütter meine Gliedmaßen abreißen, antwortet sie.

Ich lache leise. Oh ja, das Fest der Liebe steht vor der Tür!

Ich lege mein Handy weg und schaue mich um. Ich muss irgendetwas tun, das mich professionell wirken lässt. So, als wüsste ich, was ich tue. Ich krame einen Notizblock hervor und liste Dinge auf, die erledigt werden müssen.

TO DO schreibe ich in Druckbuchstaben an den Anfang.

1. NACHFORSCHUNGEN ÜBER DIE HISTORICAL SOCIETY ANSTELLEN
2. NACHFORSCHUNGEN ÜBER DAS *RED ALIBI* ANSTELLEN. NACHPRÜFEN, OB ES WIRKLICH EXISTIERT HAT
3. LOBBY MIT ELLIES SACHEN DEKORIEREN.

Bei diesem Punkt halte ich inne. Ich nehme meine Liste mit in die Lobby und schaue mich um, ob Ellie die Kiste heruntergebracht hat.

»Wonach suchen Sie?«, fragt Sylvie.

»Warum wollen Sie das wissen? Würden Sie mir denn überhaupt helfen, es zu finden?«, frage ich bissiger, als ich beabsichtigt habe. Ihr Kopf ruckt zurück.

»So habe ich das nicht gemeint«, füge ich schnell hinzu. Sylvies Augen verengen sich. »Ich habe nur nachgeschaut, ob Ellie ihren Weihnachtsschmuck heruntergebracht hat. Sie wollte uns eine Kiste für die Lobby geben.«

»Die Lobby ist bereits geschmückt.« Sylvie schnüffelt. »Ich habe es selbst gemacht. Weil Sie nicht …«

»Ja, weil ich nicht da war.« Ich seufze. »Ich hab schon verstanden.«

Sylvie starrt erst mich an und dann auf meine Liste.

»Sie sollten noch ›Vorräte bestellen‹ auf die Liste setzen«, sagt sie. »Wir haben keinen Zucker mehr, kein Spülmittel für die Kochnische, keine Papierhandtücher und keine Post-it-Zettel.«

Ich schreibe das alles auf, als plötzlich das Licht ausgeht. Verwirrt schaue ich auf.

»Außerdem können Sie ›Die Stromrechnung bezahlen‹ hinzufügen«, erklärt Sylvie gelassen. Ich reiße die Augen auf und starre sie an.

»Sind Sie deshalb hier unten? Weil Sie wussten, dass der Strom abgestellt werden sollte? Warum haben Sie mir das nicht gesagt?«

»Sie haben nicht danach gefragt«, antwortet sie fast liebenswürdig. »Wären Sie hier gewesen, hätten Sie die Mitteilung in der Post gesehen. Aber Sie hielten es nicht für wichtig genug, hierherzukommen oder in der Zwischenzeit einen

Plan für die Verwaltung des Gebäudes auszuarbeiten. Sie dachten einfach, das würde sich auf magische Weise von selbst regeln.«

Ich blinzle. »Das wollte ich nicht«, erwidere ich. »Ich hatte gerade erfahren, dass mein Vater gestorben war, dass er keine Beerdigung wollte und dass ich ab sofort eine Waise war. Ich habe nicht klar gedacht. Es tut mir leid.«

»Spielen Sie jetzt nicht die Mitleidskarte aus, Liebes«, antwortet sie. »Das ist nicht vorteilhaft. Ja, ich wusste, dass der Strom abgestellt werden würde. Ja, ich habe hier unten gewartet, um zu sehen, wie es passiert. Das sollte eine Lektion für Sie sein. Sie tragen jetzt Verantwortung. Die können Sie nicht einfach ignorieren.«

Sie steht auf und geht ins Büro.

Verblüfft folge ich ihr. Sie telefoniert bereits mit dem Elektrizitätswerk. Sie begleicht die Rechnung am Telefon, einschließlich der 100 Dollar Wiederanschlussgebühr.

»Sie sind also innerhalb einer Stunde hier?«, fragt sie. »Wir haben ein Apartmenthaus mit vielen älteren Bewohnern, also je eher Sie kommen können, desto besser. Sie können in den Unterlagen sehen, dass wir noch nie zu spät gezahlt haben. Wir sind unter einer neuen Leitung und haben ein paar Wachstumsschmerzen. Das war's auch schon. Vielen Dank für Ihre Geduld.«

Sie legt auf und dreht sich zu mir um. »Sie sind in einer halben Stunde da.«

Dann verschwindet sie.

Die ersten Bewohner tauchen auf und erkundigen sich nach den Gründen für den Stromausfall.

»Es tut mir sehr leid«, sage ich zu jedem von ihnen. »Er wird jeden Moment wieder angestellt. Bitte nehmen Sie doch einen Kaffee in der Lobby.«

Ich zünde ein paar Kerzen auf dem Kaminsims an, und zusammen mit dem Feuer (das zum Glück mit Gas betrieben wird, sodass es nicht ausgegangen ist) sieht es fast festlich in der Lobby aus.

Eine Gruppe von Bewohnern bleibt tatsächlich in der Lobby sitzen, also laufe ich mit der Thermoskanne herum und schenke Kaffee nach. Sie plaudern und sind insgesamt alle sehr geduldig.

Ich lerne einige neue Leute kennen. Ellen George, Bob Rickhart. Virginia Jones. Maeve Richardson.

Sie sind alle freundlich. Sie sind alle geduldig.

Sechsundzwanzig Minuten später geht der Strom wieder an.

»Da ich jetzt Ihre Aufmerksamkeit habe«, rufe ich, »möchte ich Ihnen allen ein frohes Weihnachtsfest wünschen. Ich bin froh, dass ich hier bin. Und ich werde nie wieder vergessen, die Stromrechnung zu bezahlen.«

Sie gehen zurück in ihre Wohnungen, und ich schreibe Logan eine SMS, in der ich ihm alles erzähle.

Das ist hart! Ich habe sie noch nie so wütend erlebt.

Vielen Dank, antworte ich. Haben Sie vielleicht auch etwas Hilfreiches zu sagen?

Tja. Verstecken Sie bloß die Messer vor ihr.

Im Büro durchstöbere ich die gesamte Post und versuche, weitere Rechnungen zu finden. Sie sind alle überfällig, aber keine davon ist bedrohlich.

Ich bezahle sie von meinem persönlichen Bankkonto, das allerdings nicht sonderlich üppig ausgestattet ist, dann gehe ich zum Supermarkt und fülle die Vorräte auf. Vielleicht könnte ich sie auch irgendwo bestellen, aber ich habe keine Ahnung, wo. Das finde ich an einem anderen Tag heraus.

Heute bin ich völlig damit ausgelastet, Brände zu löschen.

Und das anscheinend im wahrsten Sinne des Wortes.

Jay Mallack kommt um 17.37 Uhr ins Büro und teilt mir mit, dass der Trockner im Keller qualmt.

»Es tut mir so leid«, sagt er, während wir mit dem Aufzug nach unten fahren. »Da unten stehen Profigeräte, deshalb habe ich meine Bettdecke dort gewaschen. Jerry hat mir das immer erlaubt, weil sie zu groß für die Waschmaschine und den Trockner in meiner Wohnung ist.«

»Das ist ganz bestimmt nicht Ihre Schuld«, versichere ich ihm. Ich gehe zum Trockner und ziehe den Stecker.

Qualm hüllt uns ein, und ich bleibe erstaunlich ruhig.

»Ich muss einen neuen besorgen«, sage ich, öffne die Tür des Trockners und nehme seine Bettdecke heraus, die zum Glück fast trocken ist. Mit einem sehr, sehr gelassenen Lächeln reiche ich sie ihm. »Hier, bitte sehr.«

Während wir mit dem ächzenden Aufzug wieder in die Lobby hochruckeln, verspreche ich ihm, den Trockner so schnell wie möglich auszutauschen.

»Wann immer es Ihnen gerade passt«, erwidert er fröhlich. »Ich glaube, Sie haben dringendere Angelegenheiten zu erledigen.« Damit meint er wohl die Aufzugskabine, die mit ihren alten quietschenden Kabeln unser Leben in der Schwebe hält.

Er steigt aus und verschwindet in einer Duftwolke von Kaugummi, und ich fahre ganz ruhig weiter hinauf zu meiner Wohnung.

Dort angekommen, schließe ich behutsam die Tür.

Ich gehe gelassen ins Schlafzimmer.

Ich lasse ich mich sanft mit dem Gesicht nach vorne auf das Bett fallen.

Dann, und erst dann, stoße ich im Schutz meiner Kissen einen markerschütternden Schrei aus, schlage mit Händen und Füßen auf die Matratze ein, während ich heule, und lasse sämtliche Gefühle heraus, die ich in den letzten Tagen empfunden habe, damit sie sich endlich Gehör verschaffen.

Als ich fertig bin, bin ich ganz heiser und liege regungslos und matt da.

Ich bleibe liegen und schaue zu, wie die Lichter der Stadt Schatten an die Decke werfen.

Zwischendurch nicke ich ein, aber meist starre ich gedankenverloren nach oben und versuche, meinen Geist zu betäuben, damit ich nicht wieder ausflippe, sondern einfach ruhig bleibe.

Dafür benötige ich Wein, beschließe ich kurzerhand. Einen schönen Rotwein, passend zu den Feiertagen. Das wäre gut.

Ich durchstöbere die Schränke meines Vaters und stehe am Ende mit leeren Händen da. Wie kann jemand keinen Wein im Haus haben?

Ich weiß es, ich weiß es ganz genau, irgendwo muss es doch welchen geben.

Also gehe ich die Treppe hinunter und nehme jeweils zwei Stufen auf einmal. In der Kochnische krame ich in den Küchenschränken herum und schaue hinter jedes Glas und jede Dose, als ich einen Ausruf von der Tür her höre.

Ellie steht da, die Hand auf die Brust gepresst. »Tut mir leid«, sagt sie. »Ich habe um diese Zeit niemanden hier unten erwartet.«

Ich schaue auf meine Uhr. Es ist gleich Mitternacht.

»Ich wollte Sie nicht erschrecken«, sage ich zu ihr. »Ich bin auf der Suche nach Wein.«

Sie lächelt breit. »Ich bezweifle, dass Sie welchen finden werden. Aber was Sie finden werden und wonach ich hier suche, ist der Glenlivet Ihres Vaters.«

Ich hebe ruckartig den Kopf. »Sie trinken Scotch?«

»Normalerweise nicht«, gibt sie zu und kommt in die Küche. »Mein verstorbener Mann hat ihn immer getrunken. Ich finde, er schmeckt wie Spiritus, ganz gleich welcher Jahrgang es ist. Aber heute Abend muss ich meine Seele beruhigen.«

Sie öffnet eine Schranktür und nimmt zwei Gläser heraus. Dann verschwindet sie im Flur, und ich sehe, wie sie im Schreibtisch meines Vaters kramt und eine Flasche hervorzaubert.

»Sie ist in der zweiten Schublade links, ganz hinten«, erklärt sie mir. »Nur für die Zukunft.«

Ich betrachte die Flasche. »Ich bin mir nicht sicher, ob ich Scotch mag.«

»Den mögen Sie bestimmt nicht«, sagt sie fröhlich. »Aber er wird seinen Zweck erfüllen. Setzen wir uns vor den Kamin, ja?«

Wir schalten den Kamin an, und die Gasflammen lodern einladend. Ich mache es mir in einem samtenen Ohrensessel gemütlich. Ellie setzt sich in sein Pendant und schlägt die Beine übereinander. Sie gießt die bernsteinfarbene Flüssigkeit in zwei Gläser und reicht mir eines. Ich schnuppere daran und rümpfe instinktiv die Nase.

Mit einer eleganten Bewegung hebt sie lächelnd ihr Glas. »Auf den Erfolg!«

»Auf fröhliche Festtage!« Wir stoßen miteinander an. »Und auf neue Freunde.«

Ellie nippt an ihrem Whisky, aber ich muss mich erst überwinden. Der Geruch lässt mich schaudern, also halte ich die Luft an und nehme einen Schluck, dann noch einen. Der Whisky entfacht ein Feuer von meinen Lippen bis zu meinem Bauch. Die Wärme ist nicht unangenehm. *Aber dieser Geschmack*. Ich schüttele mich.

»Trinken wir darauf, Nägel mit Köpfen zu machen!« Mit einem frisch gefüllten Glas proste ich ihr zu und denke an alles, was ich heute geschafft habe.

Ellie lacht amüsiert. »Seien Sie vorsichtig, Liebes. Der hat mehr Umdrehungen als Wein.«

Ich bin sehr zuversichtlich, dass ich den Alkohol vertragen kann. Meine Zuversicht wird gestärkt durch die Erinnerungen an die Partys der Studentenverbindung und in letzter Zeit auch an die Nächte mit der Belegschaft von *Stitch*. Wir haben viele gerade noch so eingehaltene Deadlines mit reichlich Alkohol in der Eckkneipe gefeiert.

Ich nehme noch ein paar brennende Schlucke.

Und dann noch ein paar mehr.

Die Gasflammen des Feuers scheinen jetzt mehr zu wärmen, und ich ziehe meine Strickjacke aus. Ellie mustert mein Gesicht.

»Ihre Wangen glühen ganz rot, Liebes«, sagt sie freundlich. »Sie sollten es wirklich langsamer angehen lassen.«

Weil ich meine Nase nicht mehr spüre, beschließe ich, ihren Rat zu befolgen. Einstweilen jedenfalls.

Ich lehne mich in meinem Sessel zurück.

»Wissen Sie, was das Schlimmste an der ganzen Sache ist, Ellie?« Ich lege meine Füße auf dem Couchtisch übereinander.

Sie wartet. »Dass ich meinen Vater nicht noch mal sehen konnte, bevor er starb.«

Ich angle nach meinem Glas, aber Ellie befördert es aus meiner Reichweite. Ich sinke in den Sessel zurück.

»Machen Sie sich Sorgen, dass er nicht wusste, dass Sie ihn geliebt haben?«, fragt sie stirnrunzelnd. »Das stimmt nämlich nicht. Er wusste es, Liebes.«

»Ich weiß. Ich habe es ihm bei jedem Telefonat gesagt. Aber ich bin nicht gekommen, Ellie. Ich bin nicht hierhergekommen, um ihn zu besuchen. Die Erinnerungen an diesen Ort ziehen mich runter. Wenn ich hier bin, fühle ich mich erdrückt von all den traurigen Dingen aus unserer Vergangenheit, deshalb habe ich ihn allein gelassen.«

»Er war nicht allein, Meg«, ruft sie mir ins Gedächtnis. »Wir alle waren seine Freunde. Er war von Menschen umgeben, die ihn liebten.«

»Das weiß ich zu schätzen«, sage ich aufrichtig. »Das tröstet mich.«

»Gut. Denn es ist wahr. Wir haben ihn alle geliebt. Er war eine sehr gute Seele. Und wenn Sie uns eine Chance geben, werden wir Sie auch lieben. Er hat uns so viel von Ihnen erzählt. Jeden Erfolg, den Sie verbucht haben, hat er mit uns gefeiert. Wir verfolgen sogar Ihren Blog, wissen Sie?«

»Mein Blog.« Ich spreche die Worte etwas undeutlich aus. »Ich habe nichts mehr geschrieben, seit ich New York verlassen habe.«

»Ich weiß. Wollen Sie damit nicht weitermachen? Woher sollen wir wissen, was wir anziehen sollen, wenn Sie es uns nicht sagen?« Ellie lächelt, aber der Gedanke an meinen Blog macht mich traurig, und das liegt nicht nur am Alkohol.

»Da hatte ich noch etwas zu sagen. Jetzt bin ich nicht mehr in der Modebranche, ich bin nicht auf den Modeschauen, habe keinen Zugang zu den neuen Trends. Ich bin hier ein Niemand, Ellie.«

»Ach, Meg. Das stimmt doch überhaupt nicht. Sie haben ein Auge für Mode, und das gehört nur Ihnen. Sie müssen nicht bei *Stitch* sein, um es zu nutzen.«

»Ich habe diesen Blog nur als Plattform genutzt«, gebe ich zu. »Ich wollte mir als Expertin einen Namen machen, damit die Leute eines Tages, wenn ich meine eigene Kollektion habe, nicht an meinem Können zweifeln.«

»Das können Sie immer noch schaffen, Darling.« Sie nippt wieder an ihrem Scotch. Sie trinkt wirklich wie eine Lady.

»Von hier aus ist das aber ziemlich schwierig.« Ich lasse den Kopf hängen.

»Meg, wissen Sie, woran ich immer geglaubt habe? Leg einen guten Lippenstift auf und geh die Sache an.«

»Das klingt ein bisschen nach Elizabeth Taylor.«

Sie lächelt. »Sie war jedenfalls eine sehr zielstrebige Frau«, gibt sie anerkennend zurück.

»Und sie hatte ungefähr hundert Ehemänner«, erwidere ich und verdrehe die Augen.

»Halten Sie Männer für eine Schwäche?« Ellie nippt wieder an ihrem Scotch. »Denn das sind sie nicht, Liebes.«

»Sie wollen, dass du deine eigenen Träume aufgibst und ihren folgst«, murmele ich.

»Die Richtigen tun das nicht«, sagt Ellie hartnäckig. »War Ihr Ex-Verlobter auch so?«

»Wir waren nicht verlobt«, sage ich schnell. »Wir waren nur zusammen. Aber ja. Genau so war er. Drake ist sehr ehrgeizig und verfolgt sehr zielstrebig seine Interessen. Er braucht jemanden, der ihn unterstützt und kein großes Bedürfnis nach einer eigenen Karriere hat. Er will eine Frau, die zu Hause bleibt, eine echte Fußballmama.«

Ellie denkt darüber nach.

»So wie es sich anhört, ist er kein schlechter Mensch, nur eben nicht der Richtige für Sie«, meint sie dann.

»Meine beste Freundin findet ihn nicht schlecht«, erwidere ich. »Sie will mit ihm ausgehen.«

»Meine Güte«, haucht Ellie. »Wie unkonventionell.«

»Ich weiß. Als ich ihn verlassen habe, hat er mir eine SMS geschickt. Er schrieb, ich würde auf jeden Fall zu ihm zurückkommen. Er meinte, ich bräuchte ihn und würde allein nicht überleben. Und trotzdem will Cassie ihn.«

»Ich schätze, sie ist nicht so stark wie Sie.«

»Da bin ich mir nicht so sicher.« Auch wenn ich mich über meine beste Freundin wundere, so ist sie doch immer noch meine beste Freundin. »Sie ist einfach … Ach, ich weiß nicht. Vielleicht hat sie den Konkurrenzkampf satt. Es ist nicht leicht, in dieser Welt Karriere zu machen.«

»Nur die Starken überleben«, bestätigt Ellie mit Nachdruck.

Ich zucke die Achseln. »Vielleicht. Rufen wir sie an.« Ich bin betrunken, daran besteht jetzt keinerlei Zweifel.

»Liebes, es ist ein Uhr nachts.«

»Schon okay«, lalle ich. »Sie hat mich schon öfters mitten in der Nacht angerufen. Einmal saß sie in einem Taxi fest und bekam Platzangst.«

Ich schweife ab. Ich wähle Cassies Nummer und schalte auf die Videofunktion.

Sie nimmt beim ersten Klingeln ab. »Ich hoffe, das ist wichtig«, murmelt sie, ohne die Augen zu öffnen. »Ich musste für die Drachenlady lange arbeiten. Ich bin erst vor einer Stunde nach Hause gekommen.«

Ich nicke. »Es ist sehr wichtig. Ellie will wissen, ob Drake ein Schurke ist.«

»Nein, ich wollte nicht, dass Sie sie anrufen«, protestiert

Ellie sanft. Cassie stützt sich auf einen Ellbogen, und ihr dunkles Haar fällt ihr über die Schulter.

»Was hast du getrunken?« Sie seufzt.

Ellie hält die Scotchflasche hoch. Cassie seufzt erneut.

»Warum?«, fragt sie schlicht.

»Keine Ahnung«, krähe ich.

»Meg, ich nenne das nicht umsonst statt Glenlivet Glen-lass-es.«

Ellie entschuldigt sich bei Cassie. »Es tut mir so leid. Wir lassen Sie in jetzt Ruhe. Meg kämpft heute Abend mit Lebensentscheidungen, und als ihre beste Freundin war ihr erster Gedanke, Sie anzurufen, glaub ich.«

Cassie setzt sich auf. »Kämpfst du mit der Tatsache, dass du Drake verlassen hast?« Plötzlich ist sie hellwach.

»Nein«, antworte ich entschieden. »Du kannst ihn immer noch haben.«

Sie wirkt auf mich sichtlich erleichtert.

»Warum fragst du dich, ob er ein guter Mensch ist?«, will sie jetzt verwirrt wissen.

»Ich habe sie gefragt, und sie meinte, sie sei nicht unvoreingenommen genug, um zu antworten«, wirft Ellie ein. »Ist schon gut. Es tut uns furchtbar leid, dass wir Sie geweckt haben.«

»Drake ist kein schlechter Kerl«, klärt Cassie sie auf. »Er ist ehrgeizig, und auf manche wirkt er wie ein Halsabschneider, aber das ist nur seine geschäftliche Seite.«

»Er hat nur eine geschäftliche Seite«, behaupte ich, verliere das Gleichgewicht und falle mit dem Kopf gegen die Seite des Stuhls.

»Das stimmt nicht«, sagt Cassie. »Er ist ehrgeizig, und er arbeitet viel. Aber erinnerst du dich an das Abendessen, das er für dich im Central Park arrangiert hat? Oder als er den Hubschrauber für dich gebucht hat?«

Ich blinzle. »Das war seine Assistentin.«

»Auf seine Anweisung hin«, antwortet Cassie.

»Das sind doch nette Gesten.« Ellie sieht mich an.

Das sind sie auch. Wenn man es so betrachtet.

»Vielleicht habe ich ihn einfach nicht so gesehen, wie ich es hätte tun sollen«, biete ich an. »Er war einfach nicht der Richtige.«

»Und das ist ganz okay«, versichert mir Ellie. »Es ist gut, dass Sie es herausgefunden haben.«

Cassie will etwas sagen, aber wir werden von einer sehr strengen Stimme unterbrochen.

Wir drehen uns um. Sylvie steht in der Tür, in einem kuscheligen Bademantel und mit Lockenwicklern im Haar.

»Wisst ihr Ladys eigentlich, wie spät es ist?« Ihre Stimme klingt wie Stahl. Ich bin verlegen.

»Tut mir leid, Sylvie«, nuschle ich.

»Ihre Probleme mit Ihrem Freund sind nicht das Problem von allen Bewohnern hier im Haus, die im Übrigen versuchen zu schlafen!«, schnauzt sie mich an. Ich mache mir nicht die Mühe, ihr zu sagen, dass ich keine Probleme mit meinem Freund habe. »Bitte jammern Sie leiser.«

Sie marschiert davon, und ich sehe Ellie an.

»Meine Güte. Sie wird mich nie mögen.«

»Im Moment sieht es wirklich nicht gut aus«, räumt Ellie ein. »Aber man sollte niemals nie sagen.«

»Wir müssen Schluss machen, Cass«, sage ich zu meiner Freundin. »Ich brauche dringend einen Schluck Wasser.«

»Trink ein paar Gläser und nimm ein paar Aspirin, bevor du ins Bett gehst«, rät mir meine kluge beste Freundin.

»Okay.« Ich lege auf und versuche aufzustehen. Der Raum dreht sich. »Oh mein Gott, Ellie, du hattest recht. Der Sprit hat Beine.«

Die Vorstellung, dass die Flasche mit Beinen herumläuft, lässt mich kichern. Ellie schaltet schnell den Kamin aus, dann schiebt sie ihre Arme unter meine. »Gehen wir, Liebes«, sagt sie, während sie mich zum Aufzug führt.

Ich kichere die ganze Fahrt bis zum obersten Stockwerk, und Ellie, Gott segne sie, beschwert sich nicht.

Sie begleitet mich in meine Wohnung und sieht mich an. »Kommst du jetzt zurecht?«

Ich nicke, erfreut darüber, dass wir uns duzen. »Hundertprozentig.«

Sie hält inne und sieht mich wieder an.

»Tausendprozentig«, ergänze ich.

Sie lächelt nervös. »Geh ins Bett, Liebes«, sagt sie, bevor sie verschwindet.

Ihre Abwesenheit ist deutlich fühlbar, und die Realität des Alleinseins umgibt mich erneut. Das gefällt mir nicht, und ich hole mein Handy heraus.

Ich fange an, Leuten zu schreiben, während ich ins Bett falle. Ich weiß nicht, wie lange ich noch bei Bewusstsein bin, bevor mich die Dunkelheit einholt und meine Hand auf die Seite fällt und mein Handy in die Laken rutscht.

Kapitel 7

Von einem Kribbeln im Nacken werde ich wach. Die Sonne sticht mir in die Augen.

Ich stürme aus dem Bett, ignoriere meinen pochenden Kopf und ziehe die Vorhänge zu. Die Dunkelheit ist eine Wohltat. Ein Blick in den Spiegel lässt mich erstarren.

Wann habe ich Ellies Kleid angezogen? Das Letzte, woran ich mich erinnere, ist, dass ich ins Bett gefallen bin. Irgendwann muss ich wieder aufgestanden sein.

Es steht mir tatsächlich gut. Als ich es das erste Mal gesehen habe, dachte ich, es wäre mir zu klein. Aber es passt mir genau, als wäre es nur für mich gemacht worden. Ich drehe mich hin und her und bewundere die Art und Weise, wie es über meine Hüften fällt und sich an den richtigen Stellen anschmiegt. Dezent, aber dennoch sexy und elegant.

So etwas wird heute nicht mehr hergestellt.

So etwas stellt man nicht mehr her. Aber das sollte man tun.

Die Inspiration schlägt zu. Ich ziehe das Kleid aus, hänge es wieder vor die Schranktür und schlüpfe in meinen Bademantel. Dann schnappe ich mir mein Skizzenbuch und setze mich in Sichtweite des Kleides aufs Bett. Meinen pochenden Kopf und den trockenen Mund ignoriere ich und skizziere einen Entwurf, der auf diesem Kleid basiert.

Eleganter Ausschnitt, dicker, atmungsaktiver Stoff, der

kleine Makel kaschiert, Falten, die die Vorzüge unterstreichen, sexy und doch edel.

»Die Welt braucht mehr Klasse«, verrate ich dem Entwurf. Ich ziehe meinen Bleistift über die Kurve einer Hüfte und streiche dann über meine eigene. »Ihr seht fantastisch aus«, sage ich zu meinen Hüften. »Hör auf, mit dir selbst zu reden«, füge ich hinzu.

Ich lege den Entwurf beiseite. Zum ersten Mal seit langer Zeit fühle ich mich wohl. Irgendwie erfüllt, in meinem Element. Das ist doch schon mal was.

Ich schnappe mir meinen Laptop und tippe meinen ersten Beitrag seit Wochen auf meinem Blog *The Fitting Room Floor*. Darin verkünde ich die Vorzüge des stilvollen Auftretens.

Fast hätte ich ein Bild des Kleides eingefügt, aber ich kann mich gerade noch stoppen.

Das behalte ich vorerst für mich. Ich habe eine Idee ... den Keim einer Idee ... Ich will eine ganze Kollektion rund um dieses eine Kleid entwerfen.

Vielleicht könnte ich die Linie *Back to Class* nennen. Oder vielleicht *Back 2 Class*? Himmel, nein. Vielleicht *Timeless*?

Aua. Das ganze Nachdenken tut meinem armen verkaterten Gehirn weh. Ein Klopfen an der Tür unterbricht mein Brainstorming.

Ist es Ellie, die nach mir sehen will, oder Sylvie, um sich bei mir wieder über irgendwas zu beschweren?

Wie sich zeigt, ist es weder die eine noch die andere.

Logan steht vor mir und hält mir grinsend eine Tasse Kaffee hin.

»Ich dachte mir, den könntest du brauchen.«

Ich nehme ihn an, beäuge ihn aber misstrauisch.

»Wie ... Wie haben Sie ... Wie hast du ...?«

»Woher ich weiß, dass du dir gestern Abend einen hinter die Binde gekippt hast?« Er grinst breit. Sein hinreißendes Lächeln lässt mich dahinschmelzen. »Ich nehme an, du hast heute Morgen wohl noch nicht deine SMS gecheckt und kannst dich nicht mehr an letzte Nacht erinnern?«

An letzte Nacht.

Diese drei Worte verheißen nie etwas Gutes. Niemals.

»Oh mein Gott. Was habe ich getan?« Ich lasse ihn in der Tür stehen und rase zu meinem Telefon.

»Das würde ich jetzt lieber nicht tun«, rät er mir. Natürlich ignoriere ich ihn.

»Oh mein Gott«, murmle ich, während ich unseren Text-Thread durchlese.

Du bist so sexy 😉

Dieser Werkzeuggürtel steht dir wirklich verdammt gut 😉

He, meine Rohre sind verstopft, hast du Lust, vorbeizukommen und sie zu reinigen? 😉

»Nein, nein, nein, nein, nein!« Ich schnappe nach Luft und werfe mein Handy aufs Bett, als würde es das Problem lösen, wenn ich es nur weit genug von mir entferne. »Ich habe keine Ahnung, was in mich gefahren ist. Es tut mir so unsagbar leid. Ich kann überhaupt nicht begreifen, dass ich das gemacht habe. Ich … Das ist so peinlich.«

Logan lehnt sich immer noch grinsend an den Türrahmen.

»Um fair zu sein, dieser Werkzeuggürtel steht mir wirklich gut«, sagt er hilfreich.

Ich lasse meinen Kopf in die Hände sinken, weil ich Logan nicht ansehen will.

»Schon gut«, beruhigt er mich. »Mach dir keine Sorgen. Ich bin nicht rübergekommen, um das auszunutzen.«

Ich möchte sterben.

»Ich …« Ich stocke. »Mir fehlen die Worte. Ich habe zum ersten Mal Scotch getrunken und … es tut mir leid.«

Ich bekomme weiche Knie, aber nicht auf die sexy Art.

»So sehen also betrunkene SMS aus«, sagt er fröhlich.

»Als ob du das noch nie gesehen hättest!«, murmle ich.

»Habe ich nicht. Jedenfalls nicht solche.«

»Nun, dann hab ich also die zweifelhafte Ehre, die Erste zu sein.« Ich erröte, ich habe wirklich nicht das Recht, deswegen sauer zu sein. Schließlich hab ich die SMS geschickt. Unaufgefordert. Natürlich hätte es auch schlimmer kommen können. Unterschwellig registriere ich, dass wir uns duzen.

»Wenigstens habe ich keine unanständigen Bilder geschickt.« Ich schüttele mich.

Er reißt die Augen auf. »Oh, ja. Das wäre … wirklich tragisch gewesen.« Ich verdrehe die Augen und er lächelt. »Hör zu, es ist nichts passiert. Alles ist okay.«

Er steht in meiner Wohnung, frisch und mit strahlenden Augen, und ich bin der Aschenbecher von letzter Nacht und schaler Whisky. Metaphorisch gesprochen, denn ich rauche nicht.

»Wolltest du etwas?« Ich versuche, subtil zu bleiben, aber ich will wirklich, dass er geht, bevor er noch den Pelz auf meiner Zunge sieht.

»Hm? Oh. Ich dachte nur, du könntest einen Kaffee gebrauchen. Sylvie hat angerufen und mich gebeten, die Streusalzsäcke aufzufüllen, und da dachte ich, ich komme vorbei und sage Hallo, wenn ich schon mal hier bin.«

»Warte mal. Sylvie hat dich angerufen?« Ich kneife die Augen zusammen. »Ich dachte, sie hasst mich?«

»Kann schon sein.« Er zuckt mit den Schultern. »Aber sie will nicht, dass jemand auf dem vereisten Bürgersteig vor dem Haus ausrutscht. Man kann sich da leicht die Hüfte brechen, weißt du.«

»An Salz für das Eis habe ich gar nicht gedacht«, sage ich schlaff und setze mich aufs Sofa. »Woran habe ich sonst noch nicht gedacht?«

Logan lässt sich neben mir nieder und klopft mir auf die Schulter. »Mach dir keine Sorgen. Wenn du etwas vergisst, werden wir dich daran erinnern.«

Er beugt sich vor und starrt auf den Couchtisch. »Hey, hast du das gezeichnet?« Er deutet auf meinen Skizzenblock. »Das ist wirklich gut!«

Er greift nach ihm, um den Entwurf genauer zu betrachten, aber ich bin schneller. »Lass das. Es ist noch längst nicht vorzeigbar.«

»Das sieht aber schon unglaublich gut aus! Bist du Designerin?«

Ich seufze. »Das war ich. Beziehungsweise ich wollte eine werden. Jetzt bin ich Apartmenthausbesitzerin.«

Er mustert mich. »Das muss sich doch nicht gegenseitig ausschließen.«

»Oh doch. Ich kenne viele, viele Wohnungseigentümer in Chicago, die in Mode dilettieren«, sage ich sarkastisch, und jetzt verdreht er die Augen.

»Irgendwie habe ich das Gefühl, dass du alles erreichen kannst, was du dir vornimmst. Und sei nicht böse auf Chicago. Immerhin hat Oprah hier ihr Imperium aufgebaut.«

Er steht auf.

»Danke für den Vertrauensbeweis. Aber im Moment habe ich wirklich alle Hände voll zu tun.«

Er zuckt mit den Schultern. »Jedenfalls solltest du darüber nachdenken. Es wäre eine Schande, dein Talent zu verschwenden.«

»Danke für den Rat«, sage ich und führe ihn hinaus. »Und danke für das Salz. Ich weiß das wirklich zu schätzen.«

»Wenn du noch etwas brauchst, lass es mich wissen.« Er zwinkert mir zu, als ich die Tür schließen will, und stellt seinen Fuß dazwischen. »He, Meg?«

»Ja?«

»Sylvie hat mir erzählt, dass du Probleme mit Männern hast. Zerbrich dir deswegen nicht den Kopf. Jeder Kerl würde sich glücklich schätzen, dich zu bekommen.«

Ich reiße meine Augen auf und kann keinen klaren Gedanken mehr fassen. Also tue ich das einzig Logische: Ich schlage ihm die Tür vor der Nase zu und lasse mich dagegen sinken.

Er hält mich für eine versoffene Versagerin, die Probleme mit Männern hat! Wie demütigend! Wenn ich jetzt auf der Stelle sterben könnte, würde ich es tun. Ich greife nach meinem Handy, um Cassie eine SMS zu schreiben und ihr alles zu erzählen, als ich sehe, dass ich Cassie heute Nacht bereits geschrieben habe. Und sie ist offenkundig nicht die Einzige.

»Oh nein«, murmle ich und scrolle und scrolle. »Oh, nein, nein, nein!« Ich habe Drake und auch Lillianna gesimst.

Lillianna? Was habe ich mir dabei bloß gedacht?

Du warst die schlimmste Chefin aller Zeiten!

Aber du hast einen unfehlbaren Riecher für Mode!

Trotzdem! Warum musst du so gemein sein?

Alle nennen dich Drachenlady, und glaub mir, du hast diesen Titel verdient!

Bei der letzten SMS habe ich auch noch das lila Teufel-Emoji eingefügt.

Ach du meine Güte. Ach du meine Güte. Neeeeeiiiiin. Sie hat nicht geantwortet, aber ihre Lesebestätigungen sind aktiviert, sie hat die Texte also gesehen.

Ich will einfach nur sterben.

Und dann auch noch *Drake*.

Meine Nachrichten an ihn sind auch nicht viel besser.

Also echt! Du bist so ein heißer Kerl, warum musst du eigentlich so egozentrisch sein?

Gute Freunde unterstützen einen.

Du könntest so viel mehr sein, als du bist, du könntest ein vielseitiges Individuum sein, wenn du nur ein bisschen mehr an andere Menschen denken würdest.

Auf die letzte Nachricht hat er tatsächlich geantwortet.

Meg, ich glaube, du solltest schlafen gehen.

Das wars. Mehr hatte er dazu nicht zu sagen. Okay, der Zeitstempel auf der SMS zeigte drei Uhr dreißig, also lag er ganz richtig. Ich hätte ins Bett gehen sollen. Ironischerweise war ich diesmal diejenige, die nicht rücksichtsvoll war.

Ich bin lächerlich. Ich habe mich zum Gespött gemacht, und jetzt weiß ich nicht, wie ich das wieder hinkriegen soll. Während ich dusche und mich anziehe, denke ich über meine

Optionen nach, dann trinke ich zwei Flaschen Wasser und schlucke ein paar Aspirin.

Ich könnte nach Mexiko auswandern und keine Nachsendeadresse hinterlassen.

Ich könnte allen eine SMS schreiben und mich entschuldigen.

Ich könnte so tun, als wäre es nie passiert.

Ich könnte mich für vorübergehend unzurechnungsfähig erklären.

Ich könnte sagen, dass jemand mein Telefon gehackt hat und sich für mich ausgegeben hat.

Ehrlich gesagt, nach Mexiko zu ziehen, klingt gar nicht so schlecht. Allerdings müsste ich an meiner Alkoholtoleranz arbeiten, wenn ich Tequila trinken will. Offenbar bin ich diesbezüglich ein Leichtgewicht geworden.

Selbst wenn ich die Treppe so behutsam wie möglich hinunterschleiche, schmerzt jeder Schritt in meinem Kopf.

Als ich auf Sylvies Etage stehen bleibe, um mir die Schläfen zu reiben, werfe ich einen Blick in Richtung ihrer Wohnung.

Sei die bessere Person. Es ist nicht ihre Schuld, dass du verkatert bist.

Ich straffe meine Schultern und gehe dorthin.

Sie reagiert nicht auf mein Klopfen.

Ich klopfe erneut.

Immer noch keine Antwort.

»Hallo, Sylvie?«, rufe ich und schrecke vor dem Klang meiner eigenen Stimme zurück. »Ich wollte mich nur bei Ihnen bedanken, dass Sie das Salz bestellt haben. Daran hatte ich gar nicht gedacht. Der Bürgersteig ist ohne Salz wirklich zu gefährlich. Also, vielen Dank! Oh, und außerdem habe ich keine Probleme mit Männern.«

Ich warte eine Sekunde, dann drehe ich mich seufzend um.

Marvin Fairwater steht in seiner Tür, auf der anderen Seite des Flurs, und löffelt sein Müsli aus einer Schüssel, während er mir interessiert zusieht.

»Sylvie ist gerade nicht da«, erklärt er. »Es ist Montag. Montagmorgens geht sie immer zum Friedhof.«

»Zum Friedhof?«

»Wo Ihr Vater begraben ist«, sagt er liebenswürdig. »Und ihr verstorbener Mann.«

Ich schlucke.

»Sie geht jeden Montag hin?«

»Immer. Sie sagt, sie möchte ihre Woche auf die richtige Weise beginnen.«

»Das wusste ich nicht«, erwidere ich schwach.

»Wie mir zu Ohren gekommen ist, haben Sie beide einen schlechten Start hingelegt. Aber nichts ist irreparabel, Ms. Julliard.«

»Meg«, sage ich. »Bitte.«

»Meg.« Er lächelt. »Sie sind genauso hübsch, wie Ihr Daddy es immer gesagt hat. Ich kann mir auch nicht vorstellen, warum Sie Probleme mit Männern haben sollten.«

Ich laufe rot an. »Danke. Und ich habe keine. Männerprobleme, meine ich.«

»Das ist gut.« Er lächelt weiter. »Ihr Daddy war wirklich mächtig stolz auf Sie«, fügt Marvin hinzu. Ich werde noch röter.

Er lacht.

»Ich wünsche Ihnen eine schöne Woche, Meg.« Er will sich zurückziehen, hält aber inne. »Ach, und Meg …? In dem Kaffeeautomaten in der Lobby gibt es keinen Kakao mehr.«

Er schließt seine Tür, und ich tippe eine Notiz in mein Telefon. *Kakao-Pads für den Automaten bestellen!*

Ich mache mich auf den Weg in die Lobby, und als ich hindurchgehe, entdecke ich einen Holztisch neben dem Kamin, mit einer Thermoskanne und einem Stapel Tassen darauf. Auf dem handgeschriebenen Schild steht: Bedienen Sie sich mit einer Tasse hausgemachter heißer Schokolade. Frohe Weihnachten!

Sylvie hat den Kakao dorthin gestellt, bis die Pads da sind. Es fällt mir immer schwerer, meine Schuldgefühle zu ignorieren.

Ich werde es einfach gar nicht erst versuchen. Also hole ich meinen Mantel vom Haken an der Tür und gehe hinaus in den Schnee. Vielleicht bereue ich das. Wahrscheinlich werde ich das sogar, aber ich muss die Dinge mit ihr wieder in Ordnung bringen.

Warum lebe ich an einem Ort, wo eisige Luft auf meinem Gesicht brennt?

Ich reibe meine Hände aneinander und wünschte, ich hätte Handschuhe mitgenommen. Und ich muss daran denken, meine Haut einzucremen, wenn ich nach Hause komme. Dieser kalte Wind kann einem in zwei Minuten das Gesicht zerfressen. Ich strecke meinen Arm nach einem Taxi aus, während ich unter der Weihnachtsbeleuchtung stehe, die tagsüber nicht so festlich wirkt. Erst in der Nacht ist sie wirklich magisch.

Einen Block weiter bimmelt ein Weihnachtsmann mit seiner Glocke neben einem roten Eimer. Während ich auf ein Taxi warte, jogge ich zu ihm und werfe ein paar Dollar hinein.

»Vielen Dank, Miss«, sagt er lächelnd. »Gott segne Sie.«

»Und Sie«, antworte ich. »Bleiben Sie warm.«

Er lacht, denn das ist natürlich unmöglich.

Ein Taxi hält an, ich steige ein und ignoriere den Geruch von ranzigem Popcorn. Hier drin ist es wenigstens warm.

»Graceland Cemetery«, sage ich zu dem Fahrer. Er nickt wortlos und lenkt den Wagen auf die schneebedeckte Straße. Während wir zum Lincoln Park fahren, sehe ich Weihnachtsszenerien an mir vorbeiziehen.

Die Schaufenster sind voller Weihnachtsdekorationen, geschmückt mit Weihnachtspullovern und Glocken und bunten Paketen. Ich weiß natürlich, dass all diese Pakete leer sind. Sie sind nur Show. Das erscheint mir wie eine perfekte Analogie für mich und mein Leben hier. Ich habe niemanden, für den ich etwas kaufen könnte. Außer vielleicht Cassie. Ich werde ihr einfach einen Gutschein für eine Massage schicken. Die hat sie sicher nötig.

Der Taxifahrer hält vor dem Tor, und ich klettere hinaus in die Kälte, laufe durch den knirschenden Schnee über den geweihten Boden. Die Stille hier ist bemerkenswert. Es ist ruhig und ehrfurchtgebietend, und der Schnee glitzert unberührt. Die Zweige der Bäume, die die Wege säumen, klirren fast wie Windspiele, wenn eine Bö hindurchfährt.

Wenn ich hier spazieren gehe, selbst an einem kalten Tag wie diesem, erfüllt mich Frieden. Meine Familie hat einen Ort wie diesen verdient, um sich auszuruhen, eine stille Oase inmitten der geschäftigen Stadt. Es war zwar teuer, aber das ist es wert.

Ich gehe den Weg entlang, der zu meinen Eltern führt, vorbei an der Statue des Flöte spielenden Jungen. Der Teich vor ihm ist jetzt zugefroren.

Ich finde ihr Grab schnell.

Gerald und Elaina Julliard.

Sie liegen neben meiner Schwester, Josephine.

»He, Leute«, sage ich leise. »Tut mir leid, dass ich euch keine Blumen mitgebracht habe. Ich komme an einem anderen Tag mit welchen zurück.«

Ich knie mich hin und fege mit der Hand den Schnee von ihren Grabsteinen, sodass ihre Namen zu sehen sind.

»Es ist wunderschön hier«, erzähle ich ihnen. »Ich wünschte, ihr könntet es sehen. Der Schnee ist perfekt, es gibt keine Fußstapfen. Es ist wie ein Winterwunderland. Jo, es würde dir gefallen.«

Meine Schwester liebte den Winter. Sie liebte es, Schneemänner zu bauen, Schneeballschlachten zu veranstalten und Weihnachtslichter anzuzünden. In einem Jahr, als sie zu krank war, um die Klinik zu verlassen, hatten wir in ihrem Zimmer Lichterketten aufgehängt, und meine Mutter hatte einen Schneemann aus Baumwolle und vier Flaschen Klebstoff gebastelt. Ich erinnere mich noch daran, wie ich ihn ansah und dachte: Das ist der traurigste Schneemann, den ich je gesehen habe.

Aber Jo liebte ihn.

»Also, ich weiß nicht, ob ihr es wisst, aber ich bin wieder zu Hause. Es hat ein bisschen gedauert, die Dinge in New York zu regeln, aber jetzt bin ich wieder da. Und ich vermisse euch. So sehr. Es ist schön, daheim zu sein, dort, wo auch ihr seid, aber gleichzeitig macht es mich auch traurig, versteht ihr? Denn alles sieht so aus wie immer, nur dass ihr nicht da seid. Und ich bin die Einzige, die übrig ist.«

Ich atme tief ein und wünsche mir von ganzem Herzen, dass sie mich hören könnten.

»Ich weiß nicht, was ich mit dem Apartmenthaus machen soll, Papa. Ich will dich nicht im Stich lassen, aber es muss sehr stark renoviert werden, und dafür braucht man viel Geld, und das habe ich nicht. Ich habe aus Versehen den

Strom nicht bezahlt und er wurde abgestellt. Ich habe Sylvie verärgert, dabei ist sie diejenige, die weiß, wie man das alles organisiert. Ich habe keine Möglichkeit, alles zu reparieren … Leute, es ist der reinste Schlamassel. Ich weiß nicht, wie ich das alles in Ordnung bringen soll.«

Plötzlich kommen mir die Tränen, ich wische sie weg.

»Ich will dich nicht enttäuschen, Dad. Und all die anderen Bewohner. Sie leben schon so lange hier. Was ist, wenn ich das Gebäude noch mehr herunterwirtschafte? Was sollen sie dann tun?«

Ich spüre, wie die Bürde dieser Verantwortung auf meinen Schultern lastet, und kriege kaum noch Luft. Ich stütze die Hände in die Hüften und versuche, meine Atemwege zu öffnen, damit ich tief die eisige Luft einatmen kann.

»Du bist nicht allein.«

Ich höre eine leise Stimme hinter mir und wirble herum. Sylvie steht da mit ihrer pinken Beanie mit dem Bommel oben drauf. »Du bist nicht allein«, wiederholt sie noch einmal. »Ich bin ja auch da.«

»Es tut mir so leid, Sylvie«, sage ich und entschuldige mich vor meiner ganzen Familie. »Ich wollte Sie nicht beleidigen. Ich wollte nur nicht wirklich hierher zurückkehren und habe das an Ihnen ausgelassen. Ich will meinen Vater nicht enttäuschen. Und ich will die Bewohner nicht im Stich lassen. Aber ich weiß nicht, was ich tun soll. Ich weiß es einfach nicht.«

Ich weine wieder und komme mir albern vor, aber Sylvie reckt sich und schlingt ihre Arme um mich.

»Na, na«, sagt sie etwas verlegen. »Ist ja gut. Jetzt bin ich ja da.«

»Ich bin hergekommen, um Sie zu suchen«, schniefe ich. »Aber ich habe zuerst hier haltgemacht.«

»Das ist auch richtig so«, stimmt sie mir zu. »Aber jetzt schaffen wir dich aus der Kälte heraus.« Sie tritt zurück und zieht ihr Telefon aus der Manteltasche. »Ich rufe uns ein Taxi.«

Ihr Pragmatismus überrascht mich, aber natürlich sage ich das nicht. Ich möchte sie nicht schon wieder beleidigen.

Sie mustert mich. »Du solltest wirklich Stiefel und Handschuhe tragen, Meghan.«

»Ich weiß. Das war eine spontane Sache, und ich war nicht darauf vorbereitet.«

Sie schnieft, aber nicht so böse wie sonst.

Vielleicht mache ich ja doch noch Fortschritte.

Wir gehen zum Eingang, und ich lege meinen Arm unauffällig an ihren Ellbogen, um sicherzustellen, dass sie nicht ausrutscht. Sie ist winzig und stark, aber sie ist schon älter, und es ist eisglatt.

Das Taxi wartet schon, als wir den Eingang erreichen, und wir klettern in den warmen Innenraum. Sylvie dreht sich zu mir um.

»Ich helfe dir gerne, die Dinge zu klären«, sagt sie. »Ich bin zwar keine richtige Angestellte, aber ich möchte, dass Parkview weiter besteht. Tut mir leid, dass ich zugelassen habe, dass der Strom abgestellt wurde. Das war nicht nett von mir. Und sag bitte Du zu mir.«

Ich zucke zusammen, offenbar habe ich sie mit diesen Worten: *Du bist keine richtige Angestellte* verletzt.

»Sylvie, du brauchst dich nicht zu entschuldigen. Du hattest recht. Ich hätte hier sein sollen. Ich würde dich gerne für deine Mühe bezahlen, wenn du das akzeptierst.«

»Du hast doch gar kein Geld, Liebes«, erinnert sie mich. Im Rückspiegel sehe ich, wie die Lippen des Fahrers zucken.

»Ein bisschen habe ich schon«, gebe ich zurück. »Und ich hoffe, dass ich weiterhin Geld einnehmen werde. Du verdienst es, für deine gute Arbeit bezahlt zu werden.«

»Ich brauche das Geld eigentlich nicht«, klärt sie mich auf. »Wenn du mich bezahlst, hätte das sogar Auswirkungen auf meine Sozialversicherung und dergleichen. Deine Dankbarkeit wäre Bezahlung genug.«

»Nun, die bekommst du in Hülle und Fülle«, versichere ich ihr.

Sie lächelt jetzt, diesmal aufrichtig.

»Zuerst müssen wir das Büro in Ordnung bringen«, erkläre ich.

Ihr Grinsen erlischt. »Was stimmt mit dem Büro nicht?«, will sie wissen.

»Ni… Nichts«, stammle ich. »Ich habe es nur auf der Suche nach historischen Unterlagen auf den Kopf gestellt.«

In den nächsten Minuten erzähle ich ihr von meiner Idee, dass ein historisch relevantes Gebäude Finanzierungshilfen bekommt, und von dem uralten Speakeasy im Keller.

»Das hättest du gleich sagen sollen«, erwidert sie, als ich fertig bin. »Ich weiß alles über das *Red Alibi.* Ich dachte, es sei faszinierend, also habe ich vor Jahren alle möglichen Informationen ausgegraben. Ich muss sie nur wiederfinden.«

Mir fällt die Kinnlade herunter und ich starre sie an.

»Mach den Mund zu, Liebes«, rät sie.

Ich schließe meinen Mund.

Sie wirft mir einen verstohlenen Blick zu.

»Bereitet dir der Ärger mit deinem Freund schlaflose Nächte? Du hast Tränensäcke unter den Augen.«

»Ich habe keine Probleme mit meinem Freund«, antworte ich matt.

Sie schürzt ihre Lippen. »Eines habe ich über die Jahre gelernt: Männer kommen und Männer gehen. Du wirst dich wieder aufrappeln.«

»Jetzt mal im Ernst. Ich habe keine Probleme mit Männern«, sage ich, als wir aus dem Auto steigen. Wir gehen ins Haus. Sie will antworten, und ich hebe kurz die Hand hoch.

»Merk dir kurz, was du sagen wolltest.«

Ich fülle einen Becher mit Kaffee, klemme den Deckel darauf und gehe in die Kälte zurück, um ihn dem Weihnachtsmann unten an der Straße zu bringen.

»Vielleicht wärmt Sie das ja ein bisschen auf«, sage ich.

Er lächelt, was wiederum mein Herz zum Lächeln bringt.

Als ich zum Parkview zurückkehre, tut Sylvie so, als hätte sie nicht mitbekommen, was da gerade passiert ist, und ich tue so, als hätte ich nicht gesehen, dass sie mir nachspioniert hat.

»Du hattest recht«, sagt sie, während sie das Chaos im Büro begutachtet. »Das Wichtigste zuerst. Das muss geordnet und aufgeräumt werden. Dann … entwerfen wir unseren Antrag für die Historical Society. Soll ich uns Frühstück bestellen?«

Ihre Hand liegt bereits auf dem Hörer.

»Ich glaube, ich liebe dich, Sylvie«, sage ich, als ich mich in den Stuhl fallen lasse.

Sie grinst, und ich bin mir ziemlich sicher, dass mir vergeben wurde.

Kapitel 8

Als der Tag sich dem Ende neigt, ist das Büro in einem tadellosen Zustand. Alles ist abgeheftet und an seinem Platz. Sylvie tut so, als würde sie nicht bemerken, dass der Scotch meines Vaters verschwunden ist, und dafür bin ich ihr dankbar. Sie hat es sogar geschafft, eine leicht zerfledderte Girlande aus roter Folie vor den Schreibtisch zu hängen, als ich nicht hingesehen habe.

»Du hast dieses Büro ganz schön durcheinandergebracht«, sagt Sylvie, als sie gegen siebzehn Uhr erschöpft am Schreibtisch zusammensinkt.

»Ich weiß«, gebe ich zu. »Aber mir war klar, dass sowieso alles neu geordnet werden muss.«

Sylvie sieht mich scharf an. »Stimmt etwas nicht damit, wie es vorher war?«

»Aber nein!«, versichere ich ihr eilig. »Ich wollte mich nur mit allem vertraut machen. Deshalb wollte ich alles hier durchsehen.«

Sylvie sieht nicht ganz überzeugt aus, aber sie insistiert auch nicht weiter. Sicherlich erinnert sie sich an die vollgestopften Kisten in den Regalen.

Abwesend zupft sie an Rudolphs roter Bommel-Nase auf ihrem Pullover. »Jetzt muss mir nur noch einfallen, was ich mit der Kiste gemacht habe, in der all die Unterlagen von meinen Nachforschungen sind. Ich hatte gehofft, sie wäre hier.«

»Du weißt nicht, wo sie ist?«, platze ich heraus.

»Ich sagte doch, ich dachte, sie sei hier«, erwidert sie gereizt. »Ich erinnere mich genau daran, dass sie auf diesem Regal stand.«

Sie zeigt auf das Regal, aber natürlich ist da keine Kiste.

»Vielleicht«, sage ich geduldig, »ist sie ja in deinem Lagerraum.«

»Ich habe keinen. Nicht jeder hier braucht einen, weißt du.«

»Klar. Also gut. Vielleicht ist sie in der Wohnung meines Vaters?«

Sie denkt nach. »Das könnte sein, obwohl ich mich nicht erinnern kann, sie ihm gegeben zu haben.«

Sie reibt sich die Schläfen, vermutlich um ihr Gedächtnis zu stimulieren, als mein Handy vibriert und eine SMS meldet. Ich ziehe es heraus und schnappe nach Luft.

Sie werden in dieser Branche keinen Fuß mehr auf die Erde bekommen.

Lilliannas Worte sind so kalt wie ihr Drachenlady-Herz, als sie jetzt endlich auf meine betrunkene SMS antwortet.

»Was ist denn los?«, will Sylvie wissen.

Ich seufze und lege mein Handy weg. »Nur ein Kollateralschaden einer Nacht voller betrunkener SMS.«

Sie kneift die Augen zu schmalen Schlitzen zusammen. »Ich habe durchaus bemerkt, dass der Scotch deines Vaters weg war. Du weißt schon, dass er ihn für besondere Anlässe aufgehoben hat?«

Ich seufze wieder, und ihre strenge Miene wird freundlicher.

»Was hast du angestellt?«, fragt sie, jetzt etwas milder.

»Ich habe meiner Chefin in New York eine SMS geschickt. Meiner Ex-Chefin. Ich habe ihr gesagt, was für ein schrecklicher Mensch sie ist, und sie hat gerade geantwortet. Sie will dafür sorgen, dass ich nie wieder in der Modebranche arbeiten kann.«

Sylvie grübelt darüber nach. »Ist sie so ein schrecklicher Mensch?«

Ich nicke. »Tausendprozentig.«

»Dann hast du ja nur die Wahrheit gesagt«, meint sie schlicht. »Das ist immer das Beste, auch wenn es schmerzhaft sein mag.«

»Du bist wirklich ein pragmatischer Mensch«, stimme ich ihr zu. »Aber manchmal muss man die Wahrheit nicht unbedingt aussprechen. Ich habe lange versucht, mit ihr auszukommen, und alles getan, was sie von mir verlangt hat, egal wie anstrengend oder demütigend es war. Und all das habe ich mit einer einzigen SMS in zwei Minuten ruiniert.«

»Das ist zumindest eine gute Lektion. Trotzdem glaube ich, dass Ehrlichkeit das Beste ist.«

»Du ahnst nicht, wie hart ich für diesen Job geschuftet habe. Nachts, morgens, an den Wochenenden, an Feiertagen.«

»Oh, das verstehe ich«, sagt sie. »Du bist deswegen ja auch nie nach Hause gekommen. Dein Vater musste die Feiertage allein verbringen.« Sie ist wieder streng, und ich bin verlegen.

»Du kannst einem wirklich ein schlechtes Gewissen machen, weißt du das?«

Sie zuckt die Achseln. »Ich bin nur ehrlich.«

Ich sehe keinen Sinn darin, ihr noch einmal die Vorteile von Taktgefühl zu erläutern.

»Ich bereue es sehr, dass ich nicht öfter nach Hause gekommen bin«, sage ich stattdessen. Sylvie zupft wieder an Rudolphs Nase herum. Mittlerweile habe ich Angst, dass sie sie abreißt.

»Ich habe gehört, was du auf dem Friedhof gesagt hast«, gibt sie zurück. »Aber ich verstehe trotzdem nicht, warum du es nicht getan hast. Dein Vater war ein guter Mensch, Meghan. Er hat dich geliebt. Und ist dir jemals in den Sinn gekommen, dass er genauso wie du über diesen Ort gedacht hat? Auch ihn erinnerte Parkview West an schlechte Zeiten. Aber es war auch sein Zuhause, und er hatte auch gute Erinnerungen. Und er fühlte sich verpflichtet, diesen Ort für alle, die hier leben, zu erhalten.«

»Das empfinde ich auch so«, beteuere ich unnötigerweise.

Sie nickt. »Du musst verstehen, dass dein Vater dir dieses Apartmenthaus nicht als Strafe hinterlassen hat. Es hat ihm so viel bedeutet, und ich bin mir sicher, dass er wollte, dass es dir genauso geht. Du musst dafür nicht deine Träume aufgeben. In diesem Fall kannst du den Kuchen behalten und ihn gleichzeitig essen.«

»Logan hat fast das Gleiche gesagt«, antworte ich. »Aber du verstehst das nicht. Wenn ich in der Modebranche etwas erreichen will, dann muss ich in New York leben.«

»Sagt wer?« Sie schnaubt verächtlich. »Deine Drachenlady? Das Establishment?« Sie rümpft verächtlich die Nase – sie ist wirklich so 60er mit ihren Gesten. »Du brauchst keine Erlaubnis für irgendwas, Meghan Julliard. Nimm es dir, wenn du es willst.«

Ich lächle über ihren Enthusiasmus. »So war es schon immer, Sylvie. Ich mache die Regeln nicht.«

»Dann musst du sie eben brechen«, fordert sie mich selbstbewusst auf. »Hör zu, du bist hier von Mauern umgeben, in denen die Regeln seit den Roaring Twenties gebrochen wurden. Prohibition? Nicht hier, Baby.« Sie wirft sich stolz in die Brust. »Nimm dir ein Beispiel an diesem Geist, lass ihn in deine Knochen sickern, kanalisiere ihn und tu, was du tun willst. Brich die Regeln, und dann mach dir deine eigenen.«

Sie steht auf. »Ich will duschen. Und suche weiter nach diesem Karton. Kümmere du dich in der Zwischenzeit um dein Männerproblem. Ich glaube, ich habe gesehen, wie Logan dir schöne Augen gemacht hat.«

»Ich habe kein …«, setze ich an, aber sie ist schon weg. »… Männerproblem«, murmle ich vor mich hin.

Ich rede immer noch mit mir selbst, als ich die Treppe hochgehe. Ich habe ganz sicher kein Männerproblem. Ich hatte nur ein Problem … ein zweihundert Pfund schweres, arrogantes Problem, und das habe ich an dem Tag abgeschüttelt, als ich mit Drake Schluss gemacht habe. *Männerprobleme*. Ich verdrehe die Augen.

Als ich auf Ellies Etage um die Ecke biege, höre ich ihre Stimme im Flur. Sie scheint sich zu streiten. Nicht vehement, nicht heftig, eher sanft.

Ich bleibe stehen und stelle fest, dass ihre Tür einen Spalt offen steht. Darüber werde ich mit ihr reden müssen. Sie kann ihre Tür nicht einfach ständig unverschlossen lassen.

»Betsy, das hat keine Eile«, sagt Ellie leise. Ich kann mir vorstellen, wie sie auf und ab geht, während sie spricht, jeder Schritt leiser als der vorherige. »Mir geht es hier im Moment ganz ausgezeichnet. Ich bin gesund, ich bin mobil …«

Ich hätte fast geschnaubt. Sie ist körperlich fitter als viele Leute, die ich kenne und die halb so alt sind wie sie. Ich kann natürlich nicht hören, was ihre Tochter sagt, aber aus Ellies Tonfall und ihren regelmäßigen Seufzern schließe ich, dass Betsy mit irgendetwas nicht einverstanden ist.

Endlich spricht Ellie wieder. »Betsy, mir geht es im Moment gut. Die Feiertage stehen vor der Tür, und ich wünschte wirklich, du könntest nach Hause kommen und sie mit mir verbringen. Da du das nicht kannst, verbringe ich sie hier, in dem Haus, das ich seit Jahren kenne, umgeben von den Menschen, die ich kenne. Nach Weihnachten reden wir über meine nächsten Schritte. Ich habe dich lieb. Auf Wiederhören.«

Entschieden beendet sie das Gespräch.

Ich bin stolz auf sie.

Ich schiebe meinen Kopf durch den Spalt.

»Ellie?« Die Tür schwingt ein Stück weiter auf, und ich sehe sie vor ihrem Kamin sitzen. Er ist nicht an, sondern dunkel und kalt. Sie sitzt trotzdem davor und lässt die Schultern hängen.

»Meg«, sagt sie, bemüht herzlich. »Komm rein.«

»Es tut mir leid«, antworte ich, während ich näher trete. »Deine Tür war offen. Du solltest sie nicht offen stehen lassen. Aber ich habe dich mit deiner Tochter reden hören. Geht es dir gut?«

Ellie seufzt und nickt, dann klopft sie auf den Sitz neben sich. Also setze ich mich und warte, bis sie spricht.

»Betsy fühlt sich schuldig«, sagt Ellie schließlich. »Weil sie wegen ihrer Karriere nach London gezogen ist, was ich befürworte. Sie hat hart gearbeitet, um dorthin zu kommen, wo sie jetzt ist, und nichts sollte ihr im Weg stehen. Aber weil sie sich schuldig fühlt, dass sie so weit weg ist, reagiert sie manchmal übertrieben. Sie will unbedingt dafür sorgen, dass ich gut aufgehoben bin.«

»Das bist du hier doch!«

Ellie nickt. »Das bin ich auch. Ich bin nur ein einziges Mal gestürzt, letztes Jahr, aber das hat sie ganz schön aus der Fassung gebracht.«

»Du bist gestürzt?«, frage ich. »Hier?«

Sie nickt. »Auf der Treppe. Ich habe eine Tüte mit Lebensmitteln hochgetragen und die Stufe falsch eingeschätzt. Das hatte nichts mit meinem Alter zu tun. Ich habe einfach nicht aufgepasst. Außerdem war es keine große Sache.«

»Hast du dich verletzt?« Ich halte fast den Atem an.

»Ach was«, sagt Ellie. »Ich habe mir nur ein paar Beulen und blaue Flecken eingehandelt. Aber Betsy hat sich sofort das Schlimmste ausgemalt, und jetzt macht sie sich Sorgen, dass ich mir beim nächsten Sturz die Hüfte breche.«

Ich schlucke. Ich würde mir, wenn Ellie meine Mutter wäre, ehrlich gesagt auch Sorgen machen.

»Sie denkt, ich bin hier allein und unternehme nichts«, fährt Ellie fort. »Aber was sie nicht weiß, ist, dass ich hier Freunde habe. Das hier ist mein Zuhause.«

»Sicherlich können wir da etwas tun«, sage ich, fühle mich ziemlich hilflos und wünschte, es gäbe hier einen wirklich Erwachsenen, der das in Ordnung bringen könnte. Also jemanden, der erwachsener ist als ich.

Ellie fährt fort: »Ich habe Betsy schon gesagt, dass ich nicht nach London ziehen werde. Dieser Regen – ich will das in meinem Alter nicht mehr. Ich will im Frühling die Sonne auf meinem Gesicht spüren. Und ich mag meine Erinnerungen hier. Sie ist verärgert, weil sie denkt, dass ich die Vergangenheit dem Zusammensein mit ihr vorziehe. Und wenn ich mich schon weigere, nach London zu ziehen, will sie wenigstens die Gewissheit haben, dass ich irgendwo bin, wo man für mich sorgt und ich mich wohlfühle.«

Schuldgefühle durchzucken mich und legen sich um meine Brust. Ich bin mir sicher, dass mein Vater ganz ähnlich über mich dachte – nur mit anderen Konsequenzen.

»Mein Vater hat sich auch immer Sorgen gemacht, wenn

ich allein in New York unterwegs war«, sage ich ihr. »Er wusste, dass es wichtig für mich war, aber das hat ihn nicht daran gehindert, sich zu sorgen.«

»Und doch warst du dort sicher«, sagt Ellie und zieht eine Parallele zwischen sich und mir. »Du warst jung und gesund, aber vielleicht auch unschuldig und naiv. Trotzdem hast du überlebt. Ich habe ihm immer gesagt, dass es dir gut gehen wird.«

»Das hast du?«

Sie nickt und lächelt.

»Nach allem, was ich über dich gehört habe, wusste ich, dass du zu kämpferisch bist, um aufzugeben oder dich ausnutzen zu lassen.«

»Davon bin ich nicht so überzeugt«, wende ich ein. »Die Drachenlady – mein Boss – hat uns alle ausgenutzt. Und wir haben das mitgemacht, weil wir alle so begierig waren, weiterzukommen. Das hat mich viel Zeit gekostet. Zeit, die ich mit meinem Vater hätte verbringen können und die ich jetzt nicht mehr zurückbekomme. Und ich habe das zugelassen.«

»Meg, dafür darfst du dir nicht die Schuld geben. Du wusstest ja nicht, dass es die letzten Momente waren. Das wissen wir nie«, betont Ellie und tätschelt mein Bein.

»Aber das Schlimmste ist, dass ich trotzdem weiterkommen will«, gestehe ich ihr. »Ich jage immer noch meinen Träumen nach. Das macht mich doch zu einem schrecklichen Menschen, für den er sich schämen würde.«

»Das würde er nicht«, erklärt Ellie nachdrücklich. »Er hat deine Überzeugung und deinen Ehrgeiz geliebt. Und ich glaube fest daran, dass du alles erreichen kannst, was du dir vornimmst. Du kannst es, Meg.«

»Das kannst du auch«, antworte ich. »Du bist noch nicht in dem Stadium, in dem du betreutes Wohnen brauchst, Ellie.

Du bist so fit und gesund. Du triffst die Entscheidungen, die für dich richtig sind. Und tue nichts, bevor du nicht bereit dazu bist. Versprichst du das?«

Sie sieht mich an.

Ich strecke meinen kleinen Finger aus und ermutige sie, ihren damit zu verschränken.

»Ein Pinkie-Deal?«

Ich nicke feierlich. »Meine Schwester und ich hielten den für das sicherste aller Gelübde.«

Ellie lächelt sanft. »Ein Bund, der nicht gebrochen werden kann?«

»Ganz genau.«

»Okay.« Sie verhakt ihren kleinen Finger mit meinem. »Wenn du versprichst, dass du deine Träume nicht aufgibst. Keinen davon.« Als ich zögere, hebt sie eine Augenbraue. »Das ist nur fair, Liebes. Wenn es hart auf hart kommt, kommen nur die Harten weiter.«

»Ich glaube, das habe ich schon mal auf einem Sportplakat gesehen«, sage ich ironisch.

Sie lächelt. »Versprichst du es oder nicht?«

Ich drücke meinen kleinen Finger gegen ihren. »Okay. Ich verspreche es. Du bist wirklich eine harte Verhandlungspartnerin.«

»Und wie willst du jetzt mit deinen Träumen weitermachen?«, fragt sie, während sie sich zurücklehnt.

»Du verschwendest keine Zeit, nicht wahr?«

Sie lächelt, und obwohl wir schon im Keller kurz über meine Idee mit der Historical Society gesprochen haben, erzähle ich ihr noch einmal von meinem Plan, Parkview West unter Denkmalschutz stellen zu lassen.

»Sylvie muss nur die Recherchen finden, die sie vor ein paar Jahren durchgeführt hat, was mir Monate Zeit ersparen würde, und dann muss ich mir überlegen, wie ich den Fall vor den entsprechenden Gremien darlegen kann.«

Ellie lächelt nahezu engelsgleich.

»Meg, Liebes. Habe ich dir eigentlich schon erzählt, was ich beruflich gemacht habe, bevor ich in Rente ging?«

Ihre Augen funkeln schelmisch, und ich kneife meine argwöhnisch zusammen. »Nein, hast du nicht.«

»Ich war Anwältin. Eine ziemlich gute, wenn ich das so sagen darf. Ich konnte es vor Gericht mit den Besten aufnehmen.«

Ich starre Ellie an, ihre kultivierte Anmut und ihre schönen Augen, und natürlich hat sie etwas aus sich gemacht, nachdem ihr Verlobter sie sitzen gelassen hat. Das hätte ich mir denken können.

»Wenn es hart auf hart kommt, kommen die Harten weiter«, sage ich leise.

»So ist es«, stimmt sie mir zu.

»Danke«, sage ich zu ihr. »Ich werde die Rechercheunterlagen bestimmt irgendwann bekommen, und dann gebe ich sie dir, damit du einen Fall daraus bauen kannst.«

»Und ich werde mich auch selbst um die Zuschüsse und die Geschichte dieses Gebäudes kümmern. Wir beide zusammen werden schon etwas finden.«

Impulsiv umarme ich sie. »Ich bin eigentlich nicht der Typ für Umarmungen«, sage ich an ihrer Schulter. »Aber das hier ist toll, und ich bin dir sehr dankbar.«

»Ich bin auch nicht der Typ für Umarmungen«, antwortet sie, während sie ihre schlanken Arme um meine Schultern schlingt. Sie riecht nach Zitronen und Zimt.

»Liebes«, sagt sie, als sie sich von mir löst. »Hast du heute schon gebadet? Du riechst nach Staub.«

Sie niest, als wollte sie ihre Bemerkung unterstreichen.

»Genau das hatte ich tatsächlich gerade vor.« Ich stehe auf, und Ellie begleitet mich zur Tür.

»Alles wird gut«, sagt sie zuversichtlich. »Hab einfach Vertrauen, Meg.«

Ich lächle. »Ich werde es versuchen.«

Sie schließt die Tür hinter mir, und ich fliege förmlich den Rest der Treppe zu meiner Wohnung hinauf.

Kapitel 9

Ich bin gerade dabei, mein nasses Haar abzutrocknen, als mein Telefon klingelt. Cassie ist am anderen Ende.

»Was hast du mit ihr gemacht?«, zischt sie.

Ich bin einen Moment lang verwirrt. »Mit wem?«

»Mit Lillianna natürlich!«, fährt Cassie mich an. »Sie hat eine wahre Tirade vom Stapel gelassen und jedem verboten, mit dir auch nur in Kontakt zu treten. Wir dürfen dir nicht helfen, dir keine Referenzen ausstellen und nicht einmal mit dir sprechen. Wer dagegen verstößt, wird gefeuert. Also, was hast du gemacht?«

»Oh.« Ich lasse die Schultern hängen. »Mir hat sie gedroht, dass ich nie wieder in der Branche arbeiten werde. Offenbar hat sie das wohl ernst gemeint.«

»Du musst mir alles erzählen, und zwar sofort.«

»Erinnerst du dich an letzte Nacht, als ich dir betrunken eine SMS geschrieben habe? Du warst nicht die Einzige.«

Cassie schnappt nach Luft, und ich erzähle ihr alles.

»Meg«, sagt sie entsetzt. »Ich kann nicht einmal …«

»Ich weiß«, stimme ich ihr zu. »Ich auch nicht.«

»Du hast dir selbst die Kehle durchgeschnitten«, sagt sie matt.

»Ich weiß.«

»All diese … diese vergeudete Zeit.«

»Mal langsam«, protestiere ich. »Vielleicht ist sie nicht

ganz so verschwendet. Lillianna ist nicht die einzige Person in dieser Branche.«

Cass schweigt.

»Ich meine, sie ist wichtig, aber sie ist nicht die Einzige.« Meine Stimme klingt schon schwächer.

Cassie schweigt immer noch.

Ich stöhne. »Okay. Ich habe es total vergeigt.«

»Ja, das hast du. Ich bin sprachlos, Meg. Einfach nur … sprachlos.«

»Das erleichtert mich. Es würde mir sicher nicht gefallen zu hören, was du wirklich denkst«, antworte ich sarkastisch.

»Okay. Ich darf nicht dabei erwischt werden, wie ich mit dir rede. Ich bin gerade draußen und meine Nase ist zugefroren. Wir telefonieren heute Abend, wenn ich nach Hause komme. Falls ich überhaupt nach Hause komme. Sie ist so mies gelaunt, dass wir alle praktisch rund um die Uhr arbeiten müssen. Also … danke dafür. Ich liebe dich, Baby. Aber du weißt ja, wie sie ist.«

»Tut mir leid«, sage ich, aber Cass hat bereits aufgelegt.

Ich habe nicht einmal Zeit, mich zu ärgern, denn jemand hämmert an meine Tür.

»Meg, kommen Sie schnell.«

Ich erkenne Tom Rutherfords Stimme auf der anderen Seite der Tür, und als ich sie aufschließe, steht er zerzaust davor. »Kommen Sie schnell«, wiederholt er, dreht sich um und hastet zum Aufzug.

Ich eile ihm nach, barfuß natürlich, und habe mich schon fast daran gewöhnt, in diesem Zustand alarmiert zu werden. Ich sollte wirklich anfangen, meine Pantoffeln an der Tür zu lassen.

»Was ist denn los?«, frage ich, als sich die Türen schließen und er auf den Knopf für den ersten Stock drückt.

»Als ich von meinem Spaziergang zurückkam, strömte Wasser durch die Decke. Ich weiß nicht, was los ist. Aber wenn ich raten müsste, dann ist Melody Hansens Wasserleitung kaputt. Ihr Badezimmer liegt über meinem.«

Wir laufen zu ihrer Tür, und Tom hämmert dagegen. Keine Antwort.

»Sie haben doch die Ersatzschlüssel, oder?« Er sieht mich an.

»Ich habe sie nicht bei mir. Sie sind im Büro.« Als Hauseigentümer bin ich wirklich eine Niete.

Er lauscht, und wir hören beide das Geräusch von rauschendem Wasser in der Wohnung.

»Treten Sie zurück!«, bittet er mich. Mit einer Schnelligkeit, die ich ihm nicht zugetraut hätte, tritt er gegen den Türknauf. Die Tür fliegt auf.

»Melody?«, rufe ich, als wir hineinstürmen und den Geräuschen des fließenden Wassers folgen.

»Melody!«, schreit Tom.

Niemand antwortet, und wir finden schnell heraus, warum.

Ich stoße die Badezimmertür auf. Sie sitzt in der Wanne, ihre Arme treiben auf dem Wasser, das in Kaskaden über den Rand auf den Boden fließt und durch die Dielen sickert.

»Oh mein Gott!«, rufe ich. Tom und ich packen sie und hieven ihren nassen Körper zusammen mit etlichen Litern Wasser über den Wannenrand.

»Sie atmet noch«, sagt er. »Rufen Sie einen Krankenwagen!« Er holt ein Handtuch aus dem Regal und deckt sie damit zu, und während ich hastig ihr Telefon suche, fällt mir auf, wie blass sie ist. Wie blau ihre Lippen sind.

Ist das mein erster toter Mieter? *Ich will so etwas nicht!*

Mein Blut pulsiert in meinen Schläfen, als ich 911 anrufe und unsere Adresse angebe. Als ich auflege, habe ich das Gefühl, mich von meinem Körper gelöst zu haben.

»Sie sind unterwegs«, berichte ich Tom. Er beugt sich über Melodys Kopf.

»Ihr Atem riecht nach Obst«, stellt er fest. »Das ist ein Symptom für eine Blutzuckersenkung. Sie ist Diabetikerin. Sie sollte irgendwo ein Blutzuckermessgerät haben. Wahrscheinlich in einer kleinen Tasche. Versuchen Sie, es zu finden.«

Ich fühle mich hilflos, während ich suche, aber ich finde eine kleine schwarze Tasche mit Reißverschluss neben ihrem Sessel. Ich krame darin herum und finde das Blutzuckermessgerät, Teststreifen und eine Spritze.

»Ich habe es gefunden!«, rufe ich.

»Sehen Sie nach, ob da Zuckertabletten drin sind. Oder vielleicht Injektionen mit Zuckerlösung.«

Ich kann nicht glauben, dass ich in einer solchen Situation bin. Ich weiß buchstäblich nichts über Diabetes oder Erste Hilfe und schwöre mir, einen Kurs zu belegen, wenn das hier überstanden ist.

»Da ist eine Spritze, aber sonst sehe ich nichts«, sage ich. »Keine Tabletten.«

»Rufen Sie Sylvie an«, drängt er mich. »Fragen Sie nach Glukagon.« Er stützt Melodys Kopf. Ihr kurzes Haar ist klatschnass.

Ich wähle Sylvies Nummer und bin froh, dass ich sie mir irgendwie merken konnte. Sie meldet sich nach dem ersten Klingeln, und ich erkläre ihr hastig die Situation.

Sie legt auf, ohne etwas zu erwidern, stürmt aber zwei Minuten später völlig außer Atem herein.

Sie zieht eine Spritze auf und reicht sie Tom. »Ich schwöre, ich habe ihr schon hundertmal gesagt, dass sie mit ihrem Insulin vorsichtig sein soll«, murmelt sie. »Sie nimmt es, und dann lässt sie sich ablenken, bevor sie etwas isst. Prompt sinkt ihr Blutzucker in den Keller.«

Tom hört ihr nicht zu, sondern injiziert den Inhalt der Spritze in Melodys Oberschenkel.

»Ich hoffe wirklich, dass ihr wisst, was ihr tut«, beschwöre ich die beiden.

»Natürlich weiß ich das«, antwortet Sylvie. »Ich bin auch Diabetikerin.«

Mein Herz rast immer noch, und ich frage mich unwillkürlich, ob ich haftbar bin, wenn sie es irgendwie noch verschlimmern.

Das ist eine Facette des Daseins als Hauseigentümer, von der ich nichts weiß. Ich habe mir nicht die Mühe gemacht, es herauszufinden, weil ich nicht damit gerechnet habe, dass so etwas passiert. Wie viele solcher Dinge gibt es noch?

Wir hören das Heulen einer Sirene, gerade als Melody die Augen öffnet. »Was um alles in der Welt …?«, flüstert sie, sieht zu uns auf und dann auf ihren nackten, nur mit einem Handtuch bedeckten Körper. »Oje. Bin ich schon wieder ohnmächtig geworden?«

»Schon wieder?«, frage ich Sylvie.

Sie nickt. »Das kommt häufiger vor.«

Ich fühle mich erschöpft, als die Sanitäter reinkommen und um Melody herumwuseln. Sie helfen ihr, einen Bademantel anzuziehen, und bringen sie dann auf einer Trage hinaus. Sylvie verspricht, Melodys Sohn anzurufen.

Ich komme mir albern vor, weil ich nicht daran gedacht habe, das zu sagen. Ich wusste ja nicht einmal, dass sie einen Sohn hat.

Als ich Sylvie das gestehe, sieht sie mich verständnisvoll an. »Das kommt schon noch mit der Zeit. Man wird nicht mit diesem Wissen geboren, Kleines.« Sie sieht sich um. »Und es gibt ein dringenderes Problem. Hier muss aufgeräumt werden.«

Tom hat natürlich sofort das Wasser abgestellt, aber der Boden unter uns ächzt bedrohlich.

»Ich weiß nicht, ob es sicher ist, hier zu stehen«, meint Tom. »Ich kann nicht abschätzen, wie viel Schaden entstanden ist, und die Wanne selbst ist ebenfalls schwer.«

Ich nicke, und wir verlassen die Wohnung.

»Ich rufe Logan an«, sagt Sylvie und eilt zurück zum Aufzug.

Ich sehe Tom an. »Vielen Dank«, sage ich leise. »Wenn Sie nicht gewesen wären … Ich weiß nicht, was passiert wäre.«

»Nicht der Rede wert«, erwidert er, aber es war eine große Sache, und ich weiß es.

»Ich muss mich über die Gesundheitsprobleme der Mieter informieren«, sage ich unnötigerweise. »Ich bin sicher, mein Vater wusste darüber Bescheid.«

»Ihr Vater kannte alle hier schon sehr lange«, meint Tom nachsichtig. »Sie schaffen das schon.«

Er lässt mich allein, ich gehe kurz in meine Wohnung, ziehe mich an und dann hinaus in den Hof, um etwas Luft zu schnappen.

Es ist beißend kalt, aber der unberührte Schnee glitzert. Das U-förmige Gebäude dämpft irgendwie den Stadtlärm, und es ist ruhig und friedlich hier.

Ich fege den Schnee von einer Bank, setze mich hin und schlinge die Arme um mich. Ein heller Farbklecks, der sich bewegt, fällt mir ins Auge. Ich entdecke einen Rotkardinal, der auf der Banklehne auf der anderen Seite des Weges sitzt.

Er schaut mich an, den roten Kopf schief gelegt.

»Ist dir nicht kalt?«, rufe ich. Er fliegt nicht weg, sondern bleibt sitzen und beobachtet mich mit glitzernden schwarzen Augen.

»Das sind keine Zugvögel«, sagt jemand leise hinter mir. Ed und sein kleiner Yorkie setzen sich zu mir auf die Bank. Der Rotkardinal starrt sie an, aber er fliegt nicht weg. »Ist er nicht wunderschön?«

»Woher wissen Sie, dass es ein *Er* ist?«, frage ich, während seine kleine Hündin in meinen Taschen nach einem Leckerli schnüffelt. Sie trägt ein kleines rosa Leibchen mit einer gefütterten Kapuze.

»Die Männchen sind die mit dem prächtigen roten Gefieder. Die Weibchen sind eher von einem tristen Graubraun.«

»Ja, natürlich.« Ich verdrehe die Augen und denke an Drake. Überall, wo er hinging, war er tadellos gekleidet und trug Vierhundert-Dollar-Schuhe. »So scheint es wohl bei den meisten Spezies zu sein.«

Ed lächelt. »Spüre ich da ein wenig Bitterkeit?«

»Oh, nein. Ganz und gar nicht. Ich sag es ja nur.«

Ich lächle ihn an.

»Ich habe anscheinend das ganze Tohuwabohu verpasst«, sagt er. »Ich war mit Tootsie spazieren und habe den Krankenwagen gesehen. Ist alles in Ordnung?«

Ich nicke. »Ja. Der Blutzucker einer Bewohnerin ist zu tief gesunken. Sie wird schon wieder.«

»Melody? Schon wieder?« Er hebt eine Braue. »Sie muss das wirklich besser in den Griff bekommen.«

»Der Bodenbelag in ihrem Bad ist ruiniert.« Ich seufze. »Ich weiß nicht, wie lange ihr Badewasser lief. Ich frage mich … Sind Mieter in solchen Fällen haftbar? Wenn sie die Wohnungen beschädigen?«

Ich will nicht herzlos klingen, aber unser Kontostand geht gegen null.

Ed rümpft die Nase. »Ich denke schon. Aber Melody hat kein Geld. Sie kommt gerade so mit ihrer monatlichen Sozialhilfe aus. Ihr Sohn zahlt ihre Miete. Dafür kommt doch sicher die Versicherung auf, oder?«

»Wahrscheinlich«, murmle ich. »Ja, natürlich. Daran hätte ich denken sollen.« Ich fröstele und stehe auf. »Ich muss hineingehen, Ed. Hier draußen ist es so kalt wie in der arktischen Tundra.«

Er lächelt. »Das ist gut für die Konstitution. Tootsie und ich versuchen, jeden Tag dreißig Minuten hier draußen zu sitzen. Sie sollten sich auch so ein dickes Fell zulegen wie sie.«

Ich beobachte den kleinen Hund, der mich unter seiner Kapuze mit seinen blanken Knopfaugen ungehalten anstarrt.

»Das sollte ich«, stimme ich zu, bevor ich ins Haus gehe. Ich marschiere direkt ins Büro.

»Wird die Versicherung das übernehmen?«, frage ich Sylvie, die gerade einen Donut isst.

Sie hat Puderzucker auf der Nase und zögert. »Das würde sie wahrscheinlich.«

Ich warte.

»Wenn wir die Police letzten Monat bezahlt hätten.«

Schwach setze ich mich hin. »Wir haben sie nicht gezahlt?«

»Wir hatten kein Geld. Aus demselben Grund hat dein Vater die Beiträge für seine Lebensversicherung nicht gezahlt. Deshalb mussten wir unsere wenigen Rücklagen nutzen, um die Beerdigung deines Vaters zu finanzieren.«

Ich lasse die Schultern sinken. »Das ist nicht gut.«

Sie schüttelt den Kopf. »Nein, ist es nicht.«

»Nein, ist es gar nicht«, pflichtet eine andere Stimme an der Tür bei. Logan steht da, mit sehr ernster Miene.

»Ich habe Angst zu fragen«, sage ich ihm.

»Ich habe Angst, es dir zu sagen.«

»Reiß das Pflaster einfach ab.«

»Es wird teuer werden. Es gab schon mal einen Wasserschaden im Fußboden, der nicht repariert wurde, und es ist alles ziemlich verrottet. Melody kann nicht in diese Wohnung zurückkehren, bevor nicht alles gemacht ist. Der ganze Boden könnte Tom auf den Kopf fallen.«

»Wie viel?«, frage ich, während mein Herz stehen zu bleiben droht.

»Der gesamte Bodenbelag muss erneuert werden, die Fliesen, die Balken, der Unterboden. Und wenn er schon offen ist, sollten wir die Kupferrohre darunter neu verlegen. Außerdem gibt es dort schwarzen Schimmel, der entfernt werden muss. Das kommt auch von den Wasserschäden vorher. Derzeit ist der Boden sehr unsicher.«

Mir rutscht das Herz in die Hose.

»Wir können sie vorübergehend in 405 unterbringen«, schlägt Sylvie vor. »Die Wohnung steht leer.«

»Das kann aber nur eine Übergangslösung sein«, sage ich. »Wir haben ein Problem.«

»Ja, das haben wir«, stimmt sie mir zu. »Aber wir werden uns etwas einfallen lassen. Dein Vater hat das immer getan.«

»Wieso hat er das immer machen können, ohne dass ich etwas davon erfahren habe?«, denke ich laut. »Mein Vater war ein Held, und ich hatte keine Ahnung.«

»Er war einfach so«, sagt Sylvie.

»Was meinen Arbeitslohn angeht, den zahlst du, wenn du es kannst«, bietet Logan an. »Aber du brauchst mehrere

Tausend Dollar für das Material. Ich mache einen Kostenvoranschlag und schicke ihn dir noch heute zu.«

Ich atme aus, und vor meinen Augen verschwimmt alles.

Noch nie hat das Schicksal des Zuhauses anderer Menschen auf meinen Schultern gelastet. Ich kann nicht behaupten, dass mir dieser Druck gefällt.

»Wir sollten uns außerdem damit befassen, dass Melody hätte sterben können«, sage ich. »Ich glaube, wir brauchen hier wirklich eine Krankenschwester.«

»Wir sind keine medizinische Einrichtung«, erklärt Sylvie. »Dafür braucht man eine Zulassung und muss alle möglichen bürokratischen Hürden überwinden.«

»Dann müssen wir uns etwas einfallen lassen«, gebe ich zurück. »Wir können nicht zulassen, dass Menschen sterben, weil wir nicht in der Lage sind, angemessen auf ihre gesundheitlichen Notfälle zu reagieren.«

»Warum, Ms. Julliard«, sagt Logan wie beiläufig, »empfiehlst du jetzt plötzlich, dass wir uns in die persönlichen Belange deiner Mieter einmischen sollten? Ich bin mir ziemlich sicher, dass du mir vor Kurzem noch gesagt hast, dass es dich nichts anginge.«

»Nun, ich behaupte nach wie vor, dass es nicht gut fürs Geschäft ist, so etwas zu tun«, kontere ich schnippisch. »Aber vielleicht … ist das für einen guten Menschen unvermeidlich.«

Logan lächelt wissend.

»Sag es nicht!«, warne ich ihn.

»Was soll ich nicht sagen?« Seine Augen funkeln. »Dass dein eiskaltes New Yorker Herz ein wenig aufgetaut ist?« Er tut so, als würde er seine Lippen mit einem Reißverschluss verschließen. »So etwas würde ich niemals sagen«, behauptet er.

Ich verdrehe die Augen. »Hast du aber gerade getan.«

Er grinst, greift in seine Gesäßtasche und reicht mir ein Blatt Papier.

»Das habe ich übrigens gestern Abend im Internet gefunden«, erklärt er. »Ich dachte ... das wäre vielleicht etwas, was du machen könntest. Du weißt schon, gegen Geld. Und um deinen Träumen zu folgen.«

Er zwinkert mir zu und geht zur Tür hinaus. Ich werfe einen Blick auf den Zettel.

Die Tinte seines Druckers war offensichtlich fast alle, denn der Druck ist ziemlich blass, aber ich verstehe das Wesentliche.

Fashionista veranstaltet zusammen mit *Vogue* einen Wettbewerb für US-Modedesigner. Der Gewinner erhält 300 000 Dollar. Die beiden Nächstplatzierten erhalten jeweils 100 000 Dollar und kostenlose Werbung.

Ich atme tief ein. Kann ich das tun?

Kann ich das wirklich?

Lilliannas SMS taucht vor mir auf. *SIE WERDEN IN DIESER BRANCHE KEINEN FUSS MEHR AUF DIE ERDE BEKOMMEN.*

Ich strecke kämpferisch mein Kinn vor. Soll sie doch versuchen, mich zu blockieren. Aber sie ist nicht Gott.

Ich schaue mir das Papier noch einmal an und erzähle Sylvie davon.

»Der Einsendeschluss ist in einer Woche«, lese ich. »Und die Finalisten werden an Heiligabend in einem Catwalk-Wettbewerb auftreten.«

»Kannst du das schaffen?«, fragt Sylvie schlicht.

Ich weiß es nicht.

Aber ich stelle mir den Entwurf vor, den ich oben begonnen habe, den mit Ellies Weihnachtskleid. Vielleicht kann ich das tatsächlich.

Es kribbelt in meinem Bauch wie von zahllosen zarten Schmetterlingsflügeln.

»Ja«, sage ich entschlossen. »Ja, kann ich.«

»Weißt du«, sagt Sylvie. »Es ist schon interessant, dass Logan die wenige freie Zeit, die er hat, nutzt, um das hier für dich zu recherchieren.« Sie wirft mir einen wissenden Blick zu.

»Was?«, frage ich, als sie schweigend dasteht. »Was willst du von mir hören?«

»Dass es interessant ist.«

Ich starre auf das Papier und stelle mir Logan vor, wie er über einen Computer gebeugt sitzt, mit seinen schwieligen Fingern auf die Tasten tippt und nach Dingen in der Modewelt sucht. Einer Welt, von der er mit Sicherheit überhaupt nichts versteht.

Er hat es für mich getan.

»Ja«, bestätige ich schließlich. »Es ist interessant.«

Sylvie lächelt, und die Schmetterlinge fliegen aus meinem Bauch in Richtung meines Herzens, das im Takt ihrer Flügel flattert.

»Es ist sogar sehr interessant«, stellt sie fest.

Kapitel 10

Ich verbringe den Abend mit Recherchen über den Wettbewerb.

Letztes Jahr hat ihn ein bahnbrechender Jungdesigner gewonnen, der sich auf nachhaltige Stoffe spezialisiert hatte. Im Jahr davor war es ein ethnisch vielfältiges Modehaus, das benachteiligte Frauen in Uganda beschäftigt, um eine dazugehörige Schmucklinie zu entwerfen.

Ich lehne mich in meinem Sessel zurück und streiche mir die Haare aus der Stirn.

Wie soll ich da mithalten?

Ich starre auf das Weihnachtskleid, das an meiner Schranktür hängt.

»Mach das nicht«, murmle ich. »Konzentriere dich auf die Aufgabe, die vor dir liegt.«

Das hat mein Vater mir beigebracht. Sich auf die anstehende Aufgabe zu konzentrieren und sich nicht mit Problemen zu beschäftigen, die noch nicht mal am Horizont zu sehen sind.

»Die Welt muss langsamer werden. Sie braucht mehr Einfachheit, mehr Qualität«, sage ich laut. »Sie muss zu einer einfacheren Zeit zurückkehren. Unter Umständen zu einer besseren Zeit.«

Ich beginne mit der Erstellung eines Pitch Decks und skizziere meine Gedanken.

Es kommt der Zeitpunkt, an dem wir aufhören müssen, das Rad neu zu erfinden, nur um das Rad neu zu erfinden, schreibe ich. *Vor Generationen haben Frauen eher in ein paar hochwertige Kleidungsstücke investiert als in einen ganzen Kleiderschrank voller massenproduzierter, schlecht sitzender Teile. Die Kleidung wurde gut gepflegt und gut getragen. Sie war glamourös, sie war praktisch, sie war schmeichelhaft. Warum sollten wir nicht zu dieser Ära zurückkehren? Kehren wir zurück zur Qualität. Kehren wir zurück zur Verkörperung der Weiblichkeit. Kehren wir zurück zur Klasse.*

Ich lege meinen Laptop beiseite und durchquere den Raum. Ich ziehe das Kleid an und spüre, wie der weiche, dicke Stoff meinen Körper umhüllt wie ein häufig getragener, geliebter Handschuh.

Vor dem Spiegel drehe ich mich hin und her und bewundere die Art und Weise, wie es genau so anliegt, dass es meine Vorzüge betont, aber trotzdem dezent bleibt. Ich habe mich noch nie so schön gefühlt wie in diesem Kleid.

Ich lasse es an, nehme mein Skizzenbuch zur Hand und zeichne einen weiteren Entwurf, dann noch einen. Wunderschöne Kleider mit schönen Linien, inspiriert von diesem einen. Jedes von ihnen hätte in den 20er–, 30er- und 40er-Jahren getragen werden können … und in jedem Jahrzehnt danach. Sie sind zeitlos und anmutig.

Kurz entschlossen schnappe ich mir mein Skizzenbuch und mache mich auf den Weg zu Ellies Wohnung.

Auf mein drittes Klopfen hin öffnet sie die Tür. Sie trägt einen kuscheligen Bademantel.

»Meg!«, ruft sie aus. »Ist alles in Ordnung?«

Ich werfe einen Blick auf meine Uhr. Es ist erst neun Uhr abends.

»Du warst noch nicht im Bett, oder?«, frage ich.

»Oh, nein. Ich habe mir gerade einen Becher Kakao zubereitet. Möchtest du auch einen?«

»Immer gern«, antworte ich. »Außerdem hatte ich gehofft, dass du dir diese Skizzen mal ansiehst und mir sagst, was du davon hältst.«

»Komm rein. Setz dich, ich bringe dir gleich den Kakao.« Sie geht in Richtung Küche und dreht sich dann um. »Du siehst wirklich wunderschön in diesem Kleid aus, Meg!« Ihre Augen leuchten. »Es passt dir, als wäre es für dich gemacht worden.«

Sie verschwindet, und ich mache es mir auf dem Sofa bequem. Das Feuer in ihrem Kamin knistert, und es herrscht eine sehr gemütliche Atmosphäre.

Als sie mit den dampfenden Bechern auf einem Tablett zurückkommt, hält sie noch einmal inne. »Du erinnerst mich an mich selbst, als ich jung war«, sagt sie. »So süß, so voller Hoffnung und Verheißung.«

Sie stellt das Tablett ab, und der Duft der heißen Schokolade weht zu mir herüber. Ich inhaliere ihn, als ich den Becher nehme.

»Warst du eigentlich auch eine heiße Braut?«, bemühe ich ein Klischee. Sie lacht.

»Ich will nicht lügen. Ich war eine … dufte Puppe.« Sie presst die Lippen bei diesem antiquierten Ausdruck zusammen, aber sie zucken, als sie versucht, nicht zu lachen. Schließlich brechen wir gemeinsam in Gelächter aus, und sie legt ihre Hand auf meinen Arm.

»Das habe ich gebraucht«, sagt sie schließlich. »Lachen ist Medizin für die Seele.« Sie wirft einen Blick auf mein Skizzenbuch. »Was hast du da?«

Ich reiche es ihr etwas verlegen. Vielleicht sind die Skizzen doch nicht so gut, wie ich dachte. Vielleicht ist es eine blöde Idee. Vielleicht habe ich wirklich nicht das Zeug dazu. *Warum bin ich so selbstbewusst, obwohl ich so schlecht bin?*

Ellies Augen leuchten auf, und sie fährt mit dem Finger über die Seiten.

»Meine Güte, Meg, die sind ja wirklich toll.«

»Findest du?«, frage ich und halte den Atem an. »Ehrlich?«

»Absolut«, versichert sie mir. »Ich nehme an, du verwendest dafür hochwertige Stoffe?« Sie hebt eine Braue. »Ähnlich wie bei dem Kleid?«

Ich betaste den Stoff des Weihnachtskleides und schwöre, dass ich ein merkwürdiges Kribbeln spüre, etwas, das ich nicht ganz erklären kann. Es fühlt sich seltsam an, es zu erwähnen, also lasse ich es.

»Ja, natürlich«, sage ich stattdessen. Denn offensichtlich bin ich einfach nur dumm. »Dieser Stoff ist fantastisch. Hochwertig und elegant.«

»Ich fürchte, du wirst lange danach suchen müssen«, seufzt sie. »Solche Qualität wird nicht mehr so häufig hergestellt.«

»Das ist mal sicher. Und genau das will ich ändern.«

Ich trinke einen Schluck heißen Kakao, und Ellie hebt den Kopf von den Skizzen und sieht mich an.

»Ich habe angefangen, über dieses Gebäude zu recherchieren. Es hat eine wirklich interessante Geschichte, Meg.«

Auf ihrem Kaminsims glitzert der Weihnachtsschmuck. Ich sehe ihn mir an. »War das vorhin auch schon da? Ich dachte, du wolltest nicht dekorieren?«

Sie lächelt. »Ich brauchte ein bisschen Weihnachtsstimmung.«

»Tut mir leid, dass ich störe«, sage ich. »Was hast du herausgefunden?«

»Wusstest du, dass Chicago im Bürgerkrieg ein Zentrum der Gegner der Sklaverei war?«

Ich schüttle den Kopf. »Nein, das wusste ich nicht. Ich meine, ich wusste, dass es ein Unionsstaat war.«

»Das war es. Aber es war noch mehr als das. Auch wenn Illinois nicht allen Afroamerikanern die vollen Bürgerrechte gewährte, erlaubte man ihnen, in Chicago Geschäfte zu betreiben. Dieses Gebäude, meine Liebe – jedenfalls das ursprünglich Mitte des 19. Jahrhunderts errichtete, es wurde ja in den Zwanzigern aufgestockt und modernisiert –, wurde von einem entlaufenen Sklaven, Mr. Tobias Jones, gemietet und bewirtschaftet. Kannst du dir vorstellen, was er hier gemacht hat?«

Ich blicke sie ratlos an. »Ein Hotel betrieben?«

»Nah dran!«, ruft sie. »Er hat in den oberen Stockwerken Zimmer vermietet, aber das untere Stockwerk war eine Kneipe. Und im Keller … ließ er geheime Gänge graben.«

»Die Underground Railroad!«, rufe ich aus. »Echt jetzt?«

Sie nickt. »Wirklich. Dieses Gebäude ist ein echtes Stück Geschichte. Es war nicht nur Teil der Underground Railroad, sondern diente auch dazu, bereits befreite Sklaven zu verstecken. Offenbar wurden in dieser Zeit viele Menschen einfach verschleppt, auch wenn ein ehemaliger Sklave ein Zertifikat über seine Freilassung besaß. Wenn sich jemand in Gefahr fühlte, kam er hierher, und Tobias versteckte ihn. Später, während der Prohibition, wurden dieselben Tunnel zum Schmuggeln von Whisky benutzt. Das war natürlich keine so edle Sache, ist aber trotzdem von historischem Interesse.«

»Ich kann es nicht glauben«, sage ich langsam. »Das hat mein Vater wohl nicht gewusst.«

»Es ist ein sehr geschichtsträchtiges Gebäude«, sagt sie. »Es dürfte nicht allzu schwer sein, es von der Historical Society anerkennen zu lassen. Seine Geschichte ist zwar in Vergessenheit geraten, aber man kann sie wieder zum Leben erwecken und bewahren.«

»Das wird Geld kosten.« Ich seufze. »Und das habe ich nicht. Ich weiß nicht einmal, ob ich die tausend Dollar habe, um am Fashionista-Wettbewerb teilzunehmen.«

Ellie hebt wieder eine Braue, und während sie den Rest ihres Kakaos trinkt, erzähle ich ihr davon.

Als ich fertig bin, setzt sie sich in ihrem Sessel auf.

»Meine Güte, Meg!«, stößt sie hervor. »Du hast wirklich wieder Leben an diesen Ort gebracht.«

Ich lache. »Wodurch? Indem ich unglaublich ungeschickt bin?«

Sie verdreht die Augen und schüttelt den Kopf. »Nein. Indem du ihm frische Ideen einhauchst.« Sie steht auf und kommt mit ihrem Scheckbuch zurück. Sie beginnt, einen Scheck auszufüllen, und dann wird mir klar, was sie vorhat.

»Ellie, nein«, protestiere ich. »Ich werde dein Geld nicht annehmen. Ich krieg es schon irgendwie zusammen.«

Sie blickt nicht einmal auf. »Das sind tausend Dollar«, sagt sie abweisend. »Normalerweise spende ich um diese Jahreszeit sowieso für gute Zwecke. Und dies ist ein guter Zweck.«

Sie reißt den Scheck heraus und reicht ihn mir.

»Das ist dein Startgeld. Mach mit und gewinne.« Sie nickt. »Lass uns diesen Ort wieder zum Leben erwecken.«

»Aber ich habe noch gar nicht darüber nachgedacht, was ich damit machen soll«, sage ich ihr. »Es ist alles so überwältigend.«

»Meg, Liebes. Wirklich? Siehst du es denn nicht?« Ellie steht auf, geht zum Fenster und blickt auf die funkelnde Weihnachtsbeleuchtung unter uns. »Du wirst dieses Gebäude renovieren, es für die Mieter sicherer machen. Es kann eine echte Seniorenresidenz werden. Und im Keller wirst du die Zentrale für deine Modelinie einrichten und auf der anderen Seite vielleicht ein kleines Museum und eventuell sogar ein echtes Speakeasy eröffnen.«

»Du hast wirklich Ambitionen«, sage ich ehrfürchtig.

»Ich liebe Ziele, auf die ich hinarbeiten kann.« Sie zuckt mit den Schultern. »Du wirst Fördergelder bekommen. Allerdings wird es einige Zeit dauern, bis man die Zuschüsse beantragt hat und erhält. Deshalb ist es wichtig, dass du diesen Wettbewerb gewinnst. Du kannst es schaffen.«

»Ich kann es jedenfalls versuchen.«

»Nicht versuchen. Tu es!« Ich starre sie an, und sie lacht. »Meine Tochter hat mich gezwungen, mit ihr über Zoom *Star Wars* zu schauen.«

Ich grinse bei der Vorstellung, dass die sittsame Ellie Chewbacca guckt, und schüttle den Kopf. »Du bist wirklich eine Wundertüte, Miss Ellie.«

Sie strahlt. »Ich danke dir. Aber ich mache das nicht ganz uneigennützig. Wenn das hier eine Seniorenresidenz wird, hört Betsy hoffentlich endlich auf, mich zu einem Umzug zu drängen.«

Sie steht auf und geht zu einem Stapel Kartons in der Ecke.

»Ellie, ich weiß nicht, ob ich das alles schaffe. Sei nicht zu voreilig«, warne ich sie.

Ellie sieht mir direkt in die Augen. »Meg, es gibt etwas, was dein Vater mir schon sehr oft über dich gesagt hat. Wenn du etwas willst, bekommst du es. Also, komm schon … hol es dir!«

Sie dreht sich um und fängt an, die Kartons auszupacken.

Ich klappe meinen offen stehenden Mund zu und gehe zögernd zur Tür.

»Aber …« Ich drehe mich um.

»Kein Aber«, antwortet sie, ohne überhaupt aufzublicken. »Es ist so weit.«

Ich bin wie betäubt, als ich die Treppe zu meiner Wohnung hinaufgehe. Wie konnte ich innerhalb von zehn Minuten von einer sich abmühenden Hausbesitzerin zu einem angehenden Geschäftsmogul werden?

Ich überhole Sylvie auf der Treppe. Sie trägt einen Haufen roter Strümpfe und hat eine Elfenmütze auf.

»Soll ich fragen?«, sage ich und schneide fast eine Grimasse.

»Spiel nicht Ebenezer Scrooge, Meghan«, antwortet sie. »Ich hänge jedes Jahr Strümpfe an alle Türen. Dann stecken die Mieter Süßigkeiten und kleine Geschenke für ihre Nachbarn hinein. Das macht Spaß.«

»Das ist nett«, gebe ich zu.

Sie grinst. »Du solltest mehr in Stimmung kommen, sonst findest du nur Eierkohlen in deinem. Wir sehen uns morgen früh. Ich habe dir ein paar Unterlagen auf den Schreibtisch gelegt, die du durchsehen kannst.«

Ich nicke und gehe weiter zu meiner Wohnung.

Dort finde ich einen Strumpf an meiner Tür, auf dem mit grünem Glitzerstift *Meg* geschrieben steht. An der Spitze ist eine kleine Beule, also greife ich hinein und ziehe ein Praliné heraus. Ich packe es aus und stecke es mir in den Mund.

Gut möglich, dass ich mich an diesen Brauch gewöhnen werde. Ich mache es mir auf der Couch gemütlich und rufe Cassie an.

Als ich ihr von meinem Plan, am Fashionista-Wettbewerb teilzunehmen, erzähle, ist sie aufgeregt, antwortet aber merkwürdigerweise in gedämpftem Ton.

»Wo bist du?«, frage ich mit zusammengekniffenen Augen. »Bist du noch bei der Arbeit?«

»Nein«, flüstert sie. »Ich habe ein Date.«

»Mit wem?«, frage ich, ohne mich jedoch wirklich dafür zu interessieren.

»Mit Drake«, antwortet sie ehrlich. »Meg, ich danke dir so sehr. Zwischen ihm und mir funkt es wirklich. Er will der erfolgreiche Ernährer sein, und ich will genau so einen heiraten. Wie cool ist das denn? Und wir wollen beide zweieinhalb Kinder.«

»Du weißt schon, dass man eigentlich keine zweieinhalb Kinder haben kann, oder?«, frage ich.

Ich kann praktisch hören, wie sie die Augen verdreht.

»Sei nicht so bissig«, erwidert sie. »Ich bin so aufgeregt. Und du hast gesagt, das wäre okay.«

»Ist es auch«, versichere ich ihr. »Es ist tausendprozentig in Ordnung.«

»Hör zu«, murmelt sie schnell. »Ich muss auflegen, aber morgen früh rufe ich Erin Rieman von *Vogue* in deinem Namen an. Der Anmeldeschluss war schon Thanksgiving, aber wahrscheinlich kann ich sie überreden, dich anzunehmen.«

»Was? Auf ihrer Website steht, dass der Anmeldeschluss nächste Woche ist.«

»Sie haben den Termin vorgezogen«, antwortet sie.

»Ich möchte nicht, dass du Ärger mit der Drachenlady bekommst«, sage ich zögernd.

»Mach dir keine Sorgen. Die mögen sie genauso wenig wie wir. Und ich stehe in deiner Schuld.«

Sie legt auf, und ich betrachte von meinem Balkon aus die Weihnachtsbeleuchtung in der Stadt.

Es ist seltsam, aber es ist mir tatsächlich egal, ob Cassie mit Drake ausgeht, obwohl es mich überrascht, dass sie ihn so sehr mag. Er kam mir immer ein bisschen wie ein Androide vor.

»Jeder, wie er mag«, murmele ich vor mich hin. Ich bevorzuge herzlichere Männer, Männer mit funkelnden Augen, Männer, die sich in jeder Situation wohlfühlen … Männer wie Logan.

Mein Herz schlägt ein bisschen schneller, wenn ich an ihn denke.

Diese blauen Augen.

»Herr, erbarme dich«, flüstere ich. Die Schmetterlinge flattern in meinem Bauch, immer und immer wieder. »Haltet die Klappe, Eierstöcke«, murmle ich in Richtung meines Bauches. »Ich kann so eine Komplikation jetzt nicht gebrauchen.«

Aber was wäre, wenn er keine Komplikation wäre?

»Natürlich wäre er das«, sage ich laut. »Männer sind das immer.«

Aber Logan ist nicht wie die anderen.

Das weiß ich.

Das fasziniert mich.

Als er mich am nächsten Morgen anruft und mich bittet, ihm bei den Weihnachtseinkäufen für seine Nichten zu helfen, sage ich sofort zu.

Kapitel 11

»Ich sollte nicht hier sein«, teile ich ihm mit, als wir uns durch die wuselnden Menschenmassen auf der Magnificent Mile schieben. Doch als ich seinen cremefarbenen Rollkragenpullover und seinen grauen Caban betrachte und die Lässigkeit, mit der er beides trägt, als wäre es ihm auf den Leib geschneidert, weiß ich, dass das eine Lüge ist. Ich sollte nirgendwo anders als hier sein.

»Es ist Samstag«, erinnert er mich. »Du musst dir auch mal freinehmen.«

»Das kann ich nicht. Ich habe noch so viel zu tun. Ich muss noch einen Handwerker finden, der mir hilft, die Wand im Keller einzuschlagen und Ernest Hemingways Signatur auf der Bar zu finden … falls es sie gibt.«

»Dabei kann ich dir helfen«, versichert er mir, während er mir die Tür zu einem Spielzeugladen aufhält und ich eintrete.

»Bist du sicher?« Ich sehe ihn an. »Ich will dich nicht ausnutzen.«

»Steht das zur Debatte?«, fragt er grinsend. »Mich ausnutzen, meine ich.«

Ich lache, und diese verdammten Schmetterlinge fangen wieder an zu schwirren.

»Ich möchte dir helfen«, erklärt er mir. Dann bleibt er stehen und dreht sich hilflos im Kreis. »Aber bitte hilf mir zuerst. Ich weiß nicht, was ich hier tue. Ich bin völlig überfordert.«

»Seit *FAO Schwarz* zugemacht hat, ist hier nichts mehr so wie früher«, sage ich ihm. »Aber wir werden trotzdem etwas Tolles finden. Wie alt sind die Mädchen?«

»Acht und zehn«, antwortet er, und dann erzählt er mir alles über sie. Ihre Lieblingsfarbe ist Rosa – bei beiden –, und sie spielen Fußball und mit Barbies.

»Weißt du, was dich zum besten Onkel der Welt machen würde?«, frage ich ihn.

»Bitte sag es mir. Deshalb bist du hier.«

»Ein Barbie DreamHouse. Jo und ich hatten eins, als wir in dem Alter waren. Wir haben das Ding geliebt.«

»Gekauft!«, sagt er, und wir marschieren zum Barbie-Gang. »Willst du über deine Schwester reden? Ich kann mir nicht vorstellen, meine zu verlieren. Sie ist eine Nervensäge, aber ich liebe sie.«

Mir fährt ein Stich ins Herz, wie immer, wenn jemand Jo erwähnt. Aber ich kann es ihm nicht verübeln. Ich bin diejenige, die sie zur Sprache gebracht hat.

»Nein danke. Heute nicht. Ich habe sie geliebt. Und sie ist nicht mehr da. Ich vermisse sie immer noch jeden Tag.« Ich schaue den Gang entlang. »He, sieh mal.«

Ich zeige auf die Barbiehaus-Auslage, und Logan pfeift leise.

»Kann man das auch zusammengebaut erstehen?«, fragt er hoffnungsvoll. Ich lache schallend.

»Nein. Aber ist das nicht ein Teil des Wunders von Weihnachten? Man kann Stunden damit verbringen, es zusammenzubauen und alle Schimpfwörter zu benutzen, die man kennt.«

Er lacht leise. »Nur wenn du mir hilfst.«

Mein Kopf ruckt zurück. Er bittet mich schon wieder um ein Date? Aber vielleicht ist das ja auch kein Date. Vielleicht täusche ich mich.

Er sieht mein Zögern.

»Du musst das nicht machen«, beruhigt er mich rasch. »Ich bin sicher, ich komme auch ohne deine handwerklichen Fähigkeiten zurecht.«

»Pass auf, was du sagst. Ich bin ein Ass mit einem Kreuzschlitzschraubenzieher. Das ist doch der mit diesem schraubigen Kopf, oder?«

»Klar«, erwidert er trocken. »Ich sehe schon, du hast es echt drauf.«

Ich muss zugeben, es ist urkomisch, diesen männlichen Typen mitten in einem Meer aus kitschigen Barbies zu sehen, vor allem, weil er nicht einmal mit der Wimper zuckt.

Wir nehmen den riesigen Karton aus dem Regal, und ich überrede ihn, das dazu passende rosa Auto zu kaufen.

»Du wirst der Lieblingsonkel sein«, versichere ich ihm.

»Das sollte ich auch sein. Ich bin schließlich ihr einziger Onkel.«

Während er die Spielsachen bezahlt, singt eine Gruppe kostümierter Elfen zu unserer Linken Weihnachtslieder. Ich ertappe Logan dabei, wie er sie mitsummt.

»Du liebst Weihnachten, nicht wahr?«, frage ich ihn lächelnd.

Er zuckt mit den Schultern. »Zu welcher anderen Zeit im Jahr halten wir alle eine Minute inne und zeigen unseren Familien, wie sehr wir sie lieben?«

Inmitten der Weihnachtslieder, des Schnees und der glitzernden Lichter an den Bäumen entlang der Straße bohrt sich dieser Satz wie ein Pfahl in mein Herz.

Weil ich keine Familie mehr habe.

Logan merkt es und bleibt mitten im Menschengewühl wie angewurzelt stehen. »Oh mein Gott. Es tut mir so leid, Meg. Ich habe geredet, ohne nachzudenken.«

Ich schüttele den Kopf. »Ist schon gut. Ehrlich. Ich muss mich erst einmal damit abfinden, dass ich jetzt eine Waise bin.«

Meine Kehle ist wie zugeschnürt, und ich fühle mich erbärmlich und weiß, dass ich mitleiderregend klinge, aber ich kann nichts gegen das trostlose Gefühl tun, das mein Herz schwer macht.

»Du bist nicht allein, Meg«, sagt Logan leise, und seine blauen Augen blicken mit feuriger Intensität in meine. »Du hast alle in Parkview auf deiner Seite. Und du hast mich.«

Er ist so ernst, so aufrichtig, dass ich mir fast erlaube, es zu glauben.

Aber er ist nur nett, denn sie sind alle Bekannte, keine Familie. Sie hängen nicht an mir, wie eine Familie es tun würde. Sie sind mit mir durch das Gebäude verbunden. Logan bezahle ich sogar, und wenn ich das Parkview verkaufen würde, wären sie alle weg … Das Band, das uns verbindet, wäre durchtrennt.

Es ist ein sehr einsames Gefühl, und irgendwie habe ich den Eindruck, ganz allein inmitten des Feiertagsgetümmels zu stehen.

Logan legt einen Arm um meine Schulter, und mit dem anderen schafft er es irgendwie, das riesige Paket halb zu tragen, halb zu schleppen. Ein Teil davon schleift über den Bürgersteig, und er tut so, als würde er es nicht bemerken.

»Du meine Güte. Du machst es noch kaputt!« Ich lache. »Dann bist du die längste Zeit der Lieblingsonkel gewesen, das kann ich dir sagen.« Ich schlüpfe unter seinem warmen Arm hervor und nehme die andere Seite des Pakets. So tragen wir es gemeinsam bis zu seinem Wagen.

Sofort vermisse ich die Wärme seines Arms und die Vertrautheit, die er ausstrahlt. Ich konnte sein Aftershave riechen, moschusartig und holzig. Und mehr als das – ich fühlte mich geborgen.

Es war ein wirklich gutes Gefühl.

Nachdem er die Pakete auf dem Rücksitz der Doppelkabine des Pick-ups verstaut hat, dreht er sich zu mir um.

»Was jetzt?«

Ich hebe die Brauen. »Sind wir noch nicht fertig?«

»Mit dem Einkauf für meine Nichten? Ja. Damit, dich in Weihnachtsstimmung zu bringen? Nein.«

Er hat einen so jungenhaften Ausdruck auf seinem attraktiven Gesicht, dass ich tatsächlich lache.

»Ich bezweifle, dass du da irgendetwas ausrichten kannst«, warne ich ihn.

»Herausforderung angenommen«, verkündet er und packt meinen Arm.

»Das war keine Herausforderung«, sage ich schnell. »Im Ernst. Ich habe noch zu tun.«

Er ignoriert mich. »Das wird immer noch da sein, wenn wir zurückkommen. Jetzt wird Schlittschuh gelaufen.«

»Schlittschuh laufen?« Ich starre ihn an. »Nein. Eis und ich – wir sind … nicht kompatibel.«

Er ignoriert mich wieder. »Ich halte dich«, verspricht er. Dann zieht er mich mit sich, bis wir den Maggie Daley Park erreichen. Da ich mich schon sehr anstrengen muss, um nicht auf dem Bürgersteig auszurutschen und zu stürzen, mache ich mir keine großen Hoffnungen in Bezug auf die Eisbahn.

Als ich meine Schlittschuhe schnüre, meckere ich immer noch.

»Ich habe nicht die richtigen Socken an«, murmle ich.

Er verdreht die Augen.

»Außerdem bin ich nicht mehr Schlittschuh gelaufen, seit

ich zwölf war. Vielleicht sollte ich mir so ein Schiebedings besorgen.«

»Diese Gehhilfen auf Tennisbällen?« Er schaut jemanden an, der eins benutzt. »Besser nicht.«

»Erschüttert das deine Männlichkeit, wenn du mit so etwas gesehen wirst?«

»Ich bin mir meiner Männlichkeit sehr gewiss«, erwidert er. »Deshalb kann ich dich stützen.«

»Und wenn ich falle?« Ich schaue zu ihm hoch. Er streckt seine Hand aus, um mir von der Bank zu helfen.

»Dann fange ich dich auf.«

»Und wenn ich mir die Hüfte breche?«

»Du bist keine Greisin«, erinnert er mich, obwohl ich in diesem Moment nicht ganz davon überzeugt bin. Ich taumle zum Eingang der Eisbahn, und meine Beine fühlen sich an, als würden sie gleich brechen.

»Das geht nicht gut«, warne ich ihn. Ich will ihm nicht sagen, dass ich mir beim letzten Mal, als ich Schlittschuh gelaufen bin, den linken Arm gebrochen habe. Ich musste acht Wochen lang einen Gips tragen, und auch wenn Brian Amrine, der süßeste Junge der siebten Klasse, darauf unterschrieben hat, war es das nicht wert.

Logan zieht mich auf das Eis, ohne sich um meine Einwände zu kümmern.

Die kalte Luft beißt in meine Wangen, als wir langsam um das Oval gleiten. Logan sieht mich an.

»Siehst du? Du machst das toll.«

»Wehe, du lässt los«, drohe ich ihm. Er wirft mir einen amüsierten Blick zu, lässt aber seinen Arm fest um mich gelegt.

»Du musst zugeben«, sagt er und betrachtet die Dekorationen um uns herum, die Lichter, die dampfenden Becher der Schaulustigen am Rand, »das ist Weihnachtsstimmung.«

Ein Mann mit Weihnachtsmannmütze rempelt mich an, und ich klammere mich an Logan und verliere vorübergehend das Gleichgewicht. Doch er ist stabil und groß wie ein Baum, und er wankt nicht.

»Ja, ist es.«

»Du weißt, dass Sylvie wieder mit der Planung der Weihnachtsfeier begonnen hat, oder?«, will er wissen. Meine Fußknöchel fühlen sich instabil und wacklig an, und ich richte mich auf.

»Hat sie?«

»Oh ja. Ich habe schon meine Einladung bekommen. Eine mündliche Einladung«, korrigiert er.

»Aber der …« Ich verstumme und rufe mir den Kalender ins Gedächtnis. Nein, da führt kein Weg dran vorbei. »Der Fashionista-Wettbewerb …«

Er mustert mich. »Wenn jemand beides schafft, dann du.«

Ich zucke zusammen. »Habe ich jemals erwähnt, dass ich dazu neige, mehr abzubeißen, als ich kauen kann?«

Er lacht. »Ich habe Vertrauen in dich.«

»Ich wollte eine Weihnachtsfeier schmeißen. Bevor du mir von dem Wettbewerb erzählt hast. Aber keine Angst. Wenn meine Freundin Cass meine Teilnahme arrangieren kann, werde ich das schon schaffen. Es gibt immer einen Weg.«

»Das ist die richtige Einstellung.«

Er ergreift meine Hand, um eine fröhliche Drehung zu vollführen. Er hat anscheinend vergessen, dass ich Anfängerin bin. Die Spitze meiner Kufe hakt auf dem Eis, und ich taumele. In meiner Panik greife ich instinktiv nach Logan, und er stürzt mit mir.

Es geht blitzschnell, und ich spüre nicht mal, wie mein Hinterteil auf das Eis knallt.

Mein Kopf prallt nur deshalb nicht auf, weil Logans Hand ihn schützt und den Aufprall abfedert.

Er liegt mit seinem ganzen Körper auf meinem, von den Zehen bis zur Taille. Eine Sekunde lang starrt er mir in die Augen, und die Luft zwischen uns knistert vor Spannung. Seine Hüften sind warm und schwer. Dann stützt er sich mit den Ellbogen ab.

»Geht es dir gut?«, fragt er heiser und hilft mir, mich aufzusetzen.

Sofort vermisse ich schmerzhaft den Druck seiner Hüften, als er aufsteht. Meine fühlen sich augenblicklich kalt und irgendwie einsam an.

Vorsichtig berühre ich meinen Hinterkopf. Da ist keine Beule. »Danke«, sage ich. »Du hast mich aufgefangen. Mehr oder weniger.«

»Sozusagen.« Er lacht leise. »Habe ich dich zerquetscht?«

Auf die wundervollste Art und Weise.

Ich schüttle den Kopf. »Ganz und gar nicht. Du bist sehr ritterlich.«

Wir stellen fest, dass wir mitten auf der Bahn stehen und die Eisläufer uns ausweichen müssen. »Lass uns an den Rand gehen«, sagt Logan und zieht mich mit. Er umschlingt mich beschützend fest mit dem Arm. Das gefällt mir.

Ich lehne mich mehr als nötig an ihn.

Und er tut so, als würde er es nicht bemerken.

Er hilft mir auf eine Bank und bückt sich, um meine Schlittschuhe aufzuschnüren. »Das kann ich selbst«, sage ich.

»Ich kann das auch«, entgegnet er lässig. »Und ich bin schließlich derjenige, der dich dazu überredet hat.«

»Das stimmt«, pflichte ich ihm bei. Er hebt erst den einen Schlittschuh an, dann den anderen.

Ich reibe meine Hände, um sie zu wärmen, und er blickt mich an.

»Wir brauchen etwas Warmes zu essen. Dinner?«

Ich nicke schnell. »Mir ist kalt. Und ich werde mürrisch, wenn ich hungrig bin.«

»Ist mir gar nicht aufgefallen«, lügt er. Ich lache.

Er bringt mich so leicht zum Lachen. Ich kann bei ihm ich selbst sein, muss nicht versuchen, sittsam zu sein, was Drake immer von mir erwartet hat.

Es ist fast beängstigend, wie schnell ich mich mit Logan angefreundet habe. Ich versuche, mich nicht darauf zu konzentrieren. Stattdessen konzentriere ich mich auf das, was gerade ansteht.

»Wohin sollen wir gehen?«, frage ich ihn, als wir den Park verlassen.

»Wie wär's mit Macy's? Der Walnut Room ist schön um diese Jahreszeit.«

»Oh ja. Meine Mutter ist mit Jo und mir immer dorthin gegangen, damit wir uns den Baum ansehen konnten. Wir haben am Sonntagnachmittag um Weihnachten herum ›Tee‹ zu uns genommen«, erzähle ich ihm. »Aber ohne Reservierung kommen wir da nicht rein. Nicht um diese Jahreszeit.«

»Lass das nur meine Sorge sein«, sagt er, während er ein Taxi heranwinkt.

Ich kneife die Augen zusammen. »Mir kommt es fast so vor, als wäre das geplant gewesen«, sage ich, als er mir die gelbe Tür öffnet und ich einsteige.

Er grinst. »Du warst so nett, mir zu helfen, und ich wusste, dass ich dich verpflegen muss. Das hier ist nur ein kleiner Preis dafür.«

»Aber du hast mich doch erst gestern Abend gefragt«, sage ich langsam.

»Lass gut sein, Meg«, schlägt er vor. »Genießen wir es einfach.«

Er hat recht! Warum den Moment ruinieren und sich fragen, wie er es geschafft hat, in letzter Minute eine Reservierung zu bekommen? Wahrscheinlich kennt er da jemanden.

❄

Es dauert nicht lange, bis wir dort sind, und wir treten vom Taxi auf den Bürgersteig inmitten all der glitzernden Lichter. In der Dämmerung sind die Lichter noch schöner.

»Ich kann die Weihnachtsstimmung richtig spüren«, erklärt Logan, als er mir die Tür aufhält. Ich verdrehe die Augen.

»Dein Stimmungsdetektor ist wohl ausgefallen«, kontere ich. »Ich genieße nur die Dekoration.«

»Das gehört dazu. Weihnachtsstimmung ist ein ganzes Paket aus verschiedenen Elementen.«

»Das klingt ja wie Naturwissenschaft«, sage ich. »Meine ungeliebtesten Fächer.«

Er nennt dem Mädchen am Pult seinen Namen, und wir warten.

»Das sieht man dir an«, stimmt er mir zu. »Es ist zu sehr wie Mathe. Du bist viel kreativer. Künstlerisch.«

»Du sagst das, als wäre das etwas Schlechtes.« Die Kellnerin kommt und bringt uns zu unserem Platz. Ich greife nach der Speisekarte. Vor uns auf dem Tisch flackert eine Kerze.

»Überhaupt nicht«, sagt er. »Ich bin froh darüber. Menschen wie du machen die Welt zu einem schönen Ort.«

Ich lächle. Dieser Gedanke gefällt mir.

Ich beginne, die Speisekarte zu studieren, aber der riesige leuchtende Baum – er hängt von der Decke, statt auf dem Boden zu stehen – lenkt mich ab.

»Er ist wunderschön.« Jedes einzelne Teil seines Schmucks schimmert und ist perfekt platziert.

»Das ist er wirklich«, stimmt Logan zu. »Sieht er so aus, wie du ihn in Erinnerung hast?«

»Genau so«, sage ich. »Meine Schwester und ich haben es geliebt, hierherzukommen. Wir durften uns immer jede ein kleines Spielzeug aussuchen, obwohl Weihnachten vor der Tür stand.«

»Das ist großartig«, sagt er. »Wenn ich mir um diese Jahreszeit etwas gewünscht hätte, und sei es eine Zahnbürste, hätte meine Mutter gesagt: ›Okay, aber das gibt es erst zu Weihnachten.‹«

Wir greifen beide nach unserem Wasser. Unsere Finger berühren sich. Ich ziehe meine Hand weg. Er räuspert sich und nimmt einen Schluck.

»Meine Mutter ist gestorben, als ich noch ein Kind war. Seitdem war ich nicht mehr wirklich hier. Danke, dass du mich mitgenommen hast.« Ich sehe ihn an. »Warum hast du das eigentlich gemacht?«, frage ich ihn ganz direkt, während ich mein Glas abstelle.

Er hebt eine Braue, und ich ignoriere den Fünf-Uhr-Bartschatten, der sich auf seinem Kinn abzeichnet. Er ist so verdammt männlich, und meine Eierstöcke zucken schon wieder.

»Weil ich deine Hilfe brauchte.«

Ich starre ihn eindringlich an. Er erwidert meinen Blick. Schließlich seufzt er.

»Weil ich wusste, dass Weihnachten dieses Jahr schwer für dich sein würde. Ich wollte nicht, dass du dich allein fühlst.«

»Das ist sehr lieb von dir«, gebe ich zu. »Aber du brauchst mich nicht zu retten.«

»Das ist sehr emanzipiert von dir«, antwortet er. »Aber ich wollte dich auch nicht ›retten‹. Es … Ich mag dich einfach. Kann man nicht auch mal etwas ohne Hintergedanken tun?«

»Normalerweise nicht«, antworte ich.

»In diesem Fall habe ich jedenfalls keine Hintergedanken. Und das haben viele Menschen nicht. Das ist eine viel zu deprimierende Art, die Dinge zu betrachten.«

»Vielleicht war ich zu lange in der großen Stadt«, gebe ich zu.

»Es gibt Leute, die würden Chicago auch als große Stadt bezeichnen«, kontert er mit einem Augenzwinkern. Ich lache.

»Touché.«

»Kannst du mir mehr über die versteckte Bar in deinem Untergeschoss verraten?«, wechselt er das Thema. »Meinst du, dass sie sich hinter der großen Backsteinmauer befindet? Das ist wahrscheinlich eine tragende Mauer.«

»Ich glaube schon, dass sie sich dahinter befindet«, antworte ich, als der Kellner erscheint. »Also ist es vielleicht keine tragende Mauer.«

Logan zögert keine Sekunde bei der Bestellung. »Wir nehmen zwei Chicken Pot Pies und teilen uns zum Nachtisch eine Frango-Eistorte.«

Ich starre ihn amüsiert an.

»War das okay?«, fragt er schnell, als der Kellner mit unserer Bestellung verschwindet.

»Das ist genau das, was ich mit Jo und meiner Mutter immer gegessen habe.«

»Dafür sind sie berühmt.« Er zuckt mit den Schultern. Aber trotzdem ist es fast so, als wüsste er, wie besonders es für mich ist, obwohl er es gar nicht wissen kann. Es gibt niemanden mehr, der meine Geheimnisse kennt.

»Du bist sehr einfühlsam«, stelle ich fest.

»Meine Schwester ist da anderer Meinung. Sie sagt, die Realität muss mir erst eine Ohrfeige verpassen, bevor ich sie erkenne.«

»Ich glaube, ich würde deine Schwester wirklich mögen«, sage ich grinsend. Er verbringt die nächsten Minuten damit, mir von ihr zu erzählen, und davon, wie sie sich nach dem Tod seines Vaters vor einigen Jahren nähergekommen sind, bis sie beste Freunde wurden. »Wir kümmern uns jetzt beide um meine Mutter«, erzählt er mir.

»Ihr teilt euch die Last«, sage ich.

Er runzelt ein wenig die Stirn und schüttelt dann den Kopf. »Meine Mutter ist keine Last. Sie ist unsere Mutter. So ist das in Familien.«

Wieder spüre ich einen Stich. Mit meinem Vater habe ich das nicht so gemacht.

Und wieder fällt es Logan auf. »Dein Vater brauchte keine Fürsorge«, sagt er. »Er war gesund und sehr fit.«

»Bis er es nicht mehr war.«

»Es passierte von einem Augenblick auf den anderen«, sagt Logan. »Das konnte man nicht vorhersehen. Das ist ein Teil des Lebens, Meg. Es ist traurig. Aber es sollte dich beruhigen, wenn du erfährst, dass er wusste, dass du ihn liebst.«

»Aber woher soll ich das wissen?« Ich höre die Verletzlichkeit in meiner Stimme, und es ärgert mich, aber wenn Worte einmal gesprochen sind, kann man sie nicht mehr zurücknehmen.

Logan sieht mich an. »Meg, ich weiß, dass du dich gerne als nüchternes Stadtmädchen darstellst. Und das ist auch okay. Ein Teil von dir ist genau das. Aber ein anderer Teil von dir ist ein herzlicher, zuvorkommender Mensch, und dein Vater wusste genau, wie sehr du ihn liebst. Das strahlte er jedes Mal aus, wenn er über dich sprach. Er platzte förmlich vor Stolz über alles, was du geschafft hast. Er wusste, dass du zu uns nach Hause kommen würdest, wenn du bereit dazu bist. Das hat er mir gesagt.«

»Klang er traurig, dass ich nicht kam?« Ich habe ein bisschen Angst vor seiner Antwort.

»Nein. Er klang verständnisvoll. Er wusste genau, warum Parkview West dir Schmerzen bereitet hat. Und er wusste, dass du dich dem stellen würdest, wenn du so weit warst.«

»Für einen Handwerker weißt du ganz schön viel«, sage ich und meine es nicht so herablassend, wie es herauskam. Logan zuckt fast zusammen.

»Ich war mehr als ein Handwerker für deinen Vater«, sagt er. »Ich war sein Freund. Und wenn du mich lässt, wäre ich auch gern dein Freund.«

Mein Freund.

Ich denke darüber nach, als mein Glas Wein kommt und ich einen Schluck nehme.

Ich weiß nicht, ob das für mich ausreicht. Ich blicke in Logans freundliche Augen und bin mir fast sicher, dass es nicht genügt.

»Nun, wir werden sehen, wie sich das Ganze entwickelt, nicht wahr?« Ich halte ihm mein Glas hin, und er stößt mit seinem Scotchglas dagegen.

»Auf das, was da auf uns zukommen mag«, sagt er. »Fröhliche Weihnachten!«

»Frohe Weihnachten.« Ich nehme einen großen Schluck, lasse ihn meine Kehle hinuntergleiten und meinen Magen wärmen.

Als wir mit dem Essen fertig sind, besteht Logan darauf, die Rechnung zu bezahlen, und nachdem er mich nach Hause gefahren hat, steigt er aus und geht mit mir zum Haupteingang des Gebäudes.

»Schönen Abend noch, Meggie«, sagt er. Das war der Spitzname meines Vaters für mich, aber das sage ich ihm nicht. Es fühlt sich gut an, wenn ihn jemand benutzt.

»Dir auch, Logan.«

Er starrt mich kurz an, und ich frage mich, ob er mich küssen wird. Ich atme aus und warte, aber er tut es nicht.

Er lächelt nur.

»Wir sehen uns morgen. Wir fangen mit dem Keller an.«

Mit einem Winken steigt er wieder in seinen Wagen, und meine Bauchmuskeln entspannen sich, als er wegfährt.

Kein Kuss.

Ein perfekter Gentleman.

Irgendetwas daran bringt mich auf dem ganzen Weg zu meiner Wohnung zum Lächeln. Obwohl, wenn ich ehrlich bin – es wäre schon echt schön gewesen, wenn er mich geküsst hätte.

Als ich ins Bett steige, muss ich immer wieder an sein verschmitztes Grinsen denken.

Es ist fast Mitternacht, als er mir eine SMS schickt.

Es war wunderschön heute Abend. Wann kann ich dich wiedersehen?

Ich lächle und schlafe mit dem Handy an der Brust ein.

Kapitel 12

Am nächsten Morgen werde ich von einer weiteren SMS von Logan geweckt.

> He, habe ich schon erwähnt, dass ich mich gestern Abend sehr wohlgefühlt habe?

Wieder flattern Schmetterlinge in meinem Bauch, und ich lächle. Bei Logan muss man sich nicht fragen, wo man steht. Er spielt keine Spielchen. Ich werde nie erleben, dass er drei Tage lang wartet und sich fragt, ob es zu früh ist, anzurufen. Das ist schön.

> Du hast es vielleicht erwähnt. Was gut ist, denn ich habe mich auch sehr amüsiert.

Er schickt mir das Emoji mit den zwei sich an den Händen haltenden Mädchen, und ich muss lachen.

> Du bekommst eine Eins für dein Engagement, schreibe ich, weil ich nicht sicher bin, ob er weiß, was das Emoji eigentlich bedeutet.

> Apropos: Ich hoffe, du bist angezogen. Ich bin in vier Minuten bei dir. Keine Sorge, ich bringe Kaffee mit.

Ich schenke mir eine Antwort, springe aus dem Bett, streife mir einen Pullover über und ziehe Leggings an. Dann fahre ich mir mit einer Bürste durch die Haare, bevor ich versuche, sie zu einem Knoten auf dem Kopf zusammenzubinden.

Ich schaffe es gerade so, einigermaßen präsentabel auszusehen, als es auch schon an der Tür klopft.

Ich versuche, nicht aus der Puste zu wirken, als ich sie öffne.

»Oh, he«, begrüße ich ihn lässig, als wäre ich schon seit Stunden wach. »Du bist ja früh auf.«

Er grinst. »Ich verlasse das Haus um fünf Uhr morgens.« Er hält mir einen Becher Kaffee hin.

»Du bist ein Gott«, sage ich ihm.

»Vergiss das nicht«, antwortet er und greift in seine Arbeitsjacke. Daraus zaubert er das winzigste Kätzchen, das ich seit Langem gesehen habe. Es hat seine Augen bereits geöffnet, ist aber erst wenige Wochen alt.

»Ich habe den kleinen Kerl auf dem Weg hierher gefunden«, berichtet Logan. »Er lag im Schnee und hätte nicht mehr lange überlebt.«

»Ach du meine Güte. Komm rein!« Ich greife nach dem Kätzchen.

Sein weißes Fell ist weich, und es zittert. »Ist es ein Kater?«

»Ich weiß nicht genau, glaub aber schon«, antwortet Logan und reicht mir das Kätzchen vorsichtig mit seiner behandschuhten Hand. »Wenn sie noch so klein sind, ist das schwer zu sagen.«

Er schließt die Tür hinter sich, und ich nehme das Katzenjunge in den Arm. Es zittert an meiner Brust, und ich bin auf der Stelle verliebt.

»Du hast mich überrumpelt«, werfe ich ihm vor, während ich mir eine Decke von der Couch schnappe und sie um den winzigen Körper in meinen Händen lege. Logan grinst.

»Ich dachte, du magst es vielleicht. Es könnte ein Maskottchen für Parkview West sein. Als emotionale Krücke für deine Mieter?« Er hebt eine Braue, und ich schüttle den Kopf.

»Du bist unmöglich, weil du meine Schwäche ausnutzt«, werfe ich ihm vor, lächle aber.

»Du hast eine Schwäche? Gut zu wissen.« Er nickt, und ich klopfe ihm auf den Arm. »Aua, aua. Tu mir nicht weh«, fleht er, und ich verdrehe die Augen. »Vielleicht nennst du es Schneeball«, schlägt er vor.

Ich starre ihn an. »Das ist so klischeehaft.«

»Dann Schneeflocke? Ich meine, ich habe es immerhin im Schnee gefunden.«

»Jeder, der eine weiße Katze hat, nennt sie Schneeball oder Schneeflocke.« Ich betrachte das kleine blauäugige Kätzchen. »Ich denke … Winterweiß, in Erinnerung an meinen Lieblingsmantel. Chicago hat ihn ruiniert, also ist es nur ausgleichende Gerechtigkeit, dass Chicago mir als Ersatz etwas Süßes schenkt. Hallo, Winterweiß«, sage ich zu dem Kätzchen und küsse seine süße rosa Nase.

»Das ist ein ziemlich … langes Wort«, sagt Logan. »Aber irgendwie wohl passend, denke ich.«

»Die Kurzform ist Winter.«

»Das gefällt mir.«

»Du hast keine andere Wahl. Du hast schließlich eine streunende Katze bei mir abgeliefert.«

»Eine bezaubernde streunende Katze«, stellt er klar. »Ein hilfloses kleines Kätzchen, das deine Hilfe braucht, weil es sonst sterben würde.«

»Du kannst aufhören«, instruiere ich ihn. »Ich habe bereits Ja gesagt.«

»Ich will nur sichergehen, dass du es dir nicht noch anders überlegst.«

»Ich muss los und ihm ein paar Sachen besorgen«, sage ich. »Ich habe nichts, was eine Katze braucht.«

»Ich komme mit«, bietet er an. »Das Mindeste, was ich tun kann, ist, dafür zu bezahlen.«

»Das ist nicht nötig. Wirklich nicht.«

»Ich bestehe darauf«, sagt er. »Außerdem ist das nur eine weitere Ausrede, um Zeit mit dir zu verbringen.«

Er sieht mich mit diesen blauen Augen an, und meine Knie werden weich. Wie könnte ich da Nein sagen?

»Vielleicht kann ich Sylvie dazu bringen, auf das Kätzchen aufzupassen, solange wir weg sind.«

»Das wird sie sicher tun.«

»Hast du sie auf dem Weg hierher besucht?«, frage ich ahnungsvoll.

Er nickt.

»Natürlich. Der Name Schneeball hat ihr auch gefallen.«

»Ihr habt einfach beide keine Fantasie.«

»Sag ihr das bloß nicht«, ermahnt mich Logan, während ich meine Handtasche nehme und wir zur Tür hinausgehen.

»Keine Sorge. Ich werde mich nie wieder mit ihr anlegen.«

Auf dem Weg die Treppe hinunter trage ich das Kätzchen, und Logans Hand liegt an meinem Ellbogen in einer beschützenden, zuvorkommenden Geste, die ich liebe.

Daran könnte ich mich gewöhnen.

Sein Aftershave elektrisiert meine Eierstöcke, denn es riecht genau so, wie er riechen sollte. Naturverbunden, männlich. Das ist so typisch er.

Als wir das Büro betreten, nimmt Sylvie Winter sofort in die Arme und wiegt ihn in ihrem Pullover.

»Armes kleines Baby«, säuselt sie. »Es ist ein Wunder, dass du nicht in der Kälte gestorben bist.«

»Ich weiß«, sagt Logan. »Es war nirgendwo eine Katzenmama zu sehen. Nur das Kätzchen … ganz allein.«

Er sieht mich eindringlich an, und ich verdrehe wieder die Augen. »Im Ernst. Ich werde meine Meinung nicht ändern. Ich habe eine Katze. Punkt.«

Er grinst zufrieden. »Er könnte deine Wachkatze sein«, schlägt er vor. »Und dich beschützen, wenn du allein bist.«

»Jetzt übertreibst du aber. Er wiegt höchstens ein Pfund.«

»Trample nicht auf seinem Ego herum«, ermahnt mich Logan.

»Du bist verrückt.«

»Ich glaube, du wirst es mögen«, flüstert er, seine Lippen dicht an meinem Ohr.

Eine Gänsehaut läuft mir über den Rücken. *Verdammt ja, und wie mir das gefällt!*

»Lass uns gehen«, sage ich, weil ich Angst habe, mich gleich zu blamieren. »Er braucht etwas zu essen.«

Sylvie blickt nicht einmal auf, als wir gehen. Sie wiegt Winter in den Armen und singt ihm »White Christmas« vor.

»Du bist so gerissen«, sage ich, als wir draußen sind.

»Aber ich bin ehrlich«, antwortet er, während wir die Straße entlanggehen. »Hier in der Nähe gibt es eine kleine Tierhandlung.«

»Du hast schon alles gegoogelt, nehme ich an?«

»Jepp.«

»War ja klar.«

Während wir gehen, nimmt er meine behandschuhte Hand und hält sie fest.

Seine Berührung jagt mir einen Schauer über den Rücken, obwohl zwei Lagen Handschuhe unsere Finger trennen.

Er führt mich um eine große Matschpfütze herum. »Pass auf«, warnt er und zeigt auf sie.

Verdammt, ist dieser Mann wirklich so perfekt?

Ich fange an, das zu glauben.

Wir finden die Zoohandlung, und als wir eintreten, bimmelt eine Glocke über der Tür.

»Wir gehen jetzt schon zum zweiten Mal in ebenso vielen Tagen einkaufen«, stellt er fest, als wir auf die Katzenartikel zugehen. »Ich glaube, das ist ein Zeichen.«

»Ein Zeichen wofür?«

»Keine Ahnung. Aber es muss etwas bedeuten.«

Er schnappt sich einen Karton mit Dosenfutter für neugeborene Kätzchen und ein kleines Set mit Schüsseln. »Wir brauchen noch Katzenstreu«, murmelt er, während er laut nachdenkt.

»Apropos, ich hasse es, Katzenklos zu reinigen.«

»Aber du kuschelst gerne mit Kätzchen?«, fragt er hoffnungsvoll.

Ich starre ihn an.

»Sieh mal. Da ist ein süßes rosa Katzenklo. Wie wäre es damit?«

»Ich bin überzeugt, wenn Winter ein Junge ist, wird er sich seiner Männlichkeit sicher sein. Ich werde ihn schon richtig erziehen«, verkünde ich.

Er lacht und schnappt sich die rosa Schüssel.

Ich nehme eine kleine Tüte mit Katzenstreu.

»Ich glaube, wir sind fertig«, sage ich, aber er hat sich bereits einen Haufen Katzenspielzeug unter den Arm geklemmt.

»Wir wollen doch nicht, dass er sich langweilt«, sagt er. Er zeigt mit der vollen Hand auf ein kleines Katzenbett aus Plüsch, das aussieht wie der Schlitten des Weihnachtsmanns. »Nimm das auch mit.«

Wir gehen mit unseren Sachen zur Kasse, und er zückt sein Portemonnaie.

Die Kassiererin lächelt. »Ein neues Haustier?«, fragt sie. Ich nicke. »Nach all den Sachen hier zu urteilen, werden Sie tolle Kätzcheneltern sein«, folgert sie.

»Oh! Wir sind nicht …«, will ich protestieren, aber Logan unterbricht mich.

»Vielen Dank! Wir geben unser Bestes.«

Als wir rausgehen, beäuge ich ihn. »Sie dachte, wir wären zusammen.«

»Sind wir das denn nicht?«, fragt er.

Ich starre ihn an.

»Wir haben uns noch nicht einmal geküsst«, sage ich schließlich und bin plötzlich etwas kurzatmig.

Er lässt die Tragetaschen einfach auf den Bürgersteig fallen und zieht mich in die sanfteste Umarmung, die ich je gespürt habe. Die Ironie dabei ist, dass seine Arme so stark sind, dass ich die Muskelstränge spüren kann. Seine Lippen sind so weich, als er sie auf meine presst, und er schmeckt nach Pfefferminz.

Wir küssen uns eine ganze Minute lang, mitten im Weihnachtstrubel.

Als er sich schließlich zurückzieht, grinst er mich an. »Das wäre erledigt.«

Er nimmt seine Taschen vom Boden, und ich bin sprachlos.

»Das wollte ich schon machen, seit ich dich das erste Mal getroffen habe«, sagt er.

Ich bin immer noch sprachlos, und er lacht.

»Ist das alles, was ich tun muss, damit du aufhörst zu reden?«

»Ich dachte, du magst es, wenn ich rede«, erwidere ich.

Er grinst. »Tue ich auch.«

Wir bahnen uns einen Weg durch den Schnee und die Menschen zum Parkview. Sylvie arbeitet am Schreibtisch, während Winter auf ihrem Schoß schläft. Sie bemüht sich, ihn nicht zu stören, als sie uns begrüßt.

»Wie ich sehe, macht das Baby ein Nickerchen«, sage ich, aber sie bedeutet mir zu schweigen.

»Er ist gerade eingeschlafen«, sagt sie und legt den Finger an die Lippen. »Er hatte eine harte Nacht, da bin ich mir sicher. Der arme kleine Kerl, so ganz allein.«

»Er ist jetzt nicht mehr allein«, flüstere ich. »Er wird wieder gesund.«

Sylvie bemerkt das Katzenbett in Logans Hand. »Ich hoffe, du hast nicht vor, ihn auf dem Boden schlafen zu lassen«, sagt sie zu mir. »Er ist zu klein. Er wird frieren.«

»Er schläft bei mir«, verspreche ich ihr. »Das Bett ist nur fürs Büro.«

Logan nimmt mein Stichwort auf und stellt das Bett auf den Schreibtisch, wo Winter schlafen kann und wir ihn im Auge behalten können.

Sylvie strahlt. »Ich setze ihn hinein, damit er es ausprobieren kann, wenn er aufwacht«, flüstert sie. »Danke.«

Logan lächelt und zwinkert mir zu. Wieder einmal hat er es geschafft, sich bei Sylvie noch beliebter zu machen. Jetzt ärgert es mich allerdings nicht mehr.

»Wir müssen noch eine kurze Besorgung machen«, flüstert er mir zu, und ich komme mir lächerlich vor, weil wir wegen einer Katze flüstern. Wir gehen auf den Flur hinaus.

»Komm mit«, sagt er und zieht mich mit sich.

»Wohin gehen wir?«, frage ich, nicht ganz glücklich darüber, dass wir anscheinend wieder in die Kälte hinausgehen werden.

»Du wirst schon sehen.«

Wir treten auf den Bürgersteig und gehen die Straße hinunter. Logan hält inne, um etwas Geld in den roten Eimer zu werfen. Der Weihnachtsmann dankt ihm herzlich.

»Danke für den Kaffee neulich«, sagt er zu mir, als er sich an mich erinnert. Ich lächle ihn an.

»Ich bringe Ihnen später noch welchen«, verspreche ich.

Er grinst und läutet mit noch mehr Nachdruck.

Wenige Minuten später stehe ich vor einem Weihnachtsbaumstand.

Ich sehe Logan an.

»Wir haben schon einen Baum in der Lobby«, gebe ich zu bedenken. »Er ist künstlich. Und er ist nicht der beste, aber immerhin.«

»Der ist nicht für die Lobby«, sagt er. »Es ist für deine Wohnung. Mir ist aufgefallen, dass du keinen hast. Du hast Schmuck in einer Schachtel, aber keinen Baum, an den du ihn hängen kannst.«

Ich schlucke. »Das liegt daran, dass mein Vater immer auf einen echten Baum bestanden hat.«

»Das dachte ich mir. Also … hier sind wir. Such dir aus, was du willst.«

Einen Moment lang kommt es mir fast wie Verrat vor, einen Baum ohne meinen Vater auszusuchen. Aber dann weiß ich so sicher, wie ich atme, dass er nicht wollen würde, dass ich mich einsam fühle. Er würde nicht wollen, dass ich in einer ungeschmückten Wohnung sitze. Er liebte Weihnachten. Und er würde wollen, dass ich es auch noch liebe.

»Okay.« Ich seufze. »Bringen wir es hinter uns.«

Wir betreten den eingezäunten Bereich voller Bäume, hören Weihnachtslieder, und ich ertappe mich tatsächlich dabei, wie ich »Jingle Bell Rock« mitsinge, während ich nach dem perfekten Baum suche.

»Der hier gefällt mir.« Ich kaue auf meiner Unterlippe, als ich eine ungefähr anderthalb Meter hohe Balsamtanne entdecke. »Aber ich bin mir nicht sicher.«

Ich wickle meinen roten Schal um den Baum, um ihn zu markieren, und gehe weiter, wobei ich darauf achte, dass ich mir auch wirklich alle Bäume ansehe.

Ich betrachte eine ungefähr einen Meter zwanzig hohe, duftende Blaufichte und merke, dass mein Herz der anderen gehört. Der Balsamtanne, die perfekt symmetrisch ist und meinen inneren Nörgler befriedigt.

Ich gehe zurück und wickle meinen Schal ab.

»Also die hier?«, sagt Logan neben mir. »Gute Wahl.«

Er ruft nach der Verkäuferin mit der Weihnachtsmannmütze. Logan besteht darauf, den Baum zu bezahlen, und er akzeptiert kein Nein als Antwort.

Schließlich gebe ich nach.

»Okay. Danke.« Ich lächle ihn an.

»Ich bringe dich gern zum Lächeln«, gibt er zu. Ich lächle wieder, aber diesmal erröte ich auch noch leicht. Auch in meiner Brust wird es ein bisschen warm.

Logan trägt den Baum den ganzen Weg zurück zum Parkview West und dann hoch in meine Wohnung. Während er ihn aufstellt, laufe ich zurück nach unten, um Winter zu holen. Sylvie rückt ihn nur zähneknirschend heraus.

»Er ist so brav«, sagt sie. »Er ist das reinste Kuscheltier.«

Ich kuschle mit ihm im Aufzug bis zu meiner Wohnung, und als ich eintrete, bin ich überrascht, dass Logan schon dabei ist, den Baum mit Lichtern zu schmücken.

»Die waren auch in der Schachtel«, erklärt er. »Ich hoffe, das ist in Ordnung.«

»Natürlich«, sage ich sofort. »Danke.«

»Ich kann Winter von hier aus schnurren hören«, bemerkt er und beobachtet das Kätzchen, das sich an meinen Hals schmiegt. »Es mag dich.«

»Es ist ein Kätzchen. Es mag jeden.« Trotzdem empfinde ich große Genugtuung, dass Winter mich tatsächlich zu mögen scheint.

Ich ziehe eine weiche Decke von der Lehne des Sofas und schiebe sie zu einem behelfsmäßigen Nest zusammen, dann lege ich das Kätzchen hinein. Es schaut träge zu, als ich aufstehe und mich zu Logan an den Baum setze.

Logan kramt in der Schachtel und holt einen goldenen Blechstern mit einem alten Schulfoto heraus.

»Wie alt warst du da?«

Ich lächle. »Das bin nicht ich. Das ist meine Schwester Jo, da war sie vielleicht … ich weiß nicht mehr. Vielleicht acht?«

Er hängt es an die Vorderseite des Baumes und sucht nach einem anderen. Diesmal kommt er mit meinem Bild zurück, das auf einen Baum aus grünem Bastelpapier geklebt ist und an einem roten Pfeifenreiniger hängt.

Bevor er fragen kann, erzähle ich es ihm. »Ich war in der ersten Klasse. Ich hatte mir den Pony selbst geschnitten. Meine Mutter war ziemlich wütend.«

Logan lacht und positioniert ihn vorsichtig an einem Zweig.

In der Schachtel findet sich auch noch eine kleine Krippe mit einem Jesuskind aus Papier, die Jo und ich gemeinsam aus Eisstielen gebastelt haben, und Logan bemerkt, dass ein Eisstiel locker ist. »Hast du Kleber?«, fragt er.

»Sieh in der Schublade neben dem Waschbecken nach. Das ist die Gerümpelschublade von meinem Vater.«

Während er das tut, hänge ich den anderen Schmuck auf, bis Logan mit der geflickten Krippe zurückkommt.

»Das ist tolle Handwerkskunst«, bemerkt er, als er sie aufhängt. »Ich bin mir nicht sicher, ob du mich für die Wand im Keller noch brauchst.«

Ich lache. »Das war hauptsächlich Jo«, sage ich. »Sie war die Sorgfältige von uns. Sie war geduldig und hat sich immer Zeit gelassen. Ich war eher der Lass-uns-lieber-schnell-machen-damit-wir-endlich-Kekse-essen-können-Typ.«

»Was?« Logan tut so, als wäre er erstaunt. »Das sieht dir so gar nicht ähnlich.«

»Pah.« Ich greife um ihn herum, um eine silberne Glocke aufzuhängen. »Ich habe auch gute Eigenschaften. Ich habe sie aus ihrer Komfortzone herausgeholt und dazu gebracht, Dinge zu tun, die sie wollte.«

»Das sieht dir ähnlich«, stimmt er mir zu. »Zu welchen Dingen hast du sie denn überredet?«

»Oh, wir haben ein paar Talentshows veranstaltet, für unsere Eltern und ein paar Mieter.« Bei der Erinnerung muss ich lächeln. »Wir haben ein paar ziemlich fetzige Tänze choreografiert.«

Logan lacht. »Das kann ich mir vorstellen«, sagt er. »Kannst du mir welche zeigen? Von deinen Moves, meine ich?«

»Das hättest du wohl gern.« Ich rümpfe die Nase.

»Komm schon!«, bettelt er. »Ich will es sehen.«

»Das wird dich auf ewig traumatisieren«, warne ich ihn und deute auf meinen Körper. »Glaub mir.«

»Versuch's doch bitte, bitte, bitte«, fleht er.

Ich mustere ihn. »Na schön. Aber sag nicht, ich hätte dich nicht gewarnt.«

Ich denke kurz nach, dann wähle ich auf meinem Handy »Bad« von Michael Jackson und tanze zum ersten Refrain.

Logan prustet vor Lachen. »Du hast dieses Meisterwerk in …« Ich sehe ihn warnend an. »In ein besseres Meisterwerk verwandelt«, beendet er hastig den Satz. »Ich kann mir bildlich vorstellen, wie du und deine Schwester eure Tanzschritte dazu synchronisiert habt.«

»Du hättest sie gemocht«, sage ich und lege eine Pause ein. »Jeder hat sie gemocht.«

»Das habe ich schon gehört«, sagt er, »sie war ein reizendes Mädchen.«

»Sie hätte über diese Beschreibung gelacht. Aber es stimmt. Sie war es.«

Ich setze mich neben dem schlafenden Winter auf die Couch und streichle ihn. »Sie hätte Winter geliebt.«

Logan sitzt neben mir, den Arm auf die Rückenlehne der Couch gelegt. Er riecht nach Zedernholz. »Was ist mit mir? Was hätte sie von mir gedacht?«

»Willst du Komplimente hören?«, frage ich, schmiege mich in seinen Arm und schaue in seine blauen Augen.

»Ja«, sagt er unverblümt.

»Sie hätte gesagt, du wärst heiß. Vergiss nicht, sie war ein Teenager. Also hätte sie gesagt, du wärst heiß und lustig.« Ich mustere ihn. »Und dass du tolle Wangenknochen hast.«

»Wow. Sie war ein sehr kluges Mädchen«, stimmt Logan zu. Ich kämpfe gegen den Drang an, diese Wangenknochen mit meinem Finger nachzuzeichnen, und die Art, wie Logan auf meinen Mund starrt, lässt mich glauben, dass er gegen den Drang nach ein paar anderen Dingen ankämpft.

»Sie hätte sich wahrscheinlich gefragt, ob du ein guter Küsser bist«, sage ich leise.

»Was hättest du geantwortet?« Seine Stimme klingt jetzt etwas heiser.

»Ich hätte gesagt, dass ich mich nicht mehr erinnern kann. Dass du es mir noch einmal zeigen müsstest, damit ich es besser beurteilen kann.«

»Ich habe schon befürchtet, du würdest nie fragen.« Er beugt sich vor, zieht mich an sich, während er mich fast besinnungslos küsst. Seine Hände liegen auf meinem Rücken, ich spüre ihre Wärme und grabe meine Finger in seine Haare, ziehe ihn immer dichter an mich.

Mein Herz schlägt heftig, hämmert förmlich in meiner Brust, und als er sich schließlich von mir löst, bin ich wie benommen.

»Und?«, stößt er heraus. Er sieht selbst ein wenig zerzaust aus.

»Also …« Ich stocke. »Ich denke, du solltest es mir noch einmal zeigen. Nur damit ich ganz sicher sein kann.«

Er zieht mich wieder an sich und grinst an meinen Lippen.

Einige Minuten später kribbelt es mir bis in die Zehen. »Ich würde ihr sagen, dass du unglaublich bist«, gestehe ich. »In mehr als einer Hinsicht.«

»Gut. Genau das wollte ich erreichen.« Er steht auf. »Ich sollte gehen, bevor Sylvie merkt, dass ich noch hier bin, und ich einen strengen Anruf bekomme.«

Ich lache, aber nur, weil er damit wahrscheinlich nicht falschliegt.

»Wir müssen morgen sowieso früh aufstehen«, sagt er, als wir vor der Tür stehen bleiben. »Wir müssen anfangen, die Wand im Keller einzureißen und die Show auf die Beine zu stellen.«

»Ich sorge für den Kaffee und die Muskelkraft«, sage ich.

»Okay, *Tiny Thunder*«, antwortet er und stupst gegen

meine mickrigen Muskeln, bevor er mich ein letztes Mal küsst und mich damit endgültig durcheinanderbringt.

Nachdem ich die Tür hinter ihm geschlossen habe, schwebe ich förmlich durch die Wohnung und mache mich bettfertig. Mit dem Baum und seinen Lichtern ist es heller hier drinnen, fröhlicher.

Als Winter und ich uns im Bett zusammenrollen und er mich mit seinen kleinen blauen Kätzchenaugen anschaut, wird mir etwas klar.

Indem Logan mir dieses Kätzchen brachte, hat er dafür gesorgt, dass ich nicht mehr allein bin.

Und wenn ich genauer darüber nachdenke, würde ich sogar darauf wetten, dass das die ganze Zeit sein Plan war.

Ich schlafe mit einem Lächeln auf dem Gesicht und einem schnurrenden Kätzchen an meiner Brust ein.

Kapitel 13

Ich bin noch nicht ganz wach, umklammere meinen XXL-Kaffeebecher und höre Sylvie zu, die von der Weihnachtsfeier plappert, während sie Winter streichelt, der vor ihr auf dem Schreibtisch herumturnt.

»Ich hänge Lichter im Hof auf«, sagt sie. »Es wird wunderschön.«

»Ich weiß, dass ich noch halb schlafe, aber ist es nicht zu kalt, um sich im Innenhof aufzuhalten?«

Sie verdreht die Augen und hält einen Moment mit dem Anfertigen der Liste inne. »Vielleicht möchte jemand ja nur kurz an die frische Luft gehen«, erklärt sie geduldig. »Außerdem können wir den Innenhof vom Ballsaal aus sehen.«

»Du meinst den Konferenzraum«, korrigiere ich.

»Er wird als Konferenzraum genutzt, aber früher war es ein Ballsaal.« Jetzt habe ich sie verärgert. »Und wenn du mich fragst, wäre das eine viel bessere Nutzung des Raums. Wir veranstalten da doch so gut wie nie irgendwelche Besprechungen.«

»Noch nicht«, sage ich und nippe an meinem Kaffee. »Aber vielleicht eines Tages.«

Sie räuspert sich und wirkt wenig überzeugt. »Wir sollten ihn jedenfalls renovieren und für Veranstaltungen wie Quinceañeras und Hochzeiten vermieten«, schlägt sie vor.

Ich nehme noch einen Schluck Kaffee.

»Wie war dein Abend mit Mr. Scott?« Sie tut, als wollte sie nur das Thema wechseln, und versucht, nicht zu neugierig zu wirken. Mein Herz hüpft, denn bei der Erwähnung seines Namens muss ich an seine Guten-Morgen-SMS von heute denken.

Guten Morgen, *Tiny Thunder*.

Ich trinke genüsslich einen Schluck Kaffee. »Es war schön. Er ist ein sehr, sehr netter Mann.«

»Und außerdem ein sehr angenehmer Anblick«, betont sie und starrt auf meinen Mund. Der Ausdruck von Glückseligkeit in meiner Miene ist ihr nicht entgangen.

Ich lache. »Ja, ganz sicher.«

»Wäre ich vierzig Jahre jünger, würde ich ihn dir ausspannen«, verkündet sie, und der Bommel an ihrer Weihnachtsmannmütze wackelt. »Da kannst du dir sicher sein.«

»Ich bin jedenfalls froh, dass du es nicht bist. Ich weiß nicht, ob ich diesen Wettstreit gewinnen würde.«

»Hör auf, mir zu schmeicheln.« Sie hält inne. »Oder nein, mach weiter. Es gefällt mir.«

»Sylvie, du bist fantastisch, und das weißt du auch.« Ich möchte das Gespräch lieber auf ein anderes Thema lenken. »Hattest du Glück bei der Suche nach den Unterlagen über das *Red Alibi*?«

Sie senkt ihren Blick. »Nein. Ich kann nicht glauben, dass ich sie verlegt habe.«

»Schon gut.« So richtig wundert es mich nicht. Sie scheint alles zu verlieren. »Die Sachen müssen ja hier irgendwo sein.«

Ich widme mich meinem Laptop und rufe meine E-Mails ab.

Beim Überfliegen meines Posteingangs stoße ich auf einen bekannten Namen: Erin Rieman. Von der *Vogue*. Ich klicke die Mail sofort an.

Hallo Meghan!

Freut mich zu hören, dass Sie sich aus Lilliannas Fängen befreit haben. Und noch mehr freut es mich, Ihnen mitteilen zu können, dass ich Sie in unserem Fashionista-Wettbewerb platzieren konnte. Sie müssen zur Show um 14 Uhr in NYC sein. Das dürfte für Sie kein Problem darstellen, oder? Ich lasse Ihnen vom Show-Koordinator die Einzelheiten zukommen.

Alles Gute für Sie,

Erin

»Heiliger Bimbam«, hauche ich. »Sie hat es geschafft.«

Sylvie sieht zu mir auf. »Was geschafft?«

»Ich bin offiziell beim Fashionista-Wettbewerb dabei.«

Sylvie strahlt. »Das ist so schön! Dann solltest du dich wohl besser an die Arbeit machen.«

»Es gibt da nur einen Haken, Sylvie.« Ich gestehe ihr, dass der Wettbewerb zur selben Zeit stattfindet wie unsere Weihnachtsfeier.

»Hmm. Das ist allerdings ein Dilemma«, antwortet sie. »Aber ich denke, ich kann die Dinge hier in die Hand nehmen.«

Insgeheim freut sie sich, dass sie gebraucht wird, und ich weiß es. Ich nehme mein Handy und schreibe Logan die Neuigkeiten, bevor ich eine Seite mit den Fluggesellschaften aufrufe.

»Ich versuche, rechtzeitig zurück zu sein, um hier aufzutauchen«, verspreche ich, während ich durch die Flugdaten scrolle. »Die Show ist am Nachmittag und dürfte nur ein paar Stunden dauern. Es gibt einen Flug um sieben Uhr abends, der nur eineinhalb Stunden bis zum O'Hare braucht. Theoretisch könnte ich um zehn Uhr wieder hier sein, wenn man den Verkehr vom Flughafen miteinrechnet.«

»Das geht schon«, erwidert sie. »Normalerweise bleiben alle bis 23:00 Uhr oder so, also wäre es perfekt.«

»Ich danke dir, dass du das übernimmst«, sage ich. »Sehr sogar.«

Sie strahlt. »Es ist mir ein Vergnügen. Das ist hier Tradition. Dein Vater übertrug mir sogar die gesamte Organisation der Feier.«

Ich sehe sie verblüfft an. »Die gesamte Organisation?«

Sie zuckt mit den Schultern. »Na ja, ein bisschen hatte er schon auch mitzureden«, schränkt sie dann ein.

Ich lache und bin nicht einmal verärgert. Einer von Sylvies liebenswerten Charakterzügen ist ihre Neigung zu Übertreibungen.

»Das kommt schon eher hin«, stimme ich ihr zu.

Sie feixt. Auf ihrem T-Shirt ist ein Weihnachtsmann abgebildet, und der Text dazu lautet: *Ich habe es für die Kekse getan.*

»Wie viele Weihnachts-T-Shirts hast du eigentlich?«, frage ich neugierig.

Sie strahlt. »Mittlerweile eins für jeden Tag zwischen dem ersten Dezember und Weihnachten«, verkündet sie stolz. »Ich sammle sie schon seit Jahren.«

»Das ist das Sylviehafteste, was ich je gehört habe«, gebe ich zurück und lache. »Ich liebe deine Begeisterung für Weihnachten. Du wirst nie ein Stück Kohle in deinem Strumpf haben.«

Sie pusselt am Schreibtisch meines Vaters herum. »Das war früher die Lieblingsjahreszeit meines Sohnes«, sagt sie leise.

Ich hebe ruckartig den Kopf. »Das tut mir leid. Ich wusste nicht, dass du einen Sohn hast. Ich dachte, du hättest keine Familie.«

Kaum habe ich die Worte ausgesprochen, merke ich, wie barsch das klingt. »Ich meinte …«

Sie winkt ab. »Ich weiß, was du gemeint hast«, sagt sie. »Ich bin nicht verletzt.«

»Wie heißt dein Sohn? Und wo wohnt er jetzt?«

Sie betrachtet angelegentlich ihre Hände. »Sein Name war Robert jr., und wir nannten ihn Bobby.«

War.

Nannten.

»Oh nein«, flüstere ich. Großer Gott, muss ich denn ausgerechnet bei dieser Frau immer ins Fettnäpfchen treten?

»Mein Mann und er sind vor vielen Jahren bei einem Autounfall ums Leben gekommen«, sagt sie. »Bobby war erst sechs.«

Ich gebe einen unartikulierten Laut des Mitgefühls von mir. Ein Pflasterstein scheint gerade in meinen Magen gerutscht zu sein.

»Ach Sylvie«, stammle ich. »Das wusste ich nicht. Es tut mir so leid.«

Ich weiß nicht, was ich noch sagen soll. Sie blinzelt.

»Es ist schon lange her«, antwortet sie schließlich. »Wie bei deiner Mutter. Also verstehst du es wahrscheinlich. Ich habe mich mittlerweile daran gewöhnt, aber ich vermisse sie. Bobby hat Weihnachten so sehr geliebt, dass mich die Trauer um ihn einfach überwältigt, wenn ich mich nicht Hals über Kopf hineinstürze.«

Ich denke daran, wie sie bei meiner Ankunft Bing Crosby im Büro hörte und Tassen mit heißem Kakao und Zuckerstangen auf einen Tisch stellte. Oder an die Strümpfe für die

Wohnungstüren. Ihre täglich wechselnden Weihnachtsshirts. Ihre Lichter-Halskette, ihre Christbaumkugel-Ohrringe. All das.

Um die Erinnerung an ihren Sohn lebendig zu halten, ohne in Trauer zu ertrinken. Ich schäme mich, dass ich mich anfangs über sie geärgert habe.

»Du bist eine wundervolle Mutter«, sage ich, ohne meine Stimme zu heben. »Bobby wäre so stolz auf dich.«

»Ich bin keine Mutter mehr«, sagt sie und runzelt die Stirn. »Man kann keine Mutter mehr sein, wenn das Kind weg ist, Meg.«

»Oh doch, das kann man«, beharre ich. »Eine Mutter ist man für immer. Sieh doch nur, wie du uns alle hier bemutterst. Mutter zu sein ist etwas, das man wird, und wenn man es einmal ist, verschwindet das nicht einfach. Egal was passiert, Sylvie.«

In einer für mich untypischen Gefühlsregung lege ich meine Hand auf ihre, und sie zieht sie nicht zurück. Wir sitzen eine Weile schweigend da. Und ich verstehe jetzt, warum mein Vater sie mochte, warum er sie bat »zu helfen«.

In diesem Moment gelobe ich mir, das Gleiche zu tun. »Du kannst gerne die ganze Organisation der Weihnachtsfeier übernehmen«, sage ich schließlich. »Mach, was immer du willst.«

Ihr Gesicht hellt sich auf. »Wirklich?«

Ich nicke. »Wirklich. Aber übernimm dich nicht damit.«

Sie strahlt. »Meghan, das wird die beste Weihnachtsfeier, die du je erlebt hast. Ich denke, ich werde es schick machen …« Sie verstummt und kritzelt Notizen auf einen Block. Offenbar hat sie meine Anwesenheit bereits vergessen.

Ich beginne Rechnungen abzuheften, und als Joe Riordan

ein paar Minuten später vorbeikommt, ist das eine willkommene Ablenkung.

»Meg.« Er begrüßt mich mit einem freundlichen Lächeln. »Ich habe die Ausschnitte gefunden.«

Er hält eine vergilbte Archivbox hoch, und ich beäuge sie skeptisch. »Das sieht nach mehr als nur ein paar Ausschnitten aus«, bemerke ich.

Er grinst. »Sylvie hat mir vor ein paar Jahren einige Recherchen überlassen, und ich habe vergessen, sie ihr zurückzugeben.«

Sylvie hebt ruckartig den Kopf. »Genau! Siehst du, Meg? Ich wusste doch, dass die Unterlagen hier irgendwo sein mussten!« Sie ist sehr stolz darauf, dass sie sie nicht verloren hat, und Joe merkt offenbar gar nicht, welche Nöte es ihr bereitet hat, dass sie diese Ausschnitte nicht finden konnte.

»Gehen wir es im Konferenzraum durch«, schlage ich vor. Er stimmt dem Vorschlag gerne zu und begleitet mich durch die Flure. Als wir durch die schweren Türen treten, sieht er sich um.

»Ich glaube, ich war noch nie hier drinnen«, stellt er fest und betrachtet die holzgetäfelten Wände und den gefliesten Boden. »Das hier sieht aus wie ein Ballsaal.«

Ich seufze. »Es ist ein Ballsaal. Warst du letztes Jahr nicht bei der Weihnachtsfeier? Sylvie sagte, sie wäre hier drin gewesen.«

»Letztes Jahr hatte ich eine Lungenentzündung«, antwortet er, stellt den Karton auf den Tisch und macht ihn auf. »In den Jahren davor fand die Feier in der Lobby statt.«

»Auch schön«, antworte ich, während meine Hände bereits in den Akten wühlen. Wir breiten sie auf dem langen Mahagonitisch aus, und ich staune über all die Informationen, die wir hier finden.

»Wow«, hauche ich schließlich. »Es gibt hier so viel.«

»Dieser Ort hat eine lange Geschichte«, stimmt Joe zu. Er dreht sich langsam im Kreis und blickt zur gewölbten Decke hinauf. »Ich frage mich, was dieser Raum schon alles gesehen hat. Wenn diese Wände sprechen könnten, was würden sie sagen?«

»Sie würden sagen: *Gebt viel Geld aus, um uns zu restaurieren«,* erwidere ich feierlich, was Joe amüsiert.

»Das wird sicher ein Großprojekt. Aber auf jeden Fall lohnenswert. Stell es dir vor, Meg. Wenn du fertig bist, wird dieses Gebäude genauso schön sein, wie es in seiner Jugend war!«

»Das ist der Plan. Du glaubst nicht, wie hilfreich deine Recherchen dabei sind, Joe. Gut, dass du sie gefunden hast. Ich gebe sie Ellie nachher, damit sie mit den Anträgen für Forschungsgelder beginnen kann. Sie hilft mir dabei.«

»Sie ist eine tolle Frau«, stellt Joe fest. »Eine meiner Lieblinge im Haus.«

Ich sehe ihn an und frage mich, ob er in sie verknallt ist.

»Nicht so.« Er scheint meine Gedanken lesen zu können. »Ich mag sie einfach. Sie ist sehr ruhig und souverän.«

»Das stimmt.«

»Sie war zu ihrer Zeit eine sehr angesehene Anwältin«, erzählt er weiter. »Ich glaube, sie hat ganz schön was erlebt.«

»Mir scheint es, als hätte jeder hier eine spannende Geschichte. Erzählst du mir irgendwann deine?«

Er lacht. »Meine ist die uninteressanteste von allen. Aber wenn dir mal langweilig ist, erzähle ich dir alles über meine Zeit als britischer Spion.«

Mir fällt die Kinnlade herunter, und er lacht schallend. »Das war nur ein Scherz. Ich war Lehrer für Naturwissenschaften an der Junior High.«

Ich schüttle den Kopf. »Weißt du, mittlerweile würde mich bei dir nichts mehr überraschen. Du könntest mir sagen, dass du ein Ninja bist, und ich würde es dir abkaufen.«

Seine hellen Augen funkeln, dann steht er auf.

»Wenn ich dir noch irgendwie helfen kann, lass es mich wissen«, sagt er und lässt mich in dem stillen Ballsaal allein.

Ich blättere noch ein paar Unterlagen durch, dann lehne ich mich zurück, starre die hohen Wände an und denke über Joes Frage nach. Wenn diese Wände sprechen könnten, was würden sie sagen?

Eine Stunde später sortiere ich immer noch die Unterlagen, als Ellie leise den Raum betritt. Sie blickt hinauf zur großen Kuppeldecke und dreht sich dann um.

»In den glorreichen Zeiten des Parkview West hieß dieser Raum Crystal Ballroom«, sagt sie leise. »Deswegen.« Sie deutet auf die vier großen Kronleuchter, die über uns hängen.

Ich betrachte die unzähligen Kristalltropfen, die sich von Stufe zu Stufe auftürmen.

»Die sind noch original«, verkünde ich unnötigerweise.

Ellie nickt. »Genauso wie die Mahagoniwände«, fügt sie hinzu. Die Wände sind mit kunstvoll geschnitztem Mahagoni getäfelt, auf halber Höhe der Wand. Die verblasste königsblaue Satintapete erstreckt sich bis zur hohen Decke und wird mit einer geschnitzten Zierleiste abgeschlossen.

»Wenn ich das so sagen darf, dieser Raum ist weit mehr als ein Konferenzraum«, sagt Ellie zu mir. »Er wird nicht richtig genutzt.«

»Jetzt klingst du wie Sylvie«, sage ich.

»Aber es stimmt doch. Dieser Saal war wunderschön.« Die zärtliche Art, wie sie es sagt, lässt mich innehalten. »Die Wandteppiche hatten einen perfekt warmen Weißton, der jedem schmeichelte. Zu dieser Jahreszeit stand hier ein Weihnachtsbaum, der mindestens sieben Meter hoch gewesen sein muss.« Sie zeigt auf die Stelle, an der er stand, und ihre Augen werden feucht.

Ich mustere sie aufmerksam. »Ellie, hast du ihn damals gesehen?«

Sie blinzelt. »Hier hat Francesca die Weihnachtsfeier veranstaltet«, erzählt sie dann. »Ich stand mit Frankie in der Mitte des Raums, vor allen Leuten, als alles zusammenbrach. Durch die Türen dort drüben rannte ich hinaus.« Sie deutet auf die seitlichen Flügeltüren, und mein Herz schlägt mir bis zum Hals.

»Es ist hier passiert? Im Parkview? Warum hast du mir das nicht gesagt?« Meine Stimme klingt gepresst.

»Ich weiß nicht.« Sie seufzt. »Wahrscheinlich … Es ist wirklich traurig, wenn man darüber nachdenkt. Ich wurde hier gedemütigt, mir wurde hier das Herz gebrochen, und doch bin ich hier. Lebe hier.«

»Das ist gar nicht traurig«, widerspreche ich. »Aber warum bist du ausgerechnet hierher zurückgekehrt?«

Sie zuckt mit den Schultern. »Ich weiß es nicht, um ehrlich zu sein. Um mich ihm nahe zu fühlen, vielleicht. Ich weiß nicht, ob er noch lebt oder tot ist. All die Jahre habe ich es nicht gewusst. Aber zu wissen, dass er in dieser Nacht in diesem Raum gewesen ist, gibt mir fast das Gefühl, bei ihm zu sein.«

Das ist tatsächlich traurig.

Aber ich sage es nicht.

Ich schlucke den Kloß in meinem Hals hinunter. »Ich werde den Raum wieder zu einem Ballsaal herrichten«, sage ich. »Du hast recht. Er ist zu besonders, um als Tagungs- oder Konferenzraum zu dienen.«

Sie lächelt selig. »Danke, Meghan«, sagt sie leise und fügt lauter an: »Ich mache mich auf die Suche nach dem Tapetenhersteller. Vielleicht gibt es dieses Muster ja noch.«

Ellie hat das Thema so geschickt gewechselt, dass ich es fast nicht mitbekomme, aber als es mir dann doch aufgeht, spiele ich mit. Es ist klar, dass sie nicht weiter über ihre lange zurückliegende Liebe sprechen will.

»Danke«, sage ich stattdessen. »Und wenn sie es nicht haben, könnten wir es doch vielleicht herstellen lassen.«

»Sicherlich«, stimmt sie mir zu.

Sie setzt sich an den Tisch, und als ich mich wieder neben sie gesetzt habe, holt sie ein Blatt Papier und einen Stift hervor.

»Wie auch immer, ich bin wegen deiner Sozialversicherungsnummer hier, Meg. Die brauchen wir für einige Anträge an die Historical Society. Ich habe zu einer Person hier in der Chicago Historical Society Kontakt aufgenommen. Sie ist die Assistentin des Direktors, und sie war eine große Hilfe. Ich denke, sie versteht die Bedeutung dieses Ortes, und deshalb möchte ich ihr den Antrag schicken, solange unser Telefonat noch frisch in ihrem Gedächtnis ist. Geht das für dich in Ordnung, wenn du sie mir gibst?«

»Aber natürlich! Ich vertraue dir.« Ich rattere die Nummer herunter, und sie schreibt sie auf.

»Danke, Liebes. Ich brauche auch ein Foto deines Führerscheins.«

»Der ist oben in meiner Wohnung in meiner Handtasche. Ich kann ihn scannen und dir als E-Mail-Anhang schicken.«

Sie notiert ihre E-Mail-Adresse und reicht sie mir, dann lässt sie den Blick noch einmal durch den Raum schweifen.

»Ich war seit Jahren nicht mehr hier. Es riecht immer noch genauso. Wir sollten wirklich etwas aus dem Raum machen. Er ist zu schön, um ihn nicht zu nutzen.«

»Gut, Ellie. Versprochen, das machen wir.«

Sie lächelt mich an, und wir gehen gemeinsam zum Aufzug.

Als sie auf ihrer Etage aussteigt, verspreche ich ihr noch mal, die E-Mail mit einem Scan meines Führerscheins sofort zu schicken.

In meiner Wohnung krame ich in meiner Handtasche nach meinem Portemonnaie, da höre ich ein leichtes Kratzgeräusch.

Ich halte inne und lausche. Nichts. Stille.

Kopfschüttelnd fische ich mein Portemonnaie heraus, aber als ich es öffne, höre ich das Kratzen wieder.

Diesmal geht es weiter. Ich lege das Portemonnaie weg und folge dem Geräusch. In der Nähe des begehbaren Kleiderschrankes wird es lauter. Ich öffne die Tür – es wird noch lauter. Da ist auch die Klappe zum Kriechboden unter dem Dach. Offenbar kommt es von hier.

Das kann nicht gut sein.

Ich ziehe den Stuhl neben dem Bett heran, steige darauf und stemme die Hände mit aller Kraft gegen die Dachbodentür über meinem Kopf.

In den nächsten Sekunden passieren mehrere Dinge auf einmal.

Die Dachbodentür gibt nach, und mir fällt etwas Graues, Pelziges, Quietschendes auf den Kopf.

Der Stuhl, auf dem ich stehe, kippt um und ich stürze.

Die nächsten Momente verschwimmen, als ich aufschreie, auf die Füße springe, mein Haar ausschüttle, um sicherzugehen, dass diese Kreatur nicht darin ist, auf das Bett springe und gerade noch sehe, wie ein Schwanz darunter verschwindet.

Ein langer, schuppiger Schwanz.

Oh, verdammt, nein.

Ich ziehe mein Handy aus der Gesäßtasche, wähle die erste Nummer, die mir einfällt – die von Logan –, und schreie irgendwas wie: *»Ich brauche Hilfe, komm sofort, oh mein Gott!«* in den Hörer.

Ich hüpfe auf dem Bett im Kreis herum und verliere dabei mein Handy. Es knallt auf die Kante des Nachttischs und fällt dann zu Boden.

Das gehört jetzt der Ratte, entscheide ich, als ich sehe, dass es halb unter dem Bett liegt.

»Logan, wenn du mich hörst, komm schnell«, rufe ich ihm zu.

Logan kommt buchstäblich keine zwei Minuten später und stürmt mit verkniffenem Gesicht durch die Tür. Zum Glück hatte ich in meiner Eile nicht abgeschlossen.

»Wir haben Ratten«, schreie ich, und er bleibt stehen.

»Ratten?«

»Lach ja nicht!«, warne ich ihn.

»Ich dachte, du wärst in Gefahr«, erwidert er. »Ich war im Keller und habe jeden Geschwindigkeitsrekord gebrochen, um hierherzukommen. Weil ich dachte, du würdest ausgeraubt oder so.«

Sein Mund verzieht sich, aber er ist nicht wütend. Ganz im Gegenteil – er amüsiert sich. »Und du hast eine Ratte.« Er klingt, als wolle er sich selbst davon überzeugen.

»Sie ist unter dem Bett«, jammere ich verzweifelt. »Bitte, bitte, hol sie da weg!«

Er sieht mich an. »Mein großes, modernes New-York-City-Mädchen hat Angst vor einer Ratte?«

Ich konzentriere mich auf einen ganz bestimmten Teil des Satzes.

Sein Mädchen?

Wärme durchflutet meinen Bauch, und meine Schultern entspannen sich.

»Sie ist mir auf den Kopf gefallen«, sage ich zu meiner Verteidigung, und meine Kopfhaut kribbelt immer noch.

Er lacht und geht auf Hände und Knie hinunter. »Jetzt ist sie jedenfalls nicht mehr unter dem Bett«, verkündet er.

»Was?«, krächze ich.

»Sie muss woandershin gelaufen sein. Vielleicht durch ein Loch in die Wand oder so.«

»In den Wänden sind Ratten?« Meine Stimme durchbricht demnächst die Schallmauer, da bin ich mir sicher.

»Beruhige dich«, sagt er und steht auf. »Wo kam sie her?«

Ich zeige auf die Klappe zum Kriechboden, und er klettert auf den Stuhl, um einen Blick hineinzuwerfen.

Ich sehe nur seine untere Hälfte von der Hüfte abwärts, seine obere Hälfte hat der Dachboden verschluckt.

»Ich habe eine gute und eine schlechte Nachricht.« Seine Stimme klingt gedämpft. Mit einem großen Karton in der Hand klettert er die Leiter wieder herunter.

»Will ich sie wirklich hören?«, frage ich.

Er stellt die staubige Schachtel auf den Boden neben dem Bett. »Du hast Ratten«, bestätigt er. »Da oben gibt es reichlich Spuren.«

Ich atmete lange und etwas zittrig ein.

»Und was ist die gute Nachricht?«

Er dreht den Karton um und deutet auf die Seite. Dort steht in verblasster blauer Schrift: »Fotos Apartmentgebäude«.

»Oh mein Gott!« Ich springe vom Bett, die Ratte ist vergessen. Ich setze mich auf den Boden neben den Karton und öffne den Deckel.

Darin liegen stapelweise Fotos.

»Oh mein Gott!«, wiederhole ich und greife in die Schachtel. Schwarz-Weiß-Fotos, Sepia-Fotos, alte Farbfotos. Die Fotos scheinen ganze Jahrzehnte zu umfassen. »Jackpot.« Ich sehe zu ihm hoch. »Du bist mein Held.«

»Du solltest dich bei der Ratte bedanken«, erwidert er, während er sich neben mich setzt. »Was haben wir denn da?«

Wir blättern die Fotos durch, die einen Zeitraum von 1900 bis in die 1980er-Jahre zu umspannen scheinen. »Mein Vater hat das Haus in den frühen Achtzigern gekauft«, erzähle ich Logan. »Also muss das alles noch vom Vorbesitzer stammen.«

Die Fotos erzählen die Geschichte dieses Gebäudes in seiner Blütezeit. Die Farben leuchten noch, die Böden glänzen. Die Garderobe der darauf abgebildeten Menschen reicht von glitzernden Zwanzigerjahre-Klamotten über triste Arbeitskleidung aus der Zeit der Depression bis hin zu allem danach.

»Sieh dir das an.« Logan reicht mir ein Foto.

Ein junges Paar posiert vor einem großen geschmückten Weihnachtsbaum im Ballsaal. Er sieht gut aus und hat rote Wangen, und sie trägt ein wunderschönes Kleid. *Mein Weihnachtskleid.*

»Das ist Ellie!«, rufe ich aus. Ich sehe genauer hin. Der rechte Ohrring fehlt. »Sie hat den Ohrring schon verloren, als dieses Foto gemacht wurde.« Im Hintergrund zeigt die große Uhr, die in die Wand eingelassen ist, zwanzig Uhr an. »Sie muss ihn am frühen Abend verloren haben.«

»Keine Ahnung, wovon du redest«, sagt Logan. »Aber sieh dir dieses Bild an. Ich bin kein Experte, aber ist das nicht das gleiche Kleid?«

Ich reiße ihm das Foto aus der Hand, um es zu untersuchen. Und tatsächlich. Eine andere hübsche junge Frau posiert in dem Kleid – mindestens zwanzig Jahre vorher. Dieses Paar befindet sich auf dem Dach, an das Geländer gelehnt, inmitten des Dachgartens, als dieser noch in voller Pracht erstrahlte. Diese Frau war etwas kurviger als Ellie, aber das Kleid passte ihr trotzdem wie angegossen.

Ich erinnere mich an Ellies Worte:

Und ich verspreche Ihnen, dass es Ihnen passen wird. Es ist wie Zauberei.

Auf der Rückseite befindet sich ein Text in altmodischer Handschrift.

Jessica und Raymond bei ihrer Verlobung, 1946. Raymond überraschte Jessica, als er so schnell wie möglich aus dem Krieg zurückkehrte und ihr mit einem Verlobungsring gegenübertrat. Sie sagte Ja.

»Oh mein Gott. Das hört sich nach einem wirklich großartigen Heiratsantrag an.« Meine Augen werden ganz feucht. »Was muss er auf die Beine gestellt haben, um sie so zu überraschen. Ich wette, er hat seine Mutter mit ins Boot geholt, und sie hat dabei geholfen. Es muss unglaublich sein, von jemandem so geliebt zu werden.«

»Hat dich denn noch nie jemand so überrascht?«, fragt Logan zweifelnd. Ich schüttle den Kopf.

»Nicht auf diese Weise. Nicht mit einem so großartigen Antrag, wirklich nicht.«

»Das ist schade«, sagt Logan. »Du verdienst den großartigsten aller Anträge.«

Ich mustere ihn prüfend und versuche herauszufinden, ob er mich aufzieht, aber in seinen Augen liegt nur Aufrichtigkeit. Er meint es ernst. Ich räuspere mich, weil ich nicht weiß, was ich sagen soll.

»Ich werde die Fotos Ellie geben«, sage ich, breche so den Bann und stehe auf.

»Und mach dir keine Sorgen wegen der Ratten. Ich rufe einen Kammerjäger«, antwortet er.

Ich beuge mich vor und küsse ihn auf die Wange. »Wie ich schon sagte, du bist mein Held.«

Er strahlt, und ich eile davon.

Kapitel 14

»Ach du meine Güte!« Ellie drückt das eine Bild an ihr Herz, während sie sich das andere ansieht. »Das ist tatsächlich dasselbe Kleid. Ich habe dir doch gesagt, dass es etwas Besonderes ist.«

Dann betrachtet sie das Bild von sich und Frankie und fährt mit dem Finger über sein Gesicht. »Ist er nicht hinreißend? Ich habe es dir doch gesagt.«

»Ja, er ist attraktiv«, stimme ich zu.

Und beinahe noch ein Junge. Kein Wunder, dass er so einen Fehler gemacht hat. Er war noch ein Kind, jünger, als ich jetzt bin, und Gott weiß, ich mache viele Fehler.

»Du hast ja keine Ahnung, wie viel mir das bedeutet«, sagt sie und drückt sich das Bild wieder an die Brust.

»Doch, ich glaube schon«, antworte ich leise.

»Und die anderen Fotos, die du gefunden hast!«, fügt sie hinzu. »Sie werden für unseren Antrag von unschätzbarem Wert sein, Meg. Das ist die reinste Goldgrube.«

»Das habe ich auch gesagt!«

»Kann ich mir die anderen Fotos heute noch ansehen?«, fragt sie mich.

Ich nicke. »Ich bringe sie dir runter. Eines davon bestätigt, dass das Speakeasy *Red Alibi* hieß. Es ist im Hintergrund des Fotos zu sehen.«

»Oh mein Gott«, haucht sie. »Das ist unglaublich.«

Sie versinkt wieder in der Betrachtung des Fotos, und ich kehre ins Büro zurück, um Sylvie nach dem Dachgarten zu fragen.

Aber sie ist nicht da. Tom Rutherford sitzt an ihrer Stelle auf dem Bürostuhl und spielt mit Winter.

»He, Meg«, begrüßt er mich. »Ich passe auf das Kätzchen auf, Sylvie ist zum Friedhof gegangen.«

Ich sehe zu, wie das kleine Kätzchen nach Toms Hand schlägt. »Wie ich sehe, mögen Sie meinen neuen Komplizen.«

»Er ist wunderschön«, sagt Tom. »Ich liebe seine blauen Augen. Man kann jetzt schon sehen, dass er Charakter hat.«

»Genau wie jemand anderes, den ich kenne«, necke ich ihn. Er grinst.

»Wenn du schon lebst, kannst du auch beherzt sein«, erwidert er. »Das ist mein Motto.«

»Sie halten sich gut daran«, sage ich lächelnd.

»Haben Sie etwas von Melody gehört?«, fragt er.

»Sylvie war bei ihr. Melody hat sich im Krankenhaus eine Lungenentzündung geholt, aber es geht ihr schon viel besser. Sie wird morgen entlassen. Bis ihre Wohnung renoviert ist, kann sie in Apartment 405 wohnen.«

»Wann wird das sein?«

»Ich arbeite daran«, erwidere ich seufzend. »Ich arbeite daran.«

»Ich habe die Einladung zur Weihnachtsfeier bekommen«, sagt er dann. »Reservieren Sie mir einen Tanz, Missie.«

»Natürlich!«

»Und sagen Sie mir Bescheid, wenn Sie einen Kätzchensitter brauchen.« Er steht auf, um zu gehen. »Ich mag es irgendwie.« In der Tür dreht er sich noch einmal um, zwinkert mir zu und verschwindet.

»Ich mag dich auch irgendwie«, gurre ich Winter zu und nehme ihn auf den Arm. Er stupst mit seinen kleinen Pfoten und seinen spitzen Krallen gegen meine Nase. »Komm, wir holen dir ein paar Leckerlis.«

Ich trage ihn nach oben in mein Schlafzimmer und setze ihn auf den Boden. »Wenn du eine Ratte siehst, und es ist mir egal, ob sie größer ist als du, schnappst du sie dir«, instruiere ich ihn. »Das ist deine Aufgabe als Wachkatze.«

Er starrt mich eine Minute lang an, bevor er anfängt, eine Wollmaus auf dem Boden zu jagen.

Er ist so niedlich, dass ich ihn Cassie unbedingt per Video-Chat zeigen will. Es dauert eine Minute, bis sie rangeht, und in der Zwischenzeit verschwindet Winter unter dem Stuhl. Ich suche auf Händen und Knien nach ihm, und als Cassie das Gespräch annimmt, steckt die Kamera leider in meinem Dekolleté.

Sie räuspert sich. »Die Mädels sehen heute Abend gut aus, Meg.«

Ich lache und ziehe das Kätzchen unter dem Bett hervor.

»Sieh dir nur sein Gesicht an«, sage ich, während ich mich aufrichte.

Ich blicke auf den Bildschirm, von dem mich Drake und Cassie anstarren.

Oh nein.

Sie sitzen in einem weihnachtlich geschmückten Restaurant. Zwischen ihnen steht eine Kerze auf dem Tisch.

»Oh, hi«, sage ich betont fröhlich und schicke ein Stoßgebet in den Himmel, dass Drake meine Brüste nicht gesehen hat. »Ich wusste nicht, dass du heute Abend ein Date hast. Dann hätte ich dich nicht gestört.«

»Unsinn«, sagt Drake leichthin und nimmt einen Schluck von seinem Gin Tonic. »Du störst nie, stimmt's, Cass?«

Er hat einen Arm leicht über ihre Stuhllehne gelegt, und sie schmiegt sich hinein.

»Natürlich nicht«, sagt sie, aber ich habe das Gefühl, dass ihr Lächeln ein wenig steif wirkt.

»Ich wollte dir nur eben Winterweiß vorstellen«, sage ich schwach und halte ihr mein Kätzchen hin. Es starrt sie empört an, weil ich es am Kragen gepackt habe. Cassie beugt sich näher zum Bildschirm.

»Er ist bezaubernd«, quietscht sie und streckt die Hand aus, um den Bildschirm zu berühren. »Ich möchte ihn einfach nur knuddeln.«

»Komm ja nicht auf dumme Gedanken!« Drake lächelt etwas gequält. »Ich bin allergisch gegen Katzen.«

War ja klar.

Cassie verdreht die Augen. »Da bestehe ich aber auf ein Attest von deinem Arzt«, entgegnet sie, was ich mit einem Lachen quittiere.

Er nimmt sein Glas und leert es mit einem Zug.

»Ich liebe dein Kätzchen«, sagt Cassie. »Ich muss es bald besuchen kommen. Wenn die Drachenlady mir Freigang gibt, heißt das natürlich.«

»Ist sie immer noch auf ihrem Amoklauf?« Ich schüttele mich.

»Oh ja. Und glaub ja nicht, dass sie dich vergessen hat. Das hat sie nämlich nicht.«

»Na ja, wenigstens wird sie nicht bei dem Wettbewerb sein. Sie würde niemals auf ihren Weihnachtsabend verzichten. Sicher schickt sie einen Junior-Blogger, um darüber zu berichten.«

Cassie zögert. »Bei ihr sollte man nie etwas ausschließen«,

sagt sie dann weise. »Anstelle eines Herzens sitzt bei ihr ein Stück Kohle. Ich bezweifle, dass sie Weihnachten auch nur im Entferntesten auf dem Radar hat.«

»Pah.«

»Ich glaube, du wolltest sagen: Pah, Unsinn«, meint Drake.

Ich starre ihn an.

Er lächelt.

Er scheint mit Cassie vollkommen glücklich zu sein, was gut ist. Und er scheint mich überhaupt nicht zu vermissen. Ich vermisse ihn auch nicht, aber es ärgert mich trotzdem. Bin ich denn so leicht ersetzbar? So schnell zu vergessen?

»Leute, ich überlasse euch eurem Date. Wir sprechen uns später.«

Ich lege auf und starre Winter an.

»Ich bin ersetzbar, Kätzchen. Wie konnte das passieren?« Er schlägt nach meinem Gesicht und verfehlt es nur knapp.

»He, ich brauche meine Augen noch.« Ich setze ihn ab und nehme ein Angelspielzeug mit einem Fisch am Ende. Er springt eine Weile herum und versucht, den Fisch zu fangen. Schließlich gibt er auf, rollt sich auf der Couch zusammen und schläft ein.

Seufzend lasse ich mich auch auf die Couch fallen.

Ich kann die Niedergeschlagenheit nicht erklären, die ich plötzlich empfinde. Hatte ich denn überhaupt keine Bedeutung für Drakes Leben? Ich meine, er war zwar nicht mein Seelenverwandter, aber er hat etwas bei mir bewirkt. Zumindest hat er mir gezeigt, was ich von einem Partner nicht will.

Ich muss an die frische Luft. Die Wände scheinen mich plötzlich zu bedrängen. Ich werfe einen Blick auf Winter, der friedlich schläft, und beschließe, spazieren zu gehen.

Ich ziehe mir Schneestiefel, einen dicken Mantel und Handschuhe an, setze eine flauschige Mütze auf und gehe hinaus.

❄

Sofort erkenne ich, dass das ein Fehler war.

Allein durch die weihnachtlich geschmückten Straßen Chicagos zu schlendern, hilft überhaupt nicht gegen meine Niedergeschlagenheit.

Trotz der Stiefel fühlen sich meine Füße wie gefrorene Klumpen an, also gehe ich in die Bar am Ende der Straße und bestelle einen heißen Glühwein mit Schuss. Ich halte mein Gesicht darüber und lasse mich vom Dampf wärmen, bevor ich mir die Hälfte davon einverleibe, als wäre ich ein Mädchen aus einer Studentenverbindung im Frühlingsurlaub. Ich trinke schnell den Rest und bestelle dann noch einen.

Der Barkeeper kommt herüber.

»Was ist denn los?«, fragt er. »Stehen Sie dieses Jahr auf der Liste der unartigen Kinder?«

»Wer weiß?«, antworte ich und warte darauf, dass er einschenkt. »Eigentlich dachte ich nicht. Aber vielleicht habe ich mich geirrt.«

»Ich bring Ihnen etwas heißes Wasser. Das Zeug ist ziemlich stark. Eigentlich genügt einer.«

Ich sehe ihm überrascht nach, als er weggeht, und beschließe, Logan eine SMS zu schreiben, was vielleicht eine schlechte Idee ist, aber in diesem Moment kommt es mir völlig passend vor.

Glaubst du, dass ich dieses Jahr auf der Liste der unartigen Kinder stehe?

Er antwortet sofort.

Ich weiss nicht genau, wie ich darauf reagieren soll. Flirtest du mit mir?

Ich schicke ihm ein weinendes und lachendes Emoji.

Ich würde gern glauben, dass du es merkst, wenn ich mit dir flirte.

Also gut, antwortet er. Du flirtest also nicht.

Er schickt ein trauriges Gesicht hinterher. Ich lächle.

Soll ich flirten?, frage ich.

Hmm. Du bist eine wunderschöne, kluge und amüsante Frau. Ich würde es eindeutig nicht hassen, wenn du mit mir flirten würdest. Was genau machst du gerade überhaupt?

Ich mache schnell ein Selfie von mir, wie ich an der Bar sitze, und schicke es ihm.

Du bist allein in einer Bar? Hast du Lust, dich zu amüsieren?

Ich schicke eine Reihe von weinenden und lachenden Emojis. Flirtest du etwa mit mir??

Ja. Aber mir wird jetzt erst klar, wie sich das angehört haben muss.

Weinend-lachendes Gesicht.

Dann drei Punkte. Und dann die nächste Nachricht von ihm.

Ich habe heute Abend schon etwas vor, aber ich fände es toll, wenn du mitkämst, falls du es schaffst.

Klingt spannend, antworte ich. Ist es gefährlich?

Möglicherweise, schreibt er. Bist du dabei?

1000 %, antworte ich.

Ich hole dich in zwanzig Minuten ab..

»Sieht aus, als würde Ihr Abend besser«, stellt der Barkeeper fest. »Sie lächeln.«

Ich strahle. Er wird tatsächlich besser. Irgendetwas an Logan erwärmt mein Herz und lässt all meine Sorgen verblassen.

Drake bemerkt meine Abwesenheit vielleicht nicht, aber Logan bemerkt auf jeden Fall meine Anwesenheit, und ich denke, das ist das Wichtigste.

»Mein Abend ist definitiv im Aufwind«, stimme ich dem Barkeeper zu. Logan taucht ein paar Minuten später auf.

Er mustert mich.

»Geht es dir gut?«, fragt er zweifelnd, vielleicht weil ich schief auf dem Barhocker lümmele, vielleicht aber auch, weil meine Wangen gerötet und heiß sind.

»Mir geht es immer gut«, erkläre ich. »Immer. Jedes Mal.«

»Oh Mann.« Er bezahlt meine Rechnung, trotz meiner Proteste. »Vielleicht sollte ich dich lieber nach Hause bringen?«

»Auf keinen Fall«, widerspreche ich. »Ich bin nur ein kleines bisschen beschwipst. Ich komme schon klar.«

»Es geht dir gut genug, um mit meiner Mutter, meiner Schwester und meinen Nichten Schlitten zu fahren?«, fragt er feierlich, während ich mich an seinem Ellbogen festklammere.

Ich grinse ihn an und fange dann an, »Jingle Bells« zu singen.

»Wir rasen durch den Schnee … in einem einspännigen offenen Schlitten …« Meine Stimme ist durchdringend und schief, aber das ist mir egal.

»Das werde ich noch bereuen«, sagt er wissend. »Kann ich einen Kaffee zum Mitnehmen bekommen?«, bittet er den Barkeeper.

Zwei Sekunden später drückt er mir den Becher in die Hand und hilft mir in den Wagen.

»Trink das aus«, instruiert er mich, nachdem auch er eingestiegen ist. »Wir werden viel Spaß haben, aber nur, wenn du nicht ohnmächtig wirst.«

»Ach, meine Güte, ich habe es dir doch gesagt. Ich bin nur beschwipst. Ich hatte nur einen Glühwein.«

Er wirft mir einen Seitenblick zu, sagt aber nichts.

Wir rufen kurz Sylvie an, um sie zu bitten, auf Winter aufzupassen.

»Ich war noch nie auf einer Schlittenfahrt«, erkläre ich, während er sich durch den Stadtverkehr schlängelt. »Wo fahren wir hin?«

»Oh, es ist etwa eine Autostunde entfernt. Meine Mutter organisiert jedes Jahr eine Veranstaltung – in den zwei Wochen vor Weihnachten. Das macht sie schon, seit ich klein war. Um sich etwas Geld dazuzuverdienen.«

»Sie hat Pferde?«, frage ich. Er nickt.

»Ja. Früher musste ich mich um sie kümmern. Im Winter macht das nicht viel Spaß. Aber im Sommer ist es toll.«

»Ich kann es kaum erwarten, ein Pferd zu streicheln«, sage ich und reibe mir die taube Nase.

Logan sieht unsicher aus, und das kann ich ihm nicht verdenken.

»Ich komme klar, wirklich. Wir haben noch eine Stunde Fahrt vor uns.«

»Das stimmt«, pflichtet er mir bei. »Trink das.« Er deutet auf den Kaffee, und ich kippe die heiße Flüssigkeit herunter.

Im Radio laufen Weihnachtslieder, und ich singe »Rockin' Around the Christmas Tree« mit.

Nach ein oder zwei Minuten fängt auch Logan an zu singen, und ehe man sich's versieht, schunkeln wir beide im Wagen.

»Das gefällt mir«, erkläre ich, als das Lied zu Ende ist. »Ich habe Weihnachten schon seit Jahren nicht mehr gemocht. Besonders dieses Jahr nicht. Aber das hier gefällt mir. Ich meine heute Abend.«

Ich lächle ihn an, und seine Augen sind so schön.

Ich sage es ihm.

Er grinst. »Mir gefällt das auch. Obwohl du betrunken bist.« Ich blicke ihn finster an und er korrigiert sich. »Tut mir leid. Beschwipst.«

Die Wärme der Heizung, das rhythmische Summen der Reifen auf der Straße und die beruhigenden Weihnachtslieder machen mich nach einer Weile tatsächlich schläfrig.

»Ich ruhe nur kurz meine Augen aus«, sage ich. Er lächelt, greift nach meiner Hand und nimmt sie in seine. Ich schlafe mit seinen warmen, starken Fingern um meine ein.

Als ich aufwache, fahren wir gerade in ein Winterwunderland.

Ich setze mich auf meinem Sitz auf und betrachte die fantastischen Weihnachtslichter, den frischen Schnee und die urigen Holzschilder, die auf das Event hinweisen.

Logan fährt die lange Einfahrt hinunter, und ich sehe mich um. »Wir sind auf dem Land!«, stelle ich fest.

»Stimmt.«

Er hält auf dem Parkplatz, einer mit handgemalten Schildern gekennzeichneten Grasfläche, und hilft mir dann aus dem Wagen. Er zieht mir die Beanie-Mütze tiefer über die Ohren.

»Ich bin froh, dass du gut eingepackt bist«, sagt er und zieht mich an der Hand über den beleuchteten Weg. Blinkende weiße Lichter führen uns zu einem niedlichen Schuppen, der wie die Werkstatt des Weihnachtsmanns aussieht. Draußen stapeln sich überdimensionale Geschenkpaketattrappen. Ein Weihnachtsmannschlitten quillt über von Päckchen.

»Darin können sich die Leute fotografieren lassen«, sagt Logan, der meinen Blick bemerkt hat. »Willst du ein Foto machen?«

»Vielleicht später. Übrigens bin ich jetzt wieder nüchtern.«

Er lächelt, dann zwinkert er mir zu. »Gut zu wissen.«

Wir gehen in den Schuppen, in dem uns eine fröhliche Weihnachtsstimmung empfängt. Die Gäste des Events drängen sich um einen Stand mit heißem Apfelwein.

»Apfelwein?«, fragt mich ein Mädchen mit einem Elfenhut. Ich zucke zusammen, und Logan lacht.

»Vielleicht später, Janie«, sagt er zu ihr.

»Ist das deine Schwester?«, flüstere ich. Er schüttelt den Kopf.

»Nein. Janie arbeitet schon seit Jahren hier. Monica ist draußen bei der Schlange. Taylor und Kaylie sind bei ihr. Und natürlich ist meine Mutter immer hier.« Er zieht mich nach draußen, wo sich entlang von malerischen, überdimensionalen Zuckerstangen eine Schlange gebildet hat.

Eine hübsche rothaarige Frau winkt uns zu, und wir gesellen uns zu ihr.

»Hi, Bro«, begrüßt sie ihn, während ihre Töchter ihm um den Hals fallen.

Er streicht über den Kopf des einen Mädchens, während er das andere drückt.

»Macht ihr zwei weiterhin Ärger? Haltet ihr eure Mutter auf Trab?«, fragt er ernst. Sie nicken beide. »Brave Mädchen.«

Monica verdreht die Augen, dann sieht sie mich an. »Du musst Meg sein.«

Er hat über mich gesprochen?

Mein Bauch flippt aus.

»Ja.« Ich strecke meine Hand aus, aber sie umarmt mich einfach.

»Es ist wirklich schön, dich kennenzulernen«, sagt sie grinsend. »Heute Abend werde ich dir meine seit frühester Jugend erworbenen Kenntnisse darüber offenbaren, wie man meinem Bruder unter die Haut geht.«

»Juhu!«, krähe ich. »Genau das wollte ich wissen!«

»Wir werden bestimmt Freundinnen werden«, erklärt sie mir bedeutungsvoll.

»Beste Freundinnen«, bestätige ich.

Logan sieht angemessen verängstigt aus, spielt aber so demonstrativ mit den Mädchen, als ob er nicht jedem unserer Worte lauschen würde.

Als wir den Anfang der Schlange erreichen, begrüßt uns

seine Mutter, eine Frau mit lockigem Haar und einem freundlichen Lächeln.

Sie umarmt Logan ganz fest, beäugt mich aber dabei neugierig über seine Schulter hinweg. Nachdem sie sich vorgestellt hat, winkt sie nach dem nächsten Schlitten.

»Mädchen, euer Onkel und Meg fahren allein«, sagt sie zu Kaylie und Taylor. Die protestieren lautstark, aber sie hält die Hand hoch. »Nein, ihr könnt sie sehen, wenn ihr zurückkommt.«

Ich steige in den Schlitten, und Logan deckt uns mit einer schweren Felldecke zu.

Der Kutscher klatscht mit den Zügeln, und das Pferd trabt los, wobei die Glöckchen an seinem Geschirr bimmeln.

»Ohhhh. Das bedeutet Jingle Bells also!«, jubele ich, und ich kann sehen, wie die Lippen des Kutschers zucken.

Logan tätschelt mein Bein. »Schon gut. Woher hättest du das auch wissen sollen?«

»Es gibt viele Lieder, deren Bedeutung ich erst Jahre später erkannt habe«, erwidere ich als Verteidigung, was allerdings nicht sonderlich funktioniert. Jetzt lächeln sowohl Logan als auch der Kutscher, aber ich tue so, als würde ich es nicht bemerken.

Dann jedoch nimmt mich die Szenerie schnell gefangen. Auf der ganzen Fahrt gibt es hübsche Schilder, wunderschöne, mit Lichtern geschmückte Bäume, und natürlich sind auch die Sterne am dunklen, weiten Himmel ganz herrlich.

Ich lehne mich zurück und sauge das einfach nur in mich auf. Logan lehnt sich mit mir zurück.

»So etwas bekommen wir in der Stadt nicht oft zu sehen«, sagt er.

Ich schüttle den Kopf. »Ganz bestimmt nicht.«

»Ich bin froh, dass du mitgekommen bist.« Er nimmt meine Hand.

»Ich bin froh, dass du gefragt hast«, antworte ich. Er sieht mir in die Augen, und seine scheinen so dunkel zu sein wie der Himmel.

Mir ist aufgefallen, dass seine Augen immer dunkler wirken, je ernster er ist. Er streicht mit seiner behandschuhten Hand über meine Wange.

»Ist dir warm genug?«, fragt er und zieht mich dichter an sich. Ich nicke.

»Mir geht es gut.«

Wir kuscheln uns den Rest der Fahrt aneinander, und an der Endstation darf ich Chestnuts Nase streicheln, bevor er einen anderen Besucher ziehen muss.

Die Mädchen springen aus ihrem Schlitten und rennen zu Logan. Gleichzeitig kommt Maryanne, seine Mutter, auf uns zu. »Logan, Darling, kannst du noch mehr heißen Kakao aus dem Haus holen? Wir sind draußen im Laden.«

Ich will ihm folgen, aber Monica hält mich am Ellbogen fest. »Hast du die Rentiere schon gesehen?«

Ich erstarre und drehe mich langsam zu ihr um. »Ihr habt … Rentiere?«

Die Mädchen kichern und ziehen mich in die andere Richtung. Monica folgt uns.

Sie führen mich zu einem Gehege, in dem zwei majestätische Rentiere Heu und Apfelschnitze fressen.

»Darf ich vorstellen? Rentiere.« Monica macht eine ausholende Bewegung mit dem Arm. »Zu Ihren Diensten.«

Die Mädchen, die offensichtlich gut mit ihnen vertraut sind, klettern durch den Zaun, um sie zu streicheln, während Monica und ich uns an das Gatter lehnen.

»Heißen sie zufällig Dancer und Prancer?«, frage ich hoffnungsvoll.

»Barbara und Jeanette.« Monica zuckt zusammen. »Die alten Freundinnen aus der Studentinnenverbindung meiner Mutter.«

Ich muss lachen.

»Ich bin froh, dass du hier bist«, sagt Monica, während wir die Mädchen beobachten. »Ich habe meinen Bruder schon lange nicht mehr so glücklich gesehen.«

Ich wende meinen Blick ihr zu. »Tatsächlich? Auf mich wirkt er immer glücklich.«

»Das liegt daran, dass du immer in seiner Nähe bist, wenn du ihn siehst«, versichert sie mir. »Das letzte Jahr war hart für ihn, und ich glaube, er hat einige Zeit gebraucht, um sich davon zu erholen.«

»Von der Trennung von seiner Ex?«, frage ich hochinteressiert. »Er hat nie davon erzählt.«

Sie nickt. »Er redet nicht darüber. Das ist seine Art, damit umzugehen. Talia war … sagen wir mal … eine harte Nuss. Ohne sie ist er viel besser dran, und ich sehe in seinem Gesicht, wie glücklich du ihn machst.«

»Wir lernen uns ja gerade erst kennen«, gebe ich zu bedenken. »Er hat noch genug Zeit, um zu entscheiden, ob ich zu verrückt für ihn bin.«

»Ich weiß, was verrückt ist, und du bist es nicht«, antwortet sie.

»Da gibt es ganz andere Meinungen«, erwidere ich.

»Logan hat ein sehr gutes Herz«, sagt sie und beobachtet wieder ihre Töchter. »Er tut immer so, als ob alles von ihm abperlt, und manchmal stimmt das auch. Aber meistens berühren ihn die Dinge mehr, als er zeigt.«

»Das klingt sehr geheimnisvoll.«

Sie lächelt. »Nicht wirklich. Er versucht einfach immer, stark zu sein. Das musste er schon immer für unsere Familie sein, und ich glaube, er sieht das als seine Rolle im Leben.«

»Er ist ein Macher«, stimme ich zu. »Das ist süß.«

»Er ist wirklich süß«, bekräftigt Monica. »Und ich mag dich. Ehrlich. Aber wenn du meinen Bruder so auf den Kopf stellst, wie Talia es getan hat ...« Sie verstummt und sieht mich eindringlich an.

»Das werde ich nicht«, verspreche ich schnell. »Das würde ich nie tun.«

Jetzt grinst sie. »Das denke ich auch nicht«, meint sie. »Ich muss dich nur darauf hinweisen, dass ich mich verpflichtet fühle, dich umzubringen, wenn du es tust.«

»Schon klar.«

Ich bin ein bisschen nervös, weil diese hübsche, nett aussehende Frau mich so schnell – und so lässig – bedroht hat. Aber dann beschließe ich, dass sie das Recht dazu hat. Logan ist etwas Besonderes, und die Menschen um ihn herum sollten ihn beschützen, so wie er versucht, alle anderen zu beschützen.

»In der Hinsicht hast du von mir nichts zu befürchten«, versichere ich ihr. »Er und ich lernen uns gerade erst kennen, und ich habe alle Hände voll zu tun mit der Apartmentanlage, die mein Vater mir hinterlassen hat. Ich schwöre, ich bin keine Bedrohung.«

»Das glaube ich dir«, sagt sie. Dann taucht Logan neben mir auf.

»Willst du auf einem Rentier reiten?«, fragt er mit erhobener Braue.

»Auf keinen Fall! Ich schätze mein Leben. Und meine Würde.«

Er lacht, Monica grinst, und zum ersten Mal seit langer Zeit habe ich das Gefühl, dazuzugehören.

In der nächsten Stunde spielt Logan mit seinen Nichten, während ich mich mit seiner Mutter und seiner Schwester unterhalte, und ich fühle mich so wohl und entspannt wie schon lange nicht mehr.

Kapitel 15

Ich sitze im Büro mit Winter zu meinen Füßen und skizziere ein Kleid, als Ellie am nächsten Morgen hereinkommt.

»Meg, ich habe ausgezeichnete Neuigkeiten«, sagt sie, als sie sich hinsetzt. »Jemand von der Chicago Historical Society kommt zu unserer Weihnachtsfeier, um das Haus zu begutachten.«

»Ach du meine Güte.« Ich drehe mich zu ihr um. »Du wirkst ja wahre Wunder!«

Sie strahlt. »Es hat nicht viel gebraucht. Nachdem ich ihnen die Recherche und die Fotos vorgelegt habe, sind sie ganz begierig darauf, sie zu sehen. Ich habe dir doch gesagt, dass die Assistentin, mit der ich gesprochen habe, sehr eifrig und sehr engagiert ist.«

»Ich bin dir sehr dankbar«, antworte ich.

Sie mustert meinen Skizzenblock. »Darf ich mal sehen?«

Ich nicke. Sie nimmt den Block in die Hand und betrachtet die Skizze.

»Das ist wirklich erstaunlich, Meg. Es ist, als ob … als ob du das Weihnachtskleid genommen und es auf die bestmögliche Art und Weise nachgestaltet hast.«

Ihr Lob macht mich ein wenig stolz. Ellie hat etwas an sich, das einen dazu bringt, es ihr recht machen zu wollen. Und wenn man das dann geschafft hat, fühlt man sich kompetent.

»Ich bin froh, dass es dir gefällt«, sage ich. »Du hast mich total inspiriert. Hättest du mir das Kleid nicht gegeben, hätte ich die gleichen Ideen wie alle anderen auch.«

Sie holt die beiden Fotos hervor, die Logan und ich von dem Kleid gefunden haben.

»Es ist einfach umwerfend. Dieses Kleid, meine ich. Ich wusste schon immer, dass es etwas Besonderes ist, aber es ist noch viel spezieller, als ich dachte.«

»Ich fühle mich jedes Mal magisch, wenn ich es anziehe«, gebe ich zu. »Es ist, als ob ich es gar nicht mehr ausziehen möchte. Ich habe das Gefühl, dass mir gute Dinge widerfahren, wenn ich es trage.«

Sie zuckt mit den Schultern. »Das ist nicht immer so«, sagt sie leise. »Ich habe es in jener Nacht schließlich auch getragen. Aber vielleicht war das nur eine Abweichung.«

»Hoffen wir's.« Ich betrachte das Bild des anderen Paares. »Ist dir aufgefallen, wie viel kurviger als du sie darin aussieht? Und trotzdem scheint ihr das Kleid perfekt zu passen.«

»Maßanfertigung, denke ich«, sagt Ellie unsicher.

»Du hast selbst gesagt, das Kleid hat eine Art, sich anzupassen«, rufe ich ihr in Erinnerung. »Es gibt keine Anzeichen dafür, dass das Kleid geändert worden ist.«

»Nun, ich schätze, dann ist es einfach Magie«, sagt Ellie mit Nachdruck. Sie ist ein bisschen spöttisch, aber ich weiß, dass sie es auch halb im Ernst meint.

»Ich werde das nicht infrage stellen«, sage ich.

»Gute Idee. Manche Dinge kann man einfach nicht erklären.« Sie deutet auf Winter. »Kann ich Winter heute Nachmittag zu mir nehmen?«

»Aber sicher«, sage ich. Sie strahlt und nimmt das Kätzchen hoch. Es hängt schlaff über ihrem Arm, schon daran gewöhnt, herumgereicht und verwöhnt zu werden.

»Ich bin oben, wenn du mich brauchst«, sagt sie.

»Ich bin im Keller«, antworte ich.

»Mit Mr. Scott?«, fragt sie wissend, und ich werde rot.

»Er will sich nur die Mauer anschauen. Ich will ihn dabei beaufsichtigen.«

»Das kann ich dir nicht verdenken«, sagt sie, als sie geht. »Ich würde ihn auch gut beaufsichtigen, an deiner Stelle.«

Ich werde noch röter, aber sie ist zum Glück schon weg und sieht es nicht mehr.

Als Sylvie etwas später hereinkommt, sind meine Wangen immer noch rosa.

»Geht es dir gut?«, fragt sie und reicht mir eine Tasse Kakao. »Du bist ganz rot im Gesicht.«

»Es geht mir gut.«

»Wo ist Winter?«, fragt Sylvie enttäuscht, die sich vergeblich nach ihm umgesehen hat.

»Ellie hat ihn den Nachmittag über mitgenommen. Ist Melody schon in die 405 eingezogen?«

Sylvie nickt. »Ja. Und sie ist sehr verständnisvoll, obwohl sich die Reparatur ihrer Wohnung verzögert.«

Ich schlucke. »Das ist gut. Sie ist sehr nett.«

»Na ja, du und Tom habt ihr immerhin das Leben gerettet.« Sylvie zuckt mit den Schultern.

»Hoffentlich dauert es nicht mehr lange«, sage ich und hebe meine gefalteten Hände gen Himmel.

»Wird es nicht«, sagt sie. »Ich habe nachgedacht, Meg. Ich habe ein paar Ersparnisse. Ich würde sie dir gerne zur Verfügung stellen. Als eine Art … Darlehen, bis du wieder etwas Geld hast.«

Ich reiße die Augen auf. »Sylvie, das kann ich nicht annehmen.«

Sie blickt mich gelassen an. »Warum? Ich möchte es. Ich

habe jahrelang mein Geld gespart. Ich gebe nie viel aus … Ich spare für schlechte Zeiten. Und das hier ist ein Regentag, wenn ich je einen gesehen habe.«

Ich seufze. »Sylvie, es ist so lieb von dir, dass du mir das anbietest, aber ehrlich, wir werden das schon hinkriegen. Wir werden die Zuschüsse bekommen.«

»Aber diese Zuschüsse werden für die Restaurierung historisch bedeutender Teile des Gebäudes verwendet«, gibt sie zu bedenken. »Nicht um Melody Hansens Wohnung zu sanieren. Hör zu, lass mich dir einfach das Geld dafür vorschießen. Du kannst es mir zurückgeben, wenn deine Modelinie einschlägt.«

»Und wenn sie das nicht tut?« Ich sehe sie fragend an.

»Mit dieser Einstellung wird es das nicht«, belehrt sie mich. »Hab Vertrauen. Es wird klappen.«

»Hoffentlich hast du recht.«

»Ich habe definitiv recht. Und jetzt nimm mein Geld an. Allerdings ist es mit gewissen Bedingungen verknüpft.«

Neugierig beuge ich mich vor. »Und welche wären das?«

»Ich möchte helfen. Ich möchte deine Assistentin sein.«

»Das bist du doch schon«, erwidere ich.

»Ich meine ganz offiziell. Du musst mich nicht bezahlen, aber ich wäre gern deine offizielle Assistentin. Ich möchte richtige Visitenkarten.«

»Abgemacht«, sage ich. »Und du brauchst mir dafür kein Geld zu leihen.«

»Zu spät.« Sie zieht einen Scheck aus ihrer Tasche. »Den habe ich gestern Abend ausgestellt. Keine Diskussionen mehr. Ich investiere in dich, Liebes. Dein Vater hat an dich geglaubt, und das tue ich auch.«

Ich nehme den Scheck mit Tränen in den Augen entgegen, und sie tut so, als sähe sie sie nicht.

»Aber ich beanspruche das Kätzchen morgen früh für mich«, sagt sie, als sie sich umdreht. Wenn ich es nicht besser wüsste, würde ich denken, dass auch sie mit den Tränen kämpft. »Ich habe ihm ein paar besondere Leckerbissen besorgt. Mit Lachsgeschmack. Die isst es am liebsten.«

»Ich sollte ihm einen Terminkalender kaufen«, sage ich ironisch. Sie lächelt.

»Das ist vielleicht keine schlechte Idee. Joe hat mir schon gesagt, dass er auch mal drankommen will.«

Ich schüttle den Kopf, aber ehrlich gesagt bin ich froh, dass alle anderen Winter so sehr lieben wie ich.

»Ich werde den für ihn aufhängen«, sagt sie und hält einen Miniaturstrumpf mit seinem Namen hoch. »Direkt vor dem Büro. Ich wette, dass er mehr Geschenke bekommt als wir beide zusammen.«

»Daran zweifle ich keine Sekunde.«

»Ich bin überrascht, dass du nicht unten bei Mr. Scott bist«, sagt sie.

»Er ist noch nicht da.«

»Doch, ist er. Ich habe ihn auf dem Weg nach unten gesehen, als ich reinkam.«

Ich versuche, nicht aufzuspringen und in den Keller zu rennen. Stattdessen stehe ich betont lässig auf und strecke mich. »Ich denke, ich könnte mir die Beine vertreten und nachsehen, wie es ihm geht. Ich bin ziemlich steif.«

»Na sicher doch.«

Ich renne nicht, bis ich außer Sichtweite von Sylvie bin. Sobald sich der Aufzug im Keller öffnet, rase ich mit halsbrecherischer Geschwindigkeit los, um Logan zu finden.

Was nicht schwierig ist. Er steht vor der großen Backsteinwand und begutachtet sie.

»Ich glaube, ich schlage erst mal nur ein kleines Loch hinein, durch das wir kriechen können«, sagt er, als ich näher komme. »So können wir sehen, ob etwas dahinter ist und ob es in einem guten Zustand ist. Ich meine, bevor ich die ganze Wand einreiße.«

»Das klingt gut«, sage ich.

Er sieht zu mir hinunter. »Oh, und hallo.« Sein Blick ist weich, als er mich anerkennend mustert. »Du bist sehr hübsch.«

»Du lässt dich wieder von meiner Kaffeetasse inspirieren?« Ich hebe kritisch eine Braue.

»Ja, aber es stimmt trotzdem.«

Er grinst, und ich kann mich nicht zurückhalten. Ich umarme ihn, und er küsst mich ganz sanft. Er ist so zärtlich für einen so starken Mann. Das liebe ich. Es gibt mir das Gefühl, ein kostbares Gut zu sein.

»Ich fand es toll, dass du dich mit meiner Familie verstanden hast«, sagt er. »Sie mochten dich.«

»Wirklich?« Ich sehe ihn hastig an und schäme mich fast für mein unverkennbares Bedürfnis nach ihrer Anerkennung.

»Auf jeden Fall. Zugegeben, es hat geholfen, dass du nüchtern geworden bist, bevor du sie getroffen hast.«

Ich klopfe ihm leicht auf den Arm. »Zu meiner Verteidigung: Ich hatte nicht die geringste Ahnung, dass du mich um ein Date bitten würdest.«

»Das stimmt«, räumt er ein. Er nimmt einen Vorschlaghammer. »Willst du es mal versuchen?« Er deutet auf eine Stelle an der Wand.

»Was, wenn ich es kaputt mache?«, frage ich besorgt.

»Darum geht es ja gerade«, beruhigt er mich.

»Ich meinte, wenn ich es auf die falsche Weise kaputt mache?«

»Es gibt keine falsche Weise. Einfach hierhin zielen«, er zeigt auf eine Stelle, »und draufhauen.«

Ich nehme den Hammer.

»Warte«, sagt er, und ich halte inne. Er setzt mir eine Plastikschutzbrille auf. »Sicherheit geht vor.«

Er grinst, und ich schlage zu.

Als der Hammer auf den Stein prallt, fühlt es sich an, als würde meine Schulter aus der Pfanne gerissen.

»Oh mein Gott«, sage ich und versuche es noch einmal. Wieder prallt er ab. »Das ist schwieriger, als es aussieht.«

»Die Qualität der Handwerkskunst in den alten Tagen war enorm«, erklärt er mir. »Aber wir brauchen erst mal nur ein Loch, das groß genug ist, um hindurchzukriechen und um die Wand abzustützen, damit sie nicht einbricht.«

Ich halte abrupt inne. »Die Wand könnte einstürzen?«

»Das wird sie nicht«, verspricht er. »Ich brauche nur eine Öffnung, damit ich sie abstützen kann. Mach dir keine Sorgen.«

»Bist du vom Fach?« Ich sehe ihn skeptisch an.

»Ja, ich habe eine Lizenz als Bauunternehmer.« Er lacht. »Ein guter Zeitpunkt, um danach zu fragen. Warst du vorher nicht neugierig?«

Ich will nicht zugeben, dass ich ihn »nur« für einen Handwerker gehalten habe. Das würde furchtbar klingen.

Ich schüttle den Kopf. »Ich weiß, dass du kompetent bist«, sage ich stattdessen. »Das ist alles, was ich wissen muss.«

»Nun, ich habe eine Lizenz, und ich bin versichert«, erklärt er. »Ich will mir nur nicht den Ärger einer großen Firma aufhalsen. Ich komme gut zurecht, so wie es jetzt läuft.«

Ich stütze mich auf den Hammer. »Du willst keine eigene Firma haben?«

»Ich habe meine eigene Firma. Ich bin nur mein einziger Angestellter. So bin ich nur für mich selbst verantwortlich. Das ist für mich in Ordnung.« Er sieht mich an. »Willst du es noch einmal versuchen?«

Ich nicke und wappne mich gegen den stechenden Schmerz. Ich reibe mir vorsorglich die Schulter, und er lacht.

»Soll ich weitermachen?« Ich nicke, ohne zu zögern.

Er lacht wieder und nimmt den Hammer.

Mit zwei Schlägen zertrümmert er den schweren Ziegelstein.

Nach zwei weiteren Schlägen hat er ein Loch geschaffen, das groß genug ist, dass wir hindurchklettern können.

Ich trete vor, aber er hält mich zurück. »Warte, ich muss es erst absichern.«

Er holt einen professionellen Wagenheber aus dem Schatten und stützt die Mauer ab.

»Wir können nicht vorsichtig genug sein«, sagt er. Wir gehen beide auf die Knie, Logan leuchtet mit einer großen Taschenlampe in das Loch hinein, und wir spähen auf die andere Seite.

»Heiliger Bimbam!«, flüstere ich.

»Das kannst du wohl laut sagen!« Logan lässt den Lichtstrahl wandern, und er spiegelt sich in einer schicken vergoldeten Bronzedecke wider. Drinnen stehen noch Tische, die Wände sind zum Teil aus unverputzten Ziegelsteinen, der Rest ist mit verblichener roter Samttapete tapeziert.

»Jetzt weiß ich, warum es das *Red Alibi* genannt wurde«, sage ich, während ich vorsichtig durch das Loch krieche.

Sogar die Ziegel sind rot gefärbt.

»Sei vorsichtig«, sagt Logan hinter mir. »Warte auf mich.«

Er kriecht hindurch, steht auf, und gemeinsam begutachten wir den Raum.

Er ist in nahezu perfektem Zustand.

Im hinteren Teil des Raumes befindet sich ein Bogen, auf den Logan und ich vorsichtig zugehen. Wir treten hindurch, und schon sind wir in der Bar. Eine hölzerne Barplatte durchzieht den gesamten hinteren Teil des Raumes, und an der Wand dahinter hängt ein alter Spiegel. Der Spiegel – wahrscheinlich noch unter Verwendung von Quecksilber hergestellt – ist korrodiert, aber ich kann immer noch mein Spiegelbild darin erkennen.

»Kannst du das glauben?« Ich drehe mich im Kreis. Auch hier gibt es noch Originaltische, und auf einigen stehen sogar noch Lampen.

»Das ist erstaunlich«, sagt Logan. Er zieht einen Stuhl unter einem Tisch hervor, setzt sich drauf und streicht mit dem Finger über den dicken Staub auf der Tischplatte. »Wer mag wohl durch diesen Raum gegangen sein? Wer hat an diesem Tisch gesessen?«

Mir fällt die Geschichte über Hemingway ein, und ich gehe schnell zum Tresen. Ich ziehe meine Strickjacke aus und wische damit den Staub weg, damit ich das Holz sehen kann.

Ich beginne an einem Ende und arbeite mich immer weiter vor. Die Mahagoni-Bar ist wunderschön, aber es gibt keine Anzeichen dafür, dass der berühmte Autor sich hier verewigt hat.

Bis ich am anderen Ende ankomme.

Meine Finger finden sie zuerst, als ich eine kleine Vertiefung im Holz ertaste. Ich wische hektisch darüber, dann kommt es zum Vorschein.

E. Hemingway, 1920

»Ich glaub es nicht!«

Ich starre auf die Einkerbungen, und plötzlich begreife ich das ganze Ausmaß dieses Fundes und bekomme weiche Knie.

»Ernest Hemingway war hier«, sage ich matt und lehne mich an die Bar. »Al Capone. Jack McGurn. Wahrscheinlich sogar John Dillinger. Und Gott weiß, wer sonst noch!«

»Ohne Fotos werden wir das nie mit Sicherheit wissen, aber eines wissen wir.« Logan kommt herüber und begutachtet die Schnitzerei. »Hemingway zumindest war eindeutig hier. Das ist der Beweis.«

Mir wird schwindlig.

»Das ist unglaublich«, flüstere ich. »Es ist undenkbar, dass wir jetzt von der Historical Society abgewiesen werden. Ich habe fast das Gefühl, als wären wir in das Grab von Tutanchamun gestolpert!«

»Hoffen wir, dass dieser Ort nicht auch so verflucht ist.« Logan lacht.

»Sag nicht so etwas!«, warne ich ihn.

Logan geht in der Bar auf und ab. »Es heißt, hier drin gäbe es einen Geheimgang. Aber ich sehe keinen.«

»Hatten nicht alle Flüsterkneipen solche Gänge?« Ich bin wirklich neugierig, denn ich weiß es nicht. »Ich meine, sie mussten doch einen Notausgang haben, für den Fall, dass eine Razzia stattfand.«

»Ich glaube, hier in Chicago wie auch in anderen großen Städten hat das organisierte Verbrechen die Polizei bestochen«, gibt Logan zurück. »Aber nagel mich nicht darauf fest. Ich könnte das nicht beweisen.«

»Ich glaube, das habe ich auch gelesen«, stimme ich zu. »Also brauchten sie vielleicht gar keine Notausgänge?«

Das enttäuscht mich. Aber Logan zuckt mit den Schultern. »Keine Ahnung. Man sollte annehmen, dass sie sie immer noch als Sicherheit eingebaut hätten.«

Der Ziegelboden ist unglaublich eben und gut verlegt. »Du hattest recht, was die Handwerkskunst von damals angeht«, stelle ich fest. »Dieser Ort sieht aus, als wäre er gestern einfach zugemacht und versteckt worden.«

Logan stöbert an der Rückwand der Bar herum. »Wusste dein Vater nicht, dass es das hier gibt?«

»Ich weiß es nicht«, gebe ich zu. »Bei all den Nachforschungen, die Joe und Sylvie angestellt haben, kann ich mir nur schwer vorstellen, dass er nicht zumindest neugierig geworden ist.«

»Vielleicht hatte er aber auch alle Hände voll mit etwas anderem zu tun«, sagt Logan. »Vielleicht hatte er einfach keine Zeit.«

Dann reißt er die Augen auf und starrt etwas an.

»Sieh dir das an«, sagt er fassungslos und hält ein altes Streichholzheftchen in die Höhe.

Das *Red Alibi* ist auf dem roten Einband skizziert.

»Wow. Das ist ganz schön mutig«, sage ich. »Ich meine, es sollte ja ein Speakeasy sein. Ein illegales Geheimnis. Und dann haben sie tatsächlich Werbematerial anfertigen lassen?«

Logan zuckt wieder mit den Schultern. »Nur ein weiteres Indiz dafür, dass die Mafia die Polizei geschmiert hat.«

»Das gehört in ein Museum«, sage ich und nehme es vorsichtig aus seiner Hand.

»Das finde ich auch. Aber was willst du mit der Bar machen? Es wäre eine Schande, wenn du sie nicht restaurierst.«

»Ich lasse sie auf jeden Fall restaurieren«, erkläre ich.

Ich drehe mich noch einmal um und stelle mir vor, wie es in den glorreichen Zeiten ausgesehen haben muss, als es voller Jazzmusik, schicken Charleston-Mädchen und illegalem Schnaps war.

»Es muss sehr glamourös gewesen sein«, sage ich und betrachte die Strukturtapete. »Ich weiß nicht, wie man eine Bar führt, aber trotzdem … Es käme mir wie ein Verbrechen vor, sie nicht so zu nutzen, wie sie gedacht war. Obwohl ich nicht möchte, dass sich jemand betrinkt und etwas kaputt macht.«

»Du könntest ein aktives Museum daraus machen«, schlägt Logan vor. »Vielleicht könnte man Dinge ausstellen, unter Glas, und an der Bar Getränke servieren, die zu der Zeit in Mode waren? Gimlets und so zum Beispiel. Das ist dann nicht die Art Bar, in die College-Kids gehen, um sich die Kante zu geben. Sondern ein alteingesessenes, ehrwürdiges Stück Geschichte.«

»Das kann ich mir sehr gut vorstellen«, sage ich. »Mit Leichtigkeit.«

Ich nehme seine Hand. »Logan, ich würde es niemandem sonst anvertrauen, diesen Ort wieder auf Vordermann zu bringen. Meinst du, du könntest es tun? Ich meine, ich weiß, dass dir der Gedanke an ein Team nicht gefällt, aber …«

»Ich mach's«, unterbricht er mich. »Ich habe ein paar vertrauenswürdige Freunde, die ich anheuern könnte, um für mich zu arbeiten. Nur für dieses spezielle Projekt. Für dich würde ich eine Ausnahme machen.«

Die Art, wie er mich ansieht, ist so herzlich, so … intim, dass ich wieder weiche Knie bekomme.

»Als Erstes muss ich die Wand rausreißen und dafür sorgen, dass die Decke dauerhaft und solide abgestützt ist«, sagt er. »Ich werde einen Maurer beauftragen, damit es nahtlos aussieht.«

»Nein, als Erstes muss ich mir überlegen, wie ich dich bezahlen soll.«

»Lass mich erst mal einfach anfangen«, schlägt er vor. »Du bezahlst mich, wenn du die Zuschüsse bekommst.«

»Logan, du musst deine Leute bezahlen. Ich muss dich im Voraus bezahlen, wie jeden anderen auch.«

»Ich bin aber nicht wie jeder andere«, antwortet er.

Mir stockt der Atem. »Alle wollen mir immer wieder helfen«, sage ich etwas hilflos. »Und was ist, wenn ich das nicht schaffe? Was ist, wenn alle ihr Geld verlieren, weil das Ganze scheitert? Ich kann nicht zulassen, dass dir das passiert, Logan.«

»Meg, sieh dich um«, sagt er leichthin. »Du kannst nicht scheitern. Das *Red Alibi* steht noch. Die Leute werden von überallher kommen, nur um es zu sehen. Das ist todsicher.«

»Ich weiß nicht«, murmle ich. »Kennst du mich so gut? Ich kann alles zum Scheitern bringen. Ich habe gescheiterte Beziehungen und eine gescheiterte Karriere als Beweis.«

Logan fasst mein Kinn und dreht meinen Kopf zu sich.

»Deine Beziehung hat nicht funktioniert, und du hast deine Karriere auf Eis gelegt, um hierherzukommen. Das ist kein Versagen.«

»Weißt du, wenn Leute über Beziehungen sprechen, die nicht funktioniert haben, benutzen sie den Begriff ›gescheiterte Beziehung‹. Da ist doch schon im Ausdruck enthalten, dass ich gescheitert bin«, halte ich dagegen.

Er verdreht die Augen.

»Meg. Manchmal ist es Beziehungen nicht bestimmt, zu funktionieren. Es ist besser, wenn wir das herausfinden, bevor sie sich zu weit entwickeln und wir unsere Zeit wirklich verschwenden.«

»Ich weiß nicht. Ich mache mir manchmal Sorgen, dass man es mir nicht recht machen kann. Mein Ex, Drake, ist erfolgreich, klug, engagiert. Jeder mag ihn. Meine beste

Freundin liebt ihn offensichtlich. Und doch war er für mich nicht genug.«

»Ich kann dir versprechen, dass das nicht dein Problem ist«, widerspricht Logan. »Du bist ein warmherziger, leidenschaftlicher Mensch.«

Ich zucke mit den Schultern. »Vielleicht. Vielleicht auch nicht. Aber ich mache mir Gedanken darüber.« Ich schaue ihn an. »Warum hat es mit dir und deiner Ex nicht geklappt?«

Er wird sofort etwas verschlossener, das verraten mir seine Augen. »Es ging einfach nicht. Sie wollte andere Dinge. Sie wollte, dass auch ich andere Dinge will, und das wollte ich nicht. Ich mag es, Dinge mit meinen Händen zu reparieren. Darin sehe ich kein Problem. Sie schon.«

»Du meinst, sie wollte, dass du einen anderen Job machst?«

»Das, und dass ich ein anderer Mensch werde. So, wie du Drake beschreibst, klingt er genau wie die Art Mensch, die ich für Talia sein sollte.«

Ich schüttle den Kopf. »Oh nein. So bist du nicht.«

»Weiß ich«, stimmt er mir zu. »Und so, wie ich bin, war ich ihr einfach nicht genug.«

»Das ist ungeheuerlich. So, wie du bist, bist du perfekt«, sage ich sanft. »Du bist so freundlich und großzügig und gutherzig. Du hilfst all diesen Menschen jeden Tag, ohne jemals eine Gegenleistung zu erwarten.«

»Talia hält das für Schwäche.« Seine Stimme klingt schärfer. Reservierter, wachsamer.

»Talia irrt sich«, verkünde ich. »Ich kenne sie nicht, aber es klingt, als ob du ohne sie besser dran wärst. Du bist erstaunlich. Jeder wäre glücklich, dich in seinem Leben zu haben.«

Ich jedenfalls bin glücklich.

Ich spreche das nicht laut aus, weil es mir anmaßend erscheint.

»Danke dir«, sagt er leise. »Wenn ich ehrlich bin, mit so jemandem wie ihr zusammen zu sein, zehrt am Selbstvertrauen. Man fängt an zu glauben, dass das Problem bei einem selbst liegen könnte, obwohl es das nicht tut.«

»Genau wie bei Drake. Es ist das Gleiche. Er will auch jemanden, der ich nicht bin, und das bedeutet, dass es mit uns nie funktionieren würde.«

»Er scheint aber ein guter Fang zu sein«, sagt Logan, und wenn ich es nicht besser wüsste, würde ich denken, dass er sich selbst für keinen hält.

»Für irgendjemanden bestimmt«, erwidere ich. »Für Cassie. Ich bin hier glücklich.«

Logan hebt ruckartig den Kopf. »Seit wann? Soweit ich weiß, hast du New York schmerzlich vermisst.«

Ich zucke mit den Schultern. »Das tue ich immer noch. Aber das hier ist mein Zuhause. Und es fühlt sich jeden Tag mehr und mehr wie zu Hause an.«

»Hätte nie gedacht, dass ich den Tag erlebe«, stichelt Logan, während er mir hilft, durch das Loch zurückzukriechen.

»Ich auch nicht«, stimme ich zu. Aber als er seine Hand ausstreckt, um mir auf der anderen Seite auf die Füße zu helfen, wird mir klar, dass ich in meinem ganzen Leben noch nie etwas ernster gemeint habe.

Kapitel 16

Sylvie studiert ihre Liste.

»Okay, ich habe als Motto für die Party die 1920er-Jahre gewählt, und Logan sagt, er wird die Öffnung so absichern, dass wir an Heiligabend mit dem Vertreter der historischen Gesellschaft hineingehen können.« Sie sieht zu mir auf. »Meg, es ist so weit!«

Wir sitzen im Licht der Morgensonne, und Winter spielt zu unseren Füßen. Ich schwelge noch immer in der Erinnerung an unsere Entdeckung des *Red Alibi* von gestern. Ellie und ich sind bis spät in die Nacht aufgeblieben und haben zur Feier des Tages Eierpunsch mit Schuss getrunken, meine Aufregung hat sich noch immer nicht gelegt.

»Logan hat gestern eine gute Frage gestellt.« Ich wende mich Sylvie zu, die heute ein T-Shirt mit einem Bild von durcheinandergeworfenen Weihnachtslichtern und der Aufschrift *Griswold Family Lighting* trägt. »Warum hat mein Dad nie nach dem *Red Alibi* gesucht?«

Sylvie sieht mich an. »Er hatte alle Hände voll zu tun«, erinnert sie mich.

»Das meinte Logan auch. Trotzdem. Mein Vater war von der schottischen Geschichte besessen, also liegt es nahe, dass er auch die Geschichte dieses Ortes geliebt hätte. Oder sie für kostbar gehalten.«

»Dein Vater war nicht so wie du«, sagt Sylvie vorsichtig.

»Er war zufrieden mit den Dingen, wie sie waren. Er mochte es, sich nur um die Mieter zu kümmern und zu wissen, dass alles so bleibt, wie es ist. Er mochte die Routine. Und außerdem war dein Studium teuer.«

Ich schlucke.

Daran habe ich noch nie gedacht. Mein Vater bestand darauf, mir das College zu bezahlen.

»Wie schwer ist ihm das wohl gefallen?«, frage ich, obwohl ich keine Ahnung habe, ob ich die Antwort ertragen kann.

»Das kann ich dir nicht sagen«, antwortet sie. »Ich weiß es wirklich nicht. Aber ich weiß, dass er nicht wollte, dass du es erfährst, selbst wenn es für ihn schwer gewesen wäre.«

»Dieser Mann.« Ich seufze. »Ich war so sehr mit mir selbst beschäftigt. Ich habe mir nicht einmal Gedanken darüber gemacht.«

»Alle Kinder in diesem Alter sind egozentrisch«, sagt sie. »Das liegt in der Natur des Menschen.«

»Aber jetzt bin ich hier … und frage mich, warum mein Vater nicht mehr getan hat, um diesen Ort nach vorn zu bringen, ohne darüber nachzudenken, dass er sich stattdessen darauf konzentriert hat, mir zu helfen.«

Sylvie seufzt. »Das ist wahr. Aber wie ich schon sagte, er würde nicht wollen, dass du dich schuldig fühlst. Er wollte nur, dass du glücklich bist. Dass du deinen Leidenschaften nachgehst. Er sagte mir einmal, dass du die Apartmentanlage wahrscheinlich verkaufen würdest, wenn du sie eines Tages erbst. Aber dass er überzeugt ist, dass du sie an eine vertrauenswürdige Person verkaufen würdest. An jemanden, der sich um die Mieter kümmert. Ich weiß ganz sicher, dass er nicht wollte, dass du hierbleibst und deine Träume aufgibst.«

»Und das hast du mir nicht gesagt, als ich ankam, weil …?« Ich hebe eine Augenbraue.

»Weil ich dich nicht gut genug kannte, um das gleiche Vertrauen in dich zu haben«, gibt sie zu. Sie hält inne und fährt dann fort: »Sieh mal in der mittleren Schreibtischschublade nach, unter dem Tablett.«

Verwirrt ziehe ich die Schublade auf und hebe das Holztablett hoch. Ich ziehe einen Umschlag heraus, auf dem mein Name steht.

Es ist die Handschrift meines Vaters.

»Hast du die ganze Zeit davon gewusst?«, flüstere ich.

Sylvie nickt. »Ja. Aber ich wollte warten, bis du bereit bist, es zu lesen. Es tut mir leid. Sei mir nicht böse.«

»Ich kann nicht böse auf jemanden sein, der einen Griswold-Pulli trägt«, murmle ich. »Und ich schätze außerdem, dass ich deiner Logik keinen Vorwurf machen kann. Ich war ziemlich, sagen wir ungeduldig, als ich hier ankam.«

»Ja, das warst du«, stimmt Sylvie fröhlich zu. »Aber jetzt … Ich lass dich jetzt in Ruhe, damit du den Brief deines Vaters lesen kannst.« Sie schnappt sich Winter und die beiden verschwinden.

Ich starre auf den Umschlag in meinen Händen und zögere, ihn zu öffnen. Die Tatsache, dass ich mich nicht von meinem Vater verabschieden konnte, hat mich mehr belastet, als mir je bewusst war. Und dass ich jetzt mit Worten konfrontiert werde, die geschrieben worden sein müssen, während ich mich wie eine egozentrische Göre aufgeführt habe, macht mir Angst.

Ich will nicht wissen, wie mein Vater mich gesehen haben muss.

Ich trinke einen Schluck heißen Tee, bevor ich den Umschlag mit dem Brieföffner aufschlitze.

Der Brief ist vom letzten Jahr.

Mir treten sofort Tränen in die Augen, als ich die vertraute Handschrift meines Vaters erkenne.

Liebe Meggie,

während ich hier sitze und aus dem Fenster auf das schneebedeckte Chicago schaue, empfinde ich Wehmut. Du bist achthundert Meilen weit weg im Big Apple, und ich bin hier, allein, umgeben von Erinnerungen.

Ich sehe auf die Weihnachtsbaumspitze, die ihr Mädchen vor so vielen Jahren mit eurer Mutter gebastelt habt. Ihr habt euch darüber gestritten, welche Farbe das Kleid des Engels haben sollte, und eure Mutter entschied sich für Weiß.

Die Tür der Speisekammer in der Wohnung hat Kerben, die eure Größe markieren, von jedem Jahr bis zu Jos Tod. Da hört es auf, und ich fühle mich schrecklich deswegen. Das Leben schien für eine Weile stillzustehen, und das war dir gegenüber nicht fair. Wir haben alle auf unsere Weise gekämpft, aber ich hätte dich mehr beschützen müssen. Ich hätte mich mehr auf deinen Schmerz konzentrieren sollen als auf meinen eigenen.

Auf meine Weise habe ich versucht, das in Ordnung zu bringen, als du wegziehen wolltest, und ich habe so sehr versucht, es möglich zu machen. Ich weiß, dass Geld alte Wunden nicht heilen kann, aber ich hoffe, es hat dich dabei unterstützt, woanders zu studieren und dann deine Karriere in New York zu beginnen. Ich möchte, dass du immer deine Träume verfolgst, mein Mädchen. Ich möchte, dass du dich immer auf das kon-

zentrierst, was dich glücklich macht, und das dann auch tust.

Ich habe heute Neuigkeiten von meinem Kardiologen erfahren. Ich habe eine kongestive Herzinsuffizienz, und sie geben mir Medikamente. Ich werde dir das jetzt nicht sagen, weil ich nicht will, dass du alles aufgibst und nach Hause kommst. Ich möchte, dass es dir gut geht und dass du lebst.

Wenn du diesen Brief findest, bin ich sicher, dass ich tot bin und du an meinem Schreibtisch sitzen wirst. Bitte opfere dich nicht für mich auf. Das ist die Aufgabe der Eltern, nicht die des Kindes. Ich möchte, dass du einen geeigneten Käufer für das Gebäude findest, jemanden, der ein Herz dafür hat, und dass du das Geld dann für deine eigene Zukunft verwendest.

Ich möchte, dass du glücklich bist. Wenn es mit Drake ist, dann soll es so sein. Wenn nicht, trenn dich von ihm. Die richtige Person wird dich finden. Gib dich nicht mit weniger zufrieden als mit der Liebe, die deine Mutter und ich hatten. Eine Liebe, die uns durch gute und schlechte Zeiten, durch dick und dünn geführt hat.

Ich liebe dich so sehr, mein Mädchen. Ich hoffe, ich tue das Richtige, wenn ich dir nichts von meiner Diagnose erzähle. Wenn nicht, dann verzeih mir bitte. Ich will nur das Beste für dich, jetzt und für immer. Ich will nicht, dass du dir Sorgen um mich machst. Wenn es für mich an der Zeit ist zu gehen, werde ich es bereitwillig tun, weil ich weiß, dass ich deine Mutter und deine Schwester bald wiedersehen werde. Die Mieter hier gehören zur Familie, und bis ich gehe, werde ich mich um sie kümmern, und im Gegenzug kümmern sie sich auch um mich.

Bis wir dich wiedersehen, sollst du wissen, dass ich deine Mutter und Jo von dir grüßen werde, und wir werden dein ganzes Leben über dich wachen.

Ich habe dich lieb.
Papa

PS: Ich weiß, dass Sylvie dir vielleicht sagt, dass man ihr die Hauptschlüssel der Anlage anvertrauen kann, aber gib ihr unter keinen Umständen den einzigen Satz. SIE WIRD IHN VERLIEREN. (Auch wenn sie es immer nur gut meint.)

Ich lächle durch meine Tränen hindurch und sitze noch einige Minuten schweigend da, nachdem ich zu Ende gelesen habe, und meine Hände zittern.

Sein Tod kam für ihn also nicht unerwartet. Er war darauf vorbereitet, er wollte nur nicht, dass ich mir Sorgen mache. Er wollte meine Träume nicht zerstören. Ist es das, was ein echtes Opfer ausmacht? Etwas ganz allein zu ertragen, damit die, die man liebt, es nicht tun müssen?

Ich sacke auf dem Stuhl zusammen und weiß nicht, was ich fühlen soll.

Ich bin nicht wütend, dass er es mir vorenthalten hat, sondern nur traurig darüber, dass er es für nötig hielt.

Ich hätte damit umgehen können. Aber er hat recht. Ich wäre nach Hause gekommen, hätte meine Stelle bei *Stitch* nicht bekommen, obwohl das im Nachhinein betrachtet keine Rolle gespielt hätte. Lillianna hasst mich jetzt ja sowieso.

Es macht mich auch traurig, dass er annahm, ich würde das Gebäude einfach verkaufen. Er hat selbst gesagt, dass er die Mieter hier als Familie betrachtet.

Und jetzt tue ich das auch.

»Ich werde das Haus nicht verkaufen, Dad«, flüstere ich. »Das ist unser Zuhause, und ich werde es retten. Es ist baufällig, aber wir werden es sanieren. Ich werde mich dafür revanchieren, dass du alles für mich geopfert hast.«

Ich stehe auf und gehe in den Ballsaal.

»Der Crystal Ballroom«, murmele ich, als ich durch die Tür gehe, und notiere mir im Geist, dass ich eine Messingtafel gravieren lassen muss.

Ich setze mich auf einen der Stühle und stelle mir das *Red Alibi* darunter vor. Dann sehe ich mich in diesem Raum um und male mir aus, wie sich dieses ganze Gebäude damals angefühlt haben muss. Wir müssen alles miteinander verbinden, es auf einen modernen Stand bringen und dennoch die Ära erhalten, in der es entstanden ist. Den Glamour, den Glanz, den Charakter.

Ich zücke mein Handy und suche nach der besten Innenarchitektin für historische Gebäude in Chicago. Ich schicke ihr eine E-Mail und erkläre ihr die Situation.

Wir müssen Parkview West wieder zu seinem alten Glanz verhelfen, schreibe ich. *Können Sie uns dabei helfen?*

Ich drücke auf Senden.

Zum ersten Mal, seit ich hier angekommen bin, scheint alles einen Sinn zu ergeben. Alles scheint zueinanderzupassen. Meine Linie wird zeitlose Kleidungsstücke präsentieren, von denen einige tatsächlich getragen worden sein könnten, als dieses Gebäude seine besten Tage erlebte. Kleidung, die sich dem Körper anpasst, wenn er sich verändert – wie bei meiner Schwester vor so langer Zeit. Dieses Gebäude wird restauriert werden, während ich meine eigene Modelinie aufbaue, die von dieser Epoche inspiriert ist.

Es scheint fast so, als wäre es vorherbestimmt. Die Puzzleteile finden sich zusammen, fast wie von selbst.

Ein Gefühl von glücklicher Fügung umgibt mich, so stark, dass es fast greifbar ist.

»Schicksal«, flüstere ich. Ist es real? Existiert es?

Ich beginne zu glauben, dass es das tut. Wäre ich nicht hierher zurückgekehrt, hätte ich Ellie nicht getroffen, mich nicht von ihrem Kleid inspirieren lassen und das *Red Alibi* nicht gefunden.

Und ich hätte Logan nicht getroffen.

Allein der Gedanke daran schnürt mir die Brust zusammen. Ich nehme mein Handy wieder in die Hand, um ihm zu schreiben.

he, was machst du heute Nacht?

Er antwortet fast sofort.

Ich verbringe hoffentlich Zeit mit dir.

Logan ist so offen, so ehrlich. Er spielt keine Spielchen, und das ist so … so … so erfrischend.

Ich antworte mit einem Herz-Emoji und schreibe dazu:

Genau das, was ich hören wollte. Außerdem musst du unser Kätzchen besuchen kommen. 😊

Unser.

Allein der Gedanke an dieses Wort in Bezug auf Logan und mich ist … tröstlich. Aufregend. Es ist alles.

Ich glaube, er hat meine Augen, antwortet Logan mit einem zwinkernden Smiley.

Die hat er ganz sicher. Und meine Ohren.

Ich schicke ein Katzengesicht-Emoji.

Er schickt ein weinendes Lach-Emoji zurück.

Ich sorge für das Abendessen, fügt er hinzu. Ein altes Familienrezept.

❄

Den Rest des Tages schwebe ich auf Wolke sieben und freue mich auf unser Date. Ich hole Winter von Sylvie ab und räume meine Wohnung auf. Dann streiche ich das Schlafzimmer weiß, was mehrere Stunden in Anspruch nimmt. Um die Tür zum Dachboden mache ich vorsichtshalber einen großen Bogen, obwohl der Kammerjäger Entwarnung gegeben hat.

Ich steige gerade aus der Dusche, als es an der Wohnungstür läutet. Sofort schaue ich auf die Uhr. Zwanzig vor sechs, das kann nicht Logan sein.

Ich werfe mir einen Bademantel über, rubbele mein Haar mit dem Handtuch und öffne die Tür. Fast lasse ich das Handtuch fallen, als ich sehe, wer da ist.

Drake Dillard steht vor mir in einem Dreitausend-Dollar-Anzug und mit einer Cartier am Handgelenk.

»Hi, Meg«, sagt er gelassen.

»Hi«, sage ich verdutzt. »Was … Was machst du denn hier?«

»Cassie hat mich geschickt. Darf ich reinkommen?«

»Klar«, antworte ich unsicher und öffne die Tür weiter.

Er sieht sich um, und ich ertappe ihn dabei, wie er Winter mustert. »Du bist nicht wirklich gegen Katzen allergisch, oder?«, erkundige ich mich.

Er lächelt. »Nein.«

»Okay, gut. Mach ihn fertig, Winter!«

Winter starrt uns an, ohne sich zu bewegen, und wir lachen.

»Er ist mein Wachkätzchen«, erkläre ich. »Er ist noch in der Ausbildung, aber er kann sehr bösartig sein.«

»Das sehe ich«, antwortet Drake und nickt. Seine Frisur sitzt perfekt. »Darf ich mich setzen?«

»Natürlich.«

Er lässt sich auf dem Sofa nieder und schlägt die langen Beine übereinander. Ich setze mich auf den Stuhl, während ich darauf warte, dass er mir sagt, warum er hier ist.

Er kommt gleich zur Sache.

»Cassie möchte, dass ich in dein Apartmenthaus investiere«, erklärt er. Winter spielt mit seinen Schnürsenkeln, aber Drake würdigt ihn keines Blickes. »Sie sagte, du willst es zu einer Seniorenwohnanlage mit allen Annehmlichkeiten ausbauen, und nachdem ich mir den lokalen Markt genauer angesehen habe, halte ich das für eine sehr kluge Investition.«

Ich sehe ihn verblüfft an.

»Du willst in meine Apartmentanlage investieren«, wiederhole ich langsam. Er sieht so deplatziert aus in diesem kleinen Wohnzimmer. Ich begreife fast nicht, was er sagt.

»Ja«, antwortet er prompt. »Zeig mir deinen Geschäftsplan, wenn du einen hast. Ich denke, die Sache könnte funktionieren.«

»Du gehst davon aus, dass ich einen Partner will«, sage ich, und es klingt schärfer, als ich es gemeint habe. »Ich meine, wie kommst du darauf, dass ich das will?«

Es klingt immer noch schroff, aber es ist eine gute Frage.

Er zuckt nicht mal mit einer Wimper.

»Ich weiß, was du bei *Stitch* gemacht hast, und Cassie hat mir von den Reparaturen erzählt, die notwendig sind. Du brauchst mich, und ich schätze ertragreiche Investitionen.«

Du brauchst mich.

Ein typischer Drake-Spruch.

Mein Blut gerät in Wallung.

»Ich brauche dich nicht«, sage ich. »Ich habe dich nicht gebeten, hierherzukommen.«

»Cassie hat schon erwartet, dass du verärgert reagieren wirst«, meint Drake. »Aber hör mir einfach zu. Ich verstehe etwas von guten Investitionen, und das hier ist eine. Wenn du mich an Bord nimmst, sorge ich dafür, dass wir beide eine satte Rendite aus dieser Investition erzielen. Das nennt man ROI, und du wirst eine Menge Geld damit scheffeln.«

»Willst du mir das ernsthaft *herrklären*?« Ich kneife die Augen zusammen. »Ich weiß, was eine Anlagenrendite ist.«

Er lässt sich nicht beirren.

»Du weißt, dass ich gut bin in dem, was ich tue. Also vertrau mir das hier an. Ich verschaffe dir einen schönen Notgroschen. Wir bauen dieses Haus auf und veräußern es dann.«

»Du willst es verkaufen?«

»Natürlich. Du wirst wohl kaum Lust haben, es zu verwalten.«

Er klingt so selbstsicher, und ich werde wieder einmal daran erinnert, warum es zwischen ihm und mir nicht geklappt hat. Er hat zu viel über mich angenommen, statt zu versuchen, Dinge über mich in Erfahrung zu bringen.

»Ich will es tatsächlich verwalten«, widerspreche ich. »Und ich will es nicht verkaufen. Ich will es renovieren und den Bewohnern helfen, die hier leben.«

Drake sieht mich einen Moment lang an, als könnte er das nicht fassen.

»Aber das hier ist eine Möglichkeit, sehr viel Geld zu verdienen«, sagt er dann langsam.

»Ich habe bereits Pläne für die Renovierung«, fahre ich fort. »Ich brauche deine Hilfe nicht. Warum traust du mir nicht zu, dass ich die Dinge selbst in die Hand nehme?«

Ich brauche dich nicht.

Ich starre ihn an.

Er starrt zurück.

»Das bringt mich in eine Zwickmühle«, sagt er dann. »Cassie will wirklich, dass ich das hier mache. Um zu beweisen, dass das alles Schnee von gestern ist, dass Cassie und ich zusammen sein können und sie trotzdem deine beste Freundin bleibt. Dass es da keine Peinlichkeiten gibt.«

»Du bist derjenige, der das jetzt peinlich macht«, entgegne ich. »Du bist nach Chicago geflogen, ohne mich vorher anzurufen. Ich hätte schon am Telefon Nein gesagt.«

»Ich weiß. Deshalb bin ich auch gekommen.«

»Okay, aber du hast den Flug vergebens gemacht. Und wenn du mich jetzt entschuldigst, ich muss mich für ein Date fertig machen.«

Drake blinzelt nicht einmal. Vielleicht wollte ich ihn wenigstens ein bisschen eifersüchtig machen. Aber wenn, hat es nicht funktioniert.

Er steht auf. »Ich bleibe bis morgen hier. Überleg es dir. Wenn du deine Meinung änderst, ruf mich an.«

»Ich werde meine Meinung nicht ändern«, versichere ich ihm, während ich ihn zur Tür begleite.

»Ehrlich gesagt juckt es mich doch ein bisschen«, meint er. »Vielleicht bin ich ja doch allergisch gegen Katzen.«

»Dann wird es allerhöchste Zeit für dich zu gehen.« Ich

öffne die Tür – vor der Logan steht. Und sein Gesichtsausdruck wechselt innerhalb eines Augenblicks von glücklich zu schockiert zu misstrauisch. Er sieht unglaublich gut aus und riecht auf eine männliche, frisch geduschte Art hinreißend.

»He, Meg.« Er hält einen dicken Pizzakarton in den Händen. »Ich hoffe, es macht dir nichts aus, dass ich zu früh bin.«

»Ich hab noch nasse Haare und mein Exfreund ist hier. Natürlich stört es mich nicht«, sage ich schwach. »Das ist perfektes Timing.«

Drake streckt ihm die Hand hin.

»Der Exfreund«, sagt Logan und schüttelt seine Hand, aber er nimmt den Blick nicht von seinem Gesicht. Der Unterschied zwischen den beiden ist frappierend. Logan ist attraktiv und irgendwie rau. Drake sieht auf eine sehr gepflegte, sehr unnahbare Art gut aus. Es gibt nicht den geringsten Zweifel daran, welches Aussehen ich vorziehe.

»Ruf mich an, Meg«, sagt Drake, bevor er geht.

Ich sehe Logan an. »Es ist nichts. Er will nur in das Parkview investieren.«

Logan kommt herein und stellt den Pizzakarton ab. »Ich dachte, wir würden das zusammen machen«, sagt er langsam.

Ich nicke. »Tun wir auch.«

»Und Drake ist die ganze Strecke hierhergeflogen?«

»Das ist eine lange Geschichte.« Ich seufze. »Kann ich sie dir beim Essen erzählen?«

»Sicher. Du solltest dich vielleicht auch eben anziehen.«

Logan ist immer noch misstrauisch. Und ich kann es ihm nicht verdenken.

»Bin gleich wieder da.«

Ich ziehe mich an, kämme meine Haare, und als ich zurückkomme, verteilt Logan gerade die Pizza auf Teller. Er reicht mir einen.

»Ich dachte, du würdest etwas nach einem alten Familienrezept mitbringen«, sage ich in dem Versuch, die Stimmung aufzulockern.

»Hab ich auch. Meine Familie bestellt schon seit Jahren bei Giordano's Pizza zum Abendessen.«

Ich lächle. Er nicht.

»Logan, im Ernst. Drake ist jetzt mit Cassie zusammen, und sie will, dass zwischen uns dreien alles in Ordnung ist, ohne dass es peinlich ist.«

»Warum ist sie dann nicht mitgekommen?«, will er wissen.

Eine gute Frage.

»Weil ihr Boss – mein Ex-Boss – ein herzloser Drache ist, der Weihnachten hasst. Sie gibt niemandem Urlaub.«

»Ich will wirklich nicht misstrauisch sein oder dich herumkommandieren. Und ich bin auch kein Kontrollfreak. Es ist nur … Meine Ex hat immer Spielchen gespielt und versucht, mich eifersüchtig zu machen. Das will ich nie wieder erleben.« Da werde ich hellhörig.

»Du hast noch nicht viel über sie erzählt«, sage ich. »Willst du darüber reden?«

Er sieht mich finster an. »Lieber lasse ich eine Wurzelbehandlung ohne Betäubung machen.«

»Ich meine, wenn du mir gegenüber misstrauisch bist, wegen dem, was sie getan hat, würde ich das gerne hören. Damit ich es verstehe.«

Logan stöhnt. »Ich will ihr nicht noch mehr Platz in meinem Kopf geben, und ich will sie ganz sicher nicht in deinem haben. Sie war kein guter Mensch, sagen wir das mal so. Tief in ihrem Inneren ist sie so unsicher, dass sie mit jedem herumspielt, damit sie sich selbst gut fühlt.«

»Das würde ich nie tun«, verspreche ich. »Ich schwöre dir, darum geht es hier nicht. Ich hasse Spiele. Um ehrlich zu sein, kann ich es kaum noch ertragen, mit Drake in einem Raum zu sein. Und ich habe Nein gesagt. Das hier ist unser Projekt, Logan.«

Endlich lächelt er, und in seinen Augenwinkeln erscheinen Fältchen. »Okay. Ich schwöre, ich werde keine Altlasten in diese Beziehung mitbringen.«

»Haben wir denn eine Beziehung?«, frage ich mit unschuldigem Augenaufschlag und mache mich über die unglaublich lecker duftende Pizza her.

»Glaub schon«, antwortet er. »Als ich Drake hier sah, habe ich einen Anflug von Wut verspürt, wie ich es schon seit Jahren nicht mehr erlebt habe.«

»Du warst eifersüchtig?«

»Ich schäme mich, das zuzugeben, aber ja. Du warst im Bademantel, er war hier … Tut mir leid. Das sieht mir gar nicht ähnlich.«

»Deine Ex hat dich verarscht«, sage ich. »Deine Schwester hat mir ein bisschen was erzählt. Du sollst nur wissen … Ich werde das nicht tun. Ich werde nie, nie fremdgehen. Ich werde nie Spielchen spielen. Was du siehst, ist das, was du bekommst.«

»Mir gefällt, was ich sehe«, sagt er, und seine Augen sind so sexy.

»Gut«, antworte ich. »Außerdem riechst du gut.«

»Bist du sicher, dass du nicht die Pizza meinst?«

»Nur wenn sie nach einem sexy Holzfäller riecht.«

Er grinst. »Ich bin kein Holzfäller.«

»Nein, aber du bist sexy.«

Er grinst wieder. »Danke schön. Bist du sicher, dass du nicht lieber den hübschen Jungen magst?«

Ich seufze. »Ugh. Warum reden wir wieder über Drake? Er wirkt wie ein kleiner Junge im Vergleich zu dir. Du bist ein Mann.« Ich greife nach seiner Hand. »Ich mag deine Schwielen. Sie zeigen, dass du für deinen Lebensunterhalt arbeitest. Sie zeigen, dass du weißt, wie man Dinge repariert, dass du kompetent und stark bist.«

Logan schluckt. »Das gefällt dir? Wäre es dir nicht lieber, wenn ich stattdessen einen Vorstand leite?«

»Ganz und gar nicht. Wenn Drake eine Glühbirne wechseln muss, ruft er jemanden an. Du bist ein Mann«, wiederhole ich. »Und wenn ich es sagen darf … mein Mann.«

»Du darfst es sagen.« Seine blauen Augen funkeln.

Er senkt den Kopf und küsst mich, und alle Gedanken an Drake verwehen.

Er will den Kopf heben, aber ich ziehe ihn zu mir zurück. »Mach das noch mal«, flüstere ich.

Er lächelt an meinen Lippen und gehorcht.

Im nächsten Moment reißt er sich abrupt los, schreit und fasst sich ans Bein.

Winter baumelt von seinem Oberschenkel herunter. Die rasiermesserscharfen Krallen des Kätzchens haben sich in Logans Haut gehakt.

Ich kann mich nicht zurückhalten und pruste los, während ich Logan behutsam von Winter befreie. »Oh, hast du ihn mit deinen kleinen pelzigen Nadelpfötchen erwischt?«

Logan wirft mir einen Seitenblick zu. »Ich glaube, er hat mich blutig gekratzt.«

»Habe ich gerade gesagt, du wärest männlich? Ich nehme das sofort zurück.«

Er lacht und nimmt mir Winter ab. »Du, kleines Kätzchen, bist eine Gefahr.« Er stubst Winters Nase mit seiner eigenen an. »Aber eine süße Gefahr.«

»Okay, du bist männlich!«, sage ich huldvoll. »Du musst dir deiner Männlichkeit schon sehr gewiss sein, wenn du mit einem Kätzchen schmust.«

»Ich bin mir meiner Männlichkeit gewiss«, bestätigt er. Er küsst mich noch einmal, als wollte er es mir beweisen. Ich grabe meine Finger in sein Haar.

Als ich genug habe, lehne ich mich zurück und starre sehnsüchtig auf die Pizza.

»Nur zu«, sagt er. »Ich weiß, dass du Hunger hast.«

Das lasse ich mir nicht zweimal sagen. Mir knurrt der Magen.

Logan sieht mich anerkennend an. »Ich liebe es, wenn eine Frau bei einer Verabredung tatsächlich isst«, sagt er. »Es ist so wie ... *Wir wissen, wie du isst.* Es ist okay, es vor dir zu tun.«

Ich lache. »Darüber musst du dir bei mir keine Sorgen machen.« Ich nehme noch einen Bissen. »Was wollen wir heute Abend machen? Willst du dir den besten Film aller Zeiten ansehen?«

»Dafür bin ich immer zu haben«, erwidert er. »Wie ist der Titel?«

»Stolz und Vorurteil.«

Er verzieht das Gesicht. »Oh.«

»Er ist wirklich erstaunlich«, sage ich. »Die *Angst* zwischen Mr. Darcy und Elizabeth ist förmlich greifbar.«

Logan ist immer noch nicht überzeugt.

»Und wenn dich die literarische Klasse nicht anspricht – Keira Knightley spielt mit. Und sie ist wirklich heiß.«

Jetzt ist er einverstanden. Ich stoße ihn mit dem Ellbogen an. »Ich räume das weg. Holst du die DVD? Sie liegt neben dem Fernseher im Schlafzimmer.«

»Offensichtlich hast du sie dir schon öfter mal angesehen.« Er verzieht wieder das Gesicht, und ich grinse, während ich die Teller und Gläser in die Küche trage. Ich suche eine anständige Flasche Wein aus und nehme zwei Gläser aus dem Schrank.

Um den Wein ein bisschen atmen zu lassen, fülle ich unsere Gläser, und als Logan immer noch nicht wiedergekommen ist, mache ich mich auf die Suche nach ihm.

»Du musst sie doch gefunden haben«, sage ich und stelle fest, dass meine Schlafzimmertür geschlossen ist. Die andere Schlafzimmertür hingegen steht offen.

Mein Herz setzt einen Schlag aus, und ich gehe hinein.

Logan steht in der Mitte des Zimmers, das meine Schwester und ich uns früher geteilt haben. In dem rosa-weißen Puppenstübchen mit den passenden Einzelbetten sieht er so deplatziert aus, wirkt unsicher und irritiert wie ein Reh im Scheinwerferlicht.

»Tut mir leid«, stammelt er, als er mein Gesicht sieht. »Ich bin wohl falsch abgebogen.«

»Das war früher unser Schlafzimmer«, erkläre ich unnötigerweise. Auf dem Nachttisch zwischen den Betten steht ein Foto von Jo und mir. Sie hat schon keine Haare mehr, strahlt aber. Ich habe posiert und versucht, glücklich auszusehen, obwohl ich es nicht war. Meine Schwester lag im Sterben, und alle wussten es.

»Ihr habt es nie verändert?« Er setzt sich behutsam auf eines der Betten.

Ich schüttle den Kopf. »Meine Eltern wollten es so. Es war eine Art Schrein für sie. Das macht es schwieriger, darüber hinwegzukommen.«

»Das glaube ich«, sagt er vorsichtig und nimmt den Teddybären auf, der auf den Kissen liegt.

»Das ist Mr. Tibbins. Jo hat ihn zu jeder Behandlung mitgenommen, obwohl sie längst ein Teenager war.«

»Er muss ihr Trost gespendet haben«, meint Logan.

Ich nicke. »Meine Oma hat ihn ihr zu Weihnachten geschenkt, als wir noch klein waren. Sie hat ihn ihr ganzes Leben lang jede Nacht bei sich gehabt. Meine Mutter wollte ihn mit ihr begraben, aber mein Vater wollte ihn behalten.«

»Versteh ich«, sagt Logan sanft. »Beides.«

»Damals habe ich es nicht begriffen. Sie trauerten auf sehr unterschiedliche Weise, und ich konnte nicht verstehen, warum sie sich nicht einigen konnten.«

»Elternschaft wird nicht mit einem Handbuch geliefert«, sagt er. »Ich bin sicher, dass sie einfach nicht wussten, was sie tun sollten. Wahrscheinlich hatten sie Schwierigkeiten, alles zu verarbeiten. Eltern sind auch nur Menschen.«

»Ich weiß.«

Ich setze mich auf das gegenüberliegende Bett, das Bett, das mir gehörte. »Ich habe immer hier gelegen und ihr beim Schlafen zugesehen. Um mich zu vergewissern, dass sie nicht aufhört zu atmen.«

Wenn ich jetzt hier bin, kommen die Erinnerungen und die damit verbundenen Gefühle wieder hoch. Das ist genau der Grund, warum ich nicht nach Hause gekommen bin. Ich wollte das alles nicht fühlen.

Jos Schuhe stehen aufgereiht vor dem Schrank, als würde sie bald zurückkommen und wieder hineinschlüpfen.

Ihre Jacke hängt an einem Haken an der Tür.

»Es muss schwer gewesen sein, das durchzumachen«, sagt Logan leise und öffnet seine Arme. »Komm her.«

Ich gehe zu ihm, ohne auch nur eine Sekunde zu überlegen. Er nimmt mich in die Arme, und ich schließe meine Augen an seiner Brust.

»Hier drin duftet es immer noch nach ihr«, sage ich. »Kannst du es riechen?«

»Nein. Aber ich bezweifle nicht, dass du es kannst.«

Sein Herz schlägt an meinem Ohr, gleichmäßig und kräftig. »Trauer ist ein starkes Gefühl, Meg. Es ist in Ordnung, sie so zu empfinden, wie du sie empfindest. Sie ist nicht immer gleich. Sie kann kommen und gehen. Das ist auch in Ordnung.«

»Du weißt das wegen deines Vaters«, stelle ich fest.

Er nickt. »Ja. Es ist nicht dasselbe, ich weiß. Deine Schwester war noch so jung.«

»Verlust ist Verlust. Wir sind nie bereit dafür, und es ist immer schwer.«

Ich starre auf den hübschen weißen Waschtisch, den Jo und ich uns geteilt haben und dessen Ränder mit Lipgloss nachgezeichnet sind. Eine Reihe von Fotos aus einem Fotoautomaten zeigt uns, wie wir herumalbern und Grimassen schneiden, und ich lächle.

»Sie war eine tolle Schwester. Sie hat mir nie zu verstehen gegeben, ich wäre eine Nervensäge, obwohl ich weiß, dass ich es war. War dein Vater ein guter Vater?«

»Das war er«, antwortet Logan. »Er war stark und schweigsam. Und ein guter Ratgeber, wenn ich es brauchte. Er war ein großes Vorbild. Ich hoffe, dass ich eines Tages, wenn ich selbst Kinder habe, wenigstens ein halb so guter Vater bin wie er.«

»Das wirst du sein.« Da bin ich mir sicher.

»Er hat Kleinflugzeuge geflogen«, erzählt Logan mir. »Er war Pilot in der Armee, und er hat seine Liebe zum Fliegen nie verloren. So ist er auch gestorben.«

Ich schaue zu ihm auf. »Er ist abgestürzt?«

Logan nickt. »Er flog eine kleine Cessna und hat sich in

der Nacht irgendwie verirrt. Es war zwar neblig, aber er war ein sehr erfahrener Pilot. Keiner weiß, wie es passiert ist. Aber ich kann dir eines sagen: Bis zum heutigen Tag fliege ich nicht gerne. Jedes Mal, wenn ich in ein Flugzeug steige, überwältigen mich die Gefühle. Die Erinnerungen an meinen Vater und wie ich als Junge mit ihm im Cockpit saß. Die traurigen Erinnerungen überwiegen dabei die guten Erinnerungen. Ich verstehe also, was du durchmachst.«

»Vielleicht tust du das wirklich«, räume ich ein, denn genau so fühle ich mich. Da sind so viele gute Erinnerungen, die dominieren sollten, aber ich habe zugelassen, dass meine traurigen Erinnerungen mich kontrollieren.

»Vielleicht sollten wir beide daran arbeiten, uns auf die guten Dinge zu konzentrieren, auf unsere besten Erinnerungen. Nicht auf die traurigen«, schlägt er vor. »Ich werde es tun, wenn du es auch tust.«

Ich nicke langsam. »Ich kann es versuchen.«

»Ich habe eine Idee«, sagt er. »Ich sehe, dass der Fernseher hier drin einen DVD-Player hat. Wie wäre es, wenn wir uns den Film hier drin ansehen? Es könnte sich gut anfühlen, von der Energie deiner Schwester umgeben zu sein. Vielleicht fällt es dir leichter, um sie zu trauern, wenn du dir erlaubst, in ihrer Nähe zu sein.«

»Konfrontationstherapie?«, frage ich und versuche zu scherzen, aber es fühlt sich nicht lustig an.

»Wir können es so nennen«, erwidert er.

Es schnürt mir die Kehle zu, und ich weiß nicht, wie ich so stark betroffen sein kann, obwohl es schon so lange her ist. Oder wie Logan so dermaßen rücksichtsvoll sein kann.

»Okay«, flüstere ich.

»Ich hole den Film. Und ich werde mich kein bisschen beschweren«, verspricht er.

Er steht zu seinem Wort. Wir sehen uns den ganzen Film im Kinderzimmer an. Ich liege behütet in seinen Armen, meinen Kopf an seiner Brust. Noch nie habe ich mich so sicher und geborgen gefühlt, und als ich einschlafe, denke ich nicht mehr daran, wo ich mich gerade befinde.

Kapitel 17

Als ich aufwache, scheint mir die Sonne ins Gesicht. Winter hat sich nicht an mich gekuschelt, was ungewöhnlich ist, und aus meiner Küche ertönt Musik.

Ich bin irritiert, reibe mir die Augen, aber ich höre sie immer noch. Also stehe ich auf und sehe nach. Logan ist in der Küche und bereitet Rührei zu, während Winter zu seinen Füßen hockt.

»Ich hoffe, du magst Rührei«, sagt er und lächelt. »Das ist so ziemlich das Einzige, was ich kochen kann.«

»Das ist meine Leibspeise.« Ich bin ein wenig unsicher, weil er mich gestern Abend in einer sehr verletzlichen Situation gesehen hat. Aber er kommentiert es nicht. Er will nicht, dass ich mich unwohl fühle, begreife ich schlagartig. Mein Herz fließt über, ich nehme ihn in den Arm und hauche ihm einen Kuss auf die Wange.

»Danke für letzte Nacht«, murmle ich.

Er nickt stumm.

»Ich bin sicher, es war nicht die Art von Übernachtung, die du dir vorgestellt hast«, füge ich hinzu und lockere die etwas peinliche Situation mit einem Lächeln auf. Er grinst.

»Es war jedenfalls die Art von Übernachtung, die du gebraucht hast«, antwortet er. »Das ist alles, was zählt.«

»Was ist das für Musik?« Ich werfe einen Blick auf sein Handy, das auf dem Tresen liegt.

»Ich bereite mich auf die Weihnachtsfeier vor«, erklärt er. »Ich übe meine Moves.«

»Du kannst zu Jazz tanzen?« Ich hebe eine Braue.

»Du nicht?« Er kontert mit derselben Mimik.

Ich lache. »Nein. Ich wurde in diesem Jahrhundert geboren.«

»Technisch gesehen wurdest du im letzten Jahrhundert geboren«, widerspricht er. »Genau wie der Jazz. Und bevor du weiterredest – meine Mutter hat mich in der Mittelstufe zum Tanzunterricht gezwungen.«

»Meine Güte. Du musst der reinste Frauenliebling gewesen sein.«

»Sollte man meinen«, erwidert er nachdenklich. »Ich weiß immer noch nicht, warum es nicht geklappt hat.«

Er nimmt meine Hand.

»Pass auf«, sagt er. »Das ist Foxtrott.« Er macht es mir vor. »Füße zusammen, links, rechts, links, zusammen.«

Ich versuche es. »Das ist nicht schwer«, sage ich überrascht.

»Und jetzt machen wir es zusammen. Langsam, langsam, schnell, schnell.«

Ich stolpere ständig, und er lacht. »Das ist ganz okay. Mach mir einfach alles nach.«

Wir versuchen es noch einmal, und als ich darauf vertraue, dass er mich führt, klappt es. Wir tanzen im Gleichklang.

»Ich kann Foxtrott!«, sage ich erstaunt.

Er lächelt. »Mehr oder weniger.«

Ich stoße ihm den Ellbogen in die Rippen. »Versuchen wir es gleich noch einmal.«

Wir tanzen wieder und wieder, und als ich endlich zufrieden bin, ist unser Rührei kalt. Das macht aber nichts. Wir essen und trinken heißen Kaffee dazu, und es ist uns egal.

»Ich muss arbeiten«, sage ich bedauernd.

»Ich auch«, antwortet er. »Ich mache heute in deinem Keller weiter. Ich muss die Mauer noch mehr abstützen und alles für mein Team vorbereiten.« Er nimmt meine Hand und küsst sie. »Kann ich dich heute Abend wiedersehen?«

Mein Herz macht ein paar unkontrollierte Hüpfer. »Ja.«

»Bis dann.« Er verbeugt sich übertrieben. Ich lächle und beschließe, dass ich meine Tage bis ans Ende der Zeit so beginnen möchte. »Ich gehe jetzt nach Hause, ziehe mich um, putze mir die Zähne und komme dann wieder.« Ich küsse ihn, und er geht.

Ich summe immer noch, als Winter und ich eine Stunde später runter ins Büro gehen.

»Ich bin zu dem Schluss gekommen, dass ich das Motto der Weihnachtsfeier liebe«, begrüße ich Sylvie, als ich die Tür öffne. Dann stelle ich fest, dass sie nicht allein ist.

Drake ist auch da, und er sieht in diesem Büro genauso deplatziert aus wie in meiner Wohnung.

Sylvie blickt von ihm zu mir, und ich sehe, wie in ihrem Kopf die Rädchen sirren.

»Hallo, Meg«, begrüßt er mich. »Ich habe dir einen Bagel mitgebracht.«

»Ich habe schon gefrühstückt.« Ich setze Winter auf Sylvies Schoß. »Danke.«

»Ich bin nur vorbeigekommen, um zu fragen, ob du deine Meinung geändert hast. Mein Flug geht in einer Stunde.«

»Er ist schon seit einer Stunde hier«, sagt Sylvie. »Ich habe versucht, dich anzurufen, aber du bist nicht rangegangen.«

Mist! Ich habe nicht auf mein Handy geguckt. Eine Vorwarnung wäre besser gewesen.

»Ich nehme den Bagel«, sagt Sylvie. »Ist er mit Frischkäse?« Drake nickt und reicht ihr die Tüte. Sylvie trägt heute einen ziemlich hässlichen Weihnachtspulli mit einem aufgestickten Rentierschlitten auf der Vorderseite.

»Sylvie, könntest du im Ballsaal essen?«, bitte ich sie. »Ich möchte allein mit Drake sprechen.«

Sie nickt und huscht schnell hinaus. Ich wende mich an Drake. »Ich werde die Anlage nicht verkaufen«, sage ich mit Nachdruck. »Danke, dass du gekommen bist, aber das war nicht nötig. Ich werde meine Meinung nicht ändern.«

»Und was soll ich Cassie sagen?«, fragt er und steht auf.

»Die Wahrheit. Du kannst ihr sagen, dass ich die Geste zu schätzen weiß und dass es keine Peinlichkeiten gibt. Ich bin froh, dass ihr beide glücklich seid.«

»Wirklich?« Drake scheint zu zweifeln.

»Wirklich.«

»Du bist dir sicher?«

»Tausendprozentig.« Ich bleibe hart, und er gibt schließlich nach.

»Okay. Wenn du dir sicher bist.«

Das kommentiere ich nicht mehr. Ich halte ihm die Bürotür auf. Er geht hinaus und dreht sich draußen noch einmal zu mir um.

»Mir ist klar, dass du meine Anerkennung nicht brauchst, Meg, aber ich bin stolz auf dich. Das hier hätte ich dir nie zugetraut, aber deine Zuversicht ist inspirierend.«

Ich starre ihn stumm an.

»Was denn?« Er lacht leise.

»Ich glaube, das ist das erste Mal, dass du mir ein Kompliment gemacht hast«, antworte ich ehrlich.

»Tatsächlich?« Er denkt kurz nach und schüttelt dann den Kopf. »Mann, ich kann manchmal wirklich ein Arsch sein.«

Auch dazu sage ich nichts, und er lacht wieder.

»Meg, ich wünsche dir alles Glück der Welt. Sollte ich jemals etwas für dich tun können, ruf einfach an.«

Bevor ich reagieren kann, umarmt er mich. Es geht schnell und ist sogar ein bisschen förmlich.

Gerade als wir uns voneinander lösen, kommt Logan mit seinem Werkzeuggürtel um die Ecke. Drake nickt im Vorbeigehen grüßend, und Logan sieht mich scharf an.

»Es war nichts«, versichere ich ihm. »Drake wollte sich vergewissern, dass ich meine Meinung nicht geändert habe. Er hat mir nur alles Gute gewünscht.«

»Darauf würde ich wetten«, brummt Logan und starrt Drake hinterher.

Ich lege den Finger an sein Kinn und drehe sein Gesicht zu mir. »Tu das nicht«, bitte ich ihn. »Ich schwöre es. Er ist Vergangenheit für mich.«

Logan nickt und lächelt dann schließlich. »Okay. Tut mir leid. Alte Gewohnheiten lassen sich nur schwer ablegen, aber ich versuche es.«

Ich umarme ihn und schiebe ihn gutmütig zum Aufzug. »Du musst ein Gebäude retten«, erinnere ich ihn. »Ich finde sicher einen anderen Weg, dich zu entlohnen, als dich mit Geld zu bezahlen.« Vielsagend hebe ich die Augenbrauen, und er lacht.

Nachdem sich die Fahrstuhltüren hinter ihm geschlossen haben, gehe ich zu Sylvie in den Ballsaal.

Sie isst gerade den letzten Rest des Bagels und beschäftigt sich mit ihrer Liste. »Das war also dein Ex«, sagt sie, ohne aufzublicken.

»Ja.« Ich setze mich ihr gegenüber.

»Er sieht auf eine etwas geleckte Art und Weise gut aus«, stellt sie fest, nach wie vor in ihre Liste vertieft.

»Keine Sorge, Sylvie. Er kann Logan nicht das Wasser reichen.« Jetzt blickt sie auf.

»Mr. Scott ist allerdings eine Klasse für sich.« Sie schnüffelt indigniert. »Das stand nie infrage.«

»Natürlich«, versichere ich ihr. »Keine Frage.«

Sie wirft mir über ihre Lesebrille hinweg einen scharfen Blick zu. »Gut. Und jetzt sieh dir mal die Speisekarte an. Ich versuche, so authentisch wie möglich zu sein.«

Wir gehen sie durch und prüfen jedes einzelne Produkt. Kaiserschmarren. Brathähnchen. Petits Fours. Gefüllte Pilze. Glasierte Ente.

»Auch die Getränke werden authentisch sein«, sagt sie und zieht eine weitere Liste hervor. »Sieh selbst.«

Gin Rickey. Bee's Knees. Southside. Singapore Sling.

»Die mag ich«, sage ich, und sie strahlt. »Eigentlich müssen wir sie im Speakeasy auf die Karte setzen. Falls wir uns entschließen, dort tatsächlich Alkohol auszuschenken.«

»Ich denke, das sollten wir«, meint sie. »Dafür ist es ja schließlich gedacht.«

»Ich neige dazu, dir zuzustimmen. Kannst du herausfinden, welche Auflagen man für eine Schanklizenz erfüllen muss?«

Sie setzt es auf ihre Liste, aber ich schreibe auch Ellie eine SMS und bitte sie, das Gleiche zu tun. Nur um sicherzugehen. Während ich tippe, räuspert sich jemand an der Tür.

Ich sehe hoch. Eine Frau lehnt am Türrahmen.

Sie ist schlank, etwa in meinem Alter und offensichtlich schwanger. Sie ist hübsch, auch wenn ihr Gesicht ein wenig lang ist und ihr Blick ein wenig scharf wirkt.

»Entschuldigen Sie«, spricht sie uns an. »Können Sie mir sagen, wo Logan Scott ist?«

An ihrem Handgelenk baumeln Armbänder, und nach dem Umfang ihres Bauches zu urteilen, ist sie mindestens im fünften Monat. Vielleicht sogar im sechsten.

»Er ist im Keller und arbeitet«, sage ich. »Kann ich ihm etwas ausrichten?«

Wer sind Sie?

Sie seufzt. »Ich muss die Nachricht wirklich persönlich überbringen. Könnten Sie mich vielleicht hinbringen? Es ist wichtig.«

Ich versuche, weder meine Neugier noch meine Bestürzung zu zeigen. Irgendetwas in meinem Herzen sagt mir, dass da was nicht stimmt. »Aber natürlich. Ich zeige Ihnen den Weg.«

Ich begleite sie zum Aufzug. Sie hat eindeutig zu viel von ihrem süßlichen Parfüm aufgelegt. Es riecht ein bisschen wie Raumspray.

Als ich den Knopf für den Keller drücke, sehe ich sie an.

»Ich bin Meg.«

»Freut mich, Sie kennenzulernen.« Ihr Tonfall macht deutlich, dass es ihr völlig schnuppe ist. »Ich bin Talia. Logans Freundin.«

Logans Freundin.

Ich starre sie an, und sie verdreht die Augen.

»Eigentlich haben wir uns Mitte des Jahres getrennt, aber ich denke, das wird sich ändern, wenn ich erst mit ihm gesprochen habe.«

Sie deutet auf ihren Bauch, und ich vergesse zu atmen. *Das kann doch nicht wahr sein!*

»Er ist der Vater?«

»Na ja, ich bin nicht wegen meiner Gesundheit hier!« Sie fährt mich fast an, als der Fahrstuhl zum Stehen kommt, und verzieht das Gesicht, als sich die Türen öffnen. »Gott, was ist das für ein Geruch?«

»Schimmel«, sage ich. »Es tut mir leid.«

Es tut mir überhaupt nicht leid.

Ich führe sie zu der Backsteinmauer. Von hier aus sehe ich Logans breite Schultern. Er schwingt seinen Hammer und bearbeitet die Steine. Ich rufe seinen Namen.

Er dreht sich mit einem Lächeln um, das schlagartig erlischt, als er Talia sieht.

Ich bin einen Moment lang zufrieden, bis ich sehe, wie sein Blick auf ihren Bauch fällt. Er erstarrt.

»Talia?«, fragt er verwirrt. Ich kann fast sehen, wie sich die Räder in seinem Kopf drehen und er nachrechnet. Er zählt die Monate also genauso schnell wie ich.

»Können wir reden?«, fragt sie. Er nickt stumm und legt den Hammer auf den Boden.

»Ich lasse euch einfach in Ruhe«, murmle ich und gehe zum Aufzug zurück, bevor mein Schock erkennbar wird. Wieso passiert mir das? Ich habe gerade erst Mr. Perfect kennengelernt, und dann ist er vergeben?

Als sich die Türen im Erdgeschoss öffnen, wartet Sylvie schon auf mich.

»War das die, von der ich glaube, dass sie es war?«

»Wenn du Logans Ex meinst, dann ja«, erwidere ich matt. »Hast du Schokolade?«

»Im Schreibtisch«, antwortet sie. »Lass uns gehen.« Sie zieht mich ins Büro und kramt nach den Süßigkeiten. Als sie sie mir reicht, sieht sie mich an. »Es ist nicht das, wonach es aussieht«, meint sie.

»Oh doch, ich glaube schon«, entgegne ich und stopfe mir den Schokoladenriegel in den Mund.

»Sie kann doch nicht einfach aus dem Nichts auftauchen und erwarten, dass er alles stehen und liegen lässt.« Sie lässt sich auf den Stuhl sinken.

»Sie ist mit seinem Kind schwanger.« Ich versuche, mich von der Schokolade trösten zu lassen. Es klappt nicht. Mein Herz tut weh.

»Er wird nicht …« Sylvie bricht ab, denn sie weiß es besser.

»Er ist ein moralischer Mensch«, erwidere ich seufzend. »Er wird.«

Sie weiß, dass ich recht habe, und hält mir ihre Hand hin. Ich breche ein paar Stücke von der Schokolade ab und gebe sie ihr. Wir stopfen sie in uns hinein.

»Was wäre, wenn …?«

»Nein«, unterbreche ich sie. »Es ist, wie es ist, Sylvie.«

»Ich hasse diesen Spruch«, teilt sie mir mit. »Es ist, was wir akzeptieren.«

»So etwas ist ziemlich eindeutig. Außerdem … seit wann interessierst du dich für mein Liebesleben?«

Das schockiert sie. »Meg, ich will nur, dass du glücklich bist. Dein Vater ist nicht hier, also dachte ich, ich springe für ihn ein.«

Ich lasse meinen Kopf auf die Arme sinken. »Danke, Sylvie«, murmle ich. »Aber da kann man nichts machen.«

»Mr. Scott«, sagt sie, und es dauert eine Weile, bis ich kapiere, dass sie nicht mir geantwortet, sondern ihn begrüßt hat.

Ich hebe den Kopf, und er steht vor mir, mit gequältem Blick und bleich.

»Meg, lass es mich erklären.«

»Da gibt es nicht viel zu sagen.« Mich schmerzt jedes Wort, und er schluckt.

»Ich wusste es nicht. Glaubst du mir das?«

»Es spielt keine Rolle, was ich glaube«, sage ich steif, stehe auf und hebe Winter hoch. »Es wird nichts ändern.«

Ich schiebe mich an ihm vorbei und halte die Luft an, damit ich sein Aftershave nicht einatme. Das würde mich noch mehr verletzen.

»Meg!«, ruft er hinter mir, aber ich laufe zur Treppe.

Ich kann das jetzt einfach nicht.

❄

Ich esse den Chunky Monkey direkt aus der Dose, als es zwanzig Minuten später an meiner Tür klopft.

Ich mache nicht auf. Stattdessen schiebe ich mir einen weiteren Löffel Eiscreme in den Mund und biete Winter den Löffel an, damit er ihn ablecken kann, wenn er will.

»Meg«, ruft Ellie. »Ich weiß, dass du da drin bist.«

»Bin ich nicht!«, erwidere ich.

»Darf ich reinkommen?«

»Nein.« Ich kaue auf einem Schokoladenstückchen herum.

Die Tür schwingt auf, weil ich nicht abgeschlossen habe. Ellie kommt herein, elegant wie immer in grauer Hose und passendem Kaschmir-Rolli. Ich schiebe mir einen weiteren Löffel Eis in den Mund und blicke stur geradeaus.

Ellie setzt sich neben mich.

»Ich habe Sylvie getroffen«, sagt sie sanft. »Sie hat mir von Mr. Scott erzählt.«

Ich antworte nicht, sondern kaue weiter.

»Meg, Logan ist ein guter Mann. Ich weiß, dass er sich nie mit dir eingelassen hätte, wenn er etwas davon gewusst hätte.«

Ich sehe sie an, und meine Brust zieht sich zusammen. »Ellie, es ist mir egal, was er wusste oder nicht wusste. Tatsache ist, dass er eine schwangere Ex hat, und – ich weiß, es ist dumm, das ausgerechnet jetzt zu sagen – ich glaube, ich habe mich in ihn verliebt.«

Meine Augen brennen, und bevor ich es verhindern kann, fließen die Tränen. »Hast du eine Ahnung, wie schwer es ist, jemanden zu finden, der gut aussieht, witzig ist und ein Gentleman, und – habe ich das schon gesagt – hinreißend aussieht?«

Ich kaue auf Eis und Tränen herum, und Ellie tätschelt mein Bein. »Ja, das stimmt«, sagt sie tröstend. »Aber es ist nicht unmöglich, und es kommt, wie es kommen soll.«

»Das hast du doch jetzt gerade nicht wirklich gesagt!« Ich starre sie an. »Du hast selbst die Liebe deines Lebens verloren. Bitte komm mir jetzt nicht mit Plattitüden.«

Sie zuckt mit den Schultern. »Ich habe ihn verloren, weil ich zuließ, dass mir mein Stolz im Weg stand. Es war nicht das Schicksal. Sondern meine eigene Dummheit. Ich habe aufgegeben. Ich habe eigentlich darauf vertraut, dass du nicht das Gleiche tun würdest.«

»Ich soll nicht aufgeben? Kennst du Logan denn gar nicht? Wenn sie schwanger ist, und das ist sie ganz offensichtlich, dann wird er das Richtige tun. Er ist so altmodisch, dass er sie bestimmt heiraten wird.«

Ich werfe mich theatralisch in die Sofakissen.

»Weißt du, wir leben in einer Zeit, in der ein Kind sehr gut von zwei Elternteilen aufgezogen werden kann, die nicht zusammen sind«, sagt sie. »Er braucht sie nicht zu heiraten.«

»Das macht alles nur schrecklich kompliziert«, stöhne ich.

»Hast du etwa erwartet, dass das Leben ohne Komplikationen verläuft?« Sie zieht eine perfekt gezupfte Braue hoch.

»Hör auf, mir mit Logik zu kommen«, murmle ich. »Ich habe keine Ahnung, ob er sie noch liebt oder ob ihre

Schwangerschaft das vielleicht alles ändert. Ich möchte nur trauern.«

Sie seufzt. »Wenn du dir das in den Kopf gesetzt hast, kann ich es wohl nicht ändern. Soll ich dir stattdessen von meinen Fortschritten erzählen? Sylvie hat mir die ganzen Unterlagen gezeigt, die Joe gefunden hat, und ich habe angefangen, Bewerbungen an verschiedene Historical Societys zu verschicken. Noch heute sende ich eine an meinen Kontakt in der hiesigen Gesellschaft, den ich dir gegenüber schon erwähnt habe. Und weißt du, dass sie einen Vertreter schicken, der das Gebäude taxieren soll? Der Ball rollt, Meg.«

»Danke.« Ich bin immer noch mürrisch, aber wenigstens bewegt sich dieser Teil meines Lebens in eine gute Richtung. »Ich weiß deine Mühe zu schätzen.«

Sie lächelt. »Wie läuft es mit den Entwürfen für den Wettbewerb?«

Ich schweige.

»Meg, ich weiß, dass im Moment alles auf dem Kopf zu stehen scheint, aber das ist dein Traum. Du solltest dranbleiben. Schieb deinen Schmerz beiseite und konzentriere dich darauf, deinen Traum zu verwirklichen.«

»So wie du es getan hast?« Ich sehe ihr in die Augen. »Du bist Anwältin geworden, nachdem Frankie dich verlassen hat. Hast du dich in das Studium gestürzt, damit du nicht mehr an ihn denken musst?«

Sie bleibt stumm, und ich frage mich, ob ich zu weit gegangen bin.

»Ja«, antwortet sie schließlich. »Das habe ich. Und nein. Es hat mich nie davon abgehalten, ihn zu vermissen. Aber es hat mir ein enormes Selbstwertgefühl und ein Gefühl der Erfüllung gegeben. Deine Träume sollten nicht von einem Mann abhängig sein, Meg.«

»Das sind sie auch nicht«, versichere ich ihr. »Und es tut mir leid, wenn ich barsch geklungen habe. Ich bin nur wütend. Ich schätze dich, Ellie. Ich würde deine Gefühle nie mit Absicht verletzen.«

»Ich weiß.« Sie tätschelt mein Bein. »Jetzt geh und wasch dir das Gesicht, Liebes. Und dann machst du dich an die Arbeit.«

Ich atme tief durch und nicke. »Du hast recht. Natürlich hast du recht.«

»Das habe ich meistens«, verkündet sie, und ich lache. »Was denn? Das ist der Vorteil, wenn man siebzig Jahre auf dem Buckel hat. Ich bin weise.« Ich verdrehe die Augen, und sie steht auf. »Kopf hoch, Darling.«

Ich nicke. »Kopf hoch.«

Sie geht, und ich stelle das Eis zurück in den Gefrierschrank. »Du hast noch einen Tag Gnadenfrist«, teile ich ihm mit, während ich meinen Löffel in die Spüle lege und mir die Hände wasche.

Ich befolge Ellies Rat und spritze mir Wasser ins Gesicht. Das kann nicht schaden. Das kalte Wasser wirkt fast wie ein Reset, denn es lenkt meine Konzentration auf die Kälte des Wassers und nicht darauf, dass Logans Ex schwanger und hier ist.

Als ich ins Wohnzimmer zurückkehre, um nach Winter zu sehen, habe ich vier neue Nachrichten auf meinem Handy. Alle von Logan.

Bitte rede mit mir.

Bitte ruf an.

Hör zu, ich weiß, dass es übel aussieht.

Aber ich glaube, ich habe mich in dich verliebt.

Mein Herz schlägt mir bis zum Hals, als ich eine Antwort tippe.

Ist deine Freundin immer noch schwanger?

Er antwortet sofort.

Meine Exfreundin, und ja.

Eine Träne tropft von meinen Wimpern, als ich ein letztes Mal schreibe.

Ich kenne dich gut genug, um zu wissen, dass du ein moralischer Mann bist. Du tust, was richtig ist, und das liebe ich an dir. Aber dadurch lande ich an einem Ort, an dem ich nicht sein will: Ich bin allein. Schon wieder. Leb wohl, Logan.

Er reagiert sofort.

Warte mal!
Hast du gerade gesagt, dass du mich liebst?

Ich ignoriere die SMS und lege mein Handy weg, denn auch wenn ich es mir selbst noch nicht eingestanden habe und wir uns noch gar nicht so lange kennen, weiß ich, dass ich ihn liebe. Ich liebe ihn.

Ich verkrieche mich den Rest des Tages in meiner Wohnung und schlafe am Abend in Winters weißes Fell weinend ein.

Kapitel 18

Am nächsten Morgen rufe ich als Erstes Cassie an und erzähle es ihr.

Sie ist zu Recht empört und schimpft eine ganze Weile. Ich höre ihr mit halbem Ohr zu und spiele währenddessen mit Winter. Ich werfe einen Ball, und er jagt ihm mit peitschendem Schwänzchen hinterher. Dann hockt er sich hinter das Sofabein und duckt sich, während er sich an den Ball heranpirscht. Trotz meines Liebeskummers muss ich über seine Mätzchen lachen.

»Was wirst du unternehmen?«, fragt Cassie schließlich, als sie sich wieder beruhigt hat.

»Ich kann nichts tun«, antworte ich. »Buchstäblich. Er wird ein Baby mit einer anderen bekommen.«

»Aber er hat sich doch gerade in dich verliebt«, protestiert sie.

»Das ist äußerst unglückliches Timing«, stimme ich zu. »Aber er hat schon genug um die Ohren, ohne dass ich auch noch dazukomme.«

»Gib doch nicht gleich auf, bevor es überhaupt angefangen hat«, stöhnt sie. »Versprich es mir.«

»Es hat nicht angefangen«, sage ich. »Und es ist vorbei. Es ist zu Ende. Was verstehst du daran nicht?«

»Was sagt er dazu?«

Ich schweige, also antwortet sie für mich.

»Er hat gesagt, dass er weiß, dass es schlecht aussieht, aber dass er sich in dich verliebt hat.«

»Ich muss los. Ich kann jetzt nicht reden. Ich muss an … du weißt schon, arbeiten.«

»Wie sieht es damit aus?« Sie erlaubt mir, das Thema zu wechseln. »Wirst du es bis zur Fashionista-Show schaffen?«

»Ja. Darüber mache ich mir keine Sorgen. Ich mache mir mehr Sorgen um dieses Gebäude und darum, es bis dahin zusammenzuhalten. Wenn ich den Wettbewerb gewinne, ist alles in Butter. Aber bis dahin habe ich undichte Rohre, eine Wohnung, in der die Decke des Badezimmers wegen eines Wasserschadens einzustürzen droht, einen Aufzug, der am seidenen Faden hängt … Die Liste lässt sich endlos fortsetzen.«

Cassie schweigt einen Moment. »Du hast wirklich eine Menge Verantwortung geerbt«, sagt sie schließlich.

»Ja. Ich weiß.«

»Ich wünschte, du hättest dir von Drake helfen lassen.«

»Ich will seine Hilfe nicht!«, fahre ich hoch und fühle mich sofort schlecht. »Tut mir leid. Aber ich brauche seine Hilfe nicht.«

»Okay. Gut, dann möchte ich, dass du dich darauf konzentrierst, die perfekten Stücke für diese Show zu nähen. Davon hängt alles ab, Meg.«

»Danke, mach mir bloß keinen Druck«, murmle ich und lege auf.

Ich nehme Winter auf den Arm und gebe ihm sein Frühstück, bevor wir uns auf den Weg nach unten machen. Das Feuer lodert einladend, als wir durch die Lobby ins Büro gehen.

Sylvie hat ein Bild meines Vaters gerahmt und auf meinen Schreibtisch gestellt, und sie strahlt, als ich es bemerke.

»Er wäre so stolz auf dich«, sagt sie, und es ist nicht zu übersehen, dass sich ihre Meinung über mich um 180 Grad gedreht hat. Ich hüte mich, das zu hinterfragen. Im Moment nehme ich alle positiven Schwingungen, die ich bekommen kann.

»Ich habe doch noch gar nichts getan«, erinnere ich sie und schenke mir eine Tasse Kaffee ein, während sie mir Winter aus den Armen nimmt.

»Aber du gehst das hier an!«, erklärt sie. »Du wirst irgendetwas tun. Außerdem arbeitet Logan wieder im Keller.« Sie schaut schnell weg, als hätte sie Angst, meine Reaktion zu sehen.

Tränen treten mir in die Augen. Ich seufze und versuche zu verbergen, dass ich insgeheim eine Panikattacke habe. »Warum? Ich sollte jemanden engagieren. Das wäre angebracht.«

Sie hebt eine Braue. »Und von welchem Geld? Einem geschenkten Gaul schaut man nicht ins Maul. Du musst ihm ja nicht über den Weg laufen.«

»Ich habe das Gefühl, dass es unmöglich ist, ihm ständig aus dem Weg zu gehen«, sage ich.

»Das schaffst du«, gibt sie zurück. »Ich meide Mr. Mack in 212 seit zwei Jahren. Es ist machbar, glaub mir.«

»Was ist denn mit Mr. Mack?«, will ich neugierig wissen.

Sie schüttelt den Kopf. »Er kann seine Hände nicht bei sich behalten«, flüstert sie, als wäre es eine Sünde, überhaupt darüber zu sprechen.

Ich lächle. »Nun, du bist auch ein Gedicht, Sylvie«, sage ich. Sie starrt mich an.

»Mein Aussehen hat nichts mit seiner Unfähigkeit zu tun, sich zu beherrschen«, sagt sie hochnäsig. »Er hat mich auf dem Flur in den Hintern gekniffen. Am helllichten Tag!«

»Da hast du recht. Das ist ungeheuerlich«, stimme ich zu. Sie wirft mir einen prüfenden Blick zu. »Es wird schwer sein, jemandem aus dem Weg zu gehen, der sich freiwillig gemeldet hat, um an diesem Gebäude zu arbeiten«, fahre ich fort. »Du kannst dich vor Mr. Mack verstecken. Ich kann mich aber nicht vor Logan verstecken.«

»Ich habe nicht vorgeschlagen, sich zu verstecken«, stellt sie klar. »Ich sagte, ihm aus dem Weg gehen. Das ist ein Unterschied.«

»Ich sehe den Unterschied zwar nicht, aber ich nehme dich beim Wort.«

Winter treibt einen kleinen gehäkelten Ball über den Boden. Sylvie errötet. »Ich habe ihm gestern Abend ein bisschen was zum Spielen gebastelt«, erzählt sie. Ich folge ihrem Blick und finde einen kleinen Berg gehäkelter Spielsachen für ihn in seinem Bett.

»Ein paar?« Ich lächle. Logan hatte recht. Hinter Sylvies schroffer Art verbirgt sich ein Herz aus purem Gold.

Heute trägt sie ein Shirt mit der Aufschrift *Oh, Mist!* unter einem Bild von einem Lebkuchenmann mit einem abgebrochenen Bein. Ich unterdrücke ein Lächeln.

»Ich werde mit Mr. Scott reden«, kündigt sie an. »Diese Situation ist einfach nicht akzeptabel. Du verdienst mehr als das. Und er auch.«

»Das wirst du nicht tun«, widerspreche ich barsch.

Sie erstarrt.

»Er sollte tun, was er für richtig hält«, sage ich. »Seine Entscheidung sollte nichts mit mir zu tun haben.«

»Er liebt dich. Das sieht selbst ein Dummkopf.«

Mir zerspringt fast das Herz in der Brust. »Das spielt keine Rolle. Hier liegt noch ein anderes Leben in der Waagschale. Das eines unschuldigen Babys, das seinen Vater braucht.«

Sylvie seufzt und setzt sich. »Dieser Stoff ist für dich gekommen«, sagt sie und reicht mir eine geöffnete Schachtel. Cranberryfarbener Strick schimmert ganz oben auf dem Stapel und winzige Goldfäden glitzern in dem Gewebe. Darunter liegt noch einmal der gleiche Stoff, nur in Schwarz.

»Du solltest jetzt lieber anfangen zu nähen«, rät sie mir. »Ich werde dir Mittagessen schicken. Der Tisch im Ballsaal ist frei. Ich habe dort bereits alles, was du brauchst, für dich hingelegt.«

»Danke«, sage ich matt. »Du bist großartig, Sylvie.«

»Gern geschehen. Geh und beschäftige dich. Das lenkt dich ab. Tom Rutherford ist heute Morgen mit Winter verabredet.«

»Hast du tatsächlich einen Terminkalender erstellt?« Ich werfe einen Blick auf ein kleines taubenblaues Buch auf ihrem Schreibtisch.

Sie lächelt entzückend. »Diese Katze wird wirklich heiß geliebt.«

Ich trage den Karton mit dem Stoff in den Ballsaal und laufe dann nach oben, um das Weihnachtskleid und mein Skizzenbuch zu holen. Das Kleid hänge ich an die Wand des Saals, in Sichtweite. Schließlich ist es meine Inspiration für die gesamte Kollektion.

Ich messe und schneide, messe und schneide. Ich ziehe meine Skizzen zurate, rechne nach und messe und schneide noch einmal. Ich stecke den Stoff fest und lege ihn in der richtigen Reihenfolge aus.

Und jeder Schritt, den ich mache, wird von dem Schmerz in meinem Herzen begleitet.

Das Wissen, dass der Mann meiner Träume direkt vor meiner Nase war und nicht mit mir zusammen sein kann, bedrückt mich.

Ich betäube den Schmerz, indem ich mich darauf konzentriere, gerade Nähte zu nähen. Ich kauere über der Maschine, ohne genau zu wissen, wo Sylvie sie eigentlich gefunden hat. Aber es ist mir auch egal. Ich kann die Arbeit damit bewältigen.

Nähen, die Nähte überprüfen, nähen.

Geraderichten, nähen, geraderichten.

Ich entwickle einen Rhythmus, und ehe ich mich's versehe, halte ich das fertige Kleid aus dem cranberryfarbenen Stoff hoch. Es ist wunderschön und weich und schimmernd. Genau so, wie ich es haben wollte.

Ich werfe einen Blick zur Tür, dann ziehe ich mich aus und schlüpfe hinein.

Der Stoff schmiegt sich eng an meinen Körper. Es ist elegant und doch sexy. Es ist perfekt, nur ... die Schultern sitzen irgendwie nicht richtig.

Ich streiche darüber und fühle, dass der Saum klumpig ist. Ich gehe zu dem Weihnachtskleid und streiche mit den Händen über dessen Schultern, dann ziehe ich es auf links und sehe nach, wie hier die Schultern genäht wurden. Dabei ertasten meine Finger etwas Spitzes, etwas, das nicht dorthin gehört. Ich halte es ins Licht – und sehe einen Saphir-Ohrring.

Mir stockt der Atem, und das Herz bleibt mir fast stehen.

Das wunderschöne, zarte Schmuckstück, das vor so langer Zeit verloren ging, hat sich zwischen den Fäden verhakt. Ein kleines Schmuckstück, das einen so großen Einfluss auf das Leben eines Menschen hatte, vor allem, wenn ich jetzt sehe, wo es die ganze Zeit gewesen ist.

Es war verloren gegangen und doch nicht verschwunden. Es war hier. Direkt unter Ellies Nase.

Verborgen.

Vorsichtig löse ich es aus den Fäden und laufe die Treppe zu Ellies Wohnung hinauf. Ich klopfe an ihre Tür. Sie öffnet sofort und ist sichtlich verwirrt.

»Meg, was um alles in der Welt ist los?«

Ich halte ihr den Ohrring hin, völlig außer Atem von meinem Spurt die Treppe hinauf.

»Schau mal … was … ich … gefunden habe.«

Ihre Augen weiten sich, und sie wird blass.

»Wo war er?« Sie nimmt mir den Ohrring aus der Hand.

»In der Schulternaht des Kleides«, sage ich und folge ihr in die Wohnung. »Er war im Kleid. Die ganze Zeit war er da. Hast du die Ohrringe vor dem Kleid angelegt?«

Ellie denkt nach. »Ich glaube schon«, antwortet sie schließlich. »Ich hatte einen Bademantel an, als ich mich fertig machte, und Francesca kam mit den Ohrringen herein. Ich habe sie sofort angelegt. Das hat sie so glücklich gemacht.«

»Und als du das Kleid dann über den Kopf gezogen hast, hat sich der Ohrring in der Naht verheddert, und niemand hat es bemerkt«, sage ich. »Das Rätsel ist gelöst, Ellie. Du bist entlastet!«

Ihr attraktives Gesicht wirkt niedergeschlagen, und sie setzt sich hin. »Nicht wirklich. Sie werden es ja niemals erfahren. Für sie werde ich immer schuldig sein.«

Sie hält den Ohrring fest, umklammert ihn förmlich. Ich knie mich neben ihren Stuhl und drücke ihre Hand. »Aber ich weiß es. Und du weißt es auch. Es ist schlicht nicht wahr und war es auch nie.«

»Aber, Darling, das war nie das Problem. Ich wusste ja immer, dass ich unschuldig bin, aber es war eine Situation, die ich nicht kontrollieren konnte. Eine Situation, die den

Verlauf meines Lebens verändert hat, und es gab nichts, was ich dagegen hätte tun können.«

»Aber … vielleicht hättest du doch etwas tun können«, erwidere ich schließlich. »Du hast nie zurückgeblickt. Du hast nie versucht, Kontakt mit ihm aufzunehmen. Was, wenn du es versucht hättest und er sich beruhigt und gemerkt hätte, dass er dich kennt und weiß, dass du niemals stehlen würdest? Das hätte auch dein Leben verändert.«

»Ich konnte das Risiko nicht eingehen«, sagt sie. »Ich war zu gedemütigt. Ich hätte es einfach nicht ertragen können, ihn sagen zu hören, dass er seine Meinung über mich geändert hat.«

»War ein ganzes Leben, in dem man sich fragt, was hätte sein können, besser?«, frage ich sie schlicht.

Sie sieht erschüttert aus. »Nein.«

Ich warte, sie atmet langsam aus und ihre schmalen Schultern sinken herunter. »Nein, das war es nicht.« Abrupt dreht sie sich zu mir und ergreift fest meine Hände. »Sei nicht so wie ich«, beschwört sie mich. »Meggie, sei nicht wie ich.«

Ich blicke in ihre aufrichtigen Augen.

»Das ist nicht das Gleiche«, erwidere ich schließlich. »Das wollte ich damit nicht sagen.«

»Ob du es wolltest oder nicht, es ist aber so. Du kannst Logan nicht aufgeben, ohne mit ihm gesprochen zu haben. Du musst herausfinden, wie die Situation wirklich ist, und nicht, wie sie deiner Meinung nach sein könnte. Gib ihm eine Chance, Meg.«

»Ich weiß nicht«, sage ich schwach. »Ich kann nicht damit umgehen, wenn er sagt, dass es vorbei ist.«

»Wenn du nicht mit ihm sprichst, ist es ganz sicher vorbei. Hör mir zu. Ich habe das selbst erlebt. Die Worte zu hören, die er sagt, werden dich nicht umbringen, Meg. Aber mit dem Bedauern leben zu müssen, es nicht mal versucht zu haben, ist sehr viel schwieriger.«

Ich schlucke hart und straffe meine Schultern. »Du hast recht. Ich bin stärker als das. Ich werde mit ihm reden.«

Sie lächelt, ein sanftes, weises Lächeln, in dem Traurigkeit durchschimmert. »Danke«, sagt sie leise. »Ich danke dir.«

Dann sieht sie mich an und betrachtet das neue Kleid, das ich gerade genäht habe. »Meg, dieses Kleid ist umwerfend«, sagt sie. »Du siehst wunderschön darin aus.«

»Danke.« Ich zupfe an den Schultern. »Es sitzt noch nicht ganz richtig, aber das wird es noch.«

»Ja«, stimmt sie mir zu. »Das wird es.«

»Irgendwann werde ich mit Logan reden. Ich weiß nur nicht, wann. Mein Herz tut weh, Ellie.«

»Ich weiß, Liebes«, antwortet sie. »Glaub mir, ich weiß es.«

Ich lasse sie mit dem Ohrring in der Hand zurück und gehe wieder in den Ballsaal.

❄

Den Rest des Tages verbringe ich damit, das Kleid aufzutrennen und die Schultern in Ordnung zu bringen. Um fünf Uhr ist es perfekt und hängt auf einem Bügel neben dem Originalkleid.

»Wow!«, ruft Tom, als er hereinkommt. »Haben Sie das gemacht? Das ist ein Schmuckstück.«

»Danke. Ich nehme damit an einem Wettbewerb teil.«

»Ja, Sylvie hat es mir erzählt«, sagt er. »Sie werden gewinnen.«

»Danke für Ihr Vertrauen.«

»Es ist einfach die Wahrheit. He, kleine Lady, ich habe ein Problem. Wie Sie wissen, gibt es einen Garten auf dem Dach.

Vor vielen Jahren wurde dort eine Bewässerungsanlage für alle Pflanzkübel installiert. Sie säumen den Rand des Daches. Ich wollte gerade nachsehen, ob die immergrünen Stechpalmen so gewachsen sind, dass ich sie Sylvie zum Fest schenken könnte, und habe festgestellt, dass die Bewässerungsanlage ein Leck hat. Das Wasser ist auf dem ganzen Dach gefroren.«

»Oh, nein. Das kann nicht gut sein.«

Noch etwas, das repariert werden muss.

»Ich weiß. Können Sie sich das mal ansehen? Ich zeige es Ihnen.« Ich folge ihm, und als wir im Flur sind, bleibt er vor dem Büro stehen. »Sie sollten sich einen Mantel anziehen. Es sind kaum null Grad da draußen.«

»Null Grad? Das ist für einen Chicagoer Winter ja eine richtige Warmfront.« Ich versuche zu scherzen, aber es gelingt mir nicht, weil ich nicht mit dem Herzen dabei bin. Ich schnappe mir meinen Mantel und ziehe ihn im Aufzug an.

In der obersten Etage steigen wir aus und gehen durch den Flur zum Eingang des Dachs. Als wir in die Kälte hinaustreten, sieht sich Tom um.

»Wussten Sie, dass dies hier ursprünglich als Möglichkeit für die Bewohner geschaffen wurde, einen Garten mitten in der Stadt zu genießen? Es war ziemlich schick, und im Sommer haben sie hier oben Teepartys und dergleichen veranstaltet.«

Ich folge seinem Blick. »Ich nehme an, es war schön«, sage ich. Auch wenn man sich das im Moment kaum vorstellen kann, weil alles mit Schnee bedeckt ist.

»Passen Sie auf, wo Sie hintreten«, warnt er mich, als er mich auf die andere Seite des Daches führt. »Da drüben ist es.«

Er zeigt auf den Boden. »Sehen Sie das Eis?«

Ich seufze. »Ja, leider. Hat es das Gebäude schon beschädigt?«

»Das weiß ich nicht. Deshalb hat Sylvie auch Mr. Scott angerufen. Er trifft sich hier mit uns.«

Ich hebe den Blick und sehe Tom in die Augen. Hier steht ein Mann, der mehr als nur ein Dachproblem beheben will. »Tom, haben Sie das arrangiert?«, frage ich ihn gedehnt. Er fängt an zu zappeln, und ihm ist eindeutig unbehaglich.

»Ellie hat Sylvie angerufen, und die beiden haben das ausgeheckt. Sie haben mich da reingezogen. Und ich konnte nicht Nein sagen.«

»Natürlich hätten Sie das tun können.« Ich seufze.

»Habe ich aber nicht. Und sehen Sie, perfektes Timing.«

Ich folge seinem Blick und sehe, dass Logan auf das Dach getreten ist. »Dann überlasse ich das Problem am besten mal euch beiden«, verkündet Tom, während er sich auf den Weg zur Tür macht. Als er sie schließt, ertönt ein verdächtiges Klicken.

»Hat er …? Das wagt er nicht!«, rufe ich.

Logan tritt hastig zur Tür und zieht daran. Sie rührt sich nicht. »Sie ist abgeschlossen«, bestätigt er.

Ich sehe offenbar genauso empört aus, wie ich bin, denn er verteidigt sich hastig. »Ich habe nichts damit zu tun«, beteuert er. »Es ist eiskalt hier draußen. So etwas würde ich niemals tun.«

Mein Handy meldet vibrierend eine SMS. Sie ist von Sylvie.

Lass mich wissen, wenn ihr beide geredet habt. Dann komme ich und lasse euch wieder rein.

Ich knirsche mit den Zähnen.

»Nein, du wagst es nicht«, sage ich. Ich zittere schon, und ich mag es nicht, wenn man mich hereinlegt.

»Hier drüben steht ein Heizstrahler.« Logan hat einen Blick um die Ecke geworfen. »Der ist sogar schon fertig angeschlossen.«

»Sylvie.« Ich seufze erneut.

Er lacht leise, als er den Strahler anstellt. »Sie ist clever, das muss man ihr wirklich lassen.«

»Inwiefern? Weil sie sich überall einmischt?«

Aber sie hat ein gutes Herz, und das weiß ich.

Ich wende mich an Logan. »Logan, ich habe das Gefühl, als würde mir das Herz brechen.«

Er wird sofort wieder ernst und greift nach mir, aber ich weiche zurück.

»Nicht. Ich kann nicht sagen, was ich zu sagen habe, wenn du mich anfasst.« Ich atme tief ein. »Ich weiß nicht, was mit Talia passiert ist. Ich weiß nicht, wann du das letzte Mal mit ihr zusammen warst oder wann sie schwanger wurde, aber ich weiß, dass du ein sehr, sehr integrer Mann bist. Deshalb weiß ich auch, was du tun wirst.«

Logan wartet. Seine blauen Augen glühen geradezu. »Und das wäre?«

»Das Richtige. Du wirst das Richtige tun.« Ich trete näher an den Heizstrahler heran und versuche, das Klappern meiner Zähne zu unterdrücken.

»Und was ist deiner Meinung nach das Richtige?« Er rückt näher an mich heran, streckt die Hände aus und reibt meine Arme, um sie zu wärmen.

»Du wirst wieder mit Talia zusammenkommen, damit dein Baby beide Eltern hat«, sage ich. »Und du wirst ein tolles Familienleben führen, so wie du es als Kind hattest.«

»Ich muss nicht mit Talia zusammen sein, um Vater zu sein«, erwidert Logan entschieden. »Ich weiß sehr genau, wie es sich auf die Kinder auswirkt, wenn die Eltern unglücklich sind. Ich habe das bei Monica und den Mädchen selbst mitbekommen. Bevor sie sich schließlich scheiden ließ, haben alle gelitten. Das war nicht gut. Die Mädchen sind jetzt glücklicher als je zuvor.«

Ein Funke von so etwas wie Hoffnung flammt in mir auf. »Empfindest du das wirklich so?«

Er nickt. »Natürlich. Talia und ich sind einfach nicht füreinander bestimmt, Meg.« Er streichelt wieder meine Arme. »Aber ich glaube, du und ich, wir sind es. Ich will es auf jeden Fall herausfinden.«

»Ich weiß nicht, ob ich das kann«, sage ich und versuche zu verhindern, dass mir das Herz bricht. »Ich weiß nicht, ob ich mich in eine Familie drängen will.«

Er starrt mich an. »Meg, wir sind keine Familie. Sie ist meine Exfreundin. Sie ist hinterhältig und gemein, jemand, mit dem ich nicht zusammen sein will. Sie ist nicht die Person, mit der ich ein Kind haben möchte, aber ich muss das Beste aus der Situation machen und der beste Vater sein, der ich sein kann. Aber ich werde nicht mit Talia zusammenleben. Weder jetzt noch jemals. Was auch immer da zwischen uns passiert, ändert sich dadurch kein bisschen.«

Ich spüre meine Beine nicht mehr, und ich weiß nicht genau, ob das an der Kälte liegt oder an der Erleichterung. »Bist du dir ganz sicher?«

Er nickt. »Tausendprozentig«, antwortet er mit meiner Lieblingsfloskel.

Ich lächle, und zum ersten Mal seit heute Morgen habe ich das Gefühl, dass ich wieder frei atmen kann.

Er zieht mich näher an sich heran, und ich nehme seine Wärme und seine Kraft in mich auf. »Fühlst du dich jetzt besser?«, flüstert er mir ins Ohr.

»Ja, das tue ich.«

»Gut. Würdest du jetzt Sylvie anrufen und sie bitten, uns rauszulassen?«

Ich lache an seiner Brust und zücke mein Handy.

Kapitel 19

Die Tage vor Heiligabend sind schrecklich turbulent, und jeden Tag werde ich mehr und mehr in die Weihnachtsstimmung hineingezogen. Die Bewohner von Parkview West machen es unmöglich, nicht in Weihnachtsstimmung zu sein, und die ganze Aufregung um das *Red Alibi* ist nur das Sahnehäubchen auf dem Kuchen.

Deshalb erlaube ich Sylvie, mir am dreiundzwanzigsten Dezember eine rote Weihnachtsmannmütze auf den Kopf zu setzen, während wir gemeinsam im Keller stehen und den Durchgang begutachten, den Logan und sein Team herausgebrochen, abgestützt und neu gemauert haben.

»Es wird wieder so aussehen wie früher«, stelle ich staunend fest.

Der weiße Bommel der Weihnachtsmannmütze wackelt bei jeder Bewegung, aber das ist mir egal.

»Mr. Scott hat es versprochen«, erinnert mich Sylvie. »Er hat noch nie sein Wort gebrochen, und ich bezweifle ernsthaft, dass er jetzt ausgerechnet bei dir damit anfängt.«

»Sprichst du von seiner Arbeitsmoral, oder ist das ein Hinweis darauf, dass ich ihm in jeder Hinsicht vertrauen kann?«

Sylvie besitzt die Kühnheit, dramatisch und unschuldig zugleich auszusehen. »Ich weiß nicht, wovon du redest«, verkündet sie. »Ich habe nur eine Tatsache ausgesprochen. Versteh es, wie du willst.«

»Deine Loyalität ist bewundernswert«, sage ich lächelnd, als wir in den vorderen Raum des *Red Alibis* gehen.

»Das gilt auch für dich«, erwidert sie. »Ich meine es ernst. Du bist meine Familie, Meg.«

»Und du meine«, gebe ich zurück.

Ich fahre mit dem Finger über einen frisch abgestaubten Tisch, der ursprünglich noch hier in der Bar stand, als wir ihn fanden. »Ich denke, wir sollten Glasscheiben zuschneiden lassen und sie darauflegen«, schlage ich vor. »Um sie zu schonen. Sie sind ja schließlich historisch.«

Sylvie holt ihre allgegenwärtige Liste hervor. »Finde ich auch.«

Auf ihrem Shirt steht heute: *Mein anderes Auto ist ein Schlitten.* Darunter befindet sich ein Bild vom Weihnachtsmann, der die Geschenke über die Seite seines Schlittens wirft. Als Extra trägt sie eine batteriebetriebene Baumkugelkette, die in den Farben Rot, Grün, Blau und Orange leuchtet.

»Weißt du, es wäre auch okay gewesen, wenn sie die Elektrik hier unten nicht wieder zum Laufen gebracht hätten. Deine Halskette hätte den Weg erleuchtet.«

Sie sieht mich indigniert an. »Das nennt man Weihnachtsstimmung, Meg. Du solltest es mal ausprobieren.«

»Ich trage eine Weihnachtsmannmütze«, antworte ich. »Lass uns nicht gleich übertreiben.«

Aber mir ist ganz warm vor Glück, und auf meinem Gesicht liegt ein Dauergrinsen. Die ganze Woche über hat es keine schlimmen Neuigkeiten von Talia gegeben, und Logan hat sich wie immer perfekt verhalten. Ich bezweifle, dass irgendetwas meine Laune trüben kann.

»Bist du bereit für morgen Abend?«, fragt Sylvie, als sie hinter den polierten Tresen tritt. Sie kramt in dem Fach darunter und zählt die Packungen mit Servietten. »Ich hoffe, die geprägten Servietten sind heute fertig«, murmelt sie. »Sie sagten, sie würden es versuchen. Die sind mir lieber als diese einfachen weißen.«

»Ich bin so bereit, wie ich nur sein kann«, antworte ich. »Die Kleider sind fertig, sie haben mir ein paar Models zugeteilt, und meine Flugtickets sind ausgedruckt.«

»Ellie hat bestätigt, dass der Vertreter der Historical Society morgen Abend um neun eintreffen wird. Meinst du, du schaffst es bis dahin zurück?«

»Das wird knapp, aber ich gebe mein Bestes.« Ich wirble in der Mitte des Raumes herum. »Sylvie, hättest du jemals in deinen kühnsten Träumen gedacht, dass wir eine Bar renovieren würden?«

Sie lacht und schiebt ihre Liste in die Tasche.

»Niemals«, bestätigt sie. »Aber ich mag es. Es wird perfekt sein.«

»Finde ich auch«, sage ich fröhlich. »Ich glaube wirklich, dass es das ist! Komm, wir sehen uns an, was du mit dem Ballsaal gemacht hast. Ich war schon seit ein paar Tagen nicht mehr drin.«

»Du hast so hart an den Kleidern gearbeitet«, stimmt Sylvie zu, als wir den Aufzug betreten. »Ich glaube nicht einmal, dass du überhaupt mal eine Pause gemacht hast, um zu essen.«

»Vielleicht habe ich das nicht, aber die Kleider sehen wirklich gut aus«, antworte ich. »Wenn ich das selbst sagen darf.«

Als wir die großen Türen zum Ballsaal öffnen, sehen wir Ellie an einem der Tische. Sylvie hat die alten Tische aus dem Konferenzraum entfernen lassen und durch runde Tische mit roten Leinendecken ersetzt, die entlang der Wände stehen, damit die Gäste sich während der Party dort hinsetzen können.

»Das ist wunderschön, Sylvie«, sagt Ellie und betrachtet die Girlande, die Stechpalme und sogar den Mistelzweig, der an einer Tür hängt. »Das erinnert mich wirklich daran, wie es früher war.«

Sie seufzt glücklich und blickt sich staunend um, und aus einem Impuls heraus umarme ich Sylvie. »Du bist unglaublich«, sage ich. »Hast du die echte Stechpalme vom Dach genommen?«

Sie nickt. »Ja. Ich wollte, dass alles so authentisch wie möglich ist.«

»Nun, ohne deine Finanzierung wäre das nicht möglich«, sage ich. »Ich werde dir ewig dankbar sein. Und ich schwöre, ich werde es dir zurückzahlen.«

»Wenn du kannst.« Sie winkt unbekümmert ab. »Ich werde auch Freude an der Party haben, also ist es ja nicht so, dass ich nichts dafür bekomme.«

»Vielleicht reserviert dir Mr. Mack sogar einen Tanz«, necke ich sie, und sie funkelt mich finster an.

»Es ist noch nicht zu spät, den Scheck sperren zu lassen«, droht sie, und ich muss lachen.

»Natürlich ist es das. Ich habe ihn bereits eingelöst und Logans Crew bezahlt. Das Geld ist längst verbraucht, Sylvie.«

Sie spitzt zwar die Lippen, aber ich sehe, wie sie zucken. Sie mag meinen Sinn für Humor.

»Wir sind ein tolles Team«, sagt Ellie. »Sylvie, du hast diese Party wunderbar organisiert. Meg, du und Logan habt buchstäblich ein Stück Geschichte gefunden und restauriert, und ich habe einen kleinen Beitrag geleistet, indem ich die Historical Society mit ins Boot geholt habe. Das war eine erstaunliche Teamleistung, und ich bin stolz auf euch alle.«

»Ohne dich hätten wir das nicht geschafft, Ellie«, sage ich und umarme sie. »Du hast mich zu meiner neuen Kollektion inspiriert. Wenn ich dich nicht kennengelernt hätte, wäre das alles hier nicht passiert.«

Sie lächelt strahlend. »Und ich habe mit Betsy gesprochen. Sie ist bereit, mich nicht mehr mit dem Umzug zu behelligen und abzuwarten, bis wir sehen, wie die Sanierung geworden ist.«

»Das sind ja tolle Neuigkeiten!« Ich klatsche in die Hände. »Alles fügt sich ineinander!«

Selbst Sylvie hat feuchte Augen. »Bereust du es jetzt, hierhergekommen zu sein?«, fragt sie, und bei ihrem Gesichtsausdruck kommen auch mir die Tränen. Ich schüttle den Kopf, und dann umarmen wir uns alle drei ganz fest.

»Ist alles in Ordnung?«

Logan ist plötzlich aufgetaucht, mit besorgter Miene und zwei Tassen Kaffee in der Hand.

Ich lächle und löse mich von den beiden anderen Frauen.

»Ja. Wir sind nur froh, dass es uns gut geht.«

»Nun, ich habe Kaffee für zwei der hübschesten Mädchen in Chicago mitgebracht«, sagt er und reicht Ellie und Sylvie die Tassen.

Ich lächle, weil ich weiß, dass der Kaffee eigentlich für uns gedacht war, aber er schafft es mal wieder, die beiden Frauen glücklich zu machen! Kein Wunder, dass Logan alle Mieterinnen um seine schwieligen Finger gewickelt hat.

»Wir stellen die Wand heute fertig«, verspricht er. »Morgen Abend müsste alles trocken sein. Ist sonst alles bereit?«

Ich nicke. »Dank dieser beiden Superstars.«

»Okay, jetzt schmeichelst du uns aber«, sagt Ellie.

»Aber du kannst ruhig damit weitermachen«, wirft Sylvie ein.

Logan grinst sie an und zieht mich weg, ins Büro, wo Winter in seinem Schlittenbett schläft.

»Davon habe ich letzte Nacht geträumt«, erzählt er mir.

»Wovon?«, frage ich.

»Davon.« Er küsst mich innig. Ich schlinge meine Arme um seinen Hals und ziehe ihn an mich. Gott, ich könnte für immer in seinen Armen liegen. »Du riechst immer so gut«, sage ich.

Er grinst. »Führst du mir heute Abend deine Kleider vor?«, fragt er. »Ich würde sie gerne sehen.«

»Ich glaube, das würde mich nervös machen. Apropos nervös ... Hast du mit Talia gesprochen?«

Sofort breitet sich eine düstere Stimmung im Büro aus. »Elegante Überleitung«, sagt Logan bedauernd.

Ich zucke mit den Schultern. »Es war das Beste, was mir einfiel.«

Er schüttelt den Kopf. »Nein. Ich habe ihr mehrere Nachrichten hinterlassen. Aber seit ich ihr gesagt habe, dass wir sehr effektive Eltern werden, die nicht zusammenleben, habe ich kein Wort mehr gehört.«

»Du glaubst doch nicht, dass sie versuchen würde, dich aus dem Leben des Babys auszuschließen, oder?« Ich runzle die Stirn. »Das wäre ja furchtbar.«

»Das wird sie auf jeden Fall versuchen«, gibt Logan zurück. »Sie ist kein netter Mensch, Meg. Aber ich werde tun, was ich tun muss. Wenn wir vor Gericht ziehen müssen, ist das eben so. Das Kind wird einen guten Einfluss brauchen, um den von Talia auszugleichen.«

»So schlimm kann sie doch nicht sein. Ich meine, du hast sie doch auch mal geliebt.«

Logan sieht mich nachdenklich an. »Am Anfang habe ich das wohl. Aber nach und nach kam ihr wahres Wesen zum

Vorschein, und sie ist einfach eine sehr egoistische, verwöhnte Göre, die immer ihren Willen durchsetzen will. Sie kümmert sich nie um andere Menschen. Nicht im Geringsten.«

»Meine Güte. Dann wird sie keine gute Mutter sein«, sage ich. Vermutlich ist das noch untertrieben.

»Und genau das macht mir Sorgen«, antwortet Logan. »Aber man sagt ja auch, die Mutterschaft verändert die Frauen. Vielleicht funktioniert es bei ihr ja auch.«

»Dafür können wir nur beten.«

»Na gut. Ich muss jetzt wieder nach unten gehen. Ich rufe dich an, wenn es so weit ist, dass du es dir ansehen kannst.« Logan drückt mir einen Kuss auf die Stirn und verschwindet.

Ich drehe mich um und sehe Winter, der sich gerade streckt. Er trägt ein rot kariertes Weihnachtsband mit einer Schleife um den Hals.

»Sylvie«, murmle ich und schüttle den Kopf. Ich mache es ihm aber nicht ab, weil es wirklich süß aussieht.

Ich setze mich an den Schreibtisch und gehe alle Belege für die jüngsten Arbeiten im Keller durch. Als der Lieferant des Caterers kommt, schicke ich ihn in die Kochnische neben dem Ballsaal.

In dieser Woche ist der Ansturm der Leute ungebrochen, sodass ich nicht lange überlege, als es erneut an der Tür klopft. »Herein«, sage ich, ohne aufzublicken.

»Haben Sie einen Moment Zeit?«, fragt eine Frauenstimme. Ruckartig hebe ich den Kopf. Talia steht in der Tür, mit der Hand an ihrem Bauch.

Ja, reib es mir nur unter die Nase.

»Natürlich. Logan arbeitet im Keller, falls Sie ihn suchen«, sage ich spitz, aber immer noch höflich.

»Ich weiß. Aber ich will nicht mit Logan reden. Ich will mit Ihnen reden. Aber nicht hier. Können wir zusammen Mittag essen?«

Ich zögere. »Ich glaube nicht, dass das eine gute Idee ist. Das ist eine Sache zwischen Ihnen und Logan.«

»Nein, nicht mehr«, widerspricht sie. »Sie sind jetzt involviert. Ich denke, wir wissen beide, dass in jeder Beziehung die Frau das Sagen hat.«

»Nicht in gesunden Beziehungen«, antworte ich. »Beziehungen sollten auf Kompromissen und Rücksichtnahme beruhen.«

Sie verdreht die Augen. »Vielleicht in einer perfekten Welt. Wie auch immer, können wir zusammen Mittag essen?«

»Wann?«

»Jetzt.«

Natürlich. Sie will nicht, dass ich vorher mit Logan darüber rede.

Aber die selbstbewusste Art, mit der sie mich mustert, als denke sie, sie könne alles bestimmen und ich sei nur jemand, den sie nach Belieben manipulieren kann, ärgert mich. Ich stehe auf. »Okay. Ich komme mit. Aber ich habe nicht viel Zeit.« Ich schnappe mir meine Tasche, und wir verlassen das Gebäude.

Sie hält ein Taxi an. »Zu Macy's.«

»Macy's? Ich dachte, Sie wollten zu Mittag essen?«

»Die haben ein Restaurant«, belehrt sie mich herablassend.

»Das weiß ich«, antworte ich kühl. Nur ist es um diese Jahreszeit unmöglich, einen Platz zu bekommen.

Während der kurzen Fahrt herrscht unangenehmes Schweigen. Ich gönne ihr nicht die Genugtuung, sie mit Fragen zu löchern. Als wir ankommen, begrüßt sie den Maître d' mit einem Kuss auf die Wange.

»Martin.« Sie klingt so herzlich, wie ich sie noch nie gehört habe. »Danke, dass du uns untergebracht hast.«

»Aber immer, *ma chère*«, antwortet er mit schwerem Akzent. »Du weißt ja, dass ich dich anbete.«

Während er uns zu einem kleinen Tisch führt, sagt sie: »Er ist ein enger Freund der Familie. Er hat Logan und mir Reservierungen für diesen Monat besorgt – er hat sie bereits letztes Jahr um diese Zeit notiert. Wir haben uns natürlich schon früher getrennt, also haben wir sie nicht in Anspruch genommen. Aber trotzdem. Es war der Gedanke, der zählte.«

Um Himmels willen! Logan hat mich stattdessen hierher ausgeführt.

Ich wusste, dass es unmöglich war, so kurzfristig im Dezember noch Reservierungen zu bekommen. Die Galle brennt mir in der Kehle, und ich schlucke.

Als der Kellner kommt, bestellt Talia ein Glas Wein. »Finden Sie es richtig, Alkohol zu trinken?«, frage ich.

»Der Arzt sagt, ein Glas wäre in Ordnung.«

Das habe ich zwar noch nie gehört, aber ich war auch noch nie schwanger.

»Also, was soll dieses Treffen?«, frage ich, als der Kellner wieder gegangen ist.

»Ich möchte mit Ihnen von Frau zu Frau sprechen«, erwidert sie schlicht. Ich sehe sie schweigend an.

»Mir ist schon klar, dass Sie wahrscheinlich ein sehr unschmeichelhaftes Bild von mir haben«, sagt sie und zieht ihre Stoffserviette auf ihren Schoß. »Aber ich denke, wir können uns darauf einigen, dass es bei einer Trennung zwei Seiten der Geschichte gibt. Sie haben nur die von Logan gehört.«

»Logan ist ein Gentleman«, gebe ich zurück. »Er hat nicht viel darüber gesagt.«

»Wie ich seine Schwester kenne, hat sie das dafür bestimmt umso mehr«, entgegnet Talia. Ich erwidere nichts. »Das habe ich mir gedacht. Ich möchte jedenfalls, dass Sie auch meine Seite hören.«

Ich mache Anstalten, aufzustehen. »Das Mittagessen ist vorbei«, sage ich. »Ich muss mir Ihre Version nicht anhören.«

Sie legt mir eine Hand auf den Arm. »Bitte warten Sie. Wollen Sie nicht alle Seiten kennen, damit Sie selbst entscheiden können?«

»Was entscheiden?«, frage ich mit zusammengekniffenen Augen.

»Wer recht hat.«

»Es gibt nicht immer jemanden, der im Recht ist«, antworte ich und setze mich wieder hin. »Manchmal gibt es einfach eine unlösbare Situation.«

»Logan und ich waren mehrere Jahre lang zusammen. Wussten Sie das?« Sie starrt mich an, fast trotzig, und ich antworte nicht.

»Ich habe seine Familie kennengelernt und er meine.«

»Na und? Ich war zwei Jahre mit meinem Ex zusammen und habe seine Familie kennengelernt, und trotzdem haben wir nicht zueinander gepasst.«

»Aber hat Ihr Ex Ihnen einen Antrag gemacht? Mit dem Ring seiner Mutter? War Ihre Hochzeit geplant?«

Ich stutze und sehe sie misstrauisch an. Monica und Logan haben mir beide gesagt, dass sie eine gewiefte Manipulatorin ist.

»Sie lügen.«

Sie schiebt ein Schmuckdöschen über den Tisch. »Sehen Sie selbst.«

Es ist ein altes Döschen. Als ich es widerstrebend öffne, finde ich darin einen alten Ring.

»Sie haben ihn nicht zurückgegeben, als Sie Schluss gemacht haben?«, frage ich.

Sie zuckt mit einer Achsel. »Er hat ihn mir geschenkt. Er gehört mir. Und ich wusste, dass wir ihn am Ende brauchen werden. Wir sind füreinander bestimmt.«

»Sie waren nicht gut zu ihm. Er hat die Beziehung nicht ohne Grund beendet.«

Sie schüttelt nachdrücklich den Kopf. »Ich war genervt von ihm, weil er die ganze Zeit gearbeitet hat. Ich wollte ihn mehr sehen.«

So ging es mir auch mit Drake. Sein Job war immer das Wichtigste. Aber bei Logan war das nicht so, und das sage ich auch.

»Warten Sie nur«, sagt sie wissend. »Das kommt schon noch.«

Der Kellner nimmt unsere Bestellung auf, und als er weg ist, sehe ich Talia direkt in die Augen.

»Was genau wollen Sie von mir?«

»Ich möchte, dass Sie mit Logan Schluss machen. Ich möchte, dass Sie ihm sagen, dass er sich in mir getäuscht hat und dass er uns noch eine Chance geben sollte, um unseres gemeinsamen Kindes willen.«

Sie fasst sich wieder an den Bauch, und ich würde ihr am liebsten mein Wasserglas an den Kopf werfen.

»Das ist nicht meine Aufgabe«, sage ich.

»Es ist absolut Ihre Aufgabe. Sie sind die Einzige, die das kann. Logan ist einfach lächerlich loyal. Er hat das Gefühl, dass er es Ihnen schuldig ist, bei Ihnen zu bleiben, weil Sie eine Beziehung angefangen haben. Er urteilt schnell, wenn jemand eine schlechte Entscheidung trifft. Aber er braucht nur einen kleinen Anstoß, um zu erkennen, dass ich eine zweite Chance verdiene. Und dass ich diejenige bin, die seine Loyalität verdient, da er so lange mit mir zusammen war.«

»Sie klingen ziemlich verrückt«, erwidere ich, aber ehrlich gesagt hört sich das gar nicht so unlogisch an. Sie war lange mit ihm zusammen, und ich kenne ihn erst seit ein paar Wochen.

Bei dem Gedanken, mich in ihrem Namen in diese Sache einzumischen, wird mir allerdings ganz anders.

»Ich sehe, dass er Ihnen am Herzen liegt«, sagt sie und mustert mein Gesicht. »Natürlich tut er das. Er ist so ein guter Kerl. Aber ich glaube nicht, dass er Sie auf Dauer erfüllen wird. Sie brauchen mehr. Sie brauchen jemanden, der mehr sein will.«

»Daran denke ich nicht im Entferntesten. Ich liebe ihn genau so, wie er ist.«

»Sie haben diesen Ort hier verlassen, um Großes zu erreichen«, sagt sie, und ich sehe sie erstaunt an. »Ja, ich habe etwas recherchiert«, gibt sie zu. »Ich weiß, dass Sie von hier weggegangen sind. Und ich weiß, dass Sie an Ihrer Karriere arbeiten.«

»Das ist ja richtig unheimlich«, murmle ich.

»Es ist kein großes Geheimnis«, verteidigt sie sich. »Sie haben schließlich einen Modeblog. Übrigens eine gute Entscheidung, was die Wahl Ihres roten Lippenstifts angeht. Ich mag auch lieber Cranberry als Kirsche.«

»Lassen Sie das«, warne ich sie. »Versuchen Sie nicht, mir weiszumachen, wir seien uns ähnlich. Das sind wir nicht.«

»Nein, sind wir nicht. Ich habe erkannt, dass ich hierhergehöre, zu Logan. Ich habe kein Problem damit, ich bin sogar sehr zufrieden damit. Mein einziger Fehler war, dass ich zu lange gebraucht habe, um das zu erkennen. Ich brauche einfach eine zweite Chance. Unsere Familie braucht diese zweite Chance.«

Ihr Blick ist flehend, und ich kann die Augen kaum von ihr abwenden.

Ich stehe auf. »Denken Sie darüber nach!«, bittet sie mich inständig.

Ich ziehe ein paar Zwanziger heraus, lege sie auf mein Tischset und gehe.

Kapitel 20

Für den Rest des Nachmittags verkrieche ich mich.

Ich kuschle mich mit Winter in meiner Wohnung ein, sehe mir Liebesfilme an und versuche, nicht an das zu denken, was Talia gesagt hat.

Aber es ist immer da, in meinem Hinterkopf.

Ich will mit Ellie oder Sylvie darüber reden, aber ich weiß, was sie sagen werden. Sie werden sagen, ich soll bei Logan bleiben, weil er mich glücklich macht.

Sie wollen das Richtige für mich, aber was ist, wenn das Zusammensein mit Talia auf lange Sicht das Richtige für Logan ist? Was ist, wenn sie sich wirklich verändert hat? Was ist, wenn ihr Baby wirklich beide Elternteile braucht?

»Ich hasse dieses Gefühl«, sage ich zu Winter. »Du musst mir einen Rat geben.«

Er leckt sich die Pfote.

Also schreibe ich stattdessen Cassie eine SMS.

Können wir eine Minute telefonieren?

Sie antwortet fünf Minuten später.

Wir haben den 23. Dezember. Die Januar-Ausgabe ist noch nicht fertig. Die Haare der Drachenlady stehen in Flammen. Ist es wichtig?

Ich schicke dir eine SMS, schreibe ich. Dann kannst du antworten, wenn du es schaffst.

Also schreibe ich ihr alles in einer SMS in Romanlänge. Und zwar alles. Was mir so einfällt.

Kaum bin ich fertig und habe es abgeschickt, klingelt mein Telefon.

»Was fällt dir ein?«, zischt sie. Ich höre Hupen und Verkehr im Hintergrund, also ist sie hinaus in die Kälte gegangen, um mich anzurufen. »Bist du wahnsinnig geworden?«

»Sie wirkte so aufrichtig«, sage ich zu meiner besten Freundin. »Ich meine, ich weiß, dass sie in der Vergangenheit Mist gebaut hat, und ich vertraue ihr nicht wirklich, aber du hast ihr Gesicht nicht gesehen. Ich glaube, sie hat Angst. Ich meine, das hätte ich auch. Sie ist schwanger und allein.«

»Das hat sie selbst zu verantworten«, erinnert mich Cassie. »Sie war furchtbar zu Logan. Seine Schwester hat dir alles darüber erzählt. Du musst besser zuhören.«

»Vielleicht will Monica uns nur beschützen«, meine ich und versuche, den Advocatus Diaboli zu spielen. »Wir alle machen Fehler.«

»Spiel jetzt nicht den Märtyrer«, sagt sie. »Du wirst dich doch wohl nicht in dein Schwert stürzen, damit sie den Kerl bekommen kann. Der Mann gehört dir. Du verdienst ihn, und ihr seid perfekt füreinander.«

»Du hast ihn nie getroffen«, erinnere ich sie.

»Aber du hast mir alles über ihn erzählt, und ich liebe ihn jetzt schon.«

»Cassie, konzentriere dich«, sage ich. »Du musst jetzt unvoreingenommen sein. Sieh das Ganze mal mit einem völlig klaren Blick und sag mir, was du denkst.«

Sie zögert keine Sekunde. »Ich denke, sie hatte ihre Chance, und sie hat sie vermasselt. Jetzt bist du dran.«

»Auch wenn ein Kind involviert ist?«

»Du hast bereits mit ihm darüber gesprochen, und er ist zuversichtlich, dass sie als Eltern deutlich besser zurechtkommen, wenn sie nicht zusammen sind. Warum stellst du ihn infrage? Meinst du nicht, dass er das besser beurteilen kann als wir beide?«

Da hat sie allerdings recht.

»Vielleicht werde ich ihn einfach bitten, noch einmal gründlich darüber nachzudenken. Ich möchte ihm alle Zeit der Welt geben, um die beste Entscheidung zu treffen. Ich will nicht, dass er es mir später übel nimmt«, sage ich. »Das wäre schrecklich.«

»Er wird es dir nicht übel nehmen«, erwidert Cassie, und jemand hupt ihr fast direkt ins Telefon. »Hör zu, ich bin auf der Straße grad beinahe überfahren worden. Ich muss auflegen. Tu einfach das Richtige für dich, Meg. Es ist auch das Beste für Logan.«

Sie legt auf, und ich bleibe mit meinen nagenden Zweifeln allein.

Logan wird gleich vorbeikommen, also packe ich schon mal meine kleine Reisetasche für die Show. Ich nehme das Weihnachtskleid mit, denn das war meine Inspiration. Mit etwas Glück werde ich darin einen Preis entgegennehmen. Ich nehme auch Make-up mit, um mich nach dem Flug aufzufrischen. Ich tue alles, was ich kann, um mich von den Gedanken an die aktuelle Situation abzulenken.

Ich habe buchstäblich jeden anderen in meinem Leben verloren.

Ich weiß nicht, was ich tun werde, wenn ich auch noch Logan verliere.

Hör auf, darüber nachzudenken, ermahne ich mich. Ich kuschle mit Winter, schüttle die Kissen auf der Couch auf, dusche.

Als Logan an die Tür klopft, trage ich gerade Parfüm auf. Ich schlucke hart, straffe meine Schultern und öffne.

»Willst du dir das *Red Alibi* ansehen?«, fragt er mich zur Begrüßung, sein Gesicht glüht vor Aufregung. »Es sieht so gut aus. Du wirst so glücklich sein.«

Er nimmt meine Hand, und ich erkenne genau den Moment, in dem er merkt, dass etwas nicht stimmt.

Sein Gesicht verspannt sich. »Was ist los?«

»Ich hatte heute Besuch«, sage ich, während ich mich auf die Couch setze. Er setzt sich neben mich, seine Schultern sind zusammengezogen. »Ich würde gerne mit dir darüber reden.«

Ich erzähle ihm alles über das Mittagessen und jedes Wort, das Talia gesagt hat, und wie aufrichtig und vielleicht sogar ein wenig traurig sie ausgesehen hat.

Die ganze Zeit hört er mir respektvoll zu, ohne mich zu unterbrechen, auch wenn er die Lippen zusammenpresst und sein Blick Entsetzen verrät.

Als ich fertig bin, schweigt er einen Moment.

»Ich dachte, das hätten wir schon hinter uns«, sagt er dann erschöpft. Seine Hände sind zwischen seinen Knien verschränkt, und er sieht hilflos aus. So sehr, dass ich mich unendlich schuldig fühle.

»Ja«, antworte ich. »Aber was, wenn du dich geirrt hast? Wenn sie mir die Wahrheit gesagt hat?«

»Das tut sie nie«, sagt Logan fest. »Hör zu, sie ist eine Meisterin im Lügen. Ich kann es dir nicht verübeln, dass du nach dem Gespräch mit ihr an allem zweifelst, aber vertraust du mir?«

»Natürlich.« Meine Antwort kommt prompt.

»Hältst du mich für jemanden, der fair ist und anderen einen Vertrauensvorschuss gibt?«

»Ja.«

»Warum stellst du dann mein Urteil in einer so wichtigen Angelegenheit infrage? Bitte glaub mir. Ich will nur das Beste für dieses Kind. Ich werde alles tun, was in meiner Macht steht, um ihm ein gutes Leben zu ermöglichen. Aber ganz sicher nicht mit Talia.«

Ich seufze, und mein Magen zieht sich zusammen.

»Ich hoffe, dass das der Fall ist«, sage ich. »Aber ganz ehrlich, ich werde mich damit nicht wohlfühlen, wenn du dir nicht etwas Zeit nimmst, um in Ruhe darüber nachzudenken. Lass deine Gefühle beiseite und betrachte die Sache mit einem unvoreingenommenen Blick. Würdest du das für mich tun?«

»Das brauche ich nicht!«, protestiert er, aber ich unterbreche ihn.

»Logan, bitte. Tu es für mich!«, fordere ich ihn auf. »Wenn du jetzt eine überstürzte Entscheidung triffst, könntest du sie später bereuen. Aber ich möchte nicht, dass du mir das jemals übel nimmst. Das würde mich umbringen.«

»Ich treffe keine überstürzten Entscheidungen.«

»Du hast dir also gut überlegt, ob du statt mit Talia mit mir zu eurer Weihnachtsreservierung im Walnut Room gehst?«

Logan erstarrt. »Das klingt nicht so toll, wenn du es so sagst. Aber die Reservierung gab es nun mal. Sie und ich hatten uns schon Monate zuvor getrennt. Ich wollte mit dir hingehen, nicht mit ihr.«

Mein Herz krampft sich unangenehm zusammen.

»Das war ein wunderschöner Abend«, sage ich. »Ich habe es nur gehasst, von Talia zu hören, dass er eigentlich für sie gedacht war.«

»Der Abend war nie für sie bestimmt«, erklärt er mir vehement. »Sie hätte nie so viel Spaß beim Schlittschuhlaufen gehabt wie wir beide. Sie ist keine gute Sportlerin. Sie hasst alles, was ich liebe. Wir passen einfach nicht zueinander.«

»Sie sagt, sie habe sich geändert. Dass sie jetzt weiß, was sie aufgegeben hat, und dass es ein Fehler war.«

Logan starrt mich an, und seine blauen Augen glitzern. »Meg, bitte!«

»Denk einfach darüber nach. Ich fliege morgen nach New York, und wenn ich zurückkomme, können wir darüber reden. Nachdem du es dir genau überlegt hast. Wäge alle Möglichkeiten ab. Sei fair zu dir selbst, Logan. Überleg es dir gut.«

Ich stehe auf, und es ist klar, dass ich will, dass er geht.

»Ich finde es furchtbar, dass du glaubst, ich würde mein eigenes Herz nicht kennen«, sagt er, als er an der Tür innehält. »Ich kenne mein Herz. Es gehört dir.«

Das reicht aus, um mir die Tränen in die Augen zu treiben, und ich schubse ihn praktisch zur Tür hinaus. Nachdem ich sie geschlossen habe, lehne ich mich dagegen und alle Dämme brechen. Ich weine und weine und lasse mich auf den Boden fallen. Winter kommt zu mir und reibt sich an mir, als ob er wüsste, wie traurig ich bin.

Ich werfe einen Blick auf das Bild meiner Eltern auf dem Kamin. »Leute, sagt mir, was ich tun soll«, flehe ich. »Ich will ein guter Mensch sein. Ich will die richtige Entscheidung treffen. Aber ich liebe ihn nun mal.«

Ich liebe ihn.

Von ganzem Herzen.

Ich weine, bis ich vollkommen erschöpft bin, dann setze ich mich auf und atme tief ein. Ich bin unruhig, brauche frische Luft. Ich muss weg von hier.

Ich gebe Winter ein Leckerli und schnappe mir meinen Mantel.

❄

Kurz darauf finde ich mich in den Straßen Chicagos wieder, verloren in den Massen der Weihnachtseinkäufer.

Die Luft ist eisig, aber ich merke es kaum. Ebenso wenig merke ich, wie die Leute mich anrempeln. Ich registriere weder ihre Fröhlichkeit noch ihre Ungeduld.

Sie wollen einfach nur Geschenke für ihre Liebsten finden.

Ich kaufe mir eine heiße Schokolade und setze mich auf eine Parkbank, ohne die Kälte wahrzunehmen. Es ist, als ob ich nichts mehr fühlte.

Ich denke darüber nach, wie weit ich gekommen bin, seit ich hierhergezogen bin, wie ich mich von einer egozentrischen und ungeduldigen Person zu jemandem entwickelt habe, der das Beste für alle Menschen in meinem Apartmenthaus will, und ich bin sogar bereit, meine eigene Beziehung für das Wohl anderer zu opfern.

»Das ist persönliches Wachstum, wenn ich je welches gesehen habe«, murmele ich.

Aber Wachstum hält dich nachts nicht warm, meldet sich meine innere Stimme. *Du sabotierst dich selbst. Du hast ihn verdient. Hör auf, dagegen anzukämpfen.*

Ich schüttele den Kopf, um meine Gedanken zu klären, stehe auf und schaue in beide Richtungen die Straße hinunter. Sie ist von großen Läden gesäumt, aber sie sprechen mich nicht an.

Dann entdecke ich einen winzigen Antiquitätenladen.

Sein verblasstes Schild verkündet fröhlich: SCHÖNES AUS ALTEN ZEITEN.

Eine warme gelbe Lampe strahlt in der winterlichen Kälte fast wie ein Leuchtfeuer.

Ich gehe darauf zu.

Als ich die Tür öffne, bimmelt eine Glocke, und ein älterer Mann kommt aus einem Hinterzimmer, aus dem leise alte Musik dringt. Ich stelle mir ein Dampfradio vor.

»Hallo«, begrüßt er mich freundlich. »Was kann ich für Sie tun?«

»Ich möchte mich nur etwas umsehen«, erwidere ich.

Er nickt. »Tun Sie sich keinen Zwang an! Rufen Sie mich einfach, wenn Sie etwas brauchen. Mein Name ist Walt.«

»Das mache ich.«

Er gibt mir Raum, was ich sehr zu schätzen weiß, und ich stöbere durch die Gegenstände in den Regalen. In diesem Laden gibt es einfach alles, von schönem altem Schmuck über Möbel bis hin zu alten Büchern und Nippes.

Ich streiche über verblichene Satinbänder, nehme antike Puppen in die Hand und blicke in verzerrende Spiegel.

Walt sitzt derweil an einem Schreibtisch und schnitzt an etwas herum. Ich sehe ihn an. »Ich renoviere gerade ein altes Gebäude«, sage ich. »Ich würde dort gerne Antiquitäten aus den 1920er-Jahren verwenden.«

Sein Gesicht erhellt sich. »Ich habe ein paar Leuchten aus dieser Zeit. Denken Sie an so etwas?«

»Das weiß ich noch nicht. Aber ich würde sie liebend gern sehen.«

Ich würde alles liebend gern sehen, was mich von dem Schmerz in meinem Herzen ablenkt.

Er zeigt sie mir, und ich verliebe mich sofort in sie. Es sind Zwillingsfiguren mit wunderschön verschlungenen Ranken, einem kleinen Erdhügel als Fassung und Blättern, von denen Kristalltropfen herabhängen.

»Die sind wundervoll«, sage ich. »Ich nehme beide.«

»Ich finde es schön, dass sie in ein ihrer Ära entsprechendes Haus kommen«, sagt er glücklich. »Da wird einem alten Mann ganz warm ums Herz. Ich packe sie Ihnen ein.«

»Danke. Ich werde derweil einfach ... weiterstöbern.«

Er sieht mich prüfend an. »Verzeihen Sie, ich will Ihnen nicht zu nahe treten, aber Sie scheinen ziemlich traurig zu sein, junge Lady.«

Sein Gesicht ist so freundlich, und irgendetwas an ihm flößt mir Vertrauen ein, das Gefühl, dass ich mich ihm öffnen kann.

»Das bin ich auch«, gebe ich zu.

»Liebeskummer?«, vermutet er.

»Gibt es noch andere Arten von Traurigkeit?«

Er lacht leise. »Keine, die den Schmerz wert wären, denke ich. Kommen Sie, ich kredenze Ihnen einen Brandy, und dann können Sie mir alles darüber erzählen.«

Er deutet auf einen grünen Samtstuhl am Fenster, neben der Lampe. »Setzen Sie sich, ich bin gleich wieder bei Ihnen.«

Ich mache es mir bequem, und bald setzt er sich zu mir.

»Ich sitze gerne hier«, sagt er und reicht mir einen Cognacschwenker aus Kristall mit niedrigem Rand. »Von hier aus habe ich einen guten Blick auf die Passanten.«

Er deutet auf das geschäftige Treiben auf dem Bürgersteig. Es ist ein krasser Unterschied zur Ruhe in diesem Laden.

»All diese Leute sind glücklich«, bemerke ich und beobachte eine Mutter, die ihre beiden kleinen Kinder hinter sich herzieht. Sie ist müde und mürrisch, aber sicher ist sie glücklich. Ihre Kinder sind wunderschön. Ich frage mich, ob sie mit beiden Elternteilen leben. Wahrscheinlich tun sie das. Ich zucke zusammen.

»Wir kennen ihre Geschichten nicht«, wendet Walt ein. »Man weiß nie, was sich hinter den Masken der Menschen verbirgt.«

»Das ist wohl wahr«, stimme ich zu. »Vielleicht ist es wie mit den sozialen Medien, wo jeder nur seine Highlights postet. Sie teilen nie ihren Kummer.«

»Kummer hört man auch nicht so gerne«, erwidert er nachdenklich. »Aber ich bin bereit, Ihnen zuzuhören.«

Ich lächle. »Sie sind sehr freundlich, Walt.«

Er zuckt mit den Schultern. »Ich habe einfach selbst genug Kummer erlebt und erkenne ihn bei anderen sofort.«

»Es scheint, als hätte das jeder«, sage ich leise. »Buchstäblich jeder, den ich kenne, hat eine traurige Geschichte zu erzählen.«

»Liebeskummer hat jeder von uns schon einmal gehabt«, betont er. »Es kommt darauf an, was wir daraus machen. Das Leben besteht nicht nur aus Höhepunkten. Es gibt eben auch Täler.«

»Wohl wahr«, stimme ich zu. »Sie sind wirklich sehr einfühlsam.«

»Auch das ist nur das Ergebnis eines langen Lebens.« Seine hellen Augen funkeln, und ich kann mir vorstellen, dass er früher einmal ein schneidiger Mann gewesen ist. Er hat diese besondere Ausstrahlung, diese Energie. Er sah bestimmt gut aus und wusste es auch. Und jetzt ist er gealtert und weise.

»Was ist Ihr Problem?«, fragt er liebenswürdig und setzt sein Glas an die Lippen.

Ich seufze. »Ich glaube nicht, dass ich darüber reden möchte, ehrlich gesagt. Es scheint nicht zu helfen.«

»Ich kenne das. Am besten, Sie hören auf Ihr Bauchgefühl. Es wird Sie nicht enttäuschen.«

»Vielleicht ist mein Bauchgefühl aber auch verwirrt«, antworte ich.

Er lächelt sanft. »Das ist der schwierige Teil. Sie müssen herausfinden, was es Ihnen zu sagen versucht. Die Hauptsache ist, dass Sie es nicht ignorieren. Denn das ließ mich den größten Fehler meines Lebens begehen. So geht es jedem. Wer seine innere Stimme ignoriert, wird es bereuen. Immer.«

Ich denke darüber nach. Seit ich Talia das erste Mal getroffen habe, macht sie mich nervös. Will mir mein Bauchgefühl etwas sagen? Oder bin ich nur auf der Hut vor Logans Ex?

»Hören Sie, und das ist der beste Rat, den ich Ihnen geben kann.« Walt beugt sich vor. »Wahre Liebe ist schwer zu finden. Die Art von Liebe, die einen verzehrt und einen das ganze Spektrum der Gefühle empfinden lässt. Wenn Sie sie gefunden haben, halten Sie an ihr fest.«

»Und ich höre auf mein Bauchgefühl«, füge ich hinzu.

Er lächelt. »Ja. Hören Sie immer auf Ihr Bauchgefühl. Ich habe es nicht getan, und ich habe einen hohen Preis dafür bezahlt.«

»Wollen Sie darüber reden?«, erkundige ich mich.

Er schüttelt den Kopf. »Nein. Ich weiß selbst, was ich falsch gemacht habe.«

Ich nicke und verstehe ihn vollkommen. »Wenn Sie es sich anders überlegen, bin ich für Sie da.«

»Sie haben mir Ihren Namen noch nicht genannt, junge Lady.«

»Ich heiße Meg. Und ich werde mir zur Gewohnheit machen, hierherzukommen und zu sehen, welche neuen alten Sachen Sie hereinbekommen haben.«

Er strahlt. »Das würde mir sehr gefallen, Meg.« Er berührt meine Schulter und nimmt mir das leere Glas ab, während er mir eine Taschenuhr reicht, die ich mir angesehen hatte. »Und bitte behalten Sie die Uhr. Ich möchte sie Ihnen schenken. Fröhliche Weihnachten.«

Walt geht nach hinten und holt die große Tasche, in der die beiden Lampenfiguren sind. Als ich damit nach Hause gehe, denke ich darüber nach, wie schön es ist, diesen freundlichen Fremden getroffen zu haben, der sich einfach nur mit mir unterhalten wollte. Jemanden, der einer Fremden ein Geschenk macht, nur um ihr den Tag zu verschönern.

So ein Mensch möchte ich auch sein.

Er inspiriert mich sehr.

Weil ich sowieso schon so nervös bin, beschließe ich, diese Energie auf konstruktive Weise zu nutzen.

Ich bleibe lange auf und nähe Ellie ein Kleid. Das ist das Mindeste, was ich tun kann, schließlich hat sie mir ihres geschenkt. Es steht sowieso auf meiner Liste der Dinge, die ich erledigen muss … um sicherzustellen, dass ich Stücke in meiner Kollektion habe, die auch die Bedürfnisse einer älteren Frau berücksichtigen. Etwas Zurückhaltendes, Elegantes und zeitlos Schönes.

Ich habe noch genug cranberryfarbenen Stoff übrig, also schneidere ich vorsichtig ein Kleid für meine liebe Freundin. Bei der Größe muss ich zwar spekulieren, aber dafür habe ich ein gutes Gespür. Ich kann nahezu jeden auf der Straße ansehen und genau erkennen, welche Größe die Person trägt. In neun von zehn Fällen liege ich richtig.

Es ist zwei Uhr morgens, als das Kleid endlich fertig ist, und ich halte es ins Licht.

Ellie wird umwerfend darin aussehen.

Ich krame in meinem Kleiderschrank nach einer Kleiderbox, lege es sorgfältig zusammen und binde eine Schleife um die Schachtel.

Dann schreibe ich eine kurze Notiz dazu.

Ellie, dafür, dass du mich stets inspiriert hast. Ich danke dir. In Liebe, Meg

Auf Zehenspitzen schleiche ich zu Ellies Tür und lege die Schachtel davor, wobei ich die Schleife so zurechtrücke, dass sie genau richtig darauf liegt. Als ich in meine Wohnung zurückkehre, mir das Gesicht wasche und ins Bett falle, ist es bereits halb drei. Bald muss ich schon wieder aufstehen, aber zu meinem Glück bin ich so erschöpft, dass ich meine Nervosität überwinde und schnell einschlafe.

Kapitel 21

Himmel, kommt so ein Morgen schnell!

Mein Wecker klingelt keine drei Stunden später, und ich fühle mich wie ein Zombie. Als ich meine Beine aus dem Bett schwinge, denke ich als Erstes daran, wie sehr mir das Herz wehtut, weil ich Logan abgewiesen habe.

Und als Zweites denke ich daran, wie viel Angst ich vor dem Wettbewerb habe.

Das Schicksal aller hier in diesem Apartmentgebäude hängt jetzt von mir ab, und das ist für mich der blanke Horror.

Ich habe noch nie etwas von einer solchen Größenordnung angefangen und begreife nicht, wie ich je auf den Gedanken kommen konnte, ich könnte es jetzt tun. Aber ich reiße mich zusammen und beschließe, jetzt nicht aufzugeben.

»Zieh es einfach durch«, ermuntere ich mich. »Und zwar so lange, bis du es geschafft hast.«

Ich dusche, putze mir die Zähne, mache mir die Haare, schminke mich und füttere Winter. Dann ziehe ich mir schicke Stadtkleidung an, schnappe mir mein Kätzchen, meine Handtasche und meine Reisetasche und gehe nach unten.

»Sylvie passt heute auf dich auf«, informiere ich Winter. »Sei bitte brav. Und kau nicht wieder auf ihrem Lametta herum. Das ist nicht gut für dich.«

Winters Augen sind kleine Schlitze, als ob selbst er über diese unmenschlich frühe Stunde empört ist.

»Ich weiß«, sage ich. »Aber ich habe heute einen langen Tag vor mir, und er beginnt jetzt. Also reiß dich zusammen. Sylvie erwartet uns unten.« Ich habe ein schlechtes Gewissen, weil ich Sylvie gebeten habe, so früh aufzustehen.

Als ich die letzte Treppe hinuntergehe, erwartet mich das Unglaublichste, was ich je gesehen habe.

Sylvie, Tom, Ellie, Joe, Melody und Dutzende von anderen Bewohnern säumen die Haupthalle. Viele von ihnen halten Schilder mit der Aufschrift *Viel Glück* oder *Du schaffst es!* in die Höhe.

Meine Kehle schnürt sich zu, und ich bleibe stehen.

Die Gesichter der Leute sind unbezahlbar. Sie glauben an mich. Sie stehen hinter mir. Meine Familie ist nicht hier, aber diese wunderbaren Menschen sind es.

Es fehlt nur Logan, aber ich versuche, das zu verdrängen. Ich hatte ihn um etwas Abstand gebeten, während er ernsthaft über die ganze Situation nachdenkt. Er tut das, worum ich ihn gebeten habe. Ich sollte dankbar sein, nicht traurig.

»Ihr seid alle so wunderbar«, verkünde ich, übergebe Winter an Sylvie und lege einen Arm um Ellie. »Wahrhaftig. Ihr gebt mir das Gefühl, geliebt zu werden.«

»Man kann wohl mit Sicherheit sagen, dass du geliebt wirst«, sagt Ed, und ich habe nicht das Geringste dagegen, dass er mich duzt. Er hält Tootsie in einem Arm, und sie trägt einen weißen Kunstpelzmantel. »Du wirst geliebt. Wir wissen, dass du das schaffst.«

»Du bist so talentiert«, sagt Sylvie. »Du wirst das schaffen.« Auf ihrem Sweatshirt ist heute ein Schneemann abgebildet, und darunter steht »Bleib cool«.

»Hol den Preis«, sagt Ellie. »Wir glauben an dich.«

»Danke«, flüstere ich, unfähig, andere Worte zu finden. Diese Art von Unterstützung ist überwältigend, und ich fühle mich schon jetzt ziemlich zerbrechlich. »Ihr …«

»Wir wissen es, Liebes«, unterbricht mich Ellie. »Und jetzt geh und gewinn den Wettbewerb.«

Ich nicke, zerdrücke meine Tränen zwischen den Lidern und ziehe den Griff meiner Reisetasche heraus.

»Warte.« Ich halte inne und drehe mich zu Ellie um. »Hast du die Schachtel gefunden?«

Sie nickt. »Ich habe sie noch nicht geöffnet. Aber ich bin sicher, dass mir gefallen wird, was drin ist.«

»Gut. Ich hoffe wirklich, dass es dir gefällt.« Mit hoch erhobenem Kopf marschiere ich zum Bordstein, um in das Taxi zum Flughafen zu steigen. Ich drehe mich lieber nicht um, sonst würde ich hemmungslos in Tränen ausbrechen.

Während ich auf dem Flughafen O'Hare warte, schreibe ich Cassie eine SMS.

Bin unterwegs. Kommst du auch?

Sie antwortet erst, als ich an Bord meines Flugzeugs steige.

Lillianna hat mir die Berichterstattung über die Show zugeteilt. Ich interviewe die Gewinner! Wollen wir hinterher zu Abend essen?

Als ich an meinem Sitzplatz ankomme, antworte ich.

Geht leider nicht! Ich muss danach sofort zur Weihnachtsfeier im Parkview zurück! Ein Vertreter der Historical Society kommt, um unser Gebäude zu taxieren!

Am Heiligen Abend?

Das sagt die Frau, die selbst an Heiligabend arbeitet, antworte ich.

Gutes Argument, schickt sie zurück. Okay, wir sehen uns dann bei der Show. Bitte gewinne sie! Dann steht der Drachenlady das Haar endgültig zu Berge. Und guten Flug!

Das habe ich vor, schreibe ich, bevor ich mein Handy auf Flugmodus schalte, in meine Handtasche stecke und mich anschnalle.

Die Maschine hebt ab, und ich denke an Logan, der mir vom Absturz seines Vaters erzählt hat. Natürlich muss ich ausgerechnet jetzt daran denken, wo ich selbst in einem Flugzeug sitze. Typisch ich.

Wie viel Angst er gehabt haben muss. Aber vielleicht ging es auch zu schnell. Jedenfalls verstehe ich jetzt, warum Logan nicht gerne fliegt. Er erinnert sich bestimmt jedes Mal daran, wenn er in einem Flugzeug sitzt.

Und jetzt denke ich schon wieder an Logan, obwohl ich mir vorgenommen habe, es heute nicht zu tun.

»Heute geht es um diese Show«, ermahne ich mich leise.

»Wie bitte?« Die Flugbegleiterin steht im Gang neben mir und sieht mich an. »Kann ich Ihnen etwas bringen?«

»Nur einen starken Kaffee, falls Sie so etwas haben.«

Sie bringt mir eine Tasse mit dunkelbraun gefärbtem Wasser, das sich als Kaffee ausgibt. Ich trinke es trotzdem.

Die Lady neben mir schläft den ganzen kurzen Flug über, und anderthalb Stunden später landen wir in La Guardia.

Ich schnappe mir meine Tasche und stürze aus dem Flugzeug.

Die Luft hier riecht anders, nach Hektik und Ungeduld, nach Hotdogs und Glück, nach eleganter Mode und Smog. Ich liebe es.

Aber gleichzeitig fühlt es sich nicht mehr wie zu Hause an.

Über dieses seltsame Gefühl denke ich nach, während ich im Taxi nach Tribeca sitze. Ich kämpfe gegen den Impuls an, den Rücksitz mit meinem Parfüm zu besprühen, weil ich nicht nach Hamsterkäfig riechend bei der Show ankommen will.

Wie durch ein Wunder dauert die Fahrt nur eine halbe Stunde. Ich gebe dem Fahrer ein Trinkgeld, steige aus und stehe vor den Spring Studios.

Eigentlich wollte ich zur Fashion Week im Februar, aber ich musste ja bei *Stitch* kündigen. Wahrscheinlich hätte ich sowieso keine Karten bekommen. Nur leitende Angestellte bekommen welche. Das ist eine ziemlich elitäre Angelegenheit, und mein Name stand ganz unten auf dem Totempfahl.

Jetzt hier zu stehen, auch wenn es für eine andere Veranstaltung ist, fühlt sich bedeutend und groß an.

Ich hingegen fühle mich klein.

Warum noch mal habe ich geglaubt, ich könnte das schaffen?

Ich kämpfe gegen den Drang an, mich umzudrehen und einfach wegzulaufen. Nur die Erinnerung an all die Menschen, die heute Morgen die Lobby säumten und so voller Vertrauen in mich sind, lässt mich bleiben.

Sie glauben, ich kann das schaffen.

Also kann ich es schaffen.

Meine Entwürfe sprechen für sich.

Sie sind gut.

Ich atme tief ein und dann wieder aus.

»Atme Zuversicht ein, atme Angst aus«, bete ich das Mantra herunter. Das tue ich ein paarmal, bevor ich den Mut aufbringe, das Gebäude zu betreten. Meine Reisetasche ziehe ich hinter mir her.

❄

Eine Frau hinter einem schmalen Empfangstisch begrüßt mich, händigt mir meinen Ausweis aus, den ich mir um den Hals hängen soll, und schiebt mir eine Karte zu, auf der steht, welcher Stand hinter der Bühne meiner ist.

Es kommt mir surreal vor, als ich mich umschaue und die Models beobachte. Sie sind alle groß, schlaksig und elegant gekleidet.

Als ich meinen Stand, 6E, gefunden habe, warten zwei dieser schönen Frauen in Morgenmänteln auf mich. Sie sitzen auf Klappstühlen und schaffen es, das irgendwie bequem aussehen zu lassen.

»Hallo«, begrüße ich sie. »Ich bin Meg Julliard. Seid ihr mir zugeteilt?«

Sie nicken. »Wir warten nur darauf, dass Sie uns anziehen«, sagt die eine cool. Das hatte ich bei dieser ganzen Szene vergessen. Alle sind supercool. Und wenn sie es nicht sind, tun sie so, als wären sie es.

Ich öffne den Reißverschluss meiner Tasche, knie mich daneben und durchstöbere sie.

Ich gebe dem Model, das mir am nächsten sitzt, das cranberryfarbene Kleid und dem anderen das schwarze.

»Ich habe für jede von euch ein Kleid zum Wechseln«, erkläre ich und reiche der einen noch ein goldfarbenes Kleid und der anderen ein schwarzes, das mit Silberfäden durchzogen ist. »Wie ihr sehen könnt, sind sie weich und lassen sich leicht an- und ausziehen. Es wird also nicht lange dauern, sich umzuziehen.«

Sie geben sich extrem gelangweilt und setzen sich mit den Kleidern in der Hand wieder hin.

»Du musst zu so einer Teamleiterbesprechung gehen«, erklärt mir die eine. »Irgendjemand war vor einer Minute hier und hat das verkündet.«

Ich nicke und mache mich auf den Weg, um einen Verantwortlichen zu finden.

Suche nach jemandem mit einem Klemmbrett.

Ich habe Glück, denn ich finde jemanden mit einem Klemmbrett und sogar einem Knopf im Ohr!

»Ja?«, fährt sie mich an, als ich näher komme.

»Ich zeige heute meine Modelinie und möchte wissen, wo die Teamleiterbesprechung stattfindet.«

»Sie sind zu spät!«, schnauzt sie mich an.

»Bin ich nicht«, protestiere ich. »Ich bin auf die Minute pünktlich.«

Sie ignoriert meine Antwort, wirft einen Blick auf meinen Ausweis und konsultiert dann ihre Liste. »Zimmer 1B.« Bevor ich nach dem Weg fragen kann, rauscht sie davon.

Während ich nach dem Zimmer suche, ziehe ich mein Handy heraus, in der Hoffnung, eine aufmunternde SMS von Logan zu finden.

Vergeblich.

Allerdings gibt es mehrere von Cassie.

Ich denke mir heute für dich etwas aus.

Kopf hoch! Alles wird gut!

Die sind schon irritierend genug, aber dann schickt sie mir noch eine weitere.

> OMG! Lillianna ist auch da! Ich hab es gerade erst erfahren!

Ich lese sie gerade, als ich die Tür zu Zimmer 1B finde und sie öffne. Lillianna Cox' Gesicht ist das Erste, das ich drinnen sehe.

Sie sieht mich an, mustert mich von oben bis unten, und ihr roter Mund verzieht sich zu einem nicht gerade freundlichen Lächeln.

Eigentlich ist es sogar ziemlich unfreundlich.

Die Frau, die gerade spricht, macht eine Pause, während ich eintrete, und ich suche mir schnell einen Platz im hinteren Bereich.

»Wie ich bereits sagte, haben wir das Glück, dass Lillianna Cox von *Stitch* heute hier anwesend ist. Ich brauche Ihnen wohl nicht zu sagen, wie einflussreich *Stitch* für aufstrebende und auch etablierte Modelinien ist. Selbst wenn Ihre Linie heute nicht gewinnt, könnte allein ihre Gegenwart Ihre Karriere exponentiell vorantreiben. Ms. Cox, möchten Sie ein paar Worte sagen?«

Die Drachenlady nimmt die Komplimente mit einem höflichen Neigen des Kopfes zur Kenntnis und steht auf. Irgendwie hat sie es geschafft, ihre Teufelshörner in ihrer Frisur zu verstecken und den Schwanz in der Hose verschwinden zu lassen.

Hör auf!, befehle ich mir. *Du musst nett tun.*

Sie allerdings tut das nicht. So viel ist sicher, denn Lillianna hält fast während ihrer gesamten Rede Augenkontakt mit mir.

»Normalerweise würde ich einen meiner Juniorchefs zu einer solchen Veranstaltung entsenden«, erklärt Lillianna. »Aber ich liebe es, den Finger am Puls der aufkommenden Trends zu haben, und da ich heute frei hatte, war klar, dass ich persönlich erscheinen muss. Vor allem, nachdem ich erfahren habe, dass eine alte … Kollegin an diesem Wettbewerb teilnimmt. Aber keine Sorge, ich werde sie nicht bevorzugen. Meine Beurteilungen eurer Entwürfe in unserer nächsten Ausgabe werden fair und unparteiisch sein.«

Ihr eisiger Blick versichert mir, dass sie alles andere als fair sein werden, zumindest was mich betrifft.

Auch nachdem sie sich gesetzt hat und die Koordinatorin wieder das Wort ergreift, um den Zeitplan und das weitere Vorgehen zu erläutern, bleibt Lillianna mir gegenüber kühl.

Botschaft angekommen.

Laut und deutlich.

»Sie ist keine Richterin«, flüstere ich mir zu.

Das hört ein Typ neben mir. »Aber sie könnte genauso gut in der Jury sitzen«, erwidert er leise. »Ihr gehört diese Branche sozusagen.«

Als ob ich das nicht selbst wüsste!

Ich bin erledigt.

Ich bin buchstäblich erledigt, bevor ich überhaupt angefangen habe.

Meine Brust ist wie zugeschnürt vor Angst, als ich mich nach dem Ende der Instruktion beeile, den Raum zu verlassen, bevor Lillianna mich erwischt.

Was mir nicht gelingt.

Sie erwischt mich auf dem Flur.

»Ich war überrascht, Ihren Namen auf dieser Liste zu sehen«, sagt sie. »Besonders, nachdem ich Sie gewarnt habe, was ich mit Ihnen machen würde.«

Ihre Fingernägel graben sich wie Krallen in meinen Arm. Und ihr glatter schwarzer Bob glänzt, während sie ihre Worte sorgfältig artikuliert ausspricht.

Früher einmal wäre ich entsetzt gewesen und hätte in meinen hochhackigen Pumps gezittert. Aber im Moment habe ich so viel mehr, was mir Kopfschmerzen bereitet, als ausgerechnet diese Frau mit ihrem aufgeblähten Ego.

Ich seufze.

»Lillianna, es tut mir leid, dass ich Ihnen in jener Nacht eine SMS geschickt habe. Ich war betrunken, was natürlich keine Entschuldigung ist. Aber trotzdem, was ich gesagt habe, war nicht gelogen. Die Leute nennen Sie tatsächlich Drachenlady. Was daran liegt, wie Sie Leute behandeln. Sie lassen sie erbarmungslos schuften, den ganzen Tag und auch an Feiertagen. Sie mögen es, wenn man Angst vor Ihnen hat. Sie schüchtern sie ein, statt sie zu inspirieren. Das ist traurig, und ich bin damit fertig. Ich habe hart an meiner Linie gearbeitet. Ich habe hart gearbeitet, um dorthin zu kommen, wo ich jetzt bin. Also bitte, tun Sie, was Sie nicht lassen können.«

Ich befreie unsanft meinen Arm aus ihrem Griff und marschiere davon. Dabei spüre ich ihren Blick in meinem Rücken. Vermutlich hat sie schon seit sehr, sehr langer Zeit niemand mehr einfach so stehen lassen.

»Das war entweder das Dümmste, was ich je gesehen habe, oder das Mutigste«, flüstert mir eines meiner Models ehrfürchtig zu.

»Manchmal muss man einfach für sich einstehen«, sage ich matt. »Und die Zeit war reif.«

»Das wird ihr aber mächtig um die Ohren fliegen«, flüstert das andere Model seiner Kollegin zu.

»Das habe ich gehört«, antworte ich. Ich ziehe mein Handy heraus und schreibe Cassie eine SMS.

Sie ist hier. Sie ist wütend. Ich habe ihr Paroli geboten, mein Leben ist vorbei.

Cassie antwortet nicht.

Hörst du zu? Sie hat mir im Grunde gedroht! Meine Karriere ist vorbei!

Cassie antwortet immer noch nicht. Verdammt noch mal.

Ich bin auf mich allein gestellt.

»Alles auf die Plätze!«, ruft die Frau mit dem Klemmbrett. »In fünf Minuten ist Showtime.«

Ich ziehe mich um und streife mir das Weihnachtskleid über. Dann fällt mir auf, dass ich meine Schuhe vergessen habe. Ich muss die schwarzen Stöckelschuhe anbehalten, aber seltsamerweise sehen sie zu dem Kleid ziemlich gut aus.

»Die Kleider sind sehr stilvoll«, sagt eines meiner Models zu mir. »Es ist schön, wenn man sich mal nicht die Nippel abkleben muss.«

Ich sehe sie ungläubig an. »Sicher. Das war wohl der Sinn der Sache. Keine Nippelabkleber. Ihr seht beide toll aus. Wenn wir nicht gewinnen, liegt es sicher nicht an euch.«

»Schon klar«, sagt das Model neben mir, während es eine Strähne seines langen Haars um den Finger wickelt.

»Zeit für die Aufstellung«, sage ich. »Hals- und Beinbruch.«

»Sagen Sie nicht so was«, erwidert die andere entsetzt. »Wir verdienen mit dem hier unser Geld.«

Die Klemmbrett-Dame ruft ein zweites Mal, und ich beeile mich, um mich in die Reihe der Designer einzugliedern.

Hinter dem Vorhang warte ich mit den anderen nervösen Designern, die ihre Entwürfe nacheinander vorführen werden. Es gibt Kleider mit Federn, mit Pailletten, mit G-Strings und Körperbemalung. Aber es gibt nichts, was mit meinem vergleichbar wäre.

In mir regt sich ein kleines bisschen Hoffnung.

Doch als sich die Designerin, die gerade an der Reihe war, mit schweißüberströmtem Gesicht zurück durch den Vorhang schiebt und ich einen Blick auf Lillianna in der ersten Reihe erhasche, verpufft die Hoffnung schlagartig.

Es kommt mir vor, als könne sie mich sogar durch den Vorhang hindurch sehen.

Mir läuft ein kalter Schauer über den Rücken.

Leider habe ich keine Zeit, mich richtig zu sammeln, denn jetzt bin ich an der Reihe und werde praktisch durch den Vorhang auf die Bühne geschoben.

❄

Hunderte Augen starren mich aus einem Meer von Stühlen an. Ich schlucke und stolpere zu meinem Platz.

»Ich bin Meg Julliard, und ich präsentiere die *Timeless*-Linie.« Model Nummer eins schreitet durch die Türen und über den Laufsteg. »Mindy trägt ein einfarbiges Jersey-Kleid, das von den glamourösen Epochen der Vergangenheit inspiriert wurde. Es ist so konzipiert, dass man es jahrelang tragen kann, es ist ebenso für elegante wie alltägliche Anlässe geeignet. Dieses Kleid ist stilvoll, langlebig, elegant und … ja, zeitlos.«

Mindy verschwindet durch den Vorhang, und Kylie nimmt ihren Platz ein. »Kylie trägt ebenfalls ein Modell aus Jersey, allerdings mit einem U-Boot-Kragen. Es ist ein eleganter Verweis auf frühere Zeiten, in denen Frauen sich für jede Gelegenheit besonders kleideten und jedes Detail zählte. Die Nähte sind aus Goldfäden, es hat glatte Linien und verkörpert wie jedes Stück meiner Kollektion Klasse und Eleganz, während sich die Trägerin darin zeitlos sexy fühlt.«

Ich atme tief durch und merke, dass meine Hände nicht mehr zittern. Ich werfe einen Blick in die erste Reihe und stelle fest, dass die dort sitzenden Leute aufmerksam zuhören. Sogar Lillianna scheint jetzt interessiert zu sein.

Ich atme aus. *Atme die Angst aus.*

Als Mindy wieder dran ist, entspanne ich mich und bin in der Lage, ihr Kleid lässiger zu kommentieren, und als Kylie zurückkommt, fühle ich mich sogar ganz wohl.

Am Ende stellt sich Mindy zu Kylie, und ich trete zwischen die beiden.

»Meine Kollektion wurde von zwei Einflüssen inspiriert. Der eine war meine Schwester. Sie hat vor vielen Jahren gegen den Krebs gekämpft, und ihr Körper veränderte sich durch die Behandlungen rasend schnell. Das hat mich dazu angeregt, Mode zu entwerfen, die sich mit der Frau, die sie trägt, verändern kann.« Ich mache eine kleine Pause.

»Die andere Inspiration«, fahre ich fort, »ist das Kleid, das ich trage. Es ist ein Vintage-Stück, sehr elegant und langlebig, aus einer Zeit, in der Frauen in hochwertige Mode investierten. Dieses Kleid ist der Grundstein für meine gesamte Linie. Ich möchte Schlichtheit, Eleganz, Qualität und Klasse zurückbringen, sodass sich jede Frau, die meine Kleider trägt, sexy und selbstbewusst fühlt. Wie Sie an meiner Schuhwahl sehen können« – ich deute auf meine Stöckelschuhe – »kann man es aufpeppen, dezenter machen oder auch modern kombinieren. Der Stoff ist fließend und eignet sich für viele verschiedene Gelegenheiten. Falls ich diesen Wettbewerb gewinne, finanziere ich mit dem Preisgeld die

Gründung meiner Modelinie. Das Atelier wird in einem historischen Gebäude in Chicago untergebracht. Sollte ich nicht gewinnen, werde ich meine Modelinie trotzdem in diesem historischen Gebäude in Chicago gründen. Ich bin fest entschlossen und werde einen Weg finden. Denn ich glaube wirklich, dass die Modewelt und jede Frau zeitlose Stücke in ihrer Garderobe braucht, um sich besonders zu fühlen. Außerdem habe ich vor, einen Teil meines jährlichen Gewinns an die Krebsforschung zu spenden. Aber berücksichtigen Sie das nicht bei Ihrer Entscheidung. Falls ich gewinne, dann sollte es ausschließlich wegen meiner Arbeit geschehen. Ich danke euch allen, dass ihr heute gekommen seid.«

Ich nehme Mindys und Kylies Hände, und wir verbeugen uns synchron, bevor wir uns wieder hinter die Bühne begeben.

Ich habe das Gefühl, zusammenzubrechen, als wir durch den Vorhang zurückkommen und mir mehrere Leute die Hand schütteln.

»Tolle Arbeit«, sagt eine Lady. »Wirklich schöne Stücke.«

»Danke«, erwidere ich. Ich bin nur erleichtert, dass es vorbei ist.

Ich warte in unserem Verschlag, während die restliche Konkurrenz ihre Mode vorführt und anschließend die Jury berät, bis die Klemmbrett-Lady alle aufruft, sich für die Preisverleihung aufzustellen.

Ich habe solche Angst, dass ich meine Finger und Zehen nicht mehr spüre.

Wir bauen uns auf und warten, während die Sprecherin von *Vogue* Nettigkeiten über uns alle, über die Modewelt und über die Organisatoren des Wettbewerbs sagt.

Blah, blah, blah.

Ich versuche, mich auf etwas anderes zu konzentrieren als auf das Pochen meines Herzens.

»Und jetzt kommen wir zu dem Moment, auf den wir alle gewartet haben«, sagt sie mit einem Lächeln. »Wir haben heute einige erstaunliche Entwürfe gesehen. Bahnbrechend, Grenzen sprengend, schön und klassisch – wir haben heute wirklich die ganze Bandbreite der Mode erlebt. Der erste zweite Sieger ist die *City Light*-Linie von Carter Evans.«

Die Menge applaudiert, und meine Knie werden schwächer. Ich bin entweder einen Schritt näher dran oder einen Schritt weiter weg, je nachdem, wie man es betrachtet. Entweder hat Carter meinen Platz eingenommen, oder ich stehe einen Platz höher als er.

»Der andere zweite Platz geht an die *Naughty Angel*-Linie von Macy Lowe. Wir sind der Meinung, dass Ihre innovative Shapewear die Wahlmöglichkeiten der Frauen bei der Formung ihres Körpers erweitern wird. Herzlichen Glückwunsch, Macy!«

Macy nimmt ihren Umschlag entgegen, und die Menge applaudiert.

Ich sehe eine Bewegung im hinteren Teil des Raums, eine Person, die sich duckt und durch die vollen Sitzreihen schlängelt, und dann erkenne ich das Gesicht meiner besten Freundin.

Cassie.

Sie hat es doch geschafft!

Ich möchte vor Erleichterung seufzen. Selbst wenn ich verliere, ist es schön, jemanden zur moralischen Unterstützung hier zu haben.

»Und jetzt kommen wir zu unserem Hauptgewinner. Wir leben in einer Zeit, in der viele versuchen, die Grenzen zu überschreiten, Dinge aus Sensationsgründen aufreizend zu gestalten, zu empören, nur um zu provozieren. Diese Mode hat gewiss ihre Berechtigung, aber heute freuen wir uns, eine andere Art von Mode zu feiern.«

Ach du meine Güte.

Ach du meine Güte!

Ist das möglich?

Sie dreht sich zu mir um.

»Ms. Julliard, Ihre *Timeless*-Line verkörpert, was wahre Mode sein sollte: Kleider, die Trends überdauern, die Herausforderungen der Zeit bestehen und jede Frau, die sie trägt, kühner machen. Deshalb geht unser erster Preis an Meghan Julliard. Wir freuen uns schon darauf, mitzuerleben, wie Ihre neue Linie den Markt verändert. Herzlichen Glückwunsch!«

Mit tauben Fingern nehme ich den Umschlag entgegen, stehe auf und lasse mich bejubeln. Auch das Publikum erhebt sich und spendet Standing Ovations.

Cassie klatscht wie besessen, während sie versucht, weiter nach vorn zu kommen.

Sogar Lillianna klatscht. Widerwillig, aber immerhin.

Dieser Moment ist surreal. Ich kann es nicht fassen.

Ich habe gewonnen.

Ich kann es mir leisten, Parkview West zu renovieren. Ich muss meine Träume nicht aufgeben. Meine Modelinie wird sich entwickeln … und nach der heutigen Reaktion zu urteilen, wird sie ein Erfolg.

Ich lächle in die Menge und winke.

Immer noch fassungslos gehe ich danach hinter die Bühne und lasse mich auf einen Stuhl fallen. Den Umschlag halte ich fest in der Hand. Ich habe Angst, hineinzuschauen, aber schließlich öffne ich ihn mit zittrigen Fingern.

Der Scheck hat mehr Nullen, als ich je gesehen habe.

Dreihunderttausend Dollar.

Ausgestellt auf mich.

✻

Ich starre immer noch auf den Scheck, als Cassie in unseren Verschlag stürmt. »Meg!« Sie ist völlig außer Atem. »Herzlichen Glückwunsch!«

Ich sehe sie verwirrt an. »Bist du gerannt?«

»Ja! Glückwunsch zum Sieg. Du warst unglaublich, aber wir müssen jetzt sofort gehen.«

»Warum?«

Ich kann ihr nicht ganz folgen, aber ihre Wangen sind gerötet und sie ist sichtlich aufgeregt.

»Du kennst doch die romantische Flughafenszene, die es in so ziemlich jedem Melodram gibt?«

Okay, jetzt bin ich noch verwirrter als vorher.

Sie packt mich am Arm. »Nimm deine Sachen. Es wartet ein Happy End auf dich.«

»Wovon redest du?« Ich werde langsam ungeduldig, weil das, was sie sagt, so gar keinen Sinn ergibt.

Sie schnappt sich meine Tasche und stopft meine Sachen hinein. »Ich erkläre es dir unterwegs, Meg.«

Sie schiebt mich durch die Menschenmassen, und ich stolpere über meine eigenen Füße. Sie hört nicht auf, an mir zu zerren, bis wir auf die Drachenlady stoßen. Wie angewurzelt bleiben wir stehen, und Lillianna dreht sich zu uns um. Ihre Augenbrauen schießen hoch.

»Herzlichen Glückwunsch, Meghan«, sagt sie. »Ich hätte nicht gedacht, dass Sie es schaffen.«

Cassie und ich sind wie erstarrt.

»Und was Ihre Worte von vorhin betrifft«, fährt sie übergangslos fort. »Ich bin hart zu meinen Mitarbeitern, weil ich hart zu mir selbst bin. Ich erwarte sehr viel von ihnen, weil ich sehr viel von mir selbst erwarte. Das ist keine negative Eigenschaft.«

Sie wirft mir einen durchdringenden Blick zu.

»Bitte informieren Sie *Stitch*, wenn Ihre Kollektion auf den Markt kommt. Und wir wollen ein Exklusivinterview. Vergessen Sie das nicht, wenn Sie erst Ihr eigenes Modehaus leiten. Ich fordere immer meine Gefallen ein.«

Ich könnte meinen Schock nicht in Worte fassen, und ich muss mich bewusst zusammenreißen, damit mir nicht die Kinnlade herunterfällt. Lillianna wendet sich an Cassie.

»Das Interview mit ihr liegt morgen früh um acht Uhr auf meinem Schreibtisch.«

Damit dreht sie sich um und schreitet davon.

Cassie und ich starren uns an, bevor sie mich am Arm packt und durch das Gebäude auf die Straße zerrt. Sie schubst mich praktisch in einen SUV, der am Bordstein wartet.

Als der Wagen sich in den Verkehr einfädelt, wende ich mich an meine beste Freundin. »Raus damit! Sofort. Was um alles in der Welt ist hier los?«

Cassie holt tief Luft und sieht mir in die Augen. »Was du mir alles über Talia erzählt hast, schien nicht so richtig zusammenzupassen. Also habe ich ein bisschen herumspioniert und herausgefunden, dass das ihre Masche ist! Sie verabredet sich mit Jungs, täuscht eine Schwangerschaft vor und lässt sich dann umsorgen, bis sie dahinterkommen, dass das alles nur gelogen ist.«

Ich blicke sie stumm an und fürchte mich, Hoffnung zuzulassen.

»Sie denkt nur an sich selbst«, fährt Cassie fort. »Logan war nur ein Kollateralschaden.«

Mein Herz beginnt zu flattern. »Und warum rasen wir zum Flughafen?«

»Weil ich Logan natürlich davon erzählt habe und er versucht hat, einen Flug zu erwischen, um zu deiner Show zu kommen. Aber es hat nicht mehr rechtzeitig geklappt. Daraufhin hat Drake ihm eine Cessna gebucht, und er sollte in …«, sie schaut auf ihre Uhr, »… zwanzig Minuten ankommen.« Sie wendet sich an den Fahrer. »Können Sie sich etwas beeilen?«

Der Wagen beschleunigt, und ich kann nicht glauben, was ich da höre.

»Er hasst diese kleinen Flugzeuge«, sage ich langsam. »Sein Vater ist mit einem abgestürzt.«

Sie sieht mich erstaunt an. »Das wusste ich nicht. Er muss dich sehr lieben, Meg.«

Jetzt trifft mich die Bedeutung des heutigen Tages mit ganzer Wucht … Ich gewinne den Wettbewerb, höre diese Nachricht … und ich beginne zu weinen und gleichzeitig zu lachen wie eine Verrückte. Cassie, die nicht in der Nähe von jemandem sein kann, der weint, ohne selbst in Tränen auszubrechen, fängt auch an zu schluchzen. Mir tut der Fahrer wirklich leid.

»Alles wird gut, Meg«, sagt sie unter Tränen und umarmt mich.

Und ich weiß, dass sie diesmal wirklich recht hat.

»Bist du glücklich mit Drake?«, frage ich, während die Tränen mein Make-up ruinieren. »Weil du so … so glücklich wirkst. Ich weiß, dass er und ich nicht zusammenpassten, aber ihr beide scheint zu harmonieren.«

Cassie nickt. »Er ist das Yin zu meinem Yang«, sagt sie,

und ihre Wimperntusche ist ebenfalls verschmiert. »Danke, dass du es uns nicht schwer gemacht hast.«

»Ich bin einfach nur froh, dass du glücklich bist«, sage ich ehrlich. »Ich liebe dich.«

»Ich liebe dich auch.«

Kapitel 22

Der SUV kommt knirschend auf dem Rollfeld der Landebahn für Privatflugzeuge zum Stehen, und wir beobachten, wie gerade eine kleine Cessna ausrollt. Hastig springe ich aus dem Wagen, und noch bevor Cassie draußen ist, renne ich schon auf das Flugzeug zu.

Die Leiter klappt herunter, und abgeschabte Arbeitsstiefel treten auf die Stufen. Als er unten angekommen ist, stürze ich mich in Logans Arme, als wäre ich von einer Kanone abgeschossen worden.

Wir prallen aufeinander, und ich plappere los, stoße Wörter und Sätze aus, an die ich mich später nicht mehr erinnern kann.

»Ich liebe dich. Ich hätte nicht zögern sollen. Es spielte keine Rolle, ob sie schwanger war oder nicht. Ich stehe voll und ganz hinter dir. Ich vertraue dir. Ich liebe dich. Ich vertraue dir.«

Zumindest denke ich, dass ich das sage, aber ehrlich gesagt, die Tränen, die über mein Gesicht strömen, scheinen meine Worte irgendwie zu verstümmeln, und Logan wirkt etwas verwirrt.

Aber auch glücklich.

Er grinst über das ganze Gesicht, also hört er zumindest, was ich da herausstammele.

Er hält mich fest umschlungen, und aus dem Augenwinkel sehe ich Cassie, die ihre Hände auf ihre Brust presst und förmlich auf der Stelle herumhüpft.

Auch bei ihr fließen Tränen.

»Ich liebe dich«, murmelt er dicht an meinem Ohr. »Bitte verlass mich nie wieder.«

Ich schüttele den Kopf. »Niemals.«

»Ich wollte rechtzeitig zu deiner Show hier sein, aber es gab keine Flüge mehr.«

»Ich kann nicht glauben, dass du in dieses Flugzeug gestiegen bist«, sage ich und beäuge die winzige Maschine. »Geht es dir gut?«

Er nickt. »Für dich würde ich damit auch Ozeane überqueren. Weißt du das denn noch nicht?«

Ich fange wieder an zu weinen. Diesmal kommt Cassie zu mir und umarmt mich, und Logan hat zwei heulende Frauen in den Armen. Er klopft uns beiden unbeholfen auf denRücken, während die Pilotin der Cessna Logan mitleidig beobachtet.

»Wir haben gewonnen!«, bringe ich schließlich heraus. »Wir haben den ersten Platz gemacht!«

»*Du* hast gewonnen«, sagt er. »Dein Talent. Deine Entwürfe. Du bist umwerfend, Meg. Und übrigens, du siehst so wunderschön aus!«

Ich bin verschwitzt von der Hast und der Hektik, aber ich trage das Weihnachtskleid. Logan streicht mir eine verirrte Haarsträhne von der Wange.

»Du bist so schön«, wiederholt er, dann senkt er den Kopf und küsst mich.

Cassie quietscht und schaut auf ihre Uhr.

»He, wenn ihr rechtzeitig zurück sein wollt, um euch mit der Historical Society zu treffen, solltet ihr schleunigst wieder in das Flugzeug steigen.«

Ich sehe Logan an.

»Das müssen wir nicht«, sage ich. »Ich habe einen Linienflug gebucht. Ich bin sicher, wir können dir einen zusätzlichen Platz buchen.«

»Es gibt keinen«, antwortet Cassie. »Ich habe es überprüft. Es ist Heiligabend, Meg. Viele Leute wollen die Feiertage zu Hause verbringen. Logan, wenn du mit Meg zurückfliegen willst, musst du mit diesem Flugzeug fliegen. Tut mir leid.«

Sie entschuldigt sich, aber ich umarme sie wieder. »Cassie, du hast Logan zu mir gebracht. Entschuldige dich nie wieder für irgendetwas.«

Logan sieht auf mich herunter. »Ich bin so weit. Gehen wir.«

»Bist du sicher?«, frage ich ihn ernst.

Er grinst. »Das will ich um nichts in der Welt verpassen.«

Wir steigen die kleine Treppe hinauf in die Maschine, und Cassie folgt uns mit meiner Tasche. Wir schnallen uns alle drei an, und ich halte Logans Hand ganz fest.

»Du kommst auch mit?«, frage ich meine beste Freundin.

»Na klar! Nachdem du die wilde Drachenlady gezähmt hast, lässt sie vielleicht etwas Gnade walten.«

»Verlass dich lieber nicht darauf«, warne ich sie. Sie lacht.

»Drake kommt auch zur Party. Er ist geschäftlich in Chicago.«

»Es war wirklich nett von ihm, diesen Flug zu chartern«, erkläre ich.

Sie lächelt. »Ich habe dir gesagt, dass er ein netter Kerl ist. Tief im Inneren.«

»Ihr seid perfekt füreinander.« Ich lehne meinen Kopf an Logans starken Arm. Sie ist genauso perfekt für Drake wie ich für Logan. Ich bin froh, dass ich mir erlaubt habe, das jetzt endlich zu kapieren.

Als das Flugzeug die Startbahn hinunterrollt, drückt Logan nur ganz leicht meine Hand. Das einzige Zeichen dafür, dass es ihn stresst. Sobald wir in der Luft sind, entspannt er sich, und ich rede, um ihn abzulenken.

»Hast du mit Talia gesprochen?«

»Ich habe sie angerufen«, sagt er. »Sie hat es natürlich abgestritten, also habe ich ihre Mutter angerufen, nachdem wir aufgelegt hatten. Sie hatte keine Ahnung von all dem, und außerdem hat sie mir verraten, dass Talia letztes Wochenende mit ihren Schwestern gefeiert hat.«

»Sie hat also gelogen«, murmle ich. »Aber ihr Bauch …«

»Es gibt viele Möglichkeiten, schwanger auszusehen«, mischt sich Cassie ein. »Kissen, diese Schwangerschaftssimulatoren … es gibt alles Mögliche.«

»Das ist eine Menge Aufwand, nur um diese Nummer durchzuziehen«, finde ich.

»Hast du schon mal den Begriff Sugar Babies gehört?«, fragt Cassie mich. »Sie wollen versorgt werden und suchen sich dafür normalerweise ältere, gut situierte Männer als Opfer aus.«

»Das trifft hier aber nicht zu«, entgegne ich. »Logan ist in ihrem Alter.«

»Sie hat das Drehbuch nach ihren Bedürfnissen abgeändert.« Cassie winkt ab. »So oder so ist sie nicht mehr dein Problem.«

»Cassie hat recht«, sagt Logan. »Ich habe ihrer Mutter alles erzählt, und es ist ihre Sache, wie sie damit umgehen wollen. Sie gehört nicht mehr zu unserem Leben.«

Gott, das tut so gut.

»Sylvie hat den Apartmentblock schon für die Party hergerichtet«, fährt Logan fort. »Sie hat wirklich gute Arbeit geleistet. Die Dekoration ist unglaublich. Sie fühlt sich jetzt endlich ernst genommen und wichtig, nachdem du ihr erlaubt hast, etwas von ihrem eigenen Geld in das Budget zu stecken. Danke dafür.«

»Es gefällt ihr, dazuzugehören«, stimme ich zu. »Aber sie hat uns auch einen großen Gefallen getan. Ohne ihre Investition hätten wir es uns nicht leisten können, eine schicke Party zu veranstalten – und da die Historische Gesellschaft heute Abend kommt, wollte ich wirklich, dass sie das Gebäude von seiner besten Seite sieht.«

»Wie viele werden denn kommen?«, will Cassie wissen. »Brauchst du meine Hilfe, um sie zu unterhalten?«

»Kein Karaoke«, sage ich grinsend und erinnere mich an das letzte Mal, als Cassie mit mir zusammen bei *Stitch* Kunden unterhalten hat.

Sie flattert mit den Augenlidern. »Das kann ich nicht versprechen.«

Logan lacht. »Das hat Ellie nicht gesagt. Sie hat zwar mit einer Assistentin dort gesprochen, aber sie weiß nicht, wer auftauchen wird. Wir müssen einfach auf alles gefasst sein, was da kommt.«

»Sylvie hat genug zu essen für eine ganze Armee bestellt«, erkläre ich. »Wir sind bestimmt gut vorbereitet.«

Logan hält meine Hand für den Rest des Fluges. Er zuckt kaum, als wir landen, obwohl seine Handflächen ein wenig feucht werden, das einzige Zeichen seiner Angst.

»Danke, dass du mich abgeholt hast«, sage ich leise, als das Flugzeug zum Stehen kommt. »So etwas Tolles hat noch nie jemand für mich getan.«

»Das kann ich kaum glauben«, antwortet er. »Du bist selbst doch eine Gesten-Meisterin.«

»Ich glaube nicht, dass es dieses Wort gibt«, sagt Cassie.

Er errötet, weil er nicht wusste, dass sie ihn hören konnte.

Sie lacht. »Aber du hast dir meine Zustimmung verdient«, erklärt sie, während sie ihren Gurt öffnet und aufsteht. »Du darfst meine beste Freundin heiraten.«

Ich reiße den Kopf herum.

»Wir sollten vielleicht nichts überstürzen«, sage ich und deute auf die offene Flugzeugtür.

Sie lacht, schüttelt aber wissend den Kopf.

»Merk dir meine Worte«, sagt sie und verschwindet die Treppe hinunter.

Auf Logan und mich wartet ein weiterer SUV, den uns wieder Drake zur Verfügung gestellt hat. Cassie ist bereits eingestiegen, und Logan wirft meine Tasche auf den Rücksitz. Dann hilft er mir hinein.

»Ich fühle mich ein bisschen wie Aschenputtel auf dem Weg zum Ball«, sage ich beiläufig und tue so, als würde ich den Massen wie eine Prinzessin zuwinken.

»Du siehst in diesem Kleid wirklich wie eine Prinzessin aus«, meint Cassie. »Oder wie eine Sirene aus dem Kino. Oder vielleicht ein Mädchen aus den 20er-Jahren. Ich kann mich nicht entscheiden.«

»Du darfst heute Abend eines meiner Kleider tragen, wenn du willst«, sage ich. »Ich habe vier davon in der Tasche.«

»Du hast drei«, korrigiert sie. »Eines habe ich mir bereits gesichert.«

Ich lache. *War klar, dass sie das macht!*

»Na ja, du hast es dir verdient«, sage ich.

»Ich weiß.«

»Dein Sinn für Bescheidenheit ist bewundernswert«, meint Logan lachend.

»Das ist eine meiner besten Eigenschaften«, erwidert sie.

»Ich mag dich«, sagt er.

»Das tun die meisten Leute.« Sie seufzt theatralisch. »Schwer ist der Kopf, der die Krone trägt.«

Ich verdrehe die Augen. »Es wird langsam eng hier drin.«

Sie lachen, und ich liebe die Energie zwischen ihnen. Wenn wir alle vier miteinander auskommen, wird das Leben so viel besser für uns sein.

»Drake kommt auch noch«, verspricht Cassie. »Er wird sich nur ein bisschen verspäten.«

❄

Der Wagen hält vor dem Parkview, wo Sylvie seit heute Morgen festliche, weiß leuchtende Baumkerzen an den Innenseiten der Fenster angebracht hat.

Wir gehen hinein, und die Lobby sieht umwerfend aus. Rote Weihnachtssterne und cremeweiße Kerzen säumen den Kaminsims. An der vorderen Theke hängen grüne Girlanden, und auch dort flackern Kerzen.

Ein Schild weist auf den Crystal Ballroom hin. »Das ist beeindruckend«, sagt Logan.

Ich nicke. »Ich habe keine Ahnung, wie sie das geschafft hat.«

»Vor allem, weil sie, als ich sie heute Morgen das letzte Mal sah, ihre Liste verloren hatte und danach suchte.«

Ich lache. »Das war ja klar.«

»Aber offensichtlich hat sie sie wiedergefunden«, fährt er fort, während wir den Flur zum Ballsaal hinuntergehen.

Sylvie steht in der offenen Tür, und als sie uns sieht, erhellt sich ihr Gesicht. »Ihr seid wieder da!«, ruft sie aus. »Ellie hat uns die Neuigkeiten erzählt! Du hast gewonnen! Ich wusste es doch!«

»*Wir* haben gewonnen«, sage ich. »Und alles hier sieht so

schön aus, Sylvie. Ohne dich hätte ich das alles nicht geschafft.«

Sie strahlt und wehrt das Lob ab. »Das ist die Party, die ich schon immer mal ausrichten wollte«, sagt sie. »Danke, dass du es mir erlaubt hast.«

»Aber du hast doch gesagt, dass mein Vater dir immer freie Hand gelassen hat?«, necke ich sie.

Sie blinzelt. »Da habe ich vielleicht ein bisschen übertrieben.«

»Das dachte ich mir.« Ich grinse. »Nun, ich bin froh, dass du dieses Jahr freie Hand hattest. Das ist die schönste Weihnachtsfeier, die ich je gesehen habe.«

Und das ist die Wahrheit. Als wir den Ballsaal betreten, stelle ich fest, dass alle geschnitzten Holzverkleidungen poliert sind, überall Kerzen stehen und die Kronleuchter glänzen. Sie tauchen all die fantasievoll gekleideten Bewohner in ihren sanften Schein. Ein riesiger Weihnachtsbaum reicht fast bis zur Decke und macht dem im Macy's Walnut Room Konkurrenz. Ein Streichquartett in einer Ecke spielt leise Weihnachtsmusik.

Sylvie.

Sie hat sich wirklich selbst übertroffen. Ich suche den Raum nach Fremden ab, die von der Historischen Gesellschaft sein könnten, aber sie scheinen noch nicht eingetroffen zu sein.

Ein Caterer in weißem Hemd und schwarzer Krawatte bietet mir einen Krabbenpuffer an, und ich nehme ihn, da ich den ganzen Tag noch nichts gegessen habe. Er schmeckt so gut, dass ich dem Kellner hinterherlaufe und mir zwei weitere vom Tablett stibitze.

»Ich bin wirklich sehr damenhaft«, sage ich zu Logan.

Er grinst. »Das liebe ich an dir.«

Er liebt mich.

Dieses Wissen gibt mir das Gefühl, über dem Boden zu schweben.

Doch meine Nerven sind immer noch angespannt. Denn auch wenn ich jetzt das Geld aus dem Wettbewerb investieren kann, wird es sehr viel kosten, das Gebäude vollständig zu renovieren. Die Anerkennung der Historischen Gesellschaft zu bekommen, ist von größter Bedeutung, wenn wir mit dem *Red Alibi* weitermachen wollen.

Das Streichquartett spielt einen langsamen Walzer, und Logan hält mir die Hand hin. »Tanzt du mit mir?«

Ich nicke. »Das hat mir mal jemand beigebracht.«

Er lächelt. »Ich hoffe, der Typ war gut.«

»Der Beste«, antworte ich und nehme seine Hand. Er zieht mich an seine Brust, und wir tanzen zu den beruhigenden Streicherklängen von »I'll Be Home for Christmas«.

Es fühlt sich wie Ironie an, denn ich bin zu Weihnachten tatsächlich zu Hause. Und dies hier ist in jeder Hinsicht mein Zuhause. Ich wünschte nur, mein Vater könnte diesen Moment noch erleben und sehen, wie viel Zuneigung mir hier entgegengebracht wird.

Als Logan mich über die Tanzfläche führt, habe ich den Eindruck, dass mein Vater mich vielleicht doch sehen kann.

Vielleicht ist er ja hier.

Dieses alte Gebäude mit seiner geschichtsträchtigen Vergangenheit gibt einem wirklich das Gefühl, dass Erinnerungen und Menschen noch ein bisschen hier verweilen, auch nachdem sie schon lange gegangen sind.

Ich stelle mir vor, wie mein Vater jetzt neben Sylvie steht. Er würde genauso lächeln wie damals, als ich das College abschloss: stolz. Ein Lächeln, das sagt: »Ich wusste, dass du es schaffst.«

In diesem Moment wird mir klar, dass er tatsächlich wusste, dass ich es schaffen würde. Er wusste, dass er mir dieses Erbe hinterlassen konnte und dass ich es in Ehren halten würde.

Er wusste, dass ich mich hier zu Hause fühlen würde, und er hat all die Jahre diesen Ort erhalten, damit ich ein Zuhause habe, in das ich zurückkehren kann.

Vor Glück muss ich schon wieder weinen.

»Danke, Papa«, sage ich, nur für den Fall, dass er mich hören kann.

Ich stelle mir vor, wie er neben Sylvie steht und nickt. Mein Herz fühlt sich an, als ob es überläuft, und als das Stück endet, sage ich Logan, dass ich dringend einen Drink brauche.

Wir treten von der Tanzfläche, und er geht zu der Bar, die Sylvie am anderen Ende des Raumes aufgebaut hat. Ich sehe, wie Logan mit Ed plaudert, während er in der Schlange wartet. Ed hält Tootsie im Arm, die für diesen Anlass ein schickes Perlenhalsband trägt.

»Meg«, sagt jemand hinter mir, und ich drehe mich um.

Walt steht vor mir, im Anzug und mit ordentlich gekämmtem Haar.

»Walt!«, rufe ich. »Wie schön, Sie zu sehen! Kennen Sie Sylvie? Mein Gott, ich hätte Sie selbst einladen sollen!«

Er lächelt und klopft mir beruhigend auf den Arm.

»Nein, ich kenne Sylvie nicht. Ich bin der Treuhänder der Chicago Historical Society.«

Natürlich! Jetzt, wo ich darüber nachdenke, kommt mir das vollkommen logisch vor. Schließlich besitzt er ein Antiquitätengeschäft.

»Oh mein Gott! Ich hatte ja keine Ahnung!«, rufe ich. »Aber ich kann mir nichts Passenderes vorstellen!«

»Nun, ich bin selbst ein uraltes Relikt«, scherzt er. »Da ist es nur logisch, mir zur Aufgabe zu machen, andere alte Relikte zu schützen.«

»Sie sind nicht alt, Sie sind weise!«, protestiere ich.

»Das gefällt mir auch besser.« Er zwinkert. »Ich muss zugeben, Meg, dieser Crystal Ballroom ist wunderschön. Vieles von seinem früheren Flair ist noch erhalten. Ich kann mir vorstellen, dass der Raum wieder in neuem Glanz erstrahlen würde, wenn man die Tapeten erneuert.«

»Ich weiß«, sage ich. »Aber das ist noch der einfachere Teil. Ich möchte den Rest des Gebäudes zu einer Seniorenwohnanlage mit modernen Annehmlichkeiten umgestalten und dabei die historischen Elemente beibehalten, die Parkview West einzigartig und besonders machen.«

»Das schaffen Sie ganz bestimmt«, erwidert er zuversichtlich. »Stimmt es, dass Sie das *Red Alibi* entdeckt haben?«

Ich nicke aufgeregt. »Es ist erstaunlich, Walt. Es war zugemauert und dahinter fast völlig unversehrt. Es ist buchstäblich so, als könnten wir einfach in die Geschichte eintreten. Wir haben die Mauer durchbrochen, den Durchgang befestigt, und ich kann es kaum erwarten, Ihnen die Bar zu zeigen.«

»Und ich kann es kaum erwarten, sie zu sehen«, antwortet er. »Es kommt selten vor, dass Orte von solch historischer Bedeutung wie dieser hier noch intakt sind. Ich habe ein wenig nachgeforscht, und es scheint, dass die Besitzerin des Parkview in den späten 1970er-Jahren eine abergläubische Person war und glaubte, das *Red Alibi* könnte die Geister von Mafiosi beherbergen. Um auf Nummer sicher zu gehen, ließ sie es zumauern, in der Hoffnung, die bösen Geister damit einzusperren.«

»Ach du meine Güte. Wirklich?«

Er nickt. »Es wird gemunkelt, dass viele Mafiosi aus der Zeit des Organisierten Verbrechens in Chicago in diesem Gebäude verkehrten. Sie befürchtete, dass dort unten schlimme Dinge passiert sind, und wollte nicht, dass irgendwelche Opfer sie heimsuchen.«

Ich zucke zusammen. »Gibt es Geschichten über Morde oder Gespenster?«

Ich habe fast Angst vor der Antwort, aber Walt schüttelt den Kopf. »Ich konnte jedenfalls keine finden. Ich glaube, Sie sind hier sicher, Meg.« Er zwinkert mir zu und will noch etwas sagen, aber dann erstarrt er plötzlich. Sein Blick ist auf etwas hinter mir gerichtet.

Ich drehe mich um und sehe Ellie in der Tür zum Ballsaal. Sie sieht großartig aus. Groß, elegant, das weiße Haar zu einem Dutt im Nacken frisiert. Sie sieht so beeindruckend aus wie eine Ballerina im Ruhestand. Jede ihrer Bewegungen ist anmutig.

Ich höre, wie Walt nach Luft schnappt, und kann es ihm nicht verdenken. Sie sieht wirklich absolut umwerfend aus. Ich hatte recht mit der Farbe des Kleides, und sie trägt zu dem cranberryfarbenen Stoff rubinrote Ohrringe, die wie Tropfen fast bis zu ihren Schultern reichen.

»Das ist meine Freundin …«, hebe ich an.

»Ellie«, sagt Walt. Erschrocken sehe ich ihn an. Er starrt sie mit fast glasigen Augen an.

Ellie entdeckt mich, während sie den Raum absucht, und lächelt. Dann bemerkt sie Walt.

Ihr Mund klappt auf, und sie geht wie betäubt direkt auf uns zu.

Nein, nicht auf uns. Auf Walt.

Walt streckt seine Hände aus, und Ellie ergreift sie.

Ich trete erstaunt zur Seite.

»Frankie«, haucht sie. Sie sieht ihn an, als wäre sie auf einer einsamen Insel und er die einzige Wasserquelle.

»Das ist … Walt«, mische ich mich unsicher ein. »Ihm gehört ein Antiquitätengeschäft.«

Walt schüttelt den Kopf. »Mein Name ist Frances Walter Lutz«, sagt er, ohne den Blick von Ellie zu nehmen. »Seit diese schöne Frau aus meinem Leben verschwunden ist, mochte ich mich nicht mehr Frankie nennen. Ich konnte es nicht ertragen, den Namen aus dem Mund von jemand anderem zu hören als aus ihrem.«

Eine Träne läuft Ellie über die Wange.

»Du hast mich für ein Monster gehalten«, sagt sie, obwohl sie ihre Hände nicht aus seinen zieht.

»Nein, habe ich nicht. Ich war nur noch zu jung und wusste nicht, was ich tun sollte. Meine Mutter war von Trauer überwältigt, und sie war unvernünftig. Und ich wusste nicht, wie ich mit der Situation umgehen sollte. Ich habe dich jeden Tag, den du weg warst, vermisst. Ich habe nach dir gesucht«, sagt er. »Ich konnte dich nicht finden.«

»Ich bin von hier weggegangen«, antwortet sie. »Nach Indiana. Ich habe mich versteckt, hatte Angst, mich zu zeigen. Ich konnte den Gedanken nicht ertragen, dass du so wenig von mir hältst.«

»Das habe ich nicht«, protestiert er. »Wirklich nicht. Ich wusste, dass du uns nie bestehlen würdest. Ich schwöre es.«

Ellie löst ihre Hände aus seinen und öffnet ihre kleine schwarze Abendtasche. Sie greift hinein und holt den Saphir-Ohrring heraus.

Walts Augen weiten sich.

»Es hat sich herausgestellt, dass ich ihn wirklich hatte«, sagt sie. »Meg hat ihn vor Kurzem gefunden … er hatte sich im Saum des Kleides, das ich an jenem Abend trug, verheddert.«

»Dieses Kleid.« Walt deutete mit einem Nicken auf mich. »Ich würde es überall wiedererkennen.«

»Ja, dieses Kleid. Ich wusste nicht, dass ich den Ohrring hatte.«

Sie stehen da und sehen sich in die Augen. Tausend Gedanken fliegen zwischen ihnen hin und her, über all die verlorenen Jahre und die vergeudete Zeit.

Und doch ist es in diesem Moment so, als wären sie nie getrennt gewesen. Die Liebe, die sie empfinden, ist so greifbar, dass ich beinah glaube, ich könnte sie berühren.

»Tanz mit mir«, bittet Walt sie.

»Ja«, flüstert sie.

Ellie gibt mir ihre Handtasche, und sie schauen sich nicht um. Sie gehen geradewegs in die Mitte des Ballsaals. Wahrscheinlich ist das sogar die Stelle, an der Francesca Ellie vor so langer Zeit gedemütigt hat.

Mir schnürt sich der Hals zu, während ich sie beobachte. Walt geht vorsichtig mit ihr um, als wäre sie so zerbrechlich wie feinstes Glas, und sie blickt ihn an, als könnte er gleich verschwinden.

»Das ist ein Märchen«, sage ich laut. Cassie taucht neben mir auf.

»Ich weiß nicht, was hier gerade vorgeht, aber es scheint interessant zu sein.«

Ich erzähle ihr eine gekürzte Version der Geschichte, und sie mustert mein Kleid.

»Das ist ja unglaublich«, antwortet sie schließlich. »Das Kleid ist schon so alt?«

Ich nicke. »Jetzt siehst du, woher ich die Inspiration für meine *Timeless*-Linie habe.«

»Verstehe.«

Als das Stück zu Ende ist, gesellen sich Ellie und Walt zu Cassie, Logan und mir.

»Ich würde gerne das *Red Alibi* sehen«, sagt Walt. »Ich möchte natürlich jeden Moment mit dieser schönen Frau verbringen, aber ich bin hierhergekommen, um eine Aufgabe zu erfüllen. Also werde ich das tun und dann den Rest meiner Tage damit verbringen, sie zu überzeugen, mir noch eine Chance zu geben.«

Dem liebevollen Lächeln auf Ellies Gesicht entnehme ich, dass das schon so gut wie beschlossene Sache ist.

»Dann folgt mir«, fordere ich sie auf. Ich führe unsere Gruppe hinunter in das Untergeschoss. Sylvie hat das Licht im *Red Alibi* brennen lassen. Sie hat die Bar mit Whiskyflaschen und Gläsern ausstaffiert und Servietten und Streichholzbriefchen auf die Tische gelegt, um alles in Szene zu setzen. Es sieht in der Tat so aus, als könnten wir es gleich als Bar benutzen.

»Wo ist Hemingways Signatur?«, fragt Walt.

»Gleich hier entlang.« Ich führe ihn in die Ecke der Bar, und er beugt sich vor, um die Schnitzerei zu begutachten.

»Das ist außergewöhnlich«, sagt er schließlich, als er sich wieder aufrichtet. Neben ihm strahlt Ellie.

»Ich werde empfehlen, dieses Gebäude finanziell zu unterstützen«, erklärt er. »Jemand aus meiner Abteilung wird sich mit Ihnen in Verbindung setzen, um alles zu koordinieren.«

Ellie klatscht erfreut in die Hände, und ich lächle so strahlend wie noch nie in meinem Leben.

»Danke«, sage ich. »Ich danke Ihnen sehr.«

Walt sieht mich an. »Wer hätte gedacht, dass wir jetzt hier stehen würden, als Sie gestern in meinen Laden gekommen sind?«

Ellie sieht uns verwirrt an. »Ihr habt euch schon kennengelernt?«

»Ich wusste nicht, wer er ist«, erwidere ich, und Walt erklärt es ihr.

»Das Schicksal hat so eine komische Art, alles zu regeln«, sagt sie, als er fertig ist.

»Eine sehr komische Art«, stimme ich zu, als wir in den Aufzug steigen, um zur Party zurückzukehren.

Walt und Ellie haben nur noch Augen füreinander, und als sich die Tür wieder öffnet, kehren sie auf die Tanzfläche zurück.

»Sie versuchen, die verlorene Zeit wieder aufzuholen«, sagt Logan leise.

Ich nicke. »Das ist der beste Tag in meinem Leben«, verkünde ich. »Der allerbeste.«

Logan zieht mich zu sich heran. »Absolut«, stimmt er mir zu.

Er küsst mich sanft, und ich schließe die Augen, genieße die Musik des Quartetts, den Geruch von Logans Hemd und das Gefühl seiner Hände auf meinem Rücken.

»Ich bin glücklich«, sage ich.

»Gut«, antwortet er. »Ich hoffe, dass du das jeden Tag für den Rest deines Lebens sein wirst.«

Meine Augen weiten sich.

Er lacht. »Keine Angst. Noch mache ich dir keinen Heiratsantrag. Aber das werde ich. Und wenn ich es tue, wirst du es nie vergessen.«

Ich lache und entspanne mich.

»Ich kann es kaum erwarten«, sage ich ehrlich und bin überrascht von der Erkenntnis, dass ich es tatsächlich nicht erwarten kann. Logan ist der Richtige. Und ich bin gar nicht so unsympathisch, wie ich früher dachte. Ich brauchte nur die richtige Person an meiner Seite.

So wie Ellie und Frankie.

Ich sehe zu ihnen. Sie sind immer noch ineinander versunken, ohne die anderen zu bemerken, die um sie herum tanzen.

»Als Ellie mir zum ersten Mal ihre Geschichte erzählt hat, war ich neidisch auf sie, dass sie eine so große Liebe erlebt hat, auch wenn sie sie verloren hat«, erzähle ich Logan. »Aber ich habe meine große Liebe auch gefunden.«

Er umarmt mich fest. »Ich will dich in meinen Armen halten«, sagt er. »Für den Rest der Nacht. Lass uns tanzen.«

Ich nicke, und er zieht mich hinaus auf die dunkle Tanzfläche.

Ich drücke mein Ohr an seine Brust und höre auf sein Herz, während wir uns im Takt der Musik wiegen.

Wir tanzen Walzer, wir tanzen Foxtrott, wir tanzen zu anderer Musik, von der ich nicht einmal weiß, was es ist. Wir tanzen, bis Sylvie schließlich auf das Mikrofon tippt und um die Aufmerksamkeit aller bittet.

Sie trägt heute Abend keinen ihrer typischen Weihnachtspullis. Stattdessen trägt sie ein ausgestelltes, silbernes Paillettenkleid, dazu rote Paillettenschuhe und ein rotes Stirnband.

»Wir wissen alle, wem wir dafür danken müssen, dass wir heute Abend hier sind.« Sie hält inne und sieht mich an. Ich erröte. »Als Meg hier ankam, haben wir uns alle gefragt: Wie zum Teufel soll dieses junge Mädchen das Parkview übernehmen und es erblühen lassen?«

Sie blickt sich um und zuckt dann mit den Schultern. »Okay, vielleicht war das nur ich.«

Alle lachen. Auch ich.

»Ich habe es ihr nicht leicht gemacht«, fährt Sylvie fort. »Ich dachte, sie sei flatterhaft und ihr sei alles egal. Ich dachte, sie sei eigennützig und nur an dem interessiert, was ihr selbst Vorteile bringt.«

»Halt dich nur nicht zurück, Sylvie«, murmele ich.

»Aber sie hat mich schnell eines Besseren belehrt. Sie sorgt sich um jeden Einzelnen von euch. Sie hat unermüdlich daran gearbeitet, Lösungen zu finden, um unser Haus zu sanieren, und ich möchte ihr heute Abend mit großem Respekt danken und euch allen mitteilen, dass sie etwas wirklich Fantastisches erreicht hat. Sie hat den ersten Platz bei einem Modewettbewerb der *Vogue* gewonnen und sich die Finanzierung durch die Chicago Historical Society gesichert. Unser Zuhause ist sicher. Unser Haus wird besser werden als je zuvor. Ihr Vater wäre so stolz auf sie. Ladys und Gentlemen, Meg Julliard!« Sie reißt die Arme hoch, und alle applaudieren.

Ich lächle, erröte und gehe zu Sylvie, die mich fest umarmt.

»Du bist ein gutes Mädchen, Meg Julliard«, flüstert sie mir ins Ohr. »Willst du auch ein paar Worte sagen?«

Damit hatte ich nicht gerechnet, und ich brauche eine Minute, um mich zu sammeln. Dann räuspere ich mich.

»Leute, ich habe nie darum gebeten, dieses Gebäude zu erben. Sylvie hat recht. Als ich hierherkam, war ich völlig überfordert. Ich hatte keine Ahnung, was zu tun war, oder wie ich es tun sollte, ich war verloren. Wenn Sylvie, Logan, Ellie und so viele von euch nicht gewesen wären, wer weiß, wo wir jetzt wären. Aber ihr alle habt mir gezeigt, was Gemeinschaft und Familie wirklich bedeuten. Ihr habt mit angepackt, auch wenn ihr es nicht musstet, und mir geholfen, auf eine bessere Zukunft für uns alle hinzuarbeiten. Ohne euch hätte ich das alles nicht geschafft, und das ist die reine Wahrheit.«

Ich schaue in jedes strahlende Gesicht hier im Raum, und ich war noch nie so glücklich.

»Als ich hierherkam, dachte ich, ich müsste meine Ambitionen aufgeben. Ich wusste nicht, dass das Leben so viel mehr sein kann, als ich mir je erträumt habe. Dank Ihnen allen und Ihrer Unterstützung werde ich meinen Traum leben können und noch viel mehr. Ich werde meine neue Modelinie hier in diesem Gebäude ansiedeln. Außerdem werden wir das historische Speakeasy *Red Alibi* wiedereröffnen und das gesamte Gebäude so renovieren, dass Sie sich hier wohler fühlen und Ihre Freizeit auf unterhaltsame Weise verbringen können, einschließlich der Restaurierung des Dachgartens, der einst in der ganzen Stadt bekannt war. Ich möchte Ihnen das Gefühl von Gemeinschaft zurückgeben, das Sie mir geschenkt haben.«

Alle klatschen, und ich lächle.

»Ich glaube, was ich sagen will, ist: Danke, dass Sie mir ein Zuhause gegeben haben.«

Ich trete vom Mikrofon weg und werde dann von allen Anwesenden der Reihe nach umarmt und beglückwünscht.

Als ich schließlich zu Logan zurückkehre, sind Cassie und Drake bei ihm.

Ich begrüße meinen Ex herzlich und bedanke mich bei ihm für die Bereitstellung des Flugzeugs.

»Gern geschehen«, sagt er leichthin, einen Arm um Cassies Schultern gelegt. »Was du hier geschafft hast, ist erstaunlich, Meg. Ich muss mich bei dir entschuldigen. Du hast meine Hilfe nie gebraucht. Du hast das alles allein geschafft.«

»Danke«, sage ich aufrichtig. »Du hast keine Ahnung, wie viel es mir bedeutet, das von dir zu hören.«

Er lächelt, und Cassie schleppt ihn zur Tanzfläche, sodass Logan und ich allein sind.

»Ich bin so stolz auf dich«, sagt er und legt einen Arm um meine Taille. »Du bist alles für mich, Meghan. Ich habe ein solches Glück, dich getroffen zu haben.«

»Ja, das hast du.« Ich lache und werde dann schnell wieder ernst. »Aber eigentlich bin ich der Glückspilz.«

»Und dein Glück hört nicht auf.« Er deutet nach oben.

Ein Mistelzweig.

Sylvie.

Ich bemerke, wie sie mich ansieht und mir zuzwinkert, bevor Logan mich wieder in seine Arme zieht und innig küsst.

Frohe Weihnachten für mich.

Epilog

Drei Jahre später

Der Crystal Ballroom sah noch nie so schön aus wie heute, drapiert mit weißen Blumengirlanden, weißen Kerzen und weißem Tüll. Die Tapeten wurden restauriert und erstrahlen in ihrem ursprünglichen Glanz, das Holz wurde neu lackiert und auf Hochglanz poliert.

Frankie und ich sitzen auf Stühlen mit weißen Schleifen und Blumen an den Lehnen und warten darauf, dass Betsy und ihr frischgebackener Ehemann in der Tür erscheinen. Sie haben vor einer Stunde in der Holy Name Cathedral geheiratet.

»Danke, dass du mich nicht gezwungen hast, dich Walt zu nennen«, flüstere ich ihm zu und genieße es, wie sich seine Wange an meiner Nase anfühlt, während ich mich dicht zu ihm beuge.

»Du kannst aufhören, mir zu danken«, sagt er und grinst. »Es ist drei Jahre her. Du solltest inzwischen wissen, dass du, solange du Mrs. Lutz bleibst, alles tun kannst, was du willst.«

Ich lächle und drehe meinen Ehering an meinem Finger herum. Ohne ihn fühle ich mich nackt, deshalb nehme ich ihn nie ab. Es ist der schlichte Goldring, den er vor so vielen Jahrzehnten gekauft hatte, in der festen Absicht, ihn mir bei unserer Hochzeit an den Finger zu stecken. Nach dieser schicksalhaften Nacht hat er ihn all die Jahre in seinem Portemonnaie bei sich gehabt, als Erinnerung an unsere Liebe.

Als er ihn mir vor zwei Jahren endlich an den Finger steckte, war er von den Münzen bereits ziemlich zerschrammt, aber für mich war er deshalb umso schöner. Er zeigte seine Hingabe für mich, seine nie erlöschende Hoffnung.

»Ich liebe dich«, sage ich. »Ich werde nie müde werden, das zu sagen.«

»Ich auch nicht«, erwidert er.

»Ich glaube, ich sehe mal nach, wo Betsy steckt. Ich bin gleich wieder da.«

Ich stehe auf und schlängle mich zwischen den Leuten hindurch, die geduldig auf den Stühlen warten und Champagner nippen.

Als ich die Lobby betrete, steht Sylvie am Schreibtisch und regelt alles auf ihre übliche autoritäre Weise, während ihr Assistent Joel mit aufgesetztem Headset danebensteht.

»Erinnere mich daran, nach Frau Boles zu sehen«, sagt sie zu ihm, und er macht sich eine Notiz. »Sie ist nicht ganz auf dem Damm, und ich möchte ihr einen Geschenkkorb schicken.«

»Ja, Ma'am«, antwortet Joel. Ich sehe, wie er heimlich über sein Handy den Korb bestellt, weil er weiß, dass Sylvie es vergessen wird. Joel ist gut für sie, er erlaubt ihr, die Kontrolle zu behalten, und gibt ihr nie das Gefühl, dass sie etwas vergisst. Er macht alles heimlich, ohne dass sie es mitbekommt.

Er ist ein guter Junge. Ich klopfe ihm auf die Schulter, als ich näher komme. »Guten Tag«, begrüße ich sie. »Habt ihr meine Tochter schon gesehen?«

»Sie zieht sich noch um«, sagt Sylvie. »Sie war eine wunderschöne Braut, Ellie. Du musst so stolz sein.«

Ich lächle. »Sie hat sich so lange auf ihre Karriere konzentriert, dass sie mittlerweile eine gute Vorstellung davon hat, wer sie ist und was sie will. Jake wird der perfekte Ehemann für sie sein. Ich weiß es einfach.«

»Ich glaube, du hast recht«, bestätigt Sylvie. »Und er ist auch ein durchaus angenehmer Anblick.«

Sie zwinkert, und Joel errötet.

»Hast du Meg gesehen?«, lenke ich sie rasch ab.

Sylvie nickt. »Sie ist unten. Hat sie Betsys Kleid nicht toll geschneidert? Ich habe noch nie etwas so Schönes gesehen!«

Ich muss ihr zustimmen. Das Hochzeitskleid war umwerfend und meine Tochter eine wahre Augenweide darin.

»Sie hat so viel Talent«, sage ich.

»Und sie hat das Geschäft, das dies beweist«, wirft Joel ein. Er war noch nicht da, als *Red Alibi Fashion* gegründet wurde. Er hat die endlosen Nächte, die Meg mit Entwerfen und Nähen und der Suche nach Produktionsfirmen und Lieferketten verbracht hat, nicht miterlebt.

Er sieht nur den Erfolg, den sie jetzt als Chefin eines erfolgreichen Modehauses genießt.

Ihre Entwürfe waren in diesem Jahr überall zu sehen, an Supermodels, Prominenten und in Zigtausenden von Haushalten in ganz Amerika.

Und doch ist sie einfach »unsere Meg«. Sie ist bescheiden und süß, so wie sie es von Anfang an war. Obwohl sie jetzt, da sie im sechsten Monat schwanger ist, noch ein bisschen mehr zu bieten hat.

»Ich gehe mal kurz rein«, sage ich. »Wir sehen uns auf dem Empfang.«

Sylvie nickt, während sie einen Anruf in der Telefonzentrale entgegennimmt, und ich drücke den Abwärtsknopf des Aufzugs.

Die glänzenden Messingtüren öffnen sich, und ich trete ein. Der Aufzug bringt mich sanft und schnell in den Keller. Eine der ersten Maßnahmen, die Meg im Rahmen der Renovierung angegangen ist, war die Erneuerung des alten Aufzugs, wobei sie das Aussehen des ursprünglichen beibehalten hat. Dieser Lift sieht aus, als wäre er aus den Zwanzigerjahren, ist aber sicher und schnell, da er erst vor drei Jahren eingebaut wurde.

Der Keller ist nicht mehr derselbe wie früher, aber er fühlt sich noch an wie früher.

Wände und Flure sind aus unverputztem Backstein. Gehe ich nach links, komme ich zum *Red Alibi Speakeasy and Museum*, das heute eine beliebte Touristenattraktion und ein Treffpunkt für die trendigen, hippen Leute in Chicago ist. Joe Riordan aus Apartment 110 leitet das Museum. Er ist ein Geschichtsfan und liebt es, die Besucher mit Geschichten über unser Gebäude zu unterhalten. Er beendet seine Führung immer damit, dass er die Gruppe durch den versteckten Durchgang führt, wo sie in der Gasse auf der anderen Straßenseite wieder herauskommen. Er wird der verblüfften Mienen der Besucher nicht müde und spricht immer von seinen »Ninja-Fähigkeiten«.

Heute gehe ich allerdings nicht ins *Red Alibi*. Stattdessen biege ich nach rechts ab, wo die Zentrale von *Red Alibi Fashion* ihren Sitz hat. Früher war das ihr einziger Standort, aber als das Geschäft förmlich explodierte, musste Meg ein Gebäude in der Innenstadt kaufen. Auch jetzt, wo sie schwanger ist, arbeitet sie mindestens die Hälfte der Woche von hier aus.

Sie hat ihr Arbeitspensum kaum reduziert, aber Logan besteht darauf, dass sie es wenigstens manchmal ein bisschen ruhiger angehen lässt.

Ich finde die beiden in ihrem Büro, wo sie genau das gerade besprechen.

»Meg, ich möchte, dass du dir an den Wochenenden freinimmst«, drängt er sie. Er reibt ihr die geschwollenen Füße, und sie lehnt sich auf ihrem Stuhl zurück. Ihr Bauch ist so groß wie ein kleiner Strandball.

»He, Kinder«, sage ich, als ich hereinkomme. »Ich bin der gleichen Meinung wie Logan, Meg. Du musst dich ausruhen. Wenn Josephine auf der Welt ist, wirst du keine Zeit mehr haben, auch nur zu blinzeln, geschweige denn ein Nickerchen zu machen.«

Meg verzieht das Gesicht. »Verbündet euch bloß nicht gegen mich. Ihr wisst, dass ich viel zu tun habe.«

»Du hast eine Assistentin«, erinnert Logan sie. »Und einen ganzen Stab von Mitarbeitern. Du kannst dir locker eine Auszeit nehmen.«

»Ich weiß.« Sie seufzt. »Ich weiß.« Sie sieht mich an. »Was machst du hier unten? Solltest du nicht auf dem Empfang sein?«

»Ich hab dich gesucht«, sage ich. »Du warst nicht da.«

»Tut mir leid«, sagt sie schnell, steht auf und schiebt die Füße in flauschige Pantoffeln. »Ich komme sofort, ich schwöre es.«

Ich lächle sie an, und Logan streichelt ihr beim Gehen über den Rücken.

Als wir im Aufzug sind, lehnt sich Meg an Logan, und er legt einen Arm um sie. Sie sind das süßeste Paar, das ich je gesehen habe, und es war wunderschön, ihre Beziehung wachsen zu sehen.

»Betsys Kleid ist ein Traum«, versichere ich Meg noch einmal. »Ich finde es toll, wie du Elemente deines eigenen Hochzeitskleides übernommen, aber es trotzdem zu etwas gemacht hast, das ganz und gar Betsy entspricht. Du bist so kreativ.«

Meg errötet. »Danke, Ellie. Betsy ist wunderschön, deshalb war es nicht schwer, sich inspirieren zu lassen.«

»Hast du auch ihr Kleid für den Empfang gemacht?«, frage ich.

Meg schüttelt den Kopf. »Nein. Ich habe es ihr angeboten, aber sie sagte, sie hätte schon etwas.«

»Ich habe versucht, sie zu überreden, Winter als Ringträger zu nehmen«, sagt Logan. »Aber Betsy wollte nichts davon hören. Sie dachte, er wäre zu eigensinnig.«

»Wie unhöflich!«, ruft Meg dramatisch aus, wohl wissend, dass ihr Kater die charmanteste und verwöhnteste Katze der Welt ist. »In einem kleinen Katzen-Smoking hätte er so gut ausgesehen.«

»Wie viel Uhr ist es?« frage ich, um das Thema zu wechseln. »Weiß das einer von euch? Ich will nicht verpassen, wenn sie reinkommen.«

Logan holt die Taschenuhr hervor, die Frankie Meg vor drei Jahren geschenkt hat.

Die, auf der »Wahre Liebe ist zeitlos« eingraviert ist.

»Es ist Viertel nach zwei«, antwortet Logan. »Wir sollten uns beeilen.«

Als wir zurück in den Ballsaal kommen, ist Betsy noch nicht aufgetaucht, und ich seufze ein wenig erleichtert auf. Sie soll mich sehen, wenn sie den Saal betritt.

»Willkommen zurück«, sagt mein Mann, als ich mich wieder hinsetze. »Ich habe dich vermisst.«

Ich lächle. »Ich habe dich auch vermisst.«

Er legt seinen Arm um meinen Rücken, und wir sitzen zusammen und lauschen der Musik des kleinen Streichquartetts.

Ich weiß, dass meine Tochter den Raum betreten hat, als es plötzlich still wird. Ich drehe mich auf meinem Stuhl herum, und Betsys strahlendes Lächeln ist das Erste, was mir auffällt, als sie am Arm ihres Ehemannes in der offenen Tür verweilt. Sie sieht mir so ähnlich, hat die gleiche Figur, das gleiche Haar, die gleichen Augen.

Ihr Blick begegnet meinem, und sie lächelt.

Ich liebe dich, formuliere ich lautlos mit den Lippen.

Dann erstarre ich. Denn sie hat das Kleid an. Ich meine *das Kleid.* Das Weihnachtskleid, das ich in jener schicksalhaften Nacht mit Frankie getragen und das ich Meg geschenkt hatte. Ich würde es überall wiedererkennen.

Ich packe Frankies Arm fester. »Ist das mein Kleid?«, frage ich ihn schnell.

Er mustert Betsy.

»Sieht ganz danach aus«, antwortet er. »Aber das kann nicht sein. Hat Meg es nicht verschenkt?«

»Sie hat es vor einiger Zeit einem wohltätigen Zweck gespendet«, antworte ich. »Das weiß ich genau. Wir beide haben darüber gesprochen, dass wir so etwas Besonderes nicht für uns behalten, sondern dass wir es teilen sollten.«

Ich beuge mich vor und tippe Meg auf den Arm. »Du hast das Kleid doch gespendet, richtig?«

Sie nickt. »Ja.«

»Wieso ist es dann möglich, dass Betsy es jetzt trägt?«, will ich wissen. »Hast du ihr ein Neues gemacht?«

Meg sieht mich erstaunt an. »Nein, erinnerst du dich nicht? Ich wollte ihr ein Kleid schneidern, aber sie sagte, sie hätte schon eins.«

Meg und ich stehen auf und machen uns auf den Weg zur Braut.

Sie erwartet, dass wir sie umarmen, und breitet ihrerseits ihre Arme aus. Ich umarme sie auch, aber dann trete ich zurück und beuge mich zu ihr, um den waldgrünen Stoff ihres Kleides zu untersuchen.

»Das ist das Kleid«, bestätigt Meg.

Betsy starrt uns an, als hätten wir den Verstand verloren.

»Woher hast du dieses Kleid?«, frage ich sie.

»Aus einem kleinen Laden in New York«, erzählt sie mir. »Es war an dem Wochenende, als ich Jake kennengelernt habe. Weißt du noch? Wir hatten monatelang online miteinander gechattet, und da wir beide zur gleichen Zeit geschäftlich in New York sein mussten, beschlossen wir, uns persönlich zum Abendessen zu treffen. Ich hatte dieses Kleid schon früher am Tag gekauft und es bei unserer ersten Verabredung getragen. Es schien mir angemessen, es auch heute zum Empfang zu tragen. Warum?« Sie wirkt besorgt. »Sieht es so schlimm aus?«

Ich bin verblüfft, und Meg ist fassungslos. Wir starren uns an und schütteln dann beide den Kopf.

»Nein«, antwortet Meg schließlich. »Es ist wunderschön. Du bist wunderschön.«

Ich fahre mit meinen Fingern über den Stoff ihres Ärmels, als wollte ich mich davon überzeugen, dass er echt ist.

Aber er ist echt. Es ist nicht zu übersehen.

Meine Fingerspitzen kribbeln förmlich, als ich ihn berühre. Er strahlt eine Energie aus, die ich nicht erklären kann. Megs Gesicht spiegelt mein eigenes Erstaunen wider.

»Was ist mit euch beiden los?« Betsy ist verwirrt.

»Ich erzähle dir die Geschichte ein andermal«, verspreche ich. »Heute musst du dich auf deiner Party amüsieren.«

Betsy strahlt sofort, und ich umarme sie. »Genieße es«, sage ich. »Das ist der Anfang eures gemeinsamen Lebens.«

Ich küsse sie auf die Wange und lasse sie los. Sie mischt sich unter die Menge, während Meg und ich einander ansehen.

»Dafür gibt es keine Erklärung«, sagt sie. »Außer …«

»Magie«, sage ich. »Habe ich es dir nicht gesagt, als ich dir das Kleid zum ersten Mal gab? Dass es jedem passt, als wäre es magisch?«

»Du und Frankie, Logan und ich … Betsy und Jake …« Meg grübelt. »Das Kleid erzeugt Liebe.«

»In manchen Fällen dauert es einfach ein bisschen länger.« Ich lache und blicke quer durch den Raum zu meinem attraktiven Ehemann.

»Es ist magisch, kann aber vielleicht keine Wunder bewirken«, antwortet Meg. »Du und Frankie … ihr hattet zumindest eine interessante Geschichte.«

»Vielleicht wirkt es ja doch Wunder. Denn wir hatten tatsächlich eine interessante Geschichte. Und heute sind wir hier, zusammen mit dir und Logan, und leben in diesem großartigen Haus, in dem alles begann. Das kommt mir wie ein Wunder vor.«

»Allein dass Betsy damit einverstanden war, dass du hier wohnen bleibst, war schon ein Wunder«, murmelt Meg.

Ich muss lächeln. »Eigentlich nicht. Nicht, nachdem du angefangen hast, all das zu renovieren. Aber selbst das, diese ganze Arbeit, wurde erst durch die Inspiration dieses Kleides möglich.«

Wir schauen beide auf Betsy. Das Kleid passt sich ihrer Figur an, und sie sieht so glücklich darin aus.

»Du hast recht«, räumt Meg ein. »Dieses Kleid wirkt wirklich Wunder.«

»Ich werde Betsy überreden, es auch zu spenden«, antworte ich. »Eine solche Magie sollte man nicht für sich behalten.«

Meg nickt. »Da hast du recht. Und wenn wir diese Magie brauchen, kommt sie ja ohnehin zu uns zurück.«

Wir sehen beide zu, wie Betsy mit ihrem Mann tanzt.

»Ich glaube, ich werde mit meinem eigenen Mann tanzen«, beschließt Meg, steht auf und reibt sich den Bauch.

»Und ich mit meinem«, sage ich. Wir gehen zu unseren Männern, und ich mustere Megs Bauch.

»Wie fühlst du dich, abgesehen davon, dass du müde bist?«

»Großartig«, antwortet Meg. »Abgesehen davon, dass ich müde bin, geschwollene Füße habe und nachts zwölfmal aufstehen muss, um auf die Toilette zu gehen.«

»Es lohnt sich«, versichere ich ihr. »Alles.«

»Das will ich hoffen«, brummt sie.

»Und Logan hat nicht ein einziges Mal daran gezweifelt, dass du wirklich schwanger bist?«, frage ich gespielt unschuldig, als ich mich an seine manipulative Exfreundin und ihre vorgetäuschte Schwangerschaft erinnere.

Meg verschlägt es einen Moment die Sprache, bevor sie lacht. »Das ist zu früh, Ellie. Viel zu früh.«

Ich stimme in ihr Lachen ein. »Es ist schon drei Jahre her«, antworte ich. »Wenn wir jetzt nicht darüber lachen können, wann dann? Am Ende ist doch alles gut gegangen.«

»Das ist es«, stimmt sie mir zu.

Wir stehen vor unseren Ehemännern, und sie halten uns wie perfekte Gentlemen die Hände hin. Während das Quartett spielt, nimmt mich mein hübscher Frankie in den Arm und dreht mich im Kreis. Wir lachen und tanzen und lachen und tanzen, genau an der Stelle, wo ich vor fünfzig Jahren an einem schicksalhaften Tag einen Ohrring verloren, aber eine sehr unterhaltsame Geschichte gewonnen habe.

»Ich liebe dich«, sage ich zu meinem Ehemann und drücke ihn fest an mich. »Ich wünschte, wir hätten nicht so viele gemeinsame Jahre wegen unseres Stolzes verloren.«

»Das macht nichts, Ellie.« Er sieht mir in die Augen. »Wahre Liebe ist zeitlos.«

Das ist sie, meine Freunde. Das ist sie.

Wir verbringen den Rest des Abends tanzend inmitten von Weihnachtslichtern in dem Raum, der unser Leben in so vielerlei Hinsicht verändert hat, in dem Gebäude, das in den kommenden Jahren unser Zuhause sein wird.

»Fröhliche Weihnachten, Ellie«, sagt Frankie leise zu mir.

»Fröhliche Weihnachten, Frankie.«

Er küsst mich auf die Wange, die Musik spielt, und wir tanzen und tanzen und tanzen.

Danksagungen

Ich bedanke mich bei meinen Großeltern, die mir wahre Liebe gezeigt haben. Mein Großvater hat den Ehering meiner Großmutter im Ausland gekauft, als er im Krieg war, und ihn in der Tasche verwahrt, bis er nach Hause kam und ihr einen Antrag machen konnte.

Am Ende trug er ihn wieder in seiner Tasche, weitere vierzig Jahre lang, weil sie ihn hatte aufschneiden lassen müssen, als sie mit einem ihrer drei Kinder schwanger war und er zu eng für ihren Finger wurde.

Vielen Dank an Maria Blalock, die mich mit ihren Weihnachtsshirts inspiriert hat. Du bist ein ganzes Stück jünger als Sylvie (genauer: Jahrzehnte), aber deine Begeisterung für Weihnachten war eine große Inspiration für ihren Charakter.

Danke an meinen Agenten Kevan, der immer an meine Geschichten geglaubt hat. Du warst über die Jahre hinweg eine Quelle des Trostes, und zu wissen, dass du zu meinem Team gehörst, ist das beste Gefühl überhaupt.

Danke an meine Lektorin Tessa, dass du mir zugetraut hast, deine Geschichte zum Leben zu erwecken. Ich habe noch nie eine Geschichte in einer solch besonderen Situation erzählt, und ich muss sagen, dass es sehr, sehr viel Spaß gemacht hat.

Danke wie immer an meine Familie, dass sie es mit mir aushält, während ich mich in andere Welten vergrabe. Als ich dieses Jahr diese Geschichte an Heiligabend fertigstellte (wie passend ist das denn??), habt ihr geduldig auf mich gewartet, damit wir mit der Weihnachtsfeier beginnen konnten. Ihr wartet immer geduldig darauf, dass ich *Ende* schreibe, und ich werde nie aufhören, euch zu versichern, wie dankbar ich euch dafür bin.

Danke an meine LeserInnen. Ich werde nie müde zu sagen, dass ihr die besten LeserInnen der Welt seid, denn das seid ihr.

Ich hoffe, dass alle eure Weihnachten und alle eure Tage in all euren Jahren fröhlich, hell und gesegnet sind!

Über die Autorin

COURTNEY COLE ist eine New-York-Times-Bestsellerautorin, die ihre Gefühle gerne zum Frühstück isst. Außerdem liebt sie geistreiche Scherze, Kaschmir-Socken und nächtliche Spaziergänge am Strand.

Apropos Mitternacht: Am 1. November um 12:01 Uhr fängt sie an, für Weihnachten zu schmücken.

Sie glaubt, dass blondes Haarfärbemittel und roter Lippenstift das Leben verändern können und dass ein gut getimtes Lächeln sogar die ganze Welt verändern kann.

Wenn Sie mehr über sie erfahren wollen, besuchen Sie Courtneycolewrites.com.